МОЦАРТ 2.0

ДОРЖ БАТУ

МОЦАРТ 2.0

Львів | Видавництво Старого Лева | 2022

УДК 821.161.2(73)-32
Б28

Дорж Бату

Б28 Моцарт 2.0 [Текст] : роман / Дорж Бату. — Львів : Видавництво Старого Лева, 2022. — 464 с.

ISBN 978-617-679-774-6

«Моцарт 2.0» — нова історія від Доржа Бату, автора українських бестселерів «Франческа. Повелителька траєкторій» та «Франческа. Володарка офіцерського жетона».

Уявіть собі — Моцарт у сучасному Нью-Йорку! Так-так, той самий, Вольфганг Амадеус. У сучасному місті його вражає і дивує усе: метро та галас, одяг, особливо жіночий, спосіб життя, звички й манери людей. Навіть вбиральні тут такі пахучі і красиві, наче у цісарському палаці. А ще, виявляється, сучасний рояль суттєво відрізняється від звичного Моцартові клавікорда... Та доведеться пристосовуватися, адже видатному композиторові хоч і випав шанс на нове життя, але дещо залишається незмінним — музика і Моцарт нероздільні. У цій книжці переплітаються вигадка й реальні та дуже цікаві факти про життя і творчість Моцарта, детективний сюжет за участі нової подруги композитора офіціантки Стейсі та роздуми про сенс життя. А завдяки дотепним ілюстраціям від Юлії Самелюк і QR-кодам із відеороликами, що розкривають секретики створення книжки, читачі поринуть в особливу атмосферу цієї історії.

УДК 821.161.2(73)-32

ISBN 978-617-679-774-6

Присвячую Батькові В'ячеславу,
професійному віолончелістові,
Мамі Галині, композиторці
й музичному теоретикові,
і донькам Софії і Христині,
які вчаться грати на фортепіано.

Деякі персонажі абсолютно реальні,
імена деяких змінено, збіг з реальними подіями
запланований, але ми вдамо, що це цілком випадково.

Автор

Моцарт і божевілля

«Я хочу написати роман про Моцарта, який потрапив у сучасний Нью-Йорк. Він вештається містом як звичайний безхатько, грає на вуличних піаніно, його заарештовує поліція, він ховається від міграційної служби, бо в нього немає документів...»

«Це якийсь жарт», — подумав я, коли почув перші слова. Я слухав далі і розумів, що мій співбесідник не жартує. Він просто збожеволів. У цьому не залишилося жодних сумнівів, коли він оголосив, що вирішив зробити мене прототипом одного з героїв книги. Тут мені стало по-справжньому моторошно. Це вже занадто для однієї телефонної розмови. Як би ввічливо її завершити? Може, вдати, що у мене поганий зв'язок і я нічого не чую?

А мій божевільний співбесідник жваво продовжував свою розповідь, і здавалося: він дійсно вважає, що говорить з персонажем своєї ненаписаної книжки... Але його переконливість і ентузіазм вражали, а розповідь рясніла сміливими й нетривіальними ідеями. Незабаром мій скептицизм кудись загубився, а на його місце прийшла шалена зацікавленість: що ж з цього вийде?

Я захоплювався творчістю Доржа Бату ще до того, як він став відомим автором. Мені дуже подобалися його дописи у фейсбуці про робочі будні корегувальників руху супутників у космосі. Особливо мене «чіпляв» подвійний зміст цих дописів: на перший погляд кумедні історії завжди мали в собі глибокі думки про щось важливе, що бентежить саме зараз. Згодом ці коротенькі оповідання виросли в першу, а потім і в другу «Франческу». Обидві книги швидко завоювали любов українських читачів.

Здавалось би, що третя книжка Доржа Бату «Моцарт 2.0» зовсім про інше. Це фантасмагорія, сюрреалістична казка про те, як один із найвідоміших композиторів в історії людства потрапив з XVIII століття до сучасного Нью-Йорка. Але після прочитання кількох сторінок, ви, безумовно, впізнаєте стиль автора «Франчески», а саме цю «багаторівневість» змісту.

Казкова історія про Моцарта в Нью-Йорку — це фасад, за яким ви знайдете безліч цікавого: тут водночас є і історична довідка про Моцарта та його сучасників (дуже цікава й незвична), і «путівник» як відомими, так і маловідомими вулицями Нью-Йорка, і філософські роздуми про місце генія в суспільстві, і справжні історії з життя українських емігрантів в США, і навіть словник термінів, якими користуються продавці наркотиків. І, звісно, в цій книжці багато музики Моцарта. Що не дивно, бо Дорж Бату виріс в родині музикантів і дуже добре орієнтується у внутрішньомузичних темах. А ще ця книжка надасть вам можливість зазирнути в інший, позалітературний вимір за допомогою ваших телефонів та ґаджетів.

Ви готові до подорожі?

Павло Гінтов,
піаніст,
прототип Павла Гонтаря

*

Я чудово пам'ятаю вираз обличчя Павла, коли після нашої пам'ятної телефонної розмови ми нарешті зустрілись у Центральному парку Нью-Йорка.

Що божевільніша ідея, то вона цікавіша. Отак завжди буває — придумаєш якусь маячню, яку навіть вголос сказати соромно, а вона за кілька місяців оформлюється в роман з експозицією, зав'язкою, розвитком, кульмінацією і фіналом. На перший погляд, набір героїв та події у романі — хаотичні. Та це тільки на перший погляд.

Уявіть, що геть усе в романі — складна математична система. А будь-яка математична система, відповідно до теорії хаосу, залежить од початкових умов і є детермінованою, тобто підпорядкованою певному строгому математичному законові. Математичне формулювання «залежність од початкових умов» більш відоме нам як «ефект метелика». Щось знайоме, правда?

Дрібні зміни, такі, як змах метеликових крилець, викликають ланцюжок подій, що ведуть до масштабних змін. Що далі розвиватимуться події в сюжеті, то ясніше ви будете відчувати, як легкий вітерець, здійнятий крильцями метелика на початку, викликає буревій наприкінці.

Математика й музика дуже споріднені. І там, і там є схеми, формули й алгоритми. І математика, й музика підкоряються законам та правилам. Я виріс у сім'ї професійних музикантів, і музика була присутня в моєму житті змалечку. З математикою тоді не склалося. З математикою склалося набагато пізніше. І коли математика поєдналася з музикою, народився цей роман. Це й був мій шлях до Моцарта.

Передмову, яку ви зараз прочитаєте, написала блискуча українська диригентка Оксана Линів, яка також народилася в сім'ї музикантів. Наші шляхи до Моцарта були геть різні: мій більше схожий на блукання в темряві, а от в Оксани була методична й цілеспрямована подорож. Прочитавши цю передмову, ви зрозумієте, що Моцарт — це не чувак у перуці з коробки цукерок і це не два-три знайомі акорди.

Це цілий світ.

Дорж Бату

Мій шлях до Моцарта

«Моцартівська мелодія — це творіння саме по собі, звільнене від будь-якої земної форми, воно витає, неначе Платоновий Ерос, між небом та землею, між смертним та безсмертним — вільне від "бажань" — найглибше проникнення творчої фантазії, підсвідомого — в останню таємницю, в царство "Праобразів"».

Ріхард Штраус

Кінець 90-х, Львівська музична академія, початок навчання на факультеті оперно-симфонічного диригування. Перші уроки, перший репертуар, перші репетиції з оркестром. І одразу дивна, почута від студентів-колег фраза: «Не бери симфонії Моцарта, все одно в нас ніхто не навчить, як його правильно грати. Ніхто з педагогів не навчить, бо ніхто цього сам не знає». Це звучало як нахабна провокація і велика таємниця одночасно. А всередині і справді тоді пролунав тривожний дзвоник, що пробудив гостре відчуття — потрібно якось натрапити на його слід, дізнатися і зрозуміти, знайти стежинку до його музики. Але як?

З одного боку, він — такий знайомий і близький, дивиться на нас з кожного підручника чи численних портретів зі стін музичних закладів. Його музику люблять, бібліотечні полиці забиті його нотами, і всі грають чи наспівують їх залюбки — від аматорів до віртуозів. І одночасно — ця глибина, ця незбагненна загадка, неначе ти торкаєшся Потойбічного в звучанні його серйозних та драматичних творів, і ця нестримна пустотливість та хуліганський запал у звучанні веселих. Хто ж він: недосяжний ідеал на високому п'єдесталі, «класик» XVIII століття, найпопулярніший композитор свого часу в характерній для того періоду напудреній перуці та розшитому камзолі? Чи недооцінений сучасниками Геній, музика якого викликала релігійний пієтет, а в XIX столітті його найбільш гарячі прихильники навіть хотіли створювати окремі секти в ім'я того, хто так неочікувано покинув людство і своєю містичною смертю назавжди розтанув у тумані таємниці, залишивши після себе більше загадок, ніж відповідей? Чи, може, це той легковажний пустун з популярного фільму «Амадеус», який створював нові шедеври, неначе витрушуючи з рукава, ганявся за кожною спідницею та сприймав життя, як велику гру, якою треба встигнути насолодитися досхочу?

Пошуки тривали, і зрозуміло було, що треба підійти до нього якомога ближче — на його територію, осягнувши і пізнавши його мову, культуру, епоху і час...

Через декілька років — я вже успішна студентка Дрезденської вищої музичної школи, і знову на першому уроці диригування на диригентському пульті лежить партитура Моцарта. Потрібно сказати, я потрапила сюди з відчуттям великого полегшення, як людина, яку вже багато років непокоїть якась недуга, і ось нарешті вона знайшла потрібного лікаря, тому майже з радістю чекала на момент, коли німецький професор зупинив мене, запитуючи, як би я розшифрувала ту чи іншу прикрасу (форшлаг) у партії солістки та перших скрипок. Я дала відповідь навмання, як зазвичай би виконала цей уривок у нас, в українському музичному виші. Професор запитав мене, в чому тоді різниця між тим і наступним місцем, і я могла відповісти тільки приблизно. Заперечливо похитавши головою, він сказав: «Іди додому і проштудіюй "Скрипкову школу" батька Моцарта — Леопольда. Через два тижні, як підготуєшся, прийдеш».

Цей момент був одним із найважливіших у моєму житті — мені дали ключ до дверей, які впритул вели до розуміння стилю, без сумніву, найвидатнішого композитора людства. Звідси почалося моє занурення з головою у таємницю його життя та творчості. Боже, скільки відкриттів я для себе зробила! Підручник скрипкової гри турботливий батько Моцарта написав, насамперед, для своїх талановитих дітей. Традиційно для підручників цього часу він містив всього декілька розділів про технічне опанування самої скрипки. Більша його частина пояснювала загальні основи музичної грамоти, правила інтерпретації, виховання гарного смаку та відчуття стилю. Написані старим німецьким шрифтом рядки спочатку здавалися чарівними заклинаннями, текст читався дуже повільно, із зусиллями складені букви утворювали слова, часто анахронізми і фрази, що давно вийшли з ужитку в сучасній німецькій мові, але вони поступово почали проливати світло на питання, які так хвилювали мене все моє свідоме музичне життя.

Так-от, виявляється, що до XIX століття композитори записували свою музику відносно нашого сучасного розуміння — лише умовно. Існувала загальноприйнята школа виконання, яка, з невеличкими регіональними відхиленнями, діяла у всій Західній Європі. Ця школа мала свої чіткі правила, які кожна дитина, що починала займатися музикою, вивчала змалечку. Тому композитори того часу багато тонкощів та деталей своїх творів записували певними позначками, покладаючись на освіченість та загальноприйняті знання й підготовку тодішніх музикантів. Із розвитком та еволюцією мистецтва музика, смаки і стиль композиторського письма настільки трансформувалися, що з XIX століття змінилося буквально все: вигляд, діапазон та звучання інструментів, стрій, музична гармонія, спосіб запису музичних творів, їхнє звучання та тривалість, зародилися нові форми та жанри, нові професії, зокрема — диригент оркестру, а симфонічна музика набула нових масштабів та розвитку. Видатний композитор XX століття Густав Малер, який сам був також відомим диригентом, до несамовитості правив свої партитури після кожної репетиції, поки не вважав, що зафіксував у своїх позначках та роз'ясненнях найменшу деталь правильного виконання до найточнішого нюансу, і це аж доводило до люті оркестрантів. Тож ми, виховані сучасними педагогами, як і наші вчителі, роками вправлялися на сучасних інструментах і слухали тільки записи сучасних оркестрів, зроблені за останніх сто років на сучасних студіях, — зовсім втратили інстинкт, внутрішньо настроєне вухо, естетичні відчуття, смак і сприйняття тої музичної мови, яка залишилася там, за порогом століть. Терміново потрібна була якась точка повернення!

Усвідомлення цього здійснило справжню революцію у виконавському мистецтві. Видатні диригенти, піонери у створенні нової школи історичного виконавства, почали досліджувати старі музичні школи. Це призвело до неймовірних наслідків: за останні п'ятдесят років відбулися кардинальні зміни в інтерпретації, завдяки яким тонни старих видань із виправленими, а точніше, грубо спотвореними сучасними редакторами музичними творами та сотні записів, зроблених на пізньоромантичний смак, у неправильній манері, жирним до перебільшення звуком, великим складом оркестру — вийшли з моди. Провідні професіонали Європи заново відкрили нове звучання «старої музики» в історично-коректній інтерпретації, яка базувалася, насамперед, на важливих знаннях естетики тих століть, функціонування старих музичних інструментів та на загальному принципі «музичної мови», де виконавець ставав неначе співавтором композитора, маючи право проявляти свій смак та майстерність, додаючи неповторних індивідуальних деталей до кожної інтерпретації.

І ось я також тримала в руках книгу, яка вважається основним джерелом знань до вивчення стилю виконання Моцарта. Поглинаючи главу за главою, я детально конспектувала все нове і таке важливе. Потім я неначе вперше відкрила партитуру і, читаючи ноти, із захопленням почула нову, іншу музику! І з кожного такту ніби усміхався справжній Моцарт, який раптово став мені настільки ближчим! Настав час познайомитися з ним детальніше, і моїм наступним кроком було дослідити якомога більше фахової літератури. Справжнім подарунком стало видання, яке з'явилося до його 250-го ювілею, — 8 томів листування всієї сім'ї Моцартів! З того часу Моцартівська література зайняла найбільшу частину моєї професійної бібліотеки. Але треба сказати, що всі ці дослідження, проливаючи світло на все більше подробиць його особистого та суспільного життя, на його багату творчість, констатують один і той самий факт: ми можемо намагатися наблизитися до нього, але будь-яка спроба систематизувати й пояснити його буде розбиватися об самобутню природу, яка не має жодних інших прикладів чи аналогів і живе за власним законом — законом Геніальності.

Отримавши досконалу музичну освіту у батька, він увірвався в своє століття яскравою кометою. Ставши першим артистом, головним кредо якого було слово Свобода, і неначе передчуваючи, що на Землі йому виділено короткий час, він спішив творити, а ще більше спішив жити. Уже досліджено, що свої твори, подібно до розробок геніального винахідника Ніколи Тесли, він спочатку компонував у голові, а вже тоді фактично начисто записував на папері. Композиція була його природою, і для цього йому не потрібно було докладати жодних великих зусиль. Найкраще ілюструє це приклад про написання ним увертюри до однієї з найпопулярніших опер «Дон Жуан», описаний одним із його перших біографів Йоганом Алоїзом Шлосером:

«Коли за день до прем'єри в Празі закінчилася генеральна репетиція "Дон Жуана", Моцарт сказав дружині, що хоче цієї ночі написати увертюру, тож вона повинна приготувати йому пунш та залишитися з ним, щоб він не заснув.

Так вона і зробила — розповідала йому казки про лампу Аладдіна, про Попелюшку та інші, які змушували його реготати до сліз. Однак поступово пунш так розморив Моцарта, що він постійно куняв, щойно вона робила паузу, і працював лише тоді, коли продовжувала розповідь.

Оскільки ті часті куняння та засинання ускладнювали роботу, дружина вмовила його поспати годинку на дивані.

Він погодився за умови, що вона розбудить його рівно через годину.

Але заснув так міцно, що дружина не могла пересилити себе, щоб розбудити його раніше ніж о 5:00 ранку.

На 7:00 вже був замовлений копіювальник, і на 7:00 була готова увертюра!

Та все ж деякі слухачі стверджували, що ті моменти куняння та засинання можна помітити і в музиці».

Свою першу симфонію Моцарт написав у вісім років, і мало хто звертає на неї увагу взагалі, але навіть там вже захована надзвичайна таємниця. Його перший оркестровий твір доволі короткий, серед двох крайніх веселих частин одразу привертає до себе увагу меланхолійна повільна частина, де в акомпанементі струнних хтось намагається в повній темряві відшукати свій шлях і ступити перші невпевнені кроки. Соло валторна в повній самотності ніби виконує якийсь обряд ініціації, тужливу мелодію, повну передчуттів, сумнівів та болю. Звідки взялися такі сумні та глибокі думки у восьмирічної дитини? А тепер — фінал його останньої сорок першої симфонії, написаної через 24 роки, — перші такти, перша тема — це знову вона, ця сама тема валторни, тільки вже замість до мінору в до мажорі — пружна, ритмічна, нестримна, такий своєрідний музичний автограф, залишений нам наостанок великим Майстром. Неначе він, прощаючись, ще раз з хлоп'ячою легкістю й усмішкою покинув нас, розгублених, наодинці з незбагненною і нерозгаданою таємницею його творчості.

Моцарт з'явився геніальним природним талантом, який безжальними діями здійснив реформу в мистецькому житті, яка, хоча зараз здається нам такою косеквентною та нормальною, була тоді справжнім шоком для професійних кіл. Десятиліттями після його смерті в Італії — батьківщині оперного жанру — точилися гарячі суперечки та навіть укладалися парі на тему моцартівських опер, до слова, блискуче описані Стендалем. Його партитури за складністю вважалися неможливими для виконання, а вокальний стиль — неприйнятним для співу. Підкоривши всю музичну мову виключно драматургії лібрето, його герої стали як ніколи людяними, скинули з себе запилені трафарети оперних характерів минулого, а симфонічний оркестр переродився із ролі акомпаніатора в окремого героя, якому належало змальовувати барви й настрої всього, що відбувалося на сцені, тримаючи в невблаганній моториці темпу і ритму, неначе в залізних лещатах, партії вокалістів. Енергійність та чуттєвість музики, неочікувані повороти сюжетів, крайні контрасти між еротичною провокацією та божественним піднесенням дозволяли одразу відрізнити опери Моцарта від творів сучасників, що робило його улюбленцем публіки.

Про те, як він любив життя і яким сумним було прощання з ним, розповідає зворушливий уривок з щоденника його сучасників, подружньої пари Вінсента та Марі Новелло, які записали цей спогад з уст дружини Констанції: «Сальєрі спершу спробував сам написати цю оперу, але це йому не вдалося (*прим.* — ідеться про твір "Так чинять усі"). Кажуть, що великий успіх Моцарта викликав у нього заздрість та ненависть і став початком його ворожості та злоби до Моцарта (Зюсмайєр був другом Сальєрі) (*прим.* — Зюсмайєр був учнем Моцарта). Приблизно за пів року до смерті в Моцарта з'явилася страшна думка, що хтось збирається отруїти його за допомогою *Aqua Toffana* (в XVII та XVIII ст. добре відома отрута) — одного дня він приїхав до Констанції і поскаржився на сильний біль у попереку та загальну втому — хтось із його ворогів міг дати йому цю згубну суміш, і це вбило б його, і так вони могли точно і неминуче вирахувати час його смерті. Замовлення Реквієму гнітило його, бо це давало нову поживу сумним думкам, які ще підсилювалися через фізичну слабкість. Великий успіх Малої масонської кантати, яку він якраз написав у той час, ненадовго його підбадьорив, але сумні передчуття повернулися через кілька днів, коли він відновив роботу над Реквіємом. Якось він хотів спробувати заспівати один уривок із Зюсмайєром та мадам Моцарт, але деякі місця розхвилювали його так сильно, що він розплакався і не зміг продовжити. Приємно було почути, що Recordare, одна з найбожевільніших і найчарівніших частин, які були коли-небудь написані, теж була його улюбленою. Констанція також підтвердила точність його слів, сказаних за три дні до смерті: "Нарешті я досяг становища, яке дає мені можливість у майбутньому писати виключно те, що мені подобається, і відчуваю, я міг би створити щось таке, що було би гідним великої слави, якої я досяг, — та саме зараз я змушений померти"».

Коли читаєш такі слова, то розумієш, яка особлива роль нам відведена. Якою бідною й осиротілою була б наша світова культура без його творчості! Якими привілейованими ми, львів'яни та всі українці, можемо себе вважати через те, що саме його рідний молодший син Франц Ксавер Моцарт, або Моцарт Молодший, обрав тодішній Лемберґ своєю другою батьківщиною майже на 30 років; якими щасливими і вдячними ми маємо бути за те, що доля розпорядилася саме так, що у Львові свого часу був найбільший архів рукописів Моцарта, який привіз сюди з Відня Моцарт Молодший. Що саме Львів став одним із перших міст, на 15 років випередивши сам Відень, де в соборі Святого Юра під орудою Франца Ксавера та з ним же заснованим Хоровим товариством Святої Цецилії відбулося пам'ятне виконання Реквієму до річниці смерті Моцарта. Якими гордими ми повинні бути, що вперше в історії видатна реліквія, оригінальна скрипка *Costa Violine*, яка належала самому Вольфгангу Амадею Моцарту, перетнула кордон України, покинувши стіни скарбниці Моцартеуму в Зальцбурзі, щоби зазвучати на фестивалі *LvivMozArt*, фестивалі, створеному для того, щоби Львів як справжня культурна столиця України міг гордо носити титул Міста Моцарта!

Я можу почуватися дуже щасливою, відкривши Моцарта для себе, але насправді безмежно щасливою я буду лише тоді, коли зможу відкрити його творчість та коштовний скарб класичної музики для всіх нас!

Оксана Линів, диригентка,
ініціаторка, співзасновниця та арт-директорка
Міжнародного фестивалю класичної музики LvivMozArt

УВЕРТЮРА

Grave
важко, дуже повільно

Дихалось дедалі тяжче. Відучора в легенях з'явився вологий хрип, по полуночі він перейшов у булькання. Відкашлятись не вдавалося. Констанція весь час перевіряла, чи є на серветках кров. Крові не було, і жінка з полегшенням зітхала. «Господи, помилуй нас! Зроби так, щоб Вольф одужав! Я не дам собі ради з двома дітьми!» — молилася нещасна, стоячи навколішки перед розп'яттям.

Початок грудня 1791 року у Відні видався холодний і дощовий. Вугілля на опалення квартири не вистачало; остання купка, що її вугільник привіз іще на тому тижні, була звалена прямо біля входу — занести хоч пів відерця Констанція не мала сили. У холодній квартирі по Рауенштайнґассе, 970 помирав Моцарт.

Попри шалений успіх останніх опер «Чарівна флейта» та «Весілля Фіґаро», арії з яких наспівував на вулицях простий народ, фінансове становище у Моцарта було жахливе — лікування Констанції на курорті в Бадені з'їдало майже всі гонорари, а ще ж комірне... і фантастичні суми на випивку. Ніхто у Відні не тратив стільки на спиртне, як Вольф.

Та якось, шість місяців тому, саме як Констанція з синами була в Бадені, до композитора навідався незнайомець. Коли Вольф відкрив йому двері, то так і закляк — силует чоловіка в чорному плащі й носатій масці був страшенно схожий на силует покійного батька, якого не було на світі вже кілька років. Вольф тяжко переживав батькову смерть, тож поява чорного незнайомця здалась йому моторошною і невипадковою.

— Ви Вольфганг Амадеус Моцарт?

Вольф шумно ковтнув і зробив спробу пожартувати:

— Зранку ще був ним, але відтоді в роті не було ні краплини, то я й не впевнений, чи я — це я!

— Я хочу замовити вам Реквієм, — незнайомець пропустив жарт повз вуха.

— А хто вмер? Кому це так казково пощастило? — Вольф кволо всміхнувся.

— Хай це вас не обходить! — раптом розізлився візитер. — Я хочу, щоб ви сіли за роботу негайно!

— Я сяду, — знизав плечима Моцарт.

Чоловік з-під плаща простяг йому доволі важку й об'ємну шкіряну торбинку.

— Тут сто дукатів. Таку ж суму отримаєте після закінчення роботи. І поспішайте. Часу у вас мало.

Двісті золотих дукатів! Саме стільки він отримав за оперу «*Così fan tutte*»* майже два роки тому! А тут сто дукатів завдатку за Реквієм!

З-під другої поли незнайомець дістав пляшку міцного айсвайну.

— Це вам для швидкого старту. Починайте працювати! — він розвернувся й покрокував сходами вниз. Десь

---

* «Так чинять усі» («*Così fan tutte*» (*італ.*) *K588*) — опера, яку почав створювати Антоніо Сальєрі під назвою «*La scuola degli amanti*» (*італ.* «Школа закоханих») і 1789 року завершив Моцарт. Прем'єра опери у двох діях відбулася 26 січня 1790 року у віденському *Burgtheater* і мала шалений успіх. Гонорар 200 дукатів, який імператор Священної Римської імперії Йосиф II заплатив Моцарту, вважався дуже високим — за ці гроші можна було спокійно прожити рік.

посередині чоловік повернув свою моторошну чорну носату маску:

— Збережіть нашу зустріч у таємниці. Тільки тоді отримаєте другу частину.

Придворний капельмейстер Антоніо Сальєрі швидким кроком зайшов до себе в квартиру, зірвав плаща, кинув його на підлогу. Не роззуваючись, пройшов до себе в спальню і в неймовірному роздратуванні розчинив вікно. Холодне віденське повітря ввірвалося в невеличку кімнату. Стоячи спиною до розп'яття, Сальєрі не міг угамувати дрож, який зазвичай буває, коли холод і сирість пробирають до кісток. Але дрижав він не через сирість, а з люті.

«Господи, за що ти мене караєш? Усе своє життя я прославляю тебе! Усе життя, Господи! Пам'ятаєш мою "Месу ре мажор"? Так звучить віддана тобі душа! А *"La Passione Di Nostro Signore Gesù Cristo"**? І що я отримав натомість? Над Сальєрі сміються! Оперу, яку я вважав безперспективною, цю мерзенну комедію *"La scuola degli amanti"*, той клятий Моцарт, те нікчемне створіння, що кривляється й регоче, наче блазень, — він переписав її, і тепер арії з неї співають усюди! У трактирах і на ринку! На ринку, о Господи! — Сальєрі стис кулаки, і з-під його повік покотилися злі сльози. — Чому ти допомагаєш йому, а не мені?»

Бог мовчав.

«Нічого. Я ще посміюся з того жалюгідного нікчеми! І запам'ятай, Господи! Музика Моцарта помре разом з ним! Він же вискочка, здатний сяк-так тулити тільки минущі популярні пісеньки! Це не талант, Боже, а вміння пройдисвіта

---

* «Страсті Господа нашого Ісуса Христа» *(італ.)*.

опинитися в потрібний час у потрібному місці! Якби Моцарт народився на двісті років раніше чи пізніше, то ніхто б про нього й не знав! Чого Моцарт був би вартий без своїх покровителів? Нічого! Не вартий і сольдо! Це я тобі кажу, Боже, я, Антоніо Сальєрі!»

Робота над Реквіємом ішла важко. Хвороба, що з осені почала прогресувати шаленими темпами, геть підкосила Вольфа. Нове замовлення забирало практично весь його час — він навіть од уроків відмовився. «Потім, потім...» — бурмотів Вольф, виставляючи за двері Франца Зюсмайєра, одного з найкращих своїх учнів.

Щоб працювати, він лягав на більярдний стіл і відштовхував ногою стільця. Поряд ставив пляшку з айсвайном, яку йому чи не щодня від імені Чорного Незнайомця приносила перелякана дівчинка-служниця. Творчі потуги висмоктували з нього останні сили. Констанція, повернувшись наприкінці листопада з Бадена, застала Моцарта в ліжку — він марив, тіло його так набрякло, що композитор не міг устати. Шкіра стала чутлива, і найменший доторк викликав біль. Якось увечері Констанція силоміць забрала у Вольфа майже дописану партитуру Реквієму і надійно сховала її разом з рештою чоловікових робіт. Після цього Вольф прожив рівно дві години.

За правилами того часу Моцарта поховали на заміському цвинтарі на другий же день, після панахиди в Соборі Святого Стефана. На ній були присутні всього кілька осіб. Був і Антоніо Сальєрі.

«Він мене перехитрував! — Сальєрі з ненавистю дивився на розп'яття. Ви обидва мене перехитрували! Забрати його до себе на піку слави і визнання! Не дали мені змоги показати, що я найкращий! Пам'ятай про це, Господи! Це ганьба твоя! Це не талант Божий! Через двісті років ніхто й не згадає про Моцарта! Ніхто!»

— Гайнц, уявляєш? Нещасного ховають по третьому розряду. Його пісеньки з «Фіґаро» та «Чарівної флейти» наспівують на вулицях. Та що там на вулицях! Їх наспівує сам цісар! А його ховають, наче якогось дрібного торговця.

— *Sic transit gloria mundi!** — хрипко обізвався його товариш і закашлявся. — Вивантажуй!

Два працівники магістрату, що відповідали за поховання, дістали з катафалка, в якому вони зазвичай привозили небіжчиків на громадський цвинтар, труну. Їм здалося, що вона підозріло легка. Наче в ній не було тіла.

Ще не розплющивши очі, Вольф зрозумів, що може вільно поворухнути рукою, і йому при цьому не боляче. Його це дуже потішило, бо ж за минулі дні найменший рух озивався гострим болем. Поворушивши й другою, Вольф раптом усвідомив, що лежить не в ліжку. Було нестерпно холодно. «От чортівня яка», — подумав Вольф і рвучко сів. Сидів він на холодній і твердій поверхні. Поряд стояв якийсь залізний ящик, від якого нестерпно тхнуло собачою сечею.

— Гей, чувак, вставай! — перед Вольфом стояли двоє в дивному одязі — чи то блазні, чи солдати.

«Господи, як же голова болить!» — Моцарт схопився за голову й тихенько застогнав.

— Агов, ти в порядку? Диви, Джейк, — мабуть з костюмованої вечірки вертається. Що, перепив, чувак?

«Якою мовою вони говорять? Англійською? До чого тут англійська? Що їм од мене треба?»

---

* Так минає мирська слава! *(лат.)*

— *Was?.. Wer sind sie, meine Herren?**

— Еге, Джейк, та це іноземець. Може, парамедиків викликати? У нього он кров на скроні. Та й перекладач би не завадив.

— Я знаю англійську. Де я?

— О! Диви, перекладач не потрібен. Містер, ви в парку Пітера Детмолда, наприкінці П'ятдесят першої вулиці. За Першою авеню.

— Де?!

— Ви в Сіті, містер!

— В якому «Сіті»? Я не у Відні? Сьогодні має прийти барон Ґотфрід фан Світен, він має прийняти від мене розпорядження на випадок моєї смерті!..

— Смерті, кажеш? А оце вже серйозно, чувак. Віллі, він сказав слово «смерть», ти чув?

— Чув. Хріново.

— За протоколом ми повинні доставити його у відділок. Поможи йому встати.

— Який сьогодні день? — крекчучи, підвівся Вольфганг.

— Ха-ха, може, тобі ще й рік назвати, чудило?

— Будьте такі ласкаві, назвіть.

— Ха-ха! Ну дає! Сьогодні шосте грудня дві тисячі вісімнадцятого року.

---

* Що?.. Хто ви такі, панове? *(нім.)*

ДІЯ ПЕРША

Сцена перша

Allegro assai
дуже швидко

— Де ти на мою задницю всрався, га? — буркнув собі під носа детектив Бріджес. Він щойно заступив на чергування, але почувався так, ніби відтарабанив без відпочинку дві зміни підряд. Перед ним на стільчику сидів Моцарт і витріщався на вусатого Бріджеса скляними очима. — Ще раз у вас питаю, сер, якого лисого дідька ви робили під сходами в парку Детмолда на П'ятдесят першій вулиці, га?

Моцарт насилу похитав головою, ніби намагався струсити вусатого детектива геть з очей, як таргана. Бріджес зітхнув.

— Що тут у тебе, Джо? — у крихітну кімнатку для допитів зайшов сухорлявий чоловік у розстібнутій до другого ґудзика блакитній сорочці. Краватка була неохайно розпущена, і вузол її теліпався мало не на животі.

— Якийсь турист, — неохоче відповів Бріджес. — Хлопці, Віллі і Джейк, що його притягли, сказали, що німець чи швед. На скроні рана, парамедики обробили, нічого серйозного. Англійську ніби розуміє й говорить, але зараз мовчить, гад. Документів при собі не має.

— А чого це він так одягнений?

— Отож! Ряджений, — гмикнув Бріджес. — Ще тільки вечір четверга, рано для карнавалів та маскарадів, хоча... Це ж Нью-Йорк. Тут і свої намахані, що вже казати про туристів.

Мабуть, влаштували десь костюмовану вечірку, понапивалися, а нам тут розбирайся...

— Узагалі не говорить?

— Узагалі.

— Може, він просто тебе не розуміє? Я сам твій техаський акцент, Джо, не завжди розбираю! — гигикнув худорлявий. — Говориш, наче гарячу картоплину в роті держиш!

— Іди знаєш куди, Майк? — розсердився здоровань Джо. — Мені ще бозна-скільки з ним сидіти, і якщо це клятий іноземець, то...

— Стривай, Джо. Вийди зі мною на хвилинку. Може, я знаю, як тобі допомогти.

Обидва детективи вийшли з кімнатки.

Вони нагадували типову поліційну парочку з голлівудських фільмів, де напарники обов'язково мають бути антиподами. Кремезний Бріджес схожий був на шафу з досить незграбно причепленими до неї руками й ногами та головою зверху, що її ледь-ледь прикрашали руді британські вуса. Пальці детектив мав короткі й товсті — не пальці, а чеські сардельки до пива. Як і більшість рудих, Джо Бріджес мав блакитні очі, з яких легко прочитувався його настрій.

Майк Козінський, як і годиться, був сухорлявий, менший на зріст. Очі чорні, жваві й колючі, здавалося, вони пронизували співбесідника наскрізь — добра риса для поліціянта. Лівий куточок широкого рота з тонкими губами завжди був опущений униз, а правий загинався догори, від чого здавалося, що Козінський постійно глумливо посміхається. Насправді це був частковий параліч лицевих м'язів після поранення — він упіймав кулю в одній поліційній операції.

Бріджес дуже жваво реагував на все, часом рясно посипаючи свою реакцію нецензурною лайкою. Козінський навпаки — старався зберігати спокій. З виразу його чорних, завжди примружених очей украй важко було здогадатись, що в нього на умі.

«Господи! Господи, що коїться? За що мені все це?» — Моцарт заплющив очі, щоб не бачити цього химерного світу, що його оточував. Відколи двоє патрульних сімнадцятого пресінкту* Нью-Йорка привели його у відділок, Моцарт не промовив ні слова. Широко розкритими з жаху й подиву очима людина, яка раптом потрапила з кінця XVIII у XXI століття, спостерігала за тим, що діялося навколо: химерні будинки, що впивалися в небо своїми стовбурами і, здавалося, діставали самого Господа; дивні блискучі криті повози, що рухалися самі, без коней, видаючи подекуди різкі звуки й жахливий сморід; неймовірна кількість народу, як на різдвяному ярмарку коло Бельведерського палацу.

«Це пекло, Господи? Я вмер, і ти відправив мене в пекло за те, як я поводився з батьком, з Констанцією, з синами і з покровителями? Боже, я навіть не сповідався перед смертю!»

Моцарт у відчаї затулив лице руками й тихенько заплакав. У його голові раптом промайнула думка, що всіх, кого він любив — дружину Констанцію, синів Карла і Франца, — він ніколи більше не побачить.

«Франц щойно народився, йому ще й пів року не виповнилось! Я не побачу, як він зробить перші кроки... Карлові сім, він уже непогано відчуває інструмент, легко читає з аркуша й чудово імпровізує, якщо я раптом посеред гри заберу в нього партитуру... Але хай би пильніше приглядався до нот і менше дивився на руки! І спина! Спина має бути

* 17-й пресінкт Управління поліції Нью-Йорка розташований на П'ятдесят першій вулиці між Третьою авеню і Лексінґтон.

пряма!» — Моцарт вражено озирнувся. Обстановка навколо ясно давала зрозуміти, що Карлова осанка більше не його, батька, турбота. І Моцарт знову заплакав.

«Констанція... Тільки недавно загоїлась її страшна виразка на гомілці. Відпочинок і лікування в Бадені явно пішли їй на користь. А ще я винен вісім флоринів Францішкові за фіакр — мав з ним розрахуватись після того, як одержу решту гонорару за Реквієм... — раптом Моцарт різко виструнчився на стільці — Реквієм!!! Останнє, що я пам'ятаю, то це те, що встиг написати заледве перші вісім тактів *Lacrimosa**!

Lacrimosa dies illa
Qua resurget ex favilla
*Judicandus homo reus...***

Хто ж його тепер допише? Як я отримаю гроші й виплачу всі борги? Бідолашна, бідолашна моя Констанція!..» — сльози знову покотилися по щоках.

Розпач і стрес так знесилили Моцарта, що він навалився на стіл, поклав заплакане обличчя на руки і впав у неглибоке й неспокійне забуття.

---

* *Lacrimosa dies illa* (*лат.* «Слізний день») — остання частина секвенції *Dies Irae* (*лат.* «День гніву») у римо-католицькій заупокійній месі. У цьому випадку — як частина останнього твору Моцарта *Requiem* (*лат.* «Заупокійна меса») К 626 ре мінор, яку Моцарт почав у липні 1791 року. Під час написання хорової частини *Lacrimosa* композитор помер — на восьмому такті завершується його рукопис. Остання правка була внесена рукою Моцарта 4 грудня, а вже 5 грудня за п'ять хвилин до першої ночі Вольфганга Амадея Моцарта не стало. Твір завершили його учень Франц Зюсмайєр і друг композитора Йозеф Ейблер.

** Сповнений сліз той день,
Коли восстане з праху,
Щоб бути засудженою, людина... (*лат.*) — хор з останньої частини секвенції.

Сцена друга

Allegretto grazioso
неспішно, з грацією

— Яка там у тебе ідея, Майк? — роздратовано спитав Бріджес, щойно вони з детективом Козінським вийшли з кімнати допитів.

— Можливо, наш турист через шок не здатний говорити англійською. Може ж таке бути?

— Хіба я знаю? Я тобі що, Айнштайн, щоб усе знати? Я простий детек...

— Нам потрібен перекладач.

— Господи, Майк! Я нікого не хочу в це вплутувати. Якого біса патрульні взагалі притягли цього клоуна у відділок? Він щось порушував? Попався на гарячому? Мочився посеред Першої авеню?! Ні! Він просто, біс його забирай, лежав! Якщо йому погано — викликайте парамедиків. Ну нахера було тягти його сюди, га? Я тебе, Майкі, питаю!

— Він без документів. І вдягнутий підозріло. І щось там сказав про смерть.

— А в протоколі це є? Нема! То якого біса ми його тут тримаємо? Козінський, відколи це відсутність документів і маскарадний костюм стали правопорушенням? Він не порушив жодного закону, тому хай котиться під три чорти — у мене й без нього справ на цілу ніч. Майкі, в мене інспекція, повії і торгівці наркотою з Парк Авеню, в мене дипломатові носа розквасили! А ти мені пропонуєш займатися цим пуделем?

— Чому пуделем?!

— Ти його бачив? Він у перуці з оцими... — Бріджес не знав слова «буклі» і намагався зобразити їх своїми величезними пальцями, схожими на волохаті сардельки. — От викапаний пудель!

— Джо, не гарячкуй. Давай допоможемо мужикові. У нього такий вигляд, наче він миль п'ять штовхав автівку до заправки, а виявилося, що заправка зачинена.

— Що ти пропонуєш?

— Маю знайому, яка знає німецьку.

— Боже мій, ні. Майк! Я тобі вже казав — не хочу нікого вплутувати. Давай випустимо, та й крапка на цьому.

— А він візьме й прямо перед відділком, наприклад, повіситься. Воно нам треба? Не переживай, Джо. Усе буде добре. Це моя неофіційна перекладачка. Пам'ятаєш Стейсі?

— Майкі. Я тебе терплю тільки тому, що ти, чорт забирай, мій колега й друг. Але ти весь час намагаєшся вплутати мою гепу в якусь халепу! Ясно, що я пам'ятаю цю Стейсі!

— Якби не вона, ми б не викрили мережу драґдилерів з Вест-Сайду.

— Ага... — Бріджес зітхнув. — Якби ти не шантажував бідну дитину тим, що в неї скінчилася віза, хрін би ми їх виловили. Ти безпринципна падлюка, Майкі.

— А ти мамин синочок.

— От ти гівнюк.

— Ну то як?

— Добре. Клич її.

Голоси долинали ніби крізь вату. Все ті ж самі кострубаті англійські слова. І раптом Моцарт почув милозвучну німецьку:

— *Guten Abend!** — він одразу підняв голову й розплющив очі. Перед ним стояла молода дівчина. Великі гарні приємного смарагдового кольору очі уважно й здивовано вдивлялися в незнайомця.

Вольф так само витріщився на неї. Якщо дивакуватий одяг «стражників» Віллі та Джейка його просто дивував, то вбрання дівчини зі смарагдовими очима його буквально приголомшило. Вольфганг почувався так, ніби перед ним стояла маркіза де Помпадур, тільки абсолютно оголена. Насправді Стейсі була вбрана якраз дуже пристойно: чорні панчохи, чорні чобітки на невеличкому каблуку. Ледь вище коліна спідничка («Спіднє!» — подумав Моцарт) вигідно підкреслювала ідеальну лінію стегон і тонку талію. Акуратна біла сорочка з рукавом до ліктя довершувала лаконічний ансамбль. «У Констанції була подібна, — чомусь промайнуло у Вольфовій голові. — Тільки рукав довший і виріз на грудях глибший». Хоч напіводягнена дівчина була й гарненька, та Вольфів страх тільки поглибився. «Що це за одяг?! — думав він. — Чому він у неї такий відвертий? Навіщо їй мене спокушати? Либонь, тому що це таки пекло!»

— *Guten Abend!* — повторила дівчина й спитала — *Wie heißen Sie? Mein Name ist Stacy.*

— *Wolfgang,* — спантеличено відповів Моцарт, не зводячи з неї очей. — *Wo bin ich? Um Gottes willen, wo bin ich?*

— *Sie sind bei der Polizei. In Precinct siebzehn,* — спокійно відповіла дівчина, не перестаючи своєю чергою витріщатися на Моцарта.

— *Bei der Polizei...* — повторив він. — *Man hat mir gesagt, dass ich in... City bin?*

* Добрий вечір! *(нім.)*

Дівчина кивнула.

— *Sie sind in City. New York City.*

— *In New York...* — знову повторив Моцарт. Набір звуків «Нью-Йорк» для нього анічогісінько не означав, але йому сильно здавалося, що нічого доброго з цих звуків не випливе.

Раптом Вольф різко зблід.

— *Wo ist denn das?*

— *New York, New York State.*

— *Wo?!*

Дівчина позадкувала, він одразу її перепросив.

— *Entschuldigen Sie bitte vielmals! Ich wollte Sie nicht erschrecken!*

— *United States of America. Wissen Sie wirklich nicht, wo Sie sind?**

— Що він говорить? — спитав Бріджес, який досі мовчав, по черзі витріщаючись то на дивака в перуці, то на дівчину.

— Каже, що не знає, де він, — відповіла Стейсі.

— Він у поліційному відділку.

— Вау! — Стейсі зробила круглі очі. — Як же я сама не здогадалась йому підказати? От дурна!

Козінський реготнув. Бріджес пропустив шпильку повз вуха й попросив:

— Спитай, як його повне ім'я і звідки він.

---

* — Добрий вечір! Як вас звати? Мене звати Стейсі.
— Вольфганг. Де я? Заради усього святого, де я?
— Ви у поліції. У сімнадцятому пресінкті.
— У поліції... А мені сказали, що я в... Сіті?
— Ви у Сіті. У Нью-Йорку.
— У Нью-Йорку... Де це?
— Нью-Йорк, штат Нью-Йорк.
— Де?! Прошу, пробачте, я не хотів вас налякати!
— Сполучені Штати Америки. Ви що, справді не знаєте, де ви? *(нім.)*

— *Wie ist Ihr voller Name?*

— І рік народження!

— *Joannes Chrysostomus Wolfgangus Amadeus Mozart, der Sohn von Leopold Mozart und Anna Maria Mozart, geborene Pertl, aus Salzburg. Ich bin 1756 einen Monat nach Weihnachten geboren.*

Великі й дещо розкосі від природи очі Стейсі стали абсолютно круглі.

— *Mister, ich würde Ihnen nicht raten, mit der Polizei zu spaßen,* — відреагувала вона й тихо додала: — *Ich versichere Ihnen, man kann diesen Detektiven vertrauen. Also, wie heißen Sie denn?*

— *Wolfgangus...* — самими губами прошепотів Моцарт. — *Joannes Chrysostomus...**

— Що він говорить? — нетерпляче спитав Бріджес. — Хто він і звідки?

— Не думаю, що ви хочете знати, що він говорить, — відповіла дівчина. — Мені здається, що він трохи «ку-ку».

— Хто тут «ку-ку», я сам вирішу. Що він сказав?

— Що ж. Він сказав, що він Вольфганг Амадеус Моцарт, і що він народився 1756 року в Зальцбурзі. Здається, це тепер Австрія, — спокійно відповіла Стейсі й уважно подивилась на Бріджеса. Здається, зараз її більше цікавила реакція детектива, ніж персона затриманого.

— Так, мене це вже задовбало! — гаркнув Бріджес.

---

* — Як ваше повне ім'я?

— Йоган Хризостом Вольфганг Амадеус Моцарт, син Леопольда і Анни Марії Моцарт, уродженої Пертл із Зальцбурґа. Народився через місяць після Різдва 1756 року.

— Містер, я б не радила вам гратися з поліцією. Цим детективам можна довіряти, запевняю вас. То як вас звати?

— Вольфганг... Йоган Хризостом... *(нім.)*

Його роздратування можна було зрозуміти — він щойно заступив на чергування і попереду була безсонна нічка з купою справ, допитів і ненаписаних рапортів, а тут йому доводиться витрачати час на якогось божевільного.

— Якого біса ти тут, вилупок, робиш, га?! — заволав детектив.

Моцарт втягнув голову в плечі й спробував закритись руками.

— Джо, ану йди сюди, на секунду, — Майк акуратно взяв колегу за плечі й вивів у коридор.

— *Cooler Anzug!** — сказала Стейсі, зацікавлено розглядаючи Моцарта.

Він був убраний у свій найкращий камзол з бежевого оксамиту. Золоте шитво, гаптування на рукавах і комірі коштували Моцарту аж двадцять дукатів — доволі істотна сума, як для камзола. Моцарт замовив його у придворного кравця самого імператора Йосифа II. Під камзолом була біла суконна камізелька і теж біла шовкова сорочка з рукавами й коміром, оздобленими найтоншим французьким мереживом, що коштувало ледь чи не дорожче, ніж сама сорочка. Довершували вбрання кюлоти** під колір костюма, білі мереживні панчохи від коліна та *escarpin****. На шиї, під комір сорочки, був пов'язаний білий шалик з тонкої вовни, а голову вкривала перука з буклями, які нагадували детективу Бріджесу вуха пуделя.

Моцарт любив добре вдягатись і не шкодував на нове вбрання грошей. Саме цей костюм він замовив придворному

---

* Кльовий костюм! *(нім.)*

** Короткі, до коліна, чоловічі штани.

*** Легкі черевики з пряжкою *(фр.)*.

кравцеві Гофберґу після того, як отримав гонорар за «Фіґаро». Констанція наполягла, щоб чоловіка поховали саме в ньому, хоч його учень Франц Зюсмайєр прагматично радив костюм продати й отримати за нього непогані гроші, які після Вольфової смерті були б у родині явно не зайві. Проте Констанція була невблаганна. У цьому вбранні Вольф їй дуже подобався.

І тепер інша жінка з цікавістю споглядала Вольфа, мимоволі подумки зауваживши, що вбрання, хоч і маскарадне, на диво органічно на ньому «сиділо» й було ідеально припасоване.

— *Heißen Sie wirklich Wolfgang? Oder ist das hm-m-m... Ihr Pseudonym?* — дівчина всміхнулась.

— *Pseudonym?*

— *Nickname. Spitzname.*

— *Ich verstehe nicht, was Sie meinen, liebes Fräulein, mein Name ist doch Wolfgang Amadeus Mozart.*

— *Na gut. Wie Sie wollen, Herr Mozart!* — Стейсі вирішила не сперечатися з дивним незнайомцем — ану ж він буйний? — *Und wie sind Sie hierher gekommen?*

— *Ich weiß nicht... Ich erinnere mich nicht... Ich erinnere mich, dass ich sehr krank war, dass ich mit meinen Studenten am Requiem arbeitete, dann kam Salieri, dann...*

— *Salieri?! Ist das derjenige, der Mozart vergiftete?*

Вольф раптом знову сильно зблід і очманіло витріщився на Стейсі.

— *Um Gottes willen, wer hat Ihnen das gesagt?! Salieri ist mein Freund und Lehrer! Und... und... Woher kennen Sie ihn?!*

— *Das ist doch kein Geheimnis. Wer kennt nicht Mozart und Salieri?* — Стейсі пхикнула й додала: — *Ich kenne sie. Im Gegensatz zu Ihnen. Warum wollen Sie nicht Ihren echten Namen nennen? Schluss mit den Spielchen, Sie sind bei der*

*Polizei, früher oder später erfahren sie doch, wer Sie sind und dann können Sie Probleme bekommen.**

Моцарт тяжко зітхнув і нічого не відповів. Він був розгублений. Не розумів, де він і чому все навколо нагадує пекло. Однак дівчина не була схожа на чортицю, та й у двох чоловіків, огрядного та худорлявого, не було ні ріжок, ні хвостів. Понад усе Моцартові хотілось вибратися звідси й ковтнути міцного вишневого шнапсу, якщо його, звісно, подають у цьому пеклі.

— *Gnädiges Fräulein, hören Sie mir bitte zu...*

— *...Stacy.*

— *Steffi. Holen Sie mich bitte heraus... Bitte, ich flehe Sie an!***

Бріджес і Козінський мовчки сиділи за своїми столами. Пресінкт жив буденним життям. Патрульні приводили затриманих і виводили тих, до кого не було претензій. Стояв звичний гамір, коли-не-коли його переривав звук поліційних сирен.

---

* — Тебе справді звати Вольфганг? Чи це ем-м-м... Псевдо таке?
— Псевдо?
— Нікнейм. Прізвисько.
— Я не знаю, про що ви, фройляйн, але мене справді звати Вольфганг Амадеус Моцарт.
— Ну гаразд. Як вам буде завгодно, гер Моцарт! А як ви опинились тут?
— Я не знаю... Я не пам'ятаю... Я пам'ятаю, що сильно захворів, пам'ятаю, що ми з учнями дописували Реквієм, потім прийшов Сальєрі, потім...
— Сальєрі?! Це той, що отруїв Моцарта?
— Заради Господа, хто вам таке сказав?! Сальєрі мій друг і наставник! І... і... Звідки ви його знаєте?!
— Теж мені таємниця. Хто не знає Моцарта і Сальєрі? Їх я якраз знаю. На відміну від вас. Чому ви не хочете назвати своє справжнє ім'я? Ігри скінчилися, ви в поліції, рано чи пізно вони дізнаються, хто ви, і у вас можуть виникнути проблеми. *(нім.)*

** — Послухайте, фройляйн...
— ...Стейсі.
— Штеффі. Виведіть мене звідси... Будь ласка, благаю! *(нім.)*

— У нас уже місць у камерах немає, — тихо сказав Бріджес. — До того ж цей чудик нічого не порушував. Я б його відпустив. Хіба що сфоткався б з ним — дочці покажу. Не щодня ж такі циркачі сюди потрапляють.

— А якщо він хворий? — спитав Козінський. — От ти його відпустиш — а він приріже кого-небудь на нашій дільниці. Відгребемо потім обидва.

— Не говори дурниць, Майк. Ти його бачив? Типовий косплейник. На нього дмухнеш — і він розклеїться. Тим більше він німець, чи хто він там.

— Може, в їхнє консульство подзвонити?

— Майк, ти здурів? Мені на сьогодні п'яного російського дипломата вистачить. Щоб я з цими іноземцями зв'язався ще раз? Та нехай котиться під три чорти!

— Як знаєш, Джо, як знаєш.

Детективи зайшли в кімнатку. Моцарт стривожено сіпнувся на стільці й опустив голову. Стейсі встала зі стола й підійшла до Козінського.

— Сер, здається, я його сьогодні вже бачила...

— Що? Де?

— Ну, він був у компанії туристів, які заходили до нас випити.

— Коли?

— Точно не скажу, але десь по обіді... А може, й раніше... І я точно знаю, де вони зупинились.

— Де?

— Та тут близько — у «Ренесансі», на П'ятдесят сьомій...

— Нічого собі близько — п'ять кварталів звідси.

— Я його доведу.

— Ти впевнена? — Бріджес тепло, майже по-батьківськи подивився на свою рятівницю.

— Впевнена, — Стейсі закусила губу.

— Дивись. Дзвони мені, якщо виникнуть проблеми. — сказав Козінський. — А ти, містер, поводься чемно! — це вже було адресовано Моцартові. — Дивись мені!

Стейсі вийшла надвір, подумала секунду й застібнула свою коротеньку курточку. У грудні в Нью-Йорку дуже сиро й холодно. Моцарт одразу затремтів — він був одягнений невідповідно до погоди й до епохи. Утім, Нью-Йорк таким убранням і не здивуєш, бо тут кожен одягається, як йому заманеться.

— *Let's go!** — сказала Стейсі англійською і пішла в напрямку Другої авеню.

---

* Ходімо! *(англ.)*

Сцена третя

Allegro giocoso
весело, жартівливо

Моцарт ішов за дівчиною і намагався зібрати докупи думки, що стрибали в його голові, мов бісер по кахлях. Сирий нью-йоркський вітер пробирав до кісток, але Вольфганг тремтів не від холоду, а через те, що бачив навколо.

Ніде, навіть на знаменитих гульбищах, які вони влаштовували разом з Лоренцо Да Понте*, він не бачив такої кількості напівоголених дівчат — довгоногі, вдягнені замість спідниць і суконь лише в щільно обтислі штани так, що можна було роздивитися їхні сідниці, часом навіть дуже привабливі. Корсетів дами, либонь, не носили, але й грудей не відкривали. Чоловіки були вбрані дещо звичніше — короткі й довгі куртки, що нагадували куртки простих віденських вугільників та ремісників. Подекуди траплялися елегантні пальта. Моцарт ніколи таких не бачив. У одязі геть не було пишних, важливих і надзвичайно милих деталей — ні мереживних манжетів, ні жабо на сорочках, ні гаптованих камзолів, ні приталених жюсткорів. Усе було дивне — з одного

---

* Лоренцо Да Понте (*Lorenzo Da Ponte*, 1749–1838) — італійській лібретист і перекладач. Придворний поет цісаря Йосифа II, друг Моцарта і автор лібрето до опер «Фіґаро», «Дон Жуан» і «Так чинять усі».

боку лаконічне, а з другого — часом дуже яскраве. «Боже милостивий! Я думаю про одяг! Я невідомо з ким, невідомо де і невідомо куди йду, а мене цікавить одяг! І жіночі задки!»

На Моцарта ніхто уваги не звертав — хіба мало у великому й гармидерному місті Великого Яблука провінціалів, що витріщаються на заклопотаних і занурених у себе нью-йоркців?

— Ну все. Я прийшла! — Стейсі зупинилася біля вивіски «*Quarta*». — Це мій ресторан. Я тут працюю. Бувай!

Моцарт кивнув головою і залишився стояти на місці. Стейсі помахала йому рукою й зникла за важкими дерев'яними дверима.

Вольф стояв і вперше в житті не знав, що робити. Зазвичай у будь-якій ситуації він не втрачав життєрадісності й рішучості. Його мозок готовий був до різних карколомних поворотів, імпровізація була його улюбленим методом. «Ти не повинен думати, з якої ноти починати, коли настане час для імпровізації, — вчив трирічного Моцарта батько. — Ти повинен грати не головою, а пальцями. На пальцях твої очі і на них же — твої вуха. Стеж за пальцями — грай так, ніби сам Господь бере тебе за руку й ставить її на клавіатуру», — говорив батько і, міцно взявши сина за бліду долоньку, водив нею по чорних клавішах клавікорда.

«Кварта» — типовий італійський ресторанчик, яких на Мангеттені набереться десятків два. Розташований на першому поверсі житлового будинку по Другій авеню, він був одним з небагатьох ресторанів, де страви на замовлення клієнта робили з нуля, а не з напівфабрикатів. Якщо ви замовили там рибу, то можете бути впевнені, що цю рибу вночі привезли зі спеціального нічного рибного базару, а не розморозили в мікрохвильовці. «Кварта» ревно берегла традиції, рецептуру страв, домашню атмосферу і меблі — останній ремонт був наприкінці вісімдесятих, тому тут іще збереглися дерев'яні рами у вікнах, дубові, а не з плити скла чи пластику, двері. Добротні дерев'яні меблі, щоправда, щороку оглядав майстер і за потреби ремонтував. У інтер'єрі, крім дерева, багато дзеркал, шкіри й кришталю. Публіка сюди ходила відповідна — менеджери середньої ланки, дипломати з ООН, штаб-квартира якої розташована буквально за кілька кварталів од «Кварти», і також ті ньюйоркці, які ще замолоду бачили ці старі меблі — як і волосся на тепер лисій голові власника закладу містера Манчіні.

Стейсі забігла на кухню й жадібно випила склянку води. Джейсон, старший менеджер ресторанного залу, щойно завершив зведення рахунків і закрив течку.

— Прийшла? — спитав він. — Усе окей?

— Усе нормально, Джей, от тільки пообідати не встигла.

Менеджер співчутливо покивав головою. Він не любив, коли хтось був голодний. Джейсон народився й виріс у Конґо, в маленькому селищі неподалік містечка Мвене-Діту, і дитинство в нього, прямо кажучи, не було сите. Від постійного недоїдання ріс він худенький і слабкий. Проте, коли його батьки емігрували в США, з маленького рахітичного хлопчика Джейсон виріс у кремезного парубка. Широкі плечі, красива шкіра кольору темного шоколаду, білозуба усмішка і завжди доброзичливий тон дозволяли Джейсону гасити найскладніші конфлікти, а вони в ресторані на жвавій Другій авеню траплялися, коли, бувало, заходили випадкові гості.

— Знаєш, зараз давай до роботи. Візьмеш одразу два столики — другий ліворуч і перший біля барної стійки. Тільки в темпі, бо за другим столиком уже занудьгували — вони давно готові зробити замовлення. Закінчиш з ними — дам тобі додаткову перерву на ланч.

Стейсі натягла на личко усмішку, поправила зачіску, помахала рукою подрузі, яка, взявши замовлення, бігла повз неї на кухню, і впевнено попрямувала в зал.

За другим столиком сиділо двоє чоловіків. Старшому на вигляд було під п'ятдесят — акуратно зачесане сиве волосся, дорогий костюм і приємний терпкий запах чоловічих парфумів. Молодший — круглолиций і огрядний. Чорне коротке волосся їжачилось на жирних складках потилиці.

— Добрий вечір, я Стейсі, я вас сьогодні обслуговую.

Ці двоє одразу їй не сподобались. Особливо старший. Він, не відповівши на привітання, поволі просканував її оцінювальним поглядом з п'ят до голови — по струнких ногах у чорних панчохах, по стегнах, обтягнутих строгою чорною спідничкою, зупинився на білій шовковій блузці, ковзнув по тонкій і довгій шиї, і втупився в її великі зелені очі. До того, як він зустрівся з нею поглядом, обличчя його було цілковито невиразне й незворушне. Тільки рожевуваті губи ледь ворушилися, ніби щось вираховуючи. І аж тоді, як зустрівся з дівчиною поглядом, він масно вишкірився, прицмокнув і сказав:

— Ну, привіт.

Від цього «Ну, привіт» Стейсі стало незатишно.

— Що будете замовляти?

— Принеси нам, солоденька, по келиху рожевого каліфорнійського зінфанделю.

Стейсі записала.

— Поки що це все, — сказав старший. І наголосив: — Поки що!

Молодик реготнув.

Оце «поки що» справило на неї неприємне враження. У грудях оселився холодок і відчуття чогось огидного й неприємного. Та й звернення «солоденька», яке зазвичай вживають до дітей, було сказане таким тоном... бр-ррр! Стейсі повела плечима — скільки таких звернень і масних поглядів вона бачить за вечір? Два? Три? Двадцять? Міркувати про це було ніколи, й вона побігла далі.

Повертаючись на кухню від другого столика, того, що коло барної стійки, дівчина побачила у вікні знайомий силует. Моцарт стояв на тому самісінькому місці, де вона його покинула. Йому було дуже холодно й дуже сумно. Він весь дрижав, задубілі руки сховав під пахви.

— Гей, шановний, може, все-таки відчините нам двері?

Моцарт підняв голову. Перед ним стояла пара. Поважний добродій з пишними сивими вусами й у старомодному капелюсі схожий був на Жуля Верна. Його супутниця, дама з сивим кучерявим волоссям, красиво зібраним під акуратний капелюшок, сказала:

— Саймон, дивись, як він змерз! Це неподобство — виставляти швейцара в таку погоду без пальта!

— Тримай, юначе! Зігрієшся після роботи! — сивовусий добродій тицьнув Вольфгангові за лацкан кілька дрібних банкнот і сам одчинив двері, пропустивши даму вперед. Збентежений Моцарт розгорнув незрозумілі зеленкуваті папірчики з портретами якихось чоловіків на них.

Двері відчинилися знову.

— Чого ти тут стоїш?! — Стейсі була скоріше здивована, ніж обурена. — Тут холодно, як у пса в дупі! Йди додому!

— Холодно, як де? — не зрозумів Вольф. — У пса в гузні не має бути зимно, якщо пес не здо...

— Байдуже! Йди додому!

— ...

— Чого мовчиш?

— Я не знаю, куди мені йти...

— Тобто, як?.. Не знаєш?

— Я не маю тут дому. Я взагалі кепсько уявляю, де я...

— Слухай, як тебе там?

— Вольфганг.

— Так-от, Вольфі. Ми вже не у відділку, можеш не прикидатися, що в тебе амнезія, і не розігрувати з себе жертву. Іди, куди тобі треба, й не стирчи тут.

— Що таке «амнезія»?

— Ти знущаєшся.

— Я не знаю, про що ти говориш.

— Як називається місце, звідки ти?

— Я народився в Зальцбурзі, це Ерцгерцогство Австрія, Священної Римської імпе...

— Так, так, ти Моцарт.

— Я Моцарт.

— Ти бовдур!!!

Вольф сахнувся, подивився на дівчину, й раптом йому стало так себе шкода... «Я не знаю, де я, — подумав він. — Я кепсько почуваюсь. Мені холодно. Я хочу додому. А тут ця фройляйн кричить на мене, як на просту прислугу...» І великі сльози покотилися по його щоках, залишаючи на пудрі темні доріжки.

— Ну що ти... Пробач, я не хотіла тебе образити. Тобі й справді нікуди йти?

— ...

— Що ж. Давай так. Ходімо всередину. Я посаджу тебе за столик і принесу кави. Хочеш кави? За мій рахунок.

— Я маю гроші, — ображено буркнув Вольф. — Оце ж у вас гроші чи що? — і він показав їй ті кілька банкнот, які щойно отримав.

Стейсі відчинила йому двері й провела за дальній столик у закуточку біля туалету.

— Сиди тут, я зараз принесу каву.

Принесла чашку американо, щоб надовго вистачило, і круасан.

— Мені потрібна нічна ваза.

— Пробач, що? — не зрозуміла Стейсі.

— Мені потрібно... Ну... — Моцарт устав і зробив рух, ніби він знімає штани.

— О господи, тобі потрібно у *restroom*!

— Як ти сказала? *Restroom*? «Кімната відпочинку»? Оригінально! — Моцарт уперше спробував усміхнутися.

— Ось же, прямо за рогом.

— Дякую! — Моцарт галантно вклонився і зайшов у двері.

Те, що він там побачив, відібрало йому мову. Посередині — біла блискуча ваза, накрита білою кришкою. Ще одна ваза, без кришки, вище на стіні. Білі кахлі на підлозі й стінах. Величезне прямокутне дзеркало від підлоги до стелі — таке велике і без найменшої хвильки, що Вольфганг на мить забув про свою пекучу потребу й прискіпливо оглянув кожну складку на камзолі та кюлотах. Сумно зітхнув, побачивши плями бруду на білих панчохах і навіть маленьку дірочку на одній, що радості йому не додало. Ще раз зітхнувши, поправив перуку й розтер пудру на лиці.

Здогадавшись, що біла ваза — це і є горщик, він нахилився, зумів підняти покришку і втягнув носом повітря. Пахло якимись квітами, а не лайном. На мить Моцарт навіть засумнівався, що це власне, «вбиральня». Тицьнув рукою у воду, підніс пальці до носа й ще раз принюхався. Вода була чиста й прозора. Мабуть, помилився, і ця красива біла ваза — не горщик для лайна.

У цілковитому розпачі Моцарт вийшов з туалету і всівся за столик.

— Ну що, зробив свої справи? — всміхнулася Стейсі.

— Ні, — прошепотів Моцарт. — Я не знаю, як... Там так гарно й чисто, мов у цісарському палаці...

— Якби там було брудно, я б вилетіла з роботи. А що тобі завадило?

— Я не знаю, як...

— Що?!

— Я не знаю...

— Ти знущаєшся!!!

— Стейсі, в тебе все ОК? — повз них пробігав офіціант, але, побачивши Моцарта, зупинився, наче кінь перед парканом.

— Усе ОК, Макс.

— Точно? — високий білявий хлопчина з білими віями і ніжно рожевим, мов у дитини, обличчям не зводив очей з Вольфганга.

— Це мій знайомий, — Стейсі зашарілася й стала схожа на стиглий томат.

— Привіт! Я Макс!

— Вольфганг.

— Амадей Моцарт! — зареготав Макс, задоволений своїм, як він думав, жартом.

— Ви мене знаєте?! — Вольфганг з подиву знов забув, що дуже хотів у туалет.

— Друже, ну хто ж не знає Моцарта? — засміявся хлопець і наспівав перші такти з «*Rondo alla turca*»*. — Та-ба-да-ба-дам, та-ба-да-ба-дам, та-ба-да-ба-да-ба-да-ба-да-ба-да-ба-дам!

— Та-ба-драп-дам, та-ба-драб-там, та-ба-драб-там, та-ба-дам! — продовжив Вольфганг.

— Ну все, я побіг! — Макс ляснув Моцарта по плечу і зник.

---

* *Alla Turca* — третя і фінальна частина Сонати для фортепіано № 11 ля мажор K 331, відома як «Турецький марш». Вважається одним із найвідоміших творів Моцарта.

Вольф стояв, роззявивши рота, — в нього було таке враження, що десь у лісі він зустрів оленя, який тямить у нотній грамоті.

— Іди скоріше! Мені працювати треба! — пробурчала Стейсі. Їй не дуже хотілося, щоб її бачили в компанії цього дивного і, що там приховувати, вельми підозрілого типа.

Моцарт нерішуче затупцяв на місці.

— Що тобі не зрозуміло?!

— Все! — неочікувано всміхнувшись, Вольф красиво, як диригент, розвів руками.

— Слухай. Я не маю часу з тобою панькатися. То тобі нема куди піти, то ти буцімто не знаєш, як користуватися туалетом. Чому я маю тобі вірити?

— Мені від тебе нічого не потрібно, і мені немає резону говорити тобі неправду, — Моцарт важко, майже театрально, зітхнув — ну геть як бідна сирітка.

— Гос-споди, де ти взявся на мою голову! — з інтонацією детектива Бріджеса простогнала Стейсі і рвучко зайшла у вбиральню. — Сідаєш сюди — зробив свої справи — натис оцю кнопку!

Стейсі натисла кнопку зливного бачка, і вода з шумом хлинула в унітаз. Моцарт, мов схарапуджений кінь, відскочив од хитромудрого пристрою.

Стейсі примружилась:

— Ти, часом, не з амішів*?

Моцарт почув незнайоме слово і запитально глянув на дівчину.

— Та нічого, забудь, — махнула Стейсі і вийшла.

---

* Члени однієї з християнських менонітських течій, прихильники старого традиційного способу життя. Найконсервативніші з них відмовляються від будь-яких сучасних технічних засобів: електрики, водогону, центрального опалення, телефону тощо. У США проживають локальними громадами, зосередженими головно в штатах Пенсильванія та Нью-Йорк.

Моцарт спантеличено завмер перед унітазом.

Тим часом поклик природи став просто нестерпний. Моцарт розстібнув на кюлотах усі шістнадцять ґудзиків, спустив штани до колін і виліз на унітаз з ногами. «Так дивно, — подумав він. — Відкладати невідомо де те, що захопив з собою із дому».

Прямо посеред процесу несподівано відчинилися двері — Вольфганг і не подумав шукати на дверях щось схоже на замок. На порозі стояв хлопець у вишневому фартуху. Кругле обличчя, рясно вкрите ластовинням, настовбурчене руде волосся і кирпатий ніс видавали добродушну й веселу натуру. В руках юнак тримав швабру.

— Стейсі! — заволав він через плече. — Ти диви, який у нас тут орел сидить!

Дівчина, яка весь цей час набирала в телефоні повідомлення подрузі, проґавила свого колегу Тома, чия черга була прибирати туалет.

— Я перепрошую великодушно, — ні на мить не розгубившись, сказав Моцарт і, наче велетенський птах, розвів руками. — Вам доведеться хвильку почекати! До речі, от що цікаво: хоч би що ви споживали — добірні фрукти й дичину з цісарського столу чи простий гороховий суп міської бідноти — лайно буде у всіх випадках однакове! Правда, забавно?

— Та здуріти можна! — гмикнув Том.

— А знаєте чому? — спитав Вольф тремтячим од передчуття гарного жарту голосом.

Томові стало цікаво — чувак у перуці виліз з ногами на унітаз і, абсолютно не соромлячись, пускає жартики.

— Гадки не маю!

— Тому що фізіономії у всіх різні, а задниці однакові!

І Моцарт вибухнув предивним реготом.

— Що це було?! — зашипіла розлючена Стейсі. — Що це за такий довбаний «*small talk*»?!

— Я просто пожартував! Тобі не сподобався жарт? — розчаровано протяг Вольф. — Здалося, твій друг оцінив.

— О, так, Томмі оцінив твій жарт! — дівчина аж почервоніла зі злості. — А ще його оцінять усі навколо, бо Томмі всім про це розпатякає!

— Так от і добре! Сміятись — що ж тут поганого? — і Моцарт знову зареготав.

Знаєте, на що був схожий його регіт? На ухкання сови, на скрегіт леза по іржавому металу, на звук, який чуєш, коли треш пінопластом по шибці. Навіть регіт гієни тільки віддалено нагадував звуки, що линули з Моцартового горла, коли той сміявся, задоволений своїм жартом.

А жарти... Вольфгангові жарти любила проста публіка, бо переважно вони опускались нижче пояса, тобто були прості й зрозумілі. Канон сі-бемоль мажор «*Leck mich im Arsch*»* — яскраве тому підтвердження. І краще вам не знати, яких саме жартів припускався Моцарт у листуванні зі своїми пасіями!

— Сиди тут! Я закінчую зміну через дві години, зрозумів?

— Зрозумів, — Вольфганг умить посерйознішав, бо ж не щодня ним командували дівчата.

Стейсі повернулася до роботи. Принесла замовлення веселій компанії за столиком біля барної стійки і підійшла до чоловіків, що замовляли зінфандель.

— Ви готові зробити замовлення, сер? — спитала в старшого.

---

* «Лизни мій анус» (*Leck mich im Arsch (нім.) K231/382c*) — канон на шість голосів, був написаний 1782 року у Відні не для широкого розповсюдження, а для виконання в колі друзів.

— Ти занадто довго десь ходила, солоденька, — чоловік подивився на Стейсі з-під лоба. — Я вже встиг заскучати!

Його супутник дрібно захихотів.

— Ви хочете щось замовити? — продовжувала звична до надокучливих клієнтів Стейсі.

— Ну не будь така сувора, крихітко! — посміхнувся старший. — Коли в тебе закінчується зміна? Може, я тебе дочекаюсь, га?

— Сер, ви готові зробити замовлення?

— Давай так. Я зроблю замовлення і дам тобі чайові. Дуже багато чайових, шариш?

Аж тепер Стейсі помітила, що старший чоловік був уже добряче напідпитку. Ймовірно, келих міцного каліфорнійського зінфанделю додався до випитого раніше і остаточно відпустив йому гальма, тож він і намагався зняти гарненьку офіціантку. Стейсі сховала блокнотик у кишеню і спробувала тихо піти, проте чоловік міцно вхопив її за зап'ясток.

— Сер, що ви собі дозволяєте?!

— Ну тихо, ну чого ти? Ну давай домовимось, солоденька, ну?

— Пустіть мене!

— Та я нічого тобі не роблю, — бурмотів чоловік, продовжуючи тримати Стейсі за зап'ясток. — Просто поговоримо і все! Ну чого ти?

Стейсі ніби паралізувало. На очах виступили сльози страху й образи. Клієнтів, які до неї залицялися, щовечора набиралося душ до п'яти. Мініатюрна, вродлива, з красивою фігуркою балерини і білим, ніби в порцелянової ляльки, личком, дівчина подобалася гостям, особливо тим, хто вже затуманився алкоголем. Одначе в респектабельному закладі публіка не дозволяла собі зайвого, і здебільшого все закінчувалося двома-трьома невинними жартиками та номером телефону на серветці чи на рахунку, що його залицяльники, ласо всміхаючись, простягали дівчині. Та не цього разу.

— Я чекатиму тебе, крихітко, чуєш?

Чоловік так стис хватку, що металевий браслет годинника боляче вп'явся дівчині в шкіру. Стейсі з переляку пересохло в роті, серце калатало так голосно, що глушило кволі звуки в горлі, які ніяк не могли злитися в крик про допомогу.

Допомога несподівано прийшла сама.

— Відпустіть її негайно! — пролунав знайомий голос з легким німецьким акцентом. Це був Моцарт.

П'яний ошелешено витріщився на Вольфганга, але Стейсі не відпустив.

— Відпустіть. Її. Негайно, — повільно карбуючи слова, повторив Вольф.

— Що ти за опудало? — здивовано пирхнув нахаба.

Шикарне вбрання, яким Франц Гофберґ, придворний кравець цісаря Йосифа II, дуже пишався і за яке взяв цілих двадцять дукатів, справило на чоловіка враження.

— Думаю, вам краще бути люб'язнішим з цією дамою, бо...

— Бо що?

— Бо інакше я познайомлю вас з іншою чарівницею, — широко всміхнувшись, сказав Вольф.

— Пішов нахер, блазень патлатий, бо я тобі зараз ви...

Моцарт зробив красивий пірует правицею, і раптом у руці в нього щось блиснуло. У ту ж саму мить мисливець за офіціантками відпустив Стейсі і підняв руки догори — в самісіньке горло йому вперлось дуже тонке й гостре лезо.

— Ну-ну, шановний, продовжуйте. Я не почув, що ви там сказали.

Моцарт натис лезом на горлянку, і на шкірі яскраво-червоними намистинами проступила кров. Молодший супутник противно заверещав.

Сцена четверта

Tempo di Minuetto
у темпі менуета

— От якого хера? — похмуро спитав детектив Бріджес, стоячи в кімнаті для допитів перед парочкою. — Давно не бачились, бля.

— Він за мене заступився, — сказала Стейсі, роздивляючись плямку на підлозі. «Що це? — думала дівчина. — Засохла плямка крові? Жуйка? Кава?»

— Де ти взяв ножа? — це запитання було адресоване вже Моцартові.

— Якого ножа? — весело знизав плечима Вольф і гигикнув так, що Бріджес поморщився. «Краще б він мовчав, зараза, — подумав детектив. — Що за регіт у нього такий? Ірже, як Губка Боб!»

— Ножа, яким ти штрикнув містера Гаккермана.

— Містера Сракермана? — знову регіт.

— Я тебе закрию зараз, клоун, — спокійно пообіцяв детектив. — Де ніж?

— Та я його зі стола взяв!

— Не бреши. За описами свідків це був якийсь стилет. Де він?

— Де він? — перепитав Вольф.

— Де?

— Справді, де?

— Що ти мені тут голову морочиш? Стейсі! Що в нього було в руках?!

— Я не встигла роздивитись... — пробурмотіла дівчина. — Усе сталося так швидко... Може, й був ніж якийсь. Може, й зі стола.

«Ні, на жуйку не схоже кольором, — не зводила вона очей з плями на підлозі. — Мабуть, кава. Чи, може, таки кров?»

У кімнату зайшов Козінський.

— Ну, що твій свідок? — повернувся до нього Бріджес.

— Каже, був ніж, — детектив зітхнув.

Усе вказувало на те, що сьогоднішнє чергування буде нелегке.

— Чом би вам, містер Бетховен, просто не сказати: «Я взяв ножа зі стола й ненавмисно поранив містера Гаккермана»? Що, це так важко?

— Я Моцарт!

— Один хер.

— Ви знаєте Бетховена?! Я з ним тільки раз і зустрічався. Молодий і посередній студент, набурмосений, як стара баба. Я на нього геть не схожий. Як ви можете називати мене Бетховеном?!

— Був ніж?

— Може, й був, — розвів руками Вольф. — А може, й ні. Може, я його нігтем? Дивіться!

І він тицьнув детективові під носа свою ніжну долоню, що ніколи не знала мозолів. На мізинці стирчав акуратно підпиляний довгий ніготь.

«А якщо це кров, — думала своє Стейсі, — то це означає, що тут когось били?»

— Ах, ти су... — почав було розлючений Бріджес.

— Ану вийдемо на секунду, — Козінський покосився на Стейсі і взяв колегу за рукав.

Бріджес обурено висмикнув рукав і попрямував за Козінським до дверей.

— Відпусти їх.

— З якого всраного дива? — похмуро огризнувся Бріджес.

— Мені Стейсі ще буде потрібна.

— Ти знов будеш експлуатувати бідну дитину?

— Вона може бути корисна — вона знає Фернандеса і знає, хто до нього ходить.

— Таки через нього хочеш зачепити весь кокаїновий трафік на всьому Іст-Сайді?

— Якщо ми накриємо не тільки Фернандеса, а і його постачальників, і взагалі всю мережу, то так.

— Але їй доведеться свідчити перед прокурором. У суді свідчити, Майкі. Ти розумієш, чим це їй загрожує? Вона ж нелегалка.

— Розумію, Джо. Але я повинен робити свою роботу. Наркотрафік на Вест-Сайді ми придушили, пора придушити його й по цей бік Мангеттену. Стейсі цілий день крутиться у «Кварті», а Фернандес там буває. Думаю, саме там він тихенько зустрічається з постачальниками і з головними кур'єрами. Ми, звісно, можемо поставити в ресторані камеру, але чи буде в нас на це санкція — під питанням. Само собою, що нам потрібні й живі свідки. Може, вона щось нове почує, може, щось побачить... А головне, вона може ідентифікувати тих, кого ми упустили торік.

— Ти безпринципна й безсердечна падлюка, Майкі.

— Ти жирна й ледача свинюка, Джо.

— А що мені робити з потерпілим?

— Я з ним розберуся.

— Дивись мені.

— Іди, роби свою роботу.

— Рідкісна ж ти сука, Майкі.

— Ти сентиментальний засранець, Джо.

Козінський зайшов у свій кабінет. «Потерпілий», Філ Гаккерман, фінансовий клерк, сидів і щось набирав у телефоні. На шиї, трохи правіше від кадика, світлою плямою сяяв пластир. Побачивши Козінського, «потерпілий» одразу поклав телефон у кишеню.

— Ви вільні, містер Гаккерман. Можете йти.

— Що, і все? Ви арештували цього покидька?

— Ні.

— Тобто?

— Ви будете висувати обвинувачення?

— Аякже! Він мені мало не перерізав шию! — Гаккерман показав на пластир.

— Ваше право. Потерпіла теж свідчитиме в суді.

— Яка потерпіла?

— Офіціантка.

— Вона потерпіла? Тобто?

— Вона також висуватиме обвинувачення.

— Пробачте?

— Висуватиме обвинувачення проти вас, Гаккерман! — Козінському добряче набрид цей тип, що вже ось годину розповідав прибулому на виклик патрулеві й самому детективу Козінському, як кровожерливий клоун ледь не відрізав йому голову, коли він, Гаккерман, мирно вечеряв у ресторані з партнером по бізнесу.

— Обвинувачення в чому? — не розумів «потерпілий».

— Вона звинувачує вас у сексуальному домаганні, — спокійно пояснив детектив.

— Але... Ви вірите цій прошмандовці? Цій курві?! Ви серйозно?

— Усе дуже серйозно.

Козінський зробив над собою зусилля, щоб від усього щирого серця не заїхати «потерпілому» в доглянуте обличчя. Детектив виріс у Міннесоті, що на кордоні з Канадою, а там, у густих лісах, місцеві не дуже любили, коли про жінок говорили без належної поваги.

— Але моє слово проти неї...

— У неї є повно свідків — два офіціанти, відвідувачі за сусіднім столиком, адміністратор залу.

— Я не зрозумів — ви на моєму боці чи як?! — обурювався Гаккерман.

— Тихіше, містер. Не напружуйтесь так. Для серця погано. З вигляду ніби здоровий чоловік, а тут раз, серденько прихопить — і все! Знаєте, як воно буває у вашому віці? — глузливо сказав детектив. — Я на боці закону. І ви, якщо я не помиляюсь, одружені, так? І як? Щасливо? Уявляю, як здивується ваша дружина, яка вона буде обурена!

— Ви... Ви... Я...

— Я вас більше не затримую.

Бріджес зайшов у кімнату для допитів. Стейсі і Вольф стояли на тих самих місцях, що й раніше. Дівчина зосереджено вдивлялася в підлогу. Моцарт люто чухав потилицю під перукою.

— Стейсі, ти вільна.

— А він? — насторожилася дівчина.

— А з ним я ще поспілкуюсь.

— Я без нього нікуди не піду.

— Хто без кого нікуди не піде? — втрутився Вольф, який не завжди розумів, що говорять цією доволі інакшою, ніж він звик, англійською.

— Скажи мені, Бетховен...

— Я Моцарт!!!

— Ну пробач, просто фільм згадав, про пса, його звали Бетховен. А ти в перуці теж мені на пса схожий, тільки на пуделя.

— Він марить? — спитав Моцарт у Стейсі. — Про що він говорить?

Дівчині стало смішно, й вона прикрила вуста долонею, щоб не зареготати.

— Який пес? Який Бетховен? Де він його бачив? — не вгавав Вольфганг.

— Так, стоп!!! — гримнув Бріджес. — Добре, хай Моцарт! Слухай мене уважно. У нашу першу зустріч я не мав права тебе затримувати й дізнаватися, хто ти такий. Тепер правила змінились — ти вляпався в кримінал і тому скажеш мені, хто ти й звідки.

— Та я залюбки! Мене дуже добре знають у Відні. Кілька років тому, у вісімдесят дев'ятому, ми з Лоренцо наробили шуму, коли дали «*Così fan tutte*» у Бурґтеатрі. Ви тільки подумайте — Сальєрі відмовився від неї, подумавши, що опера провальна, а я завершив її місяців за два, і ми мали приголомшливий успіх. О, яка була розкішна постановка! Ми на самі тільки костюми витратили більше п'ятдесяти дукатів! А декорації? Це було нове слово в оперних постановках. Вони рухались! А потім ми знову дали «Фіґаро»*! А ще раніше, років чотири тому, коли «Фіґаро» у Відні зустріли прохолодно, ми з Бондіні ставили «Весілля»

* «Весілля Фіґаро» (*Le nozze di Figaro (італ.) K492*) — опера-буффа (або комічна опера), написана Моцартом 1786 року на лібрето Лоренцо Да Понте за однойменною п'єсою Бомарше. Перша постановка відбулася 1 травня 1786 року у Відні і була провальна. Однак у грудні того ж року в Празі постановка у виконанні трупи Пасквале Бондіні мала шалений успіх. 1789 року оперу було відновлено на віденській сцені, й вона здобула визнання.

в Празі. То ви би бачили, що там діялося — публіка просто шаліла!

Non più andrai, farfallone amoroso,
notte e giorno d'intorno girando;
Delle belle turbando il riposo
*Narcisetto, Adoncino d'amor!** — весело заспівав Моцарт.

— Ти мене за дурня маєш? — сумними, як у старого пса, очима, подивився Бріджес на Вольфа.

— Ви просто не любите оперу! — обурився Вольфганг. — А дарма!

Бріджес зітхнув, жестом наказав Стейсі вийти і вийшов услід за нею. У коридорі детектив зітхнув.

— Майк каже, що вас треба відпустити.

Дівчина благально подивилася на Бріджеса великими зеленими очима.

— Майк, як я знаю, має до тебе діло...

— Так... — тихо сказала Стейсі.

— Але я не впевнений, чи безпечно відпускати тебе з цим клоуном.

— Він мене захистив.

— Ну підозрілий же тип. Подивись, у що він убраний. І ця перука...

— А хіба краще, щоб він був голий? — Стейсі звузила очі й пильно подивилася на детектива. — Я, коли підлітком

---

* *Годі вже вітрогоном завзятим*
Дні і ночі кружляють безтурботно,
І тривожити серце дівчатам
Ти гарненьке хлоп'ятко вселюб!
— арія Фіґаро з опери «Весілля Фіґаро»
(тут: пер. з *італ.* Євгена Дроб'язка).

була, носила коротку спідницю й драні панчохи, то такі, як ви, дядьки — всі, як один — бурчали, що я повія. Яка різниця, у що він убраний?

— У нього був стилет...

— Він мене захистив!

— Ти мені збрехала, що його знаєш.

— Бо бачила, що ви до нього причепитесь.

— Не вигадуй, дитино!

— Я просто хотіла, щоб ви дали йому спокій.

— Ти хотіла, чи він тебе попросив витягти його звідси?

— Я хотіла.

— Знов брешеш.

— Що вам усім од мене треба?! — заплакала Стейсі. — Хіба я відмовляюся від співпраці з вами? Мені страшно й підходити до всіх тих наркоторговців, що тусуються в моєму ресторані, але хіба я маю вибір?! Я на вас і так працюю, що вам ще треба?!

— Ну добре, чого ти... — Бріджес спробував незграбно погладити її по плечу, але дівчина відсахнулась. — Я... Я справді переживаю. Щоб чого не сталося. Що ти з ним тоді робитимеш?

— А що зі мною станеться? — Стейсі зітхнула. — Я нелегальна мігрантка, працюю за кеш. До мене в залі періодично чіпляються різні покидьки. Старший менеджер слідкує за безпекою, але каже, щоб я не реагувала, бо й справді — що я можу зробити? Піти й заявити в поліцію? — дівчина саркастично посміхнулась. — От і вся ситуація. Тому що зі мною може статися?

Бріджес мовчав. Якусь секунду повагався, потім вийняв з кишені візитку й простяг Стейсі.

— На. Візьми. Не треба в поліцію чи Козінському. Дзвони одразу мені.

— Дякую, детективе.

— А цей... Рембрандт. Буде погано поводитися, кинь мені смс-ку, я приїду й надаю йому по сраці.

— Ясно! — усміхнулась нарешті Стейсі. — Детективе Бріджес... — згадала раптом вона.

— Що?

— У вас там у кімнаті, ну... Там такі плямки коричневі. Це кров?

— Коло стола?

— Так, рівно три плями.

Бріджес скосив очі вбік і пробурмотів:

— Та була одна історія...

Дівчина не зводила з детектива запитального погляду.

— Чого це раптом тебе зацікавили ті плями? — не здавався Бріджес. — У нас там тисячі плям. Чого саме ці?

— Не знаю, якось привернули увагу...

— Ну, як привернули, так і відвернуть! Усе, вимітайтеся з мого відділку!

Сцена п'ята

Andante con molto espressione
спокійно, дуже виразно

Вони вийшли з відділку майже опівночі. Груднева ніч затискала Велике Яблуко у свої крижані обійми — температура опустилася нижче нуля за Цельсієм, усього до мінус двох, але вкупі з сильним північно-західним вітром і високою вологістю вони відчувались як усі мінус десять. Стейсі закуталась у свою куцу, абсолютно не зимову курточку. Моцарт у шовкових білих панчохах задрижав. Крім того, за цілий день бідака тільки й з'їв, що один круасан — другого не встиг, бо кинувся Стейсі на допомогу.

— Тобі реально нікуди йти? — спитала дівчина, наперед знаючи відповідь.

Вольф винувато всміхався й розгублено кліпав очима. Мало того, що йому було нікуди йти, а ще й якби він залишився сам, то просто збожеволів би від усього, що його оточувало. Тому він тримався біля Стейсі, як тримається біля матері-кобили новонароджене лоша, що потрапило із затишного маминого черева в такий незрозумілий і такий страшний світ. Один із найвпливовіших і найталановитіших музикантів усіх часів і кроку не міг ступити без поводиря — молодої дівчини, яка працювала офіціанткою в ресторанчику «Кварта», що втулився поміж закладом корейської їжі і баром з середземноморською кухнею на Другій авеню, між П'ятдесятою і П'ятдесят першою вулицями. Навіть сама адреса, добре відома жителям і гостям дипломатичного кварталу Мангеттену, ні про що Моцарту не говорила, як, у принципі, і сама назва «Нью-Йорк». У вирі подій Вольфганг насилу встиг усвідомити, що він опинився в Новому Світі. Те, що він переніся в далеке майбутнє, поки що його мозок осягнути не міг.

— Я не знаю, куди мені йти... — розгублено відповів Вольф і ще раз винувато всміхнувся.

У Стейсі від цієї усмішки аж серце стислося.

— Але я не хочу тебе обтяжувати. Тож не зважай...

— Та що ти таке говориш? Ти подивись на себе! Куди ти в такому вигляді підеш?! До першого поліцая?

— *Poli-zei!..* — повторив Моцарт. — Це ти про тих стражників магістрату?

— Кого? — не зрозуміла Стейсі.

— Про тих двох... — Вольфганг скривився. — Справді, краще їм зайвий раз не попадатися.

— Еге ж... — зітхнула дівчина. У неї були свої причини уникати детективів.

Уперше Козінський зустрів Стейсі тоді, коли вона опинилася поруч з бійкою в районі Гелл-Кітчен і мимоволі стала свідком убивства. Бійка виявилася розборкою двох кримінальних банд, а вбитий — правою рукою місцевого ватажка. Ба більше — люди, що могли замовити те вбивство, були постійними відвідувачами ресторанчика на Вест-Сайді, де тоді працювала дівчина, а бійка сталася на задньому дворі ресторанчика. Стейсі тоді просто вийшла зі службового входу й намагалася проскочити додому. Вона єдина бачила, хто нападав, і змогла упізнати інших фігурантів. На цьому б усе й закінчилось, якби не один нюанс — у дівчини була давно протермінована віза.

— І що мені з тобою робити? — протяг Козінський, розглядаючи її синій закордонний паспорт з візою типу *J1*, термін дії якої закінчився ще торік.

Стейсі втягла голову в плечі й мовчала, хоч сльози з очей могли потекти у будь-яку мить.

— Що ж, слухай, — детектив прискалив око. — Я не зобов'язаний видавати тебе федералам. Але ти мені допоможеш...

У заляканої Стейсі, яка тоді геть не знала своїх прав, просто не було вибору. Так вона стала інформатором поліції.

Тепер перед нею стояв дивний тип у не менш дивному костюмі, який чи то щиро вважав, що він Моцарт, бо в нього протік дах, чи то просто клеїв дурня, а насправді працював дрібним клерком десь у Брукліні. І чи то йому справді ніде дітися на ніч, чи то він так майстерно підбивав клинці до дівчини — невідомо. Але одне Стейсі знала точно — цей дивний тип її не скривдить. Не скривдить, бо він перший кинувся на її захист. За цілий вечір не відпустив жодного масного жартика в її бік, жодним чином не натякнув, що хоче поглибити знайомство. Та ще й день випав такий важкий, що Стейсі хотілося одного-єдиного — прийти додому й забутися глибоким сном.

— Чорт з тобою, поїхали, — вона махнула рукою й попрямувала до станції метро на розі П'ятдесят третьої і Лексінґтон.

Моцарт, який ледь-ледь звик до страшенного гармидеру на поверхні, був анітрохи не готовий до того, що йому довелося побачити під землею.

— Господи милостивий! — забурмотів Вольф перелякано, коли прямо в лице йому вдарив потік теплого повітря.

З входу тхнуло чи то креозотом, чи то гасом, чи то вугіллям. — Це пекло! Ти ведеш мене в пекло?

Моцартові паморочилася голова з утоми й зі страху. Він раптом став мов укопаний і затрусив головою.

— Ні, ні! Я нікуди не піду! Заради всього святого, все що завгодно, тільки не тягни мене під землю!

— Слухай, — роздратовано кинула Стейсі. — Скоро перша ночі. Мені завтра о сьомій вставати. Або ми їдемо, або ти йдеш нахер!

— Можна краще нахер? — жалібно попросив Вольф. — Тільки не під землю, благаю!

Прохання було таке щире, що дівчина несподівано для себе засміялася. Вольф розгублено закліпав очима.

— Краще нахер. До речі, де це?

— Це далеко, — ледве стримувала сміх Стейсі. — Вольфганг. Слухай уважно.

Вольф одразу заспокоївся і віддано витріщився на свою рятівницю. Він теж був утомлений, спантеличений і наляканий, а тому покірний і готовий виконати будь-який наказ супутниці.

— Слухай, — повторила Стейсі і взяла його за руку, дивлячись в очі. — Зараз ми спустимося в метро, сядемо в поїзд, зробимо одну пересадку і доїдемо до станції «Сто одинадцята вулиця». Там трохи пройдемося пішки — і ми вдома. Розумієш? Удо-ма!

Слово «вдо-ма», і зелені, мов малахіт, очі нової знайомої магічно вплинули на Моцарта, і він покірно поплентався за нею під землю, щось жалібно бурмочучи собі під носа.

Метро справило на бідаку глибоке враження — вузькі сходи і галереї, викладені кахлями, гаряче повітря з тунелів, і люди, заклопотані тільки собою. Ніхто нікого не розглядав і ніхто ні з ким не вітався, як це заведено було на галасливих віденських вулицях. Більшість тримала в руках невеличкі дощечки, що світилися, немов ліхтарики. Дощечки були маленькі, завбільшки як долоня. У декого були, щоправда, великі. Коли-не-коли люди тицяли в ці дощечки пальцями. Моцарт так безсоромно витріщався на людей, що ті або стурбовано відходили, або сахалися.

— Ти, чо вилупився, чувак! Шукаєш проблем на свою сраку? — хлопцеві в жовтій куртці з дредами явно не сподобалось, як на нього дивився Вольфганг. — Що в тебе за кучері, ей! Прикидон у тебе чумовий! В Армії Спасіння тирнув, йоу?

Вольф продовжував роздивлятися дивного незнайомця.

— Яка дивна в цього мавра* перука! — нарешті захоплено сказав Моцарт.

Стейсі смикнула Моцарта за рукав.

— Ти ким мене назвав, чудило?! — «мавру» явно не сподобалось нове прізвисько. — Я з Ямайки! Ану йди сюди, я тобі зараз сраку порву, Бах ти довбаний!

— Та що це таке сьогодні! — обурився раптом Вольфганг. — То мене Бетховеном обізвали, а тепер Бахом! Я не Бетховен і не Бах!!! Я Йоган Хризостом Вольфганг Амадеус Моцарт!

І Вольф рішуче зробив крок уперед.

— Воу-воу, легше-легше! — чувак з дредами відскочив. — Моцарт — то й Моцарт! Ні, ну а шо? Схожий, чортяка! — гигикнув чоловік і підняв руки. — Але запам'ятай: не можна обзивати людей! Тобі сподобається, якщо я тебе сніжком назву? Чи кефірчиком? Отож! Поважай людей! Але прикидос у тебе відпадний! Чума!

— Вельми дякую! — Вольф галантно відступив і злегка нахилив голову.

---

* Так у Європі XVIII століття називали вихідців з Африки.

Чувак з дредами очманіло подивився на звичайний уклін, повсякденну ознаку поваги в Західній Європі вісімнадцятого століття, і тільки й зміг, що вигукнути:

— Ну ніхера ж собі!

У цю мить підійшов потяг, і Стейсі заштовхала Моцарта у вагон.

— Господи! Сиди спокійно й не витріщайся на людей! Це непристойно! — Стейсі зробила страшні очі й знов смикнула Вольфганга за рукав.

— Непристойно? — не зрозумів Моцарт. — Непристойно дивитись на інших людей? Але ж Господь дав людині очі, щоб дивитись на людей, вуха, щоб їх чути. Що ж тут непристойного?

— Просто. Сиди. Зрозумів? Ти ж не хочеш назад, до наших друзів у Сімнадцятий пресінкт, правда ж? — зелені гіпнотичні очі свердлили Вольфа.

— Зрозумів.

Він аж ніяк не хотів потрапити туди, де його називали Бетховеном.

— Слухай, а що в тебе за акцент такий? — раптом поцікавився він.

— Ти себе послухай!

— Авжеж я маю акцент — я із Зальцбурґа.

— А я з України.

— Звідки?!

— Сиди мовчки!

Зі станції на П'ятдесят третій та Лексінґтон і до пересадки на Корт метро тяглося під землею, а вже при переході на Сьому лінію воно йшло по естакаді високо над землею прямо до далекої Сто одинадцятої вулиці. За вікном мерехтіли то монотонні тунельні ліхтарі, то вогні нічного міста. Моцарт, чемно склавши руки на колінах, сидів поруч зі Стейсі. Погляд його був сфокусований на монетці з білого металу, що лежала на підлозі.

«Ну й добре. Одне я знаю точно — це не пекло! Слава тобі, Господи! Тут живуть такі самі створіння з двома руками, двома ногами й однією головою, як і в моєму світі. Вони п'ють жахливе пійло, яке називають "кава", в них є непогана випічка, хоч у ній могло би бути менше повітря. У них у тавернах такі вбиральні, що тільки цісар міг би собі дозволити. Фіакри тут пересуваються без коней, а зараз я їду в череві химерного залізного змія. Узагалі все, що я тут побачив, можна було б використати як декорації до якоїсь буфонади. Ото була б славна постановка! Знаєш, Констанціє... — Моцарт і сам не помітив, як подумки звернувся до дружини. — ...здається, що потрапив я у Новий Світ. Його тут називають З'єднані Держави Америки. Тієї самої Америки, Констанціє, що повстала проти Британської корони, уявляєш? Ватажок у них Вашинґтон, пам'ятаєш? Про нього балакали при цісарському дворі — мовляв, бунтівник і аферист. Я бачив його зображення на тутешніх грошах. Я маю кілька цих дивних папірчиків, бо тут замість грошей користуються папірчиками, а не сріблом чи золотом. Уявляєш?

Доля носила мене по Європі, я бував у Мюнхені і в Лінці, у Франкфурті і в Парижі, жив у Лондоні і в Гаазі, Ліоні й Женеві, у Празі, Оломоуці, Мілані та Болоньї! Звісно, я дуже хотів потрапити в Новий Світ — я багато чув про нього в Парижі і Лондоні. Щоправда, говорили, що там живуть не найкращі представники людства, але чого тільки не балакають у Європі, Констанціє! Насправді люди тут є різні. А бачила б ти, як вони вбрані! Це якесь божевілля!..»

— Вольфі. Наша станція!

Моцарт, на вустах у якого щойно грала весела усмішка, раптом посумнішав і встав. «А тепер я приїхав, дорога моя дружино. Я не знаю, куди я приїхав. Можливо, це буде мій дім на перший час, я не знаю. З ким я приїхав, мила моя? З жінкою. З дівчиною. Її звати Штеффі. Бувай, люба».

І вони вийшли з вагона.

Антракт

Буває так, що ти з перших секунд можеш визначити своє ставлення до людини. От дивишся на неї і точно знаєш — цій людині я б довірив своє життя! Хоч зовні вона може мати вигляд, який зовсім не сприяє довірі, а скоріше навпаки.

Часто шахрай може мати цілком пристойний вигляд, легко, як то кажуть, «увійти в довіру», а потім зникнути з вашим гаманцем, грішми, сумкою, серцем і рештками здорового глузду. А часом мовчазні, не вельми симпатичні на перший погляд люди можуть прийти вам на допомогу. І навіть тоді, коли ви їх про це не просили.

Часто людина може бути цілком порядна — мати сім'ю, ходити до церкви, тримати свої обіцянки, віддавати дрібні борги і випивати з вами по п'ятницях у барі. І та сама людина може поширювати у вас за спиною брудні плітки і красти вашу каву на офісній кухні.

Або хтось може сваритися з вами ледь не щодня, чіплятися через дурниці, не тримати обіцянок, пиячити й вести аморальний спосіб життя. Але саме ця людина раптом одного дня прикриє вас собою від ножа хулігана на вулиці чи від розлюченого шефа, коли ваша помилка може коштувати вам кар'єри.

Ніхто не знає, як це діє. Не знав про це й Моцарт, але пішов за Стейсі — і не тільки тому, що не мав куди йти. Крім розуміння безвиході, в якій він опинився, було ще й якесь шосте чуття, що ця химерно, як на нього, вбрана, геть на перший погляд непривітна дівчина — його порятунок. Чуття, яке переходило у впевненість. Він знав, що вона витягне його з іще більших халеп, ніж поліційний пресінкт.

Було це чуття і в Стейсі, котра — ПЕРШИЙ ДЗВІНОК — запросила Моцарта у свою невеличку найману квартирку у Квінсі. Вона дивним чином знала, що цей химерно вбраний тип, у якого явно не всі вдома і який говорить англійською з диким німецьким акцентом, її не скривдить.

Знав це і детектив Бріджес, добряче злий на свого колегу Козінського, бо той збирався використати юну дівчину, віку його власної дочки, як наживку й шпигунку в роботі з украй небезпечними наркоділками Мангеттену, які контролюють мільйонні потоки. Він хоч і дав Стейсі свою візитку, але не сумнівався й на йоту, що цей дивний волоцюга в пуделячій перуці її не скривдить. Хоч він, зараза, так і не зізнався, де стилет. А стилет був. Точно був. Бріджес точно це знав.

Знав і Козінський, що його підопічна не підведе й дасть потрібну інформацію. А ще важливіше — ДРУГИЙ ДЗВІНОК — свідчитиме в суді, хоч і усвідомлює, що заплатить за свою допомогу правосуддю ув'язненням та депортацією з країни, як порушниця візового режиму.

Чуття довіри непідвладне здоровому глузду. Це якесь глибоке, тваринне чуття, яке примушує диких звірів під час лісових пожеж, повеней та інших катаклізмів іти до людей. Неподалік Нью-Йорка, в сусідньому штаті Коннектикут, був випадок, коли ведмедиця, яка за інших умов розірвала б будь-кого, хто посмів би наблизитися до її ведмежат, хоч і тривожилась, однак чемно чекала, поки людина дістане її діточок, що позалазили в сміттєвий контейнер. А потім спокійно пішла з ними в ліс, не забувши обернутись і десятисекундним поглядом подякувати сміливцеві. У Каліфорнії пума, що потрапила в капкан браконьєра, лиже руки поліціянтові, який не мав рушниці з транквілізатором, але на свій страх і ризик підійшов, щоб звільнити великій кішці лапу.

Ніхто не знає, як саме діє довіра. — ТРЕТІЙ ДЗВІНОК — Але якби вона не діяла, нічого б не було, погодьтеся.

ДІЯ ДРУГА

Сцена перша

Andante
у темпі спокійного кроку

Стейсі не завжди була Стейсі. До приїзду в Сполучені Штати всі називали її Стася. Або Стаська. У паспорті було записано Станіслава Олександрівна Незгода. Вона народилася взимку і одразу показала свій войовничий характер — коли її сповивали, Стаська несамовито волала, ніби закликаючи на поміч усі сили — і темні, й світлі. Заспокоювалась аж тоді, коли мама Наталя після численних спроб утихомирити невгамовну доньку нарешті звільняла її з пелюшок і перевдягала в крихітний комбінезончик, що їх практичний батько купив на базарі зразу п'ять штук. Занадто практичний, бо комбінезончики («человєчєк» — обізвала одежинку базарна «реалізаторка») були однаковісінькі — блідо-рожеві з вишитим американським прапором. Через це до Стаськи з пелюшок (хоч їх і не було) прилипло прізвисько «американка».

Маму Стасі звали Наталя, але батькова сестра Ірена, що не вельми полюбляла невістку і всіляко підкреслювала її плебейське походження з глибин Росії, звала її не інакше як Наташа. Наташа в Івано-Франківську зукраїнізувалася, вивчилася на українського філолога й наполягала, що вона не Наташа, а Наталя. Ірена за радянських часів одержала диплом товарознавця, вважала себе дуже інтелігентною особою, часто згадувала шляхетське минуле своїх предків і веліла Стасі казати на себе «тета» замість селюцького «цьотка». Товарознавцем попрацювати вона не встигла, переключилась на поїздки з картатими сумками в Польщу і на торгівлю привезеним товаром на центральному ринку. До речі, сердилася на брата, що той купив «чєловєчків» у торговки, з якою вона ворогувала. Станіслава змалку була загалом спокійна й ретельна, як мама Наталя, зате у гніві, який на неї часом находив, — войовнича й нестримна, як тато Олександр, військовий льотчик. «Господи, вся в батька!» — бурчала Наталя, виймаючи із зачіски манну кашу, якої Станіслава дуже не любила, а сказати про це ще не вміла, тому лиш обурено метала нею на всі боки. Тато Олександр був за походженням поляк, мама Наташа — росіянка, а дитина в них вдалася щирісінькою українкою. Величезні, ледь розкосі зеленуваті очі на круглому личку, темно-русе густе волосся, вередливо надута пухка нижня губка і красивий прямий носик створювали оманливе враження тихого сумирного янголятка. Насправді це була доволі норовиста молода особа. У школі Станіслава, цілком виправдовуючи своє промовисте прізвище Незгода, сперечалася з усіма, за що їй часто перепадало від сильніших і наділених вагомішими аргументами однокласників та однокласниць. І від учителів також. У балетній школі, куди її віддали батьки, вона була найкращою ученицею. Дівчинка старанно працювала біля станка зранку до вечора, дивуючи педагогів своєю впертістю і жагою до перемоги. Поки однолітки ще захоплювалися «Качиними історіями» та «Чіп і Дейл спішать на допомогу», Стася разом з батьком задивлялася серіалом «Вокер, техаський рейнджер», де Чак Норріс був такий крутий, що намащував ніж на хліб. Стейсі «захворіла» Америкою. Вона зачитувалась Купером і Кервудом,

Твеном і Лондоном. Коли трохи подорослішала, їм на зміну прийшли Кастанеда і Стейнбек. Звісно, що ходила вона в джинсах, а коли батько десь дістав шкіряні «вестерни», то зі щастя готова була в них спати. «Та нехай Америка, аби не москалі», — зітхала тета Ірена й цитувала Шевченка. Коли настав час обирати життєву дорогу, сумнівів не було — Стася вступила у Львівський університет на англійську мову й літературу. Студентка з неї була відмінна — природжена пристрасть до навчання і ретельність, що межувала з божевіллям, зробили її однією з найкращих у потоці. Взявши собі за другу мову німецьку, Станіслава так себе завантажила, що й розігнутись було ніколи, не те що навідуватись у рідний Івано-Франківськ.

Усе пішло шкереберть на четвертому курсі, коли Станіслава раптом надумала податись на програму *Work and Travel*. Вона й не надіялася, що потрапити в омріяну Америку буде так легко! Оформивши всі необхідні документи, пройшовши тренінг і співбесіди, влітку, з дипломом бакалавра у кишені, дівчина прибула в Нью-Йорк. Щойно ступивши на американську землю в аеропорту Джона Кеннеді, Стася розплакалась: збувалася найзаповітніша мрія її життя — потрапити на американський континент.

Три місяці роботи на фірму, що обслуговувала басейни, промайнули швидко. Залишався ще один вільний місяць, який Стася вирішила присвятити подорожі в приємній компанії — світловолосий красень Майк, один із клієнтів її басейну, був дуже привітний і люб'язний. Життя здавалось казкою, попереду все було таке безхмарне й легке, що дівчина геть утратила голову.

Місяць подорожей з Майком і справді був казковий. Але казка якось дуже скоро закінчилась, коли раптом з'ясувалося, що в білявого лицаря є ґьорлфренд, якої він заради Стейсі (так вона стала зватися в США) кидати не збирався. Сказати, що для закоханої дівчини це був кінець світу, значить нічого не сказати. У цілковитій прострації Стася взяла квиток невідомо куди й вирушила світ за очі. Сама.

Увесь наступний тиждень дівчина проплакала в малесенькому будиночку в лісах Вісконсину. Коли закінчився термін проживання, власник туристичного комплексу, сивовусий дідусь Стів, прийшов до будиночка й мовчки сів на ґанку. Заплакана Стася сіла поряд. «Дитино, я не питатиму, що сталося в твоєму житті, — сказав Стів. — Але якщо тобі потрібно побути тут і загоїти рани, то залишайся. До мене колись на територію прибилася лисиця, в неї лапа була ушкоджена. То вона жила в мене цілу зиму, і грошей я з неї не взяв».

І сивовусий Стів пішов собі. А Стася прожила там ще місяць.

Рішення залишитись у США з'явилося в той же день, як Стася з'ясувала, що закінчилась її віза *J1*. Дівчина порушила першу й головну умову візи — повернутися на батьківщину після завершення програми. Відніні Стейсі поповнила величезну армію нелегалів — людей, що обрали для себе американську мрію і водночас її себе позбавили. Позбавили, бо в разі порушення візового режиму легалізуватися на території США буде майже неможливо. А доля нелегального іммігранта нелегка — тяжкі умови праці, низька зарплатня, цілковита відсутність прав, соціального захисту і будь-яких перспектив. Щоправда, тоді Стейсі не уявляла собі майбутнього в таких темних тонах. Усвідомлення ситуації, в якій вона опинилася, прийшло згодом, коли через рік після закінчення візи знайомий адвокат порадив їй уникати великих скупчень людей, нічних клубів і навчитись зливатися з натовпом.

У листопаді, прибувши з Вісконсину в Нью-Йорк, Стейсі звернулася до Мануели — дівчини з Колумбії, з якою Стейсі познайомилася ще в період своєї легальної роботи. Та вже влаштувалася посудомийкою в невеличкий мексиканський ресторанчик на Вест-Сайді і залюбки потягла з собою подругу. Це й була її перша нелегальна робота. Отримувала вона тоді шість доларів за годину — це було так мало, що ледве вистачало на їжу. Через тиждень, отримавши гроші на руки, дівчина розридалася — вона зрозуміла, що зняти власне житло за такий мізер нереально. Мануела, як могла, заспокоювала подругу, запевняючи, що вона радо й надалі ділитиме з нею ліжко в крихітній кімнатці двокімнатної квартири в Бронксі, де, крім Мануели, мешкало ще п'ятеро людей.

Отоді Стейсі й потрапила в поле зору детектива Бріджеса — коли одного грудневого дня мимоволі стала свідком убивства на задньому дворику її ресторану. З того вбивства почалося велике розслідування, в якому було намішано грабунків, контрабанди й наркотиків. Словом, Стейсі стала поліційним інформатором. Козінський натякнув дівчині, що в обмін на співпрацю він не здасть її імміграційній поліції, проте це був чистої води обман і підлий шантаж — поліція Нью-Йорка ніяк не співпрацює з федералами щодо виявлення нелегалів. У *NYPD** і так турбот вистачає. Через це Козінський добряче полаявся з колегою, детективом Бріджесом, який звинуватив друга, що той нахабно «використовує дитину». Так чи так, але тільки завдяки Стейсі поліція зуміла вийти на слід убивці, а згодом накрити велику банду, що тримала в руках наркотрафік західної частини Мангеттену.

---

* *NYPD — New York City Police Department* — Департамент поліції Нью-Йорка.

Причому це вдалося детективам раніше, ніж до ватажка банди добралися федерали — *DEA** та *FBI***.

Навесні наступного після закриття справи року Стейсі довелося звільнитися з ресторанчика. Розлучатися з Мануелою було сумно, але власник ресторану порекомендував Стейсі знайомим, і дівчина перейшла працювати офіціанткою в інший заклад на Іст-Сайді, на Другій авеню, між П'ятдесятою і П'ятдесят першою вулицями — у ресторан «Кварта». Її теперішній шеф, власник ресторану містер Манчіні, сказав: «Працювати доведеться багато, платитиму мало, але у твої чайові не лізтиму. Коли зможеш приступити?» «Просто зараз!» — відповіла Станіслава.

Миловидна й мініатюрна Стейсі легко спілкувалася з відвідувачами, вміло радила їм страви, і клієнти щедро віддячували дівчині чайовими, які, з огляду на її становище, власник люб'язно дозволяв не здавати в загальну касу, звідки їх потім ділили порівну на всіх, а залишати собі. Завдяки цим грошам Стася вже через місяць змогла найняти собі невеличку кімнату у Квінсі. Кімнатка на другому поверсі була не в зовсім доброму районі і геть крихітна, проте мала власний вхід, малесеньку кухню і навіть санвузол з душем, що робило її вже не «кімнаткою», а шикарними апартаментами.

Здавалося, життя починало хоч якось налагоджуватись, але на обрії знов замаячила сухорлява постать детектива Козінського.

— Нам потрібна твоя допомога, — кашлянув детектив і поправив краватку. Ну, як «поправив». Вузол краватки

---

* *DEA — Drug Enforcement Administration* — Управління боротьби з наркотиками, агентство у складі Міністерства юстиції США.

** *FBI — Federal Bureau of Investigation* — Федеральне бюро розслідувань, агентство Міністерства юстиції США, яке виконує роль федерального кримінального слідчого органу і внутрішньої розвідки.

вічно теліпався в нього десь на рівні грудей. Козінський вважав, що цей трохи недбалий стиль робить його схожим на славетного лейтенанта Коломбо, хоч насправді він ставав схожим на бездомного.

— «Допомога»? Ви мене просите чи мені наказуєте? — саркастично посміхнулася Стейсі.

Козінський-Коломбо знову кашлянув:

— Авжеж прошу!

— А якщо я відмовлюся?

— Ти думаєш, твій колишній бос порекомендував тебе у «Кварту» випадково?

— А, то вам була потрібна в цьому болоті своя підсадна качка?

— Нам потрібен Матео Фернандес. Він єдиний, кому тоді вдалось уникнути арешту. Тепер він упевнено підім'яв під себе наркотрафік східної частини Мангеттену і, за нашими даними, робить це в парі зі своїм постачальником, про якого ми не маємо ні найменшої гадки. І Фернандес часто у вас буває.

— Часто. Замовляє завжди одне й те саме. Хочете, щоб я підсипала йому стрихніну?

— Ним давно вже ніхто не користується. Ти, мабуть, Джека Лондона начиталася?

— Та трохи читала.

Дівчина раптом згадала батьківський дім і старенький диван, на якому вона могла валятися годинами за захопливими романами Лондона, не витримала й заплакала. Козінський одвів погляд і кашлянув у кулак. Йому було ніяково. Ще раз кашлянувши, він глухо сказав:

— Треба, щоб замовлення в нього брала тільки ти. Ми повинні знати не тільки його смаки, а й те, що зазвичай замовляють його гості. Знати, хто до нього ходить, з ким він зустрічається і з якою періодичністю. Нам потрібно знати —

по змозі, звісно — про що вони говорять. Нам потрібно знати, кому він передає документацію та гроші і де бере товар. Запам'ятовуй усе, що можеш почути, і все, що зможеш побачити. Цілком імовірно, що в нього є напарник. Ми знаємо, що він з ним ніколи не спілкується безпосередньо. І це значно ускладнює справу. Необхідно зібрати достатньо інформації, перш ніж ми пустимо Фернандеса в розробку й вирішимо його заарештувати. Ми знаємо багато, але суддя дасть дозвіл на його арешт тільки після того, як ми надамо йому докази. Ну і, звісно, нам потрібно знати, хто той напарник. І головне. Нам потрібні свідчення в суді. Твої свідчення в суді.

— Чи не забагато для однієї дівчини-нелегалки, детектив?

— Ти допоможеш правосуддю.

— Допоможу. А потім правосуддя відправить мене в імміграційну в'язницю.

— Стейсі...

— Ви можете гарантувати, що мене не зачепить *ICE**?

Козінський знов одвів погляд і тяжко зітхнув.

— Але що ж я можу? Я ж безправна у правовій державі!

— Ти сама обрала цей шлях. Свідомо.

— Свідомо? Я потрапила в скрутну ситуацію!

— Стейсі. Я все розумію. І я не суддя, щоб тебе судити. Я просто роблю свою роботу і прошу тебе про допомогу.

— У мене немає вибору, — гірко зітхнула Стейсі.

— У мене теж, дитино, — зітхнув і Козінський.

---

* ICE — *Immigration and Customs Enforcement* — Імміграційна та митна поліція, перебуває в структурі Міністерства національної безпеки США, займається боротьбою з незаконною імміграцією, торгівлею людьми та порушеннями авторського права.

Понад усе дівчина боялась і не любила вечорів. Ні, Мангеттен їй подобався, але жила вона у Квінсі, тож мусила вертатися з роботи через не вельми безпечний район, а вдома ще й навалювалися сумні думки й не давали спати, попри те, що в Стейсі наприкінці дня від утоми буквально підкошувалися ноги.

Але відсьогодні ситуація змінилася. Спробуйте здогадатися з однієї спроби, чому?

Сцена друга

Allegretto scherzoso
неспішно, жартівливо

— Штеффі? Гей, *liebes Fräulein!*

— Га?! Що?! Господи!!! Ти!.. Ти... — спросоння Стейсі забула, як звати нового знайомця.

— *Oh mein Gott!!!* Я не хотів тебе лякати, Штеффі, але вже п'ята ранку...

— П'ята ранку?! Вольф! Ти збожеволів?!

— Боюся, що так... — сумно затулив руками обличчя Моцарт. Перука трохи сповзла йому на лоба, і на потилиці з-під неї вилізло смішне русяве волосся, заплетене в тугу кіску.

Спогади вчорашнього дня раптом навалилися на дівчину, як п'яний друг в автобусі. І хоч година була рання, сон мов рукою зняло. Вона спустила ноги на холодну підлогу й повела плечима.

— Ну як, ти хоч трохи поспав? — Стейсі позіхнула й подивилася на Моцарта. Той сидів у тій самій позі, затуливши лице руками.

— Гей, Бетховен, альо!

Вольфганг прийняв з лиця руки й шаленим поглядом втупився в Стейсі.

— *Ich heiße Mozart!**

— Та добре, добре, я пожартувала!

— Жарти у вас тут якісь цілком несмішні, — пожалівся Вольф.

— А то у вас вишукані! І я Стейсі, а не Штеффі. Чого раптом «Штеффі»?

— Штеффі, бо немає такого імені «*Stacy*»! І взагалі, мої опери сповнені добрим і світлим гумором і водночас життєвою мудрістю! — Моцарт підняв очі догори й заправив русяве пасмо під перуку.

— Опери в нього мудрі, подивіться на нього! «Стейсі» — це від «Анастасія», а «Штеффі» — це вже від «Стефанія», розумієш?

Моцарт заперечливо помотав головою.

— А взагалі я Станіслава. Стася. Хоча... Зви мене, як тобі зручно. Слухай... — Стейсі вирішила змінити тему. — Ти збираєшся постійно носити... оце?

— Що? — не зрозумів Вольф.

— Ну, перука тобі навіщо? У тебе що, свого волосся немає?

— До чого тут моє волосся?

— Навіщо ти носиш перуку?

— Перука дуже практична, — широко всміхнувся Моцарт. — Увечері акуратно зняв, зранку надів — і в тебе знову вигляд такий, як і належить мати пристойній людині. А не як простолюдинові з немитими, засмальцьованими патлами.

— То ти їх просто під перуку ховаєш! — поморщилася Стейсі. — От і вся відмінність. А запах немитого волосся просто жахливий, фі.

* Мене звати Моцарт! *(нім.)*

— А пудра навіщо? — здивувався Вольф. — Щоранку перуку потрібно посипати пудрою! Ця перука називається *Taubenflügel**, повір мені, вона дуже модна. Її дуже просто надівати, до того ж вона дуже щільна й під нею не заводяться воші.

Стейсі зобразила на обличчі подив, дуже близький до огиди. Мало того, що в цього типа явно були не всі вдома, так він ще й мав жахливі звички.

— А якщо й заводяться, то небагато.

— Який жах! А чи не простіше просто помити голову?

— Помити голову? Ти хочеш, щоб у мене волосся вилізло?

— Ти ж усе одно носиш перуку, навіщо тобі волосся?

— А воду кип'ятити, а витрачати дорогоцінне мило?

— Усе. Стоп!

Вольф ображено замовк.

— Ти у мене в гостях, так?

Моцарт кивнув.

— А в моєму домі діють мої правила, — Стейсі вирішила, що з божевільними треба поводитись як з дітьми — вдаючись до найпростішої логіки і диктуючи їм свою волю. — Тому марш у ванну й помий голову.

— Куди? — перепитав ошелешений Вольф.

— О господи! Іди сюди!

Найважче було навчити Моцарта регулювати температуру води. Стейсі сама не з першого разу оволоділа специфіч-

* *Taubenflügel (нім.)*, або ж *Ailes de Pigeon* (*фр.* «Крила голуба») — так називався різновид чоловічої перуки, популярної в Європі з середини по кінець XVIII століття. Два-три ряди ретельно закручених пасом акуратно укладалися на скронях.

ним американським краном*, то що вже казати про Вольфа, який узагалі вперше побачив таку штуку, як гаряча вода, що тече прямо зі стіни! Показавши йому, де лежать шампунь і рушники, і пояснивши, що це таке та як цим користуватися, дівчина вийшла на кухню варити каву.

«Він хоч і дивний, але дуже милий. Жаль, що в нього не всі вдома, а то дівчата б за ним упадали!» — усміхнулася Стейсі й почала заправляти кавовий апарат.

Поки готувалась кава, з ванної кімнати долинали нелюдські верески — Моцарт експериментував з краном. Коли кава була вже готова й розлита в чашки, Вольф, рожевий і задоволений, вийшов з ванної. На ньому був білий банний халат, який він узяв без дозволу і без найменшого сорому. Перуки на голові не було.

Без перуки Вольф став звичайніший. Мокре світло-русе волосся стирчало на всі боки, як сонячні промінці, великі сірі очі були близько посаджені. Ніс доволі великий, з ледь помітною горбинкою, губи пухкі — вони то щось шепотіли, то нервово смикались, але здебільшого були розтягнуті в широкій добродушній усмішці. Міміку Вольф мав дуже жваву — з його обличчя легко можна було здогадатися, про що він думає.

— Кава! — зрадів Моцарт і взяв у руки чашку. Відсьорбнувши, скривився. — Господи, ви кажете, що це кава? Я таку саму гидоту пив у тебе в таверні.

— А що не так? Кава як кава! — образилася Стейсі. — Теж мені, гурман знайшовся. Ти ще вчора у підворітті засідав!

— Ну добре, не сварись. У вас тут усе не як...

---

* У США за регулювання подачі холодної і гарячої води відповідає один і той самий кран, який потрібно крутити проти годинникової стрілки: на початку кола йде холодна вода, наприкінці — гаряча.

— Не як у нормальних людей? Ти це хотів сказати? Сам ти ненормальний!

— Це правда, я не такий, як усі, — Моцарт зробив театральну паузу і всміхнувся.

Стейсі стало соромно за свої слова. Вона навіть подумала, чи не попросити пробачення за «ненормального».

— Я геній.

Дівчина з несподіванки захлинулася кавою. Вона забула, коли востаннє так реготала. Здавалося, всі негаразди минулих днів розліталися разом з цим реготом. Регочучи, вона відчула дивне полегшення — з душі ніби камінь упав, ніби вона раптом дізналася, що найбільша проблема її життя щойно розв'язалася без її участі, ніби зарплатню виплатили на три дні раніше. Разом з полегшенням прийшли сльози. Стейсі сміялась і плакала одночасно. Моцарт дивився на неї, блаженно всміхаючись, і навіть не поворухнувся, щоб її заспокоїти. Насміявшись і наплакавшись, дівчина витерла сльози і кивнула на камзол, що висів на вішалці біля дверей.

— Слухай, друже. А в що ж тебе одягти?

— Чим тобі не до вподоби мій одяг? — Вольф знову, мов ображена дитина, відкопилив нижню губу. — Його прали всього півтора місяця тому!

— Боже! А я думала, що в мене десь миша здохла.

— Дуже дотепно.

— Ти в цьому одязі не вийдеш. Потрібен нормальний одяг.

— Що ти називаєш «нормальний одяг»? Це нормальний одяг! Якби ти знала, скільки я за нього заплатив!

Стейсі раптом згадала, що вчора, коли знайомилася з Моцартом у відділку, звернула увагу, як добре сиділо на ньому це вбрання. Зрештою, маскарадні костюми цілком могли шити й на замовлення, проте це означало, що її новий друг був не з бідних.

— Гаразд. *Never mind.** Давай я виперу твій старий одяг. А новий... Який у тебе розмір?

— Який що? — не зрозумів Моцарт.

— Розмір. Якого розміру одяг ти носиш?

— Тобто? Я ношу свій одяг! Мій одяг! Він тільки мій і ніякий Розмір його не носив! — Вольфганг явно не зрозумів питання про розмір.

— Гаразд, — Стейсі взяла камзол і почала ретельно розглядати його, надіючись знайти бодай якусь етикетку. Камзол був важкий. Литі срібні з латунню ґудзики, золотом шиті петлі, гаптування на манжетах і на лацканах... Усе це було дуже ґрунтовне, переконливе і... дороге, чи що? Крім того, камзол, хоч і прали його «півтора місяця тому», мав презентабельний вигляд. Несвіжість видавали лиш ледь засмальцьовані манжети. Та ще комір був вимащений чимось білим, а плечі рясно притрушені пудрою. Стейсі уважно розглянула шви. «Машинка так не шиє», — подумала про себе. Шов був дуже міцний і дуже дрібний, кожен стібок ніби й був схожий на попередній, але водночас мав свій індивідуальний характер. Шитво було, поза сумнівом, ручне. Поряд на софі лежала камізелька, тонка біла шовкова сорочка, штани, схожі на короткі кальсони, ще одні короткі штани і шовкові панчохи — колись білі, а тепер укриті плямами різної інтенсивності та розміру.

— Це мій єдиний одяг, — сказав Моцарт.

— Що, і більше нема?

— Один камзол зістарився, і я здав його кравцеві в ремонт, а ще один я заклав у *Leihhaus***.

---

* Не зважай *(англ.)*.

** *Leihhaus* або *Pfandleihhaus (Pfandkredite)* чи *Leihamt (нім.)* — ломбард.

— Куди?

— У *Leihamt*!

— А що це?

— Ну... Як тобі пояснити... Я приношу туди якусь цінну річ, мені дають за неї гроші, я ними користуюсь, а потім, коли мені виплачують гонорар, я йду туди, викупляю свою річ і плачу хазяїнові невеличкий відсоток.

— А, я зрозуміла!

Стейсі одразу згадала глибоке дитинство в голодні дев'яності. Якось увечері батьки сварились, а вранці тато кудись зібрався й пішов, і прийшов аж в обід, з купою смакоти та головкою дефіцитного швейцарського сиру. Мама дуже плакала, а ще в тата не стало на пальці золотої обручки.

— І скільки тобі за нього дали?

— Дріб'язок! Усього сім дукатів. Але їх вистачило протриматися майже місяць.

— Протриматися? У тебе не було грошей?

Моцарт помітно нервувався. Усмішка сповзла з його обличчя, і він почав соватися на стільці.

— Я чекав чергового гонорару — мені ось-ось мали його виплатити, а гроші від показу *La clemenza di Tito** в Празі вже закінчились. Ну я і... Нам треба було на щось жити, і Констанцію треба було відправити на лікування, на води, в Баден...

— Констанція? Хто це?

— Моя дружина...

— У тебе є сім'я?

---

* «Титове милосердя» (*La clemenza di Tito (італ.) K 621*) — одна (разом з «Чарівною флейтою») з двох останніх опер Моцарта на лібрето Катеріно Маццолі. Опера була написана на замовлення і з нагоди коронації імператора Леопольда II королем Богемії вперше показана в Празі 6 вересня 1791 року.

— Є. Дружина і двоє синів — старший Карл, йому сім років, і молодший, Франц — ще й року немає.

Здавалося, Вольф зараз заплаче.

— І де ж твоя сім'я?

— У Відні.

— Треба їх терміново знайти! У тебе є номер дружини?

— У мене одна дружина, номер один. Ти думаєш, що в мене дружин, як у турецького султана у сералі, щоб я їх по номерах називав? Я колись написав одну штуку, *Die Entführung aus dem Serail**, то там...

— Я маю на увазі номер телефону!

— Теле... що?!

— Гаразд. Адреса. Адреса є?

— Кляйне Кайзергауз, Рауенштайнґассе, 970.

Стейсі взяла смартфон і ввела адресу.

— Нічого не розумію... — пробурмотіла. — Перехрестя з Баллґассе... Але... Це магазин. Якийсь великий магазин!

Стейсі простягла телефон Моцартові. Він його схопив і витріщився на дисплей.

— Бісова срака! Що це за картина? Це малюнок?! Це не мій дім! Я нічого не впізнаю! Де бруківка? Тут не така бруківка! А оце що з величезними... вікнами? Це ж вікна? — Моцарт вказав на вітрину магазину. — Нічого не розумію...

---

* «Викрадення з сералю» (*Die Entführung aus dem Serail (нім.) K384*) — зінґшпіль на три дії на лібрето Йогана Ґотліба Штефані. Написаний Моцартом у 1781–1782 роках на замовлення імператора Йосифа II з метою розвитку національної опери. Зінґшпіль (особлива форма музичної вистави, де поєднуються спів і діалоги) написано німецькою мовою, що в ті часи було несподіванкою, адже усі придворні композитори при дворі Імператора Священної Римської імперії були переважно італійцями, наприклад капельмейстер Антоніо Сальєрі.

— Ясно, — забрала телефон Стейсі. — Ти збожеволів.*

Моцарт негайно насупився.

— Можна подумати, що ви тут усі нормальні. Подивіться хоча б, яку ви каву п'єте! Лайно якесь, а не кава!

— Добре, не сварись. Дай я спочатку виперу твій одяг і подумаю, що робити далі. Ану, будь ласка, встань і покрутись.

— Що?!

— Устань, кажу.

Вольф підвівся.

— Покрутись.

Моцарт легко і навіть граційно, як у менуеті, розвернувся на п'ятах і схилився в поклоні. Він був середній на зріст, сухорлявий, але зграбний. На відміну від більшості чоловіків його віку, не мав характерного «пивного» диванного животика, був м'язистий, мов мисливський хорт. Загалом звичайний собі чоловік, якби не руки. Руки. Руки у Моцарта були дивні — здавалось, вони жили своїм, окремим од тіла, життям: вони то плавно рухались, наче водорості в океанському потоці, то літали, мов птахи, то рухалися стрімко, як блискавки. І пальці. Тонкі, з видовженими нігтями правильної овальної форми — таким могла б позаздрити будь-яка модниця, що ретельно за собою доглядала. Моцартові руки не знали спокою — коли він щось пояснював, то жестикулював, і ці рухи гіпнотично впливали на співрозмовника. Навіть детектив Бріджес, хоч і був розлючений «казками всраного клоуна»,

* Моцарт не збожеволів. Будинку, що мав назву «*Kleines Kaiserhaus*», де він прожив свої останні дні, за адресою Рауенштайнґассе, 970 більше не існує — його було зруйновано в середині XIX століття. Тепер на його місці універмаг *Steffl* («Штефль»). Про місце, де композитор провів свої останні роки, нагадує лише меморіальна табличка, розташована на задній панелі універмагу за адресою Рауенштайнґассе, 8.

не дозволив собі жодного грубого слова на адресу Вольфа. А те, як блискавично Моцарт невідомо звідки дістав стилет і приставив його до горла кривдникові Стейсі, промовисто свідчило, що краще ці руки зайвий раз не злити.

— Ясно, — нарешті сказала Стейсі. — У тебе «М». Спробую щось придумати.

— «М» — означає «Моцарт»? — здивовано гмикнув Вольф. — А в тебе яка літера?

— А в мене «S», — насилу стримала сміх Стейсі.

— А, ну то добре, — заспокоївся Моцарт.

Стейсі завантажила пральну машинку й почала збиратися на роботу.

— Значить так. Я йду на роботу. Ти залишаєшся тут.

— Але...

— Тобі нема в чому вийти.

Вольф похмуро кивнув.

— Тому сиди сьогодні вдома. Я постараюся щось придумати з одягом, а потім купимо тобі новий.

— Новий! У мене нема стільки грошей! Новий одяг — це цілий статок! Не кожен спроможний замовити новий одяг!

— Не переживай, я заробляю.

— Ти працюєш у таверні! — поблажливо сказав Моцарт. — Там багато не заробиш.

— Не раджу рахувати гроші в чужій кишені! — розсердилася Стейсі. — Сиди отут крячкою і чекай на мене з роботи! Тут я командую, а не ти! Я зрозуміло говорю?!

Очі Стейсі хижо звузились і запалали недобрим вогником. Вольф шостим чуттям відчув, що краще дівчину не сердити. Притримуючи поли халата, він схилився в граціозному поклоні й покірно промовив:

— *Ihr Wunsch sei mir Befehl!*

— *Schön zu hören...** — відказала Стейсі. — І нічого тут не чіпай! А як захочеш їсти — бери ось у холодильнику.

Показавши новому другові овочі, фрукти й холодне м'ясо в «залізній льодовні», як він висловився, Стейсі зібралася й вийшла з квартири. За дверима набрала номер.

— Томмі? Привіт. Ти ще вдома? Чудово. У тебе який розмір? «М»? Чудово. Поки ти не вийшов, я хотіла тебе про дещо попросити. Мені потрібно...

---

* — Віднині я вам у всьому покірний!
— Приємно чути... *(нім.)*

Сцена третя

Adagio
повільно

— Дивись, от джинси, ще одні джинси, це просто штани, це штани для бігу, це шорти, футболки, сороч...

— Томмі, ти збожеволів! Тут цілий гардероб!

— Ти ж кажеш, що в нього нічого немає.

— Я мала на увазі, що нам потрібен одяг дійти до магазину й не більше...

— Стейсі! Просто подякуй і бери, що дають.

— Томмі, я, звісно, тобі дуже вдячна, але ж це *Hugo Boss*!

— Воно вже виходить з моди, — махнув рукою Томмі.

— У молодого чоловіка є смак.

Стейсі й Томмі одночасно обернулися. Під вікном за столиком на дві персони сиділа жінка в чорному костюмі. Тонкі риси обличчя, довгі пальці, іронічно примружені очі й чорний довгий мундштук з тонкою коричневою сигарилою. Сигарилла була незапалена.

— Добрий день, мадемуазель Ґабріель!

— Добрий день, Стейсі, добрий день, Том.

— Раді знову бачити. Вам усе, як завжди?

— Спочатку ти, Стейсі, скажи, чи все з тобою гаразд після вчорашнього інциденту.

— Дякую, мадемуазель Ґабріель, усе нормально.

— Слава богу, вчорашній сміливець вчасно втрутився. Ще секунда, і я б штрикнула нахабі мундштуком в око. А лицар ваш як? Порядок? Ви хоч ім'я його спитали?

— Так, мадемуазель Ґабріель, у нього все добре, поліція відпустила, звати Вольфганг.

— Гм... Вольфганг? Одначе... — жінка підняла брови. — Одначе... Так, Стейсі, мені як завжди: кава й грінки на вершковому маслі.

— На сильному вогні, щоб диму була повна кухня?

— Ти все знаєш! — усміхнулася жінка.

— Одну секунду! — відповіла їй Стейсі, цмокнула в щоку Томмі, підхопила сумку й помчала на кухню.

Том її догнав, притримав за сумку і, підморгнувши, дістав звідти щось загорнуте в рушник.

Стейсі розгорнула рушника і аж заклякла. Це був довгий і вузький стилет. Дівчина взяла його в руки — він був неочікувано легкий. Основа піхов — з якогось дерева, інкрустованого тонкою срібною пластинкою і накладками з такої самої кістки, як і руків'я, за яке Стейсі мимохіть потягла... щось ледве чутно клацнуло, і тонке блискуче сталеве лезо м'яко виїхало з піхов. Лезо від руків'я відділяла акуратна латунна ґарда, відполірована до блиску.

— Де... Томмі, де ти це взяв?

— Учора, за мить до приїзду поліції, він мені його тицьнув у руки й сказав, щоб я надійно сховав. Я й сховав.

— Боже, я не бачила ні звідки він його дістав, ні де потім дів! Якби й хотіла сказати в поліції, то не змогла б.

— Тут такий гармидер був, що й не дивно! — засміявся Том. — Ох і важко було сховати ножичка непомітно!

Я запхнув його під фартух, але диви, який він великий. Уявляю, який у мене був вигляд з цим патиком і з однією рукою під фартухом. Марта мене бачила, і хтозна, що вона подумала, але погляд в неї був такий... Очей з мене не зводила! Точніше, з мого фартуха. І не торкайся до леза, воно гостре, як сто чортів!

Дівчина обережно загорнула стилет знов у рушник і сховала згорток у сумку.

— Дякую, Томмі. Ти справжній друг!

— Та, нічого особливого. Надіюся, шмотки Вольфові підійдуть. До речі, як він?

— Він якраз у порядку, але мені сильно здається, що в нього не всі вдома...

— Оу...

— Між іншим, тобі не цікаво, чому він так одягнений? — Стейсі уважно подивилася на колегу.

— Хм. Ну, це не моя справа, взагалі-то, — всміхнувся Том. — Крім того, він же заявив, що він Моцарт, а це багато що пояснює.

Стейсі зашарілася.

— І що, усі вже знають?

— Ти думаєш, він був дуже непомітний? — засміявся хлопець. — Усі знають, що ти його привела, усі бачили, в що він був убраний, і всі бачили, як він ледь не проштрикнув ту жирну мавпу...

— Том!

— Що?

— Не лайся!

— Жирну мавпу, Стейсі. Хоч я особисто вважаю, що мавпи не заслужили на таку тяжку образу.

— Дякую тобі ще раз, Том. Ти справжній друг!

— Ну все. До роботи!

Увесь робочий день Стейсі метеликом пурхала від столика до столика. Була п'ятниця, а отже, *happy hours**, що означає багато клієнтів і щедрі чайові. А гроші дівчині зараз не завадили б більше, ніж будь-коли, зважаючи, що вона тепер не сама...

«Я тепер не сама». Ця незвична думка бентежила й неочікувано тішила. Вона не знала, чи надовго цей божевільний, що називає себе Моцартом, затримається в її житті. Він каже, що в нього є сім'я. Але хіба в такого психа може бути сім'я? Може, він просто нікому не потрібний божевільний? Волоцюга?

«Зрештою, ми чимось схожі. Хоч би тим, що в нас немає легальних документів...»

Щойно за Стейсі зачинилися двері, Моцарт лишився сам на сам зі своїми думками. А були вони в нього, скажемо прямо, невеселі.

«Я так і не закінчив останньої роботи! — вкотре картав себе Моцарт. — Справи тільки почали йти вгору, завдяки ажіотажу в Празі ми отримали багато замовлень на постановку "Чарівної флейти", "Фіґаро" з успіхом пройшов у Відні, почали з'являтися нові клієнти й навіть учні! Моя бідолашна Констанція залікувала нарешті виразки на нозі і взагалі почала одужувати — і тут я так невчасно захворів! Ох, це було жахливо! Та слабкість, та лихоманка... Я горів, мов у вогні... Останнє, що пам'ятаю, — ми завершили восьмий такт *Lacrimosa*, і я заснув... А потім почалось оце все. То де ж я?

* Період часу, коли ресторани, бари і кафе пропонують алкогольні напої зі знижкою. Зазвичай *happy hours* тривають від 16:00 до 20:00. На Мангеттені *happy hours* — час пік. Офісні клерки й туристи окуповують усі заклади, тому столики краще бронювати завчасно.

У Новому Світі? Це Америка? Але що воно за світ такий? Так він же схожий на пекло! Ці химерні будинки, самохідні фіакри, підземні колісниці, що гуркотять і гойдаються, як пекельні гарби? Чому я тут опинився? Я вмер?»

Моцартів погляд зупинився на настінному календарі. Картинка на ньому зображала Мангеттен з висоти пташиного польоту. Нагорі стояли цифри «2018», унизу слово «*December*». Червоне віконечко було встановлене на цифрі «7».

«Боже мій, Господи Ісусе Христе... Сьогодні сьоме грудня... Але 2018 року? Як це можливо?! Виходить, я заснув увечері 4 грудня 1791 року, а прокинувся невідомо де через... 227 років?! Господи, це все твій чин і воля твоя! Навіщо піддаєш мене, свого бідного слугу, таким випробуванням? Таким іспитам? Що я маю зробити, о Господи, щоб вернутися до Констанції і до дітей? Що, о Господи?»

Моцарт ліг на диван і заплющив очі.

Не полежав і пів хвилини, як раптом почув звуки, від яких стало сторч волосся на потилиці. Крізь шум вулиці, прямо тут, десь знизу, він почув...

Спочатку ніжно вступили клавішні. Це був дивний, досі невідомий Моцартові звук клавішних. Але мелодія... Мелодію, що складалася з цих звуків, Вольфганг би ні з чим не сплутав! Це була тема «*siciliana*» — повільного й романтичного танцю. фа-дієз мінорна композиція — єдина, яку він написав навесні 1786 року, друга частина Концерту для фортепіано з оркестром, *adagio* фа-дієз мінор*. Саме цю частину він написав для Констанції, яка тоді дуже його підтримувала

---

* Концерт для фортепіано з оркестром №23 ля мажор (*Piano Concerto no. 23 in A major, K488*) — написаний Моцартом у березні 1786 року у Відні, складається з трьох частин: *Allegro* ля мажор, *Adagio* фа-дієз мінор і *Allegro assai* ля мажор.

після поразки перед Сальєрі, коли заради жарту імператор Йосиф II вирішив провести змагання між Моцартом і його заклятим другом — придворним капельмейстером Сальєрі. Вони мали написати одноактну комічну оперу на тему театрального закулісся. Моцарт представив оперу «Директор театру», а Сальєрі — твір зі складною назвою «Спочатку музика, потім слова». Зрештою, опера суперника перемогла. Моцартове самолюбство неабияк постраждало, бо він якраз працював з Де Понте над «Одруженням Фіґаро» і не міг належним чином зосередитися на змаганні. Зворушлива підтримка дружини так вразила Вольфа, що під враженням він написав другу частину двадцять третього концерту у фа-дієз мінорі.

Максимально романтична, сповнена ніжності й суму мелодія лилась тепер звідкись із-за стіни чи знизу. За м'якими клавішними вступають флейти і кларнет... Моцарт пам'ятав кожну нотку, кожний знак паузи на партитурі. Мелодія текла, мов потічок, заколисувала, вводила в транс... І раптом після яскравого фрагменту в ля мажорі грудний чоловічий голос промовив: «Ейр Франс»*. І все скінчилося.

Моцарт аж сів на дивані.

«Який, у біса, "Ейр Франс"? — обурено подумав він. — Що це значить? До чого тут повітря? До чого тут Франція?»

Він спробував дослухатися до того, що долинало з нижнього поверху, але невиразного бурмотіння розібрати не міг.

Спересердя встав зі софи й почав крокувати туди-сюди по квартирі. Заодно роздивлятися це крихітне приміщення. Перше, що його вразило — кількість речей. Вазочки,

---

* 2011 року авіакомпанія *Air France* випустила рекламний ролик з використанням фрагменту другої частини *Adagio* Концерту для фортепіано з оркестром №23.

статуетки, картини на стінах — від невинних пейзажів і натюрмортів до спокусливої білявки, що притримувала од вітру коротку сукню. «Навіщо тут стільки речей? — думав Вольф — Оті, наприклад, статуетки? Ісусе, це пастушка й овечки! А оце? Танцівниця! Як зворушливо! Мушлі, свічки, а оце — я гадки не маю, що воно таке... Але навіщо їх тут стільки? Я ніколи в житті не зміг би зосередитися серед такої кількості предметів!»

І справді — студійка Стейсі була наповнена всілякими симпатичними дрібничками.

Вольфганг підійшов до стійки, що відділяла кухню від житлової зони, і погляд його впав на червону металеву коробочку. На ній був зображений якийсь чоловік у червоному камзолі, в перуці типу *Taubenfl*ügel. Справа на прямокутній коробочці було написано: «*250 Jahre Wolfgang Amadeus Mozart*»*.

— Це... неможливо!.. — пробурмотів Вольф і звалився на стілець.

Стейсі вже зібралася додому й підхопила важку Томову сумку, щоб іти, коли за спиною почула:

— Хм... Е-е-е, Стейс?

— Що таке, Марто?

— Стейсі!

— Що ти хочеш?

— Томмі... Я вчора за ним спостерігала... — Марта, білява миловидна гостес з укритим ластовинням жвавим личком, була чимось явно стурбована. — Він учора був

---

* *«250 Jahre Wolfgang Amadeus Mozart» (нім.)* — «250 років Вольфгангу Амадею Моцарту» — бляшана коробка для печива з музичним механізмом була випущена 2006 року спеціально з нагоди 250-річного ювілею композитора.

якийсь дивний після того конфлікту між тобою й тими ідіотами.

Стейсі завмерла. «Я запхнув його під фартух, але диви, який він великий! — пролунали в голові слова Томмі. — Уявляю, який у мене був вигляд з цим патиком і з однією рукою під фартухом!» Стейсі аж стислася зі сміху. «Мене бачила Марта, і хтозна, що вона собі подумала, але погляд у неї був такий... Очей з мене не зводила! Точніше, з мого фартуха».

— Чого ти регочеш? — серйозно спитала Марта.

— Та я... Нічого, вибач... — насилу стримуючись, вичавила Стейсі.

— Як ти думаєш, я йому подобаюсь?

— Ще б пак!

— Може, натякнути йому, що я не проти куди-небудь з ним сходити?

— Я думаю, що треба не натякати, а взяти й запросити!

— А якщо він відмовиться?

— Ну то й відмовиться. Теж мені трагедія! Том що, останній хлопець на планеті, чи як?

— Може, це й так. Може, ти й правильно говориш.

— Ще й як правильно. Навіть не сумнівайся! — Стейсі помахала Марті рукою і потягла сумку до виходу.

Сцена четверта

Presto possibile
якомога швидше

Шлях од ресторану до станції метро вона завжди проходила без поспіху, за пів години, милуючись вечірнім Мангеттеном, його старими три-чотириповерховими будинками вікторіанської епохи, що стояли впереміш з сучасними хмарочосами зі скла й бетону. У негоду, коли з океану віяв холодний вологий вітер, було видно тільки перші десять поверхів — інші ховалися в густому тумані. Тут ніколи не бувало темно. Навіть ночами туман над містом переливався різними барвами, освітлюючи землю, вулиці й тротуари, мов велетенський люмінесцентний софтбокс. А тепер на додачу до звичної ілюмінації місто в передчутті Різдва було вбране ще й у зелені, білі та червоні святкові вогні.

Попри все, вона любила це місто, яке принесло їй більше болю, ніж радості. Любила цей гамірний і вічно заклопотаний Мангеттен, любила цей Нью-Йорк, який ніколи не спить, у якому всім про тебе байдуже, але в якому ніхто не покине тебе на вулиці, якщо тобі раптом стане погано.

А ще в Стейсі була своєрідна розвага — відрізняти американців од туристів. Згодом розвага стала витонченіша й складніша — вона вчилася відрізняти ньюйоркців од решти американців. Тепер же Стейсі летіла додому, наче забула там увімкнену праску. За десять хвилин промчала вгору по П'ятдесят першій вулиці до Лексінґтон, а потім ще два квартали до П'ятдесят третьої і навіть під ноги не дивилася, хоч в одній руці була важка сумка з одягом для Моцарта, а в другій — загорнута у фольгу половина качки, печені на грилі овочі та ще фрукти й майже повна пляшка вина — презент Боба, вусатого бармена, що працював у їхньому закладі барменом ще до того, як він став називатися «Кварта».

Раніше їй було байдуже, чи скоро прийде потяг. Щовечора верталася вона пізно, й інтервал між потягами на синій лінії «Е» міг складати цілих п'ятнадцять, а на Сьомій фіолетовій лінії — усі двадцять хвилин. Тепер кожна хвилина чекання її невимовно бісила. «Як він там? — думала вона. — Ану ж не впорався з краном і затопив хазяйку? А раптом увімкнув газову духовку? А якщо вибіг у самому халаті на вулицю й почав чіплятися до перехожих?» Саме так, на думку Стейсі, і мали поводитися божевільні. А те, що в Моцарта не всі вдома, їй здавалось очевидним фактом.

Стейсі завжди уникала людей, про яких у її дитинстві було прийнято говорити, що вони «хворі» — з синдромом Дауна, з аутизмом, з ДЦП, чи просто тих, хто поводився не так, як вона. Однак з часом її почав дратувати цей стереотип про «здорових» і «хворих». Часом цілком «здорові» люди виявлялися таким рідкісним лайном, що хтозна, кого насправді треба було уникати. А Моцарта уникати їй чомусь геть не хотілося. Навпаки, Стейсі хотіла йому допомогти — знайти його сім'ю і вернути Вольфганга, чи як він там себе називає, додому.

По дорозі від станції до Сорок першої авеню, де вона мешкала, Стейсі ще здалеку почала видивлятись, чи не палає будинок і чи не стоїть часом біля брами поліція, пожежники або парамедики. Усе було спокійно — будинок виявився на місці, а у вікнах місіс Біркін мирно мерехтів телевізор.

Вилетівши по зовнішніх сходах на другий поверх, дівчина відімкнула двері й гукнула:

— Вольф, я вдома!

Відповіді вона не почула. Вдома нікого не було.

Стейсі увімкнула світло всюди. Подивилася в усіх закутках маленької квартирки. Заглянула під ліжко. У шафу і навіть у холодильник. Вольфа не було. Дівчину охопила паніка. Приблизно така паніка охоплює батьків, що випадково загубили дитину під час прогулянки у велелюдному Центральному парку*. Голову розпирали дві думки: «Де він міг дітися?!» і «Що з ним могло статися?!» Випраний, але мокрий Моцартів одяг лежав у пральці. Запасний ключ від помешкання висів на своєму місці — на цвяшку при вході. У чому ж він міг вийти? Їжа в холодильнику стояла неторкана. Ще раз заглянувши в кожну шпаринку, Стейсі вискочила з квартири й побігла по сходах униз.

Якогось певного плану вона не мала. «Треба негайно щось робити!» — підказувала паніка. Вибігти на вулицю, гукати по району, подзвонити в поліцію, самій ризикуючи опинитись у кайданках, особливо, якщо натрапиш на офіцера, який з особистих причин вважатиме за обов'язок поінформувати агентів *ICE*. Байдуже, головне — щось робити! Але спершу потрібно було попередити хазяйку.

Кларенс Біркін — власниця будинку, струнка леді старшого віку, мешкає на першому поверсі, прямо під квартиркою, яку винаймає дівчина. Живе вона тут з кінця сорокових, коли, за її словами, цей район Квінсу був безпечний, «як дитячий майданчик». Тепер він скоріше тихий, мов цвинтар, бо свого часу набув лихої слави, коли навіть поліція без потреби сюди не заїжджала. Незважаючи на близькість до

* Парк у самому центрі Мангеттену площею 341 гектар.

Лонґ-Айленд-експресвей та Північного бульвару, між якими й проходила Сорок перша авеню, ця місцина більше нагадує тихе село, ніж серце Квінсу. Приватні двоповерхові будиночки стоять на тінистій сонній вуличці з велетенськими в'язами обабіч. Влітку по ній катаються на велосипедах місцеві діти, бо автомашин тут мало, вони їздять більше по перпендикулярній Сто одинадцятій вулиці і по великих магістралях, таких, як Північний бульвар або гайвей на Лонґ-Айленд. На всіх перших поверхах будинків тут стоять ґрати, що видає неспокійний у минулому район. Чесно кажучи, з настанням темряви і тепер тут з'являтися небажано. Жовтий будиночок місіс Біркін — найохайніший на вулиці. Хоч на вікнах теж стоять ґрати, але вони не прості, не якісь там сяк-так зварені залізні прути, ні. Це справжній витвір ковальського мистецтва з візерунками й завитками. Акуратно пофарбований паркан і перила на ґанку. Під вікнами підвішені ящики з квітами, на вікнах зсередини — вишиті фіранки. На вхідних дверях завжди висить віночок — влітку з квітів, восени з жита, взимку з ялинового гілля, а навесні — з усипаних пухнастими котиками вербових гілок. Кімнату на другому поверсі з окремим входом місіс Біркін віддавна здавала.

Стейсі знайшла цю кімнату за оголошенням на *craiglist**. Спочатку місіс Біркін захотіла оплату за три місяці наперед, але в дівчини не було таких грошей. Засмучена, вона подякувала жінці «за витрачений час» і пішла собі по вулиці до метро. Хвилин через десять місіс Біркін її наздогнала

* Електронна дошка оголошень, названа за ім'ям засновника Крейга Ньюмарка. Це електронний каталог безкоштовних оголошень, який виник 1995 року в Сан-Франциско і набув широкої популярності як електронний ресурс оголошень для локальних громад.

і з плачем сказала, що Стейсі «може вселятися прямо зараз, а гроші... та бог з ними, з тими грішми, я не допущу, щоб дитина ночувала на вулиці».

Стейсі підбігла до дверей місіс Біркін, як раптом почула звук, що її заспокоїв і розізлив одночасно. Це був крик ситого й задоволеного мартина, який щойно поживився шматком гот-доґа, поєднаний з реготом гієни в нічній савані, накладеним на скрегіт іржавої залізної брами. Так химерно могла сміятися тільки одна людина на світі — Вольфганг Амадеус Моцарт.

Стейсі затарабанила в хазяйчині двері — усередині почулося шаркання кроків, і двері відчинилися.

— А ось і Стейсі явилася! Вольфі! — зраділа Кларенс.

З вітальні виплив задоволений Моцарт. Він був у тому самому білому банному халатику — місіс Біркін не жаліла газу на опалення, тому, попри грудень, у будинку було жарко. Стейсі за два тигрячі стрибки опинилася коло паскудника й кинулася йому на шию. Обнявши, відступила від нього на крок і дала йому такого ляпаса, що Вольф насилу встояв на ногах.

— Це ти ще легко відбувся, друже! — спокійно зауважила місіс Біркін. — Але я на твоєму місці була б вдячна мати таку подругу! Сила удару прямо пропорційна її хвилюванню, мій дорогий Моцарте!

Вольфганг спантеличено дивився на Стейсі. Та, сердито насупивши брови, спопеляла його поглядом.

— Я, мабуть, піду заварю чаю, — хазяйка делікатно позадкувала на кухню.

— Якого біса ти не у квартирі?! — прошипіла Стейсі. — Ти не уявляєш, що я тут пережила! Куди тебе понесло, мамі твоїй трясця?!

— Моя мама не заслужила, щоб її ім'я...

— Я не називала її імені!

— Її звати Анна Марія, уроджена Пертль!

— Та заради бога! Твоя мама ще не такого ляпаса тобі вліпила б, якби ти її не слухався!

— Вона б ніколи не вліпила! — Моцарт опустив очі і зітхнув. — А от батько б залюбки...

— Пробач...

— Це ти пробач. Я просто почув музику і хотів вийти надвір, дізнатися, звідки вона грає. А тут ця фрау... Повір, я б ніколи без тебе не наважився вийти кудись далеко. Тим більше в такому вигляді...

Стейсі всміхнулася — Моцарт у махровому банному халатику, звісно, вигляд мав звичайніший, ніж у камзолі та перуці, але в халатику посеред грудня далеко не зайдеш — максимум до найближчого патруля.

— То місіс Біркін вирішила тебе підчепити? — усміхнулася дівчина.

— Вибач, дорогенька, але я вже стара для цієї фігні, — пролунало раптом ззаду.

Стейсі аж теліпнуло з несподіванки.

— Пробачте, ем-м-м... Я просто невдало пожартувала, — почервоніла вона.

— Про що ви мовите? — перепитав Моцарт. Він абсолютно не розумів американського сленгу.

— *Ich habe nur gescherzt, dass Frau Birkin Eindruck auf dich schinden wollte!** — сказала Стейсі німецькою. — Якось так.

— Боже, Штеффі! — загигикав Моцарт. — Та перед фрау Біркін неможливо встояти!

— Саме тому ти тут, а не вдома! — усміхнулася дівчина.

---

* Я пожартувала, що фрау Біркін намагалася справити на тебе враження! *(нім.)*

— Вольфганг — дуже галантний кавалер, — місіс Біркін жестом запросила гостей у вітальню. — Чай готовий. До речі, Вольф, а чому «Штеффі»?

— Я так чую.

Пісочне печиво місіс Біркін пекла сама. Воно було ще тепле, щойно з духовки. Стейсі впізнала запах, що дражнив її мінімум двічі на тиждень — запах теплого тіста, масла та ванілі. Саме таке печиво пекла її мама в Івано-Франківську. Те, що вдома на неї чекає свіжа випічка, Станіслава знала ще до того, як, вертаючись зі школи, підходила до свого будинку. Здавалося, вся вулиця Пасічна про це знала — такий сильний і солодкий був той запах.

— Те, що Вольфі тут, це моя ініціатива, — дипломатично пояснила місіс Біркін. — Я взяла на себе сміливість покликати до себе твого бойфренда.

— Він не мій бойфренд, я його тільки вчора знайшла! — швидко випалила Стейсі й почервоніла.

— Мила дівчино, я не маю поганої звички пхати носа в чуже особисте життя, якщо це не мій пацієнт, — спокійно відказала Кларенс. — Для мене достатньо знати, що цей джентльмен перебуває на твоїй території з твого дозволу, а більше мене ніщо не цікавить.

— Він не дуже вам докучав своїми дивними розповідями?

— А що ти маєш на увазі під «дивними розповідями»? — підняла брови місіс Біркін.

— Ем-ммм... — збентежилася дівчина. — Ну-у-у... я навіть не знаю, як сказати...

Кларенс усміхнулась.

Моцарт під час їхнього діалогу крутив головою, ніби спостерігав за грою в теніс.

— Вольф дуже хороший співрозмовник, — жінка взяла печиво, відламала від нього шматочок і поклала собі на блюдечко. — Ми добре провели час. А в тебе які новини?

— Я принесла йому одяг, — повідомила Стейсі. — І вечерю...

— Одяг! — вигукнув Моцарт. — Де ти взяла одяг?!

— Томмі приніс.

— Юнак з голосом у діапазоні малої октави? З нього вийшов би непоганий драматичний тенор *di forza**.

— Він гаркавить.

— У голосі головне глибина й експресія, все інше не має значення.

— Він тобі іще дещо передав.

Тепер уже місіс Біркін зацікавлено спостерігала за діалогом. Стейсі на секунду задумалась і, збагнувши, що бовкнула зайвого, поспіхом додала:

— Я тобі вдома віддам...

— Стилет! — радісно вигукнув Моцарт. — Він передав тобі стилет, який я вчора приставив до горла тому нахабі!

Стейсі зрозуміла, що зараз вона як ніколи близька до виселення з квартири.

— Пробачте, місіс Біркін, — промимрила вона. — Мені здається, що він трохи не в собі...

— Хіба? — знизала плечима Кларенс. — Навпаки, мені здалося, що Вольф при здоровому глузді і ясній пам'яті.

Стейсі ледь печивом не вдавилась.

— Я вже сам думав, що Господь відняв у мене розум, але фрау Біркін сказала, що це не так! — радісно промовив Моцарт.

---

* *Di forza (італ.)* — найнижчий вокальний діапазон серед тенорів. Наступний — ліричний баритон.

Тепер Стейсі подумала, що це вона сама божеволіє.

— Вольфі мені все розповів. Хто він, звідки і як його звати, — Кларенс делікатно запила шматочок печива чаєм. — М-м-м, сьогодні тісто мені вдалось, як ніколи.

Зависла незручна пауза.

— І? І що ви про це думаєте? — обережно спитала Стейсі.

— Щиро кажучи, нічого, — всміхнулась хазяйка. — Випадок, звісно, цікавий, але я можу тільки констатувати, що Вольфі, як я вже сказала, при здоровому глузді і ясній пам'яті. І я це можу заявити цілком упевнено.

— Але як... — почала було Стейсі.

— Я лікар, — продовжила Кларенс. — Психіатр із сорокарічним стажем. У мене була блискуча практика. Мене і тепер залучають як експерта-консультанта.

— О-о, — здивувалася Стейсі. — Я й не знала.

— От якби ви, міс, частіше звертали увагу на стареньку, що мешкає поверхом нижче, то, може, не так би й дивувалися, — іронічно сказала Кларенс. — Та й печиво перепадало б значно частіше! Бачу, воно вам смакує.

— Печиво просто супер! Прямо як у моєї мами.

— Точнісінько таке, як лінцерське печиво*, що його пекла Констанція на Різдво... — зітхнув Моцарт.

— Заходьте частіше, Вольфі.

— Неодмінно, фрау Біркін! — і він схилився у своєму фірмовому церемонному поклоні.

---

* Лінцерське печиво — традиційне австрійське різдвяне пісочне печиво, назва котрого походить від міста Лінц.

Сцена п'ята

Allegro con brio
швидко, з вогнем

— Ніколи! Ніколи не виходь з квартири без мого дозволу! Ніколи не говори з незнайомцями! Я завжди повинна знати, де ти!

— Мені такого навіть рідна мати не говорила, — засміявся Моцарт. — Дарма переживаєш, Штеффі. Ти ж чула фрау Біркін — я маю ясний розум і чисте сумління.

— Вона не казала про сумління! До речі, мені здається, що якраз із сумлінням у тебе великі проблеми.

— Констанція точно так само мені говорила... — Вольф одразу посумнішав, сів на стілець і затулив лице руками.

— Вибач... — Стейсі стало ніяково. — Я не хотіла тебе засмутити.

Зависла тягуча пауза.

— Ти дуже за нею скучаєш? — перша порушила її Стейсі.

— Я завжди думав, що ось вона, поруч, і буде поруч довіку. Знаєш, я часто бував у роз'їздах, а Констанція залишалась у Відні. Мене часто не бувало дуже подовгу. Тривалі гастролі, постановки, репетиції. Ми хіба що в Прагу їздили разом. Знаєш, вона завжди прохолодно ставилась до моїх поїздок, та коли ми з Бондіні поставили там «Фіґаро», вона трохи подобрішала. Ми відіграли «Весілля» в грудні 1786 року, і вистава мала шалений успіх! І тоді, щоб показати, що я недаремно роз'їжджаю, залишаючи її саму, я взяв її з собою. Хотів показати, якого успіху я досяг. І вона так мною пишалась. Але потім я знову мусив працювати. Часом брав замовлення і залишався працювати на місці. А на неї і не зважав. Думав: «Констанція вдома, у Відні, і вона завжди на мене чекатиме».

Моцарт глибоко зітхнув.

— Господи, та ми ж тільки вісім років одружені. Але дай Боже, якщо я провів з нею хоч половину цього часу. Останніми роками, коли вона сильно хворіла, я відсилав її на води в Баден. Це коштувало мені цілий статок, але я так хотів, щоб вона одужала... Однак зізнаюся, що навіть коли вона була у від'їзді з нашим старшим сином, Карлом, а потім і з Францом, я не дуже за нею скучав. Я мав безліч справ, з яких особливо важливі були дві: робота над новими творами і пошук грошей. Словом, переживати розлуку з дружиною не було коли. А тепер я відчуваю, що вона дуже, дуже далеко, і мені її страшенно не вистачає...

Моцарт раптом заплакав так щиро й гірко, що серце в дівчини стислося з жалю. Вона, щоправда, не знала, чи вірити до кінця розповідям цього дивного чоловіка, який називає себе генієм, але щось було в ньому таке, що спонукало Стейсі якщо не сприймати його розповіді за чисту монету, то принаймні співпереживати.

— Ми обов'язково придумаємо, як тебе повернути до дружини й дітей, — пообіцяла вона. — А зараз треба повечеряти.

Качка була чудова. Моцарт і сам не думав, що аж так зголодніє. Без зайвих запитань він накинувся на м'ясо й овочі, запиваючи все це вином.

— Не спіши, я не відберу! — засміялася Стейсі. — Їжі вистачить.

— Це у твоїй таверні печуть таку чудову качку? — з набитим ротом Моцарт говорив трошечки краще, ніж неандерталець, тому окремі слова дівчина скоріше вгадувала.

— Так, це з нашої кухні.

— Це просто божественно! Я люблю просту їжу в тавернах, бо при імператорському дворі вічно готують щось нудне й пафосне — вальдшнепи, фазани — а вони малі, як воші, і тверді, як стара підошва! Зуби можна поламати. А тут проста качка! А ніжна, мов перса у дів... — Моцарт якимось шостим чуттям збагнув, що його заносить не туди і краще буде обирати пристойніші епітети.

— А скуштував би маминих кручеників, — зітхнула Стейсі, пропустивши повз вуха Вольфові кулінарні асоціації.

— Що? Кру... — Моцарт спробував вимовити дивне українське слово «крученики», але від тяжкої для язика вправи в роті не вдержався кусень качатини. Анітрохи не засоромившись, він запхнув його назад у рота і, задоволений, проковтнув. Дівчина наморщила носика.

— Крученики — це такі м'ясні рулетики. Можуть бути з чим завгодно — з грибами, сиром чи навіть зі сливами.

— Не знаю, мені складно уявити те, про що ти говориш, але, мабуть, це й справді смачно. Дівчина, що принесла таку качку, не може брехати.

— Їж мовчки! — ще раз зітхнула Стейсі. — Розговорився...

Після трапези настала нарешті черга міряти одяг.

— Це тобі від Томмі, — вивалила Стейсі на вміст сумки.

Моцарт спантеличено дивився на купу незрозумілого йому одягу. Приблизно так би дивився середньовічний знахар-травник на сучасну аптеку.

— Що це? — Вольф вертів у руках лляні брюки від *Hugo Boss.* — Довгі штани? Такі, як біднота носить?

— Біднота?! — обурилася Стейсі. — Це нормальні брюки! Ти б знав, скільки вони коштують!

Моцарт тим часом підняв труси-боксери.

— А це що? Занадто короткі для кюлотів.

— Усе тобі недогода! Ти ба, який пан! — пхикнула дівчина. — Іди спіднє надінь, а потім решту поміряєш.

Моцарт у трусах був схожий на алкоголіка дядю Сашу з третього під'їзду. Дядя Саша, родом з якогось маленького сибірського містечка, за радянських часів був чудовим технологом на місцевому радіозаводі — приїхав по комсомольській путівці, та так згодом і осів у Івано-Франківську. У буремні дев'яності потрапив під скорочення і призвичаївся до оковитої. Дядя Саша був тихенький, нітрохи не буйний, і дивно говорив російською, рясно мішаючи українські й сибірські слівця: «Орест шибко хороший варіщ! Багато нє разгаваріват, наліват і наліват! Вотка си скінчілась, а от он нову берьот-то і снова наліват!»

Сухорлявий, як дядя Саша, Вольф стояв посеред кімнати в самих трусах і ніяковів перед дівчиною. Стейсі стало смішно, їй здавалося, що Моцарт зараз тупне ногою і сиплим голосом весело скаже: «От дєвка! Нє шоб штани парє дати, а вона буде хохотат і хохотат!»

— Боже милосердний! Я схожий на санкюлота!* — надівши штани, Вольф крутився біля дзеркала й намагався роздивитися себе з усіх сторін.

---

* Санкюлоти *(фр.)* — представники міської бідноти — переважно дрібні буржуа, котрі вважались основною рушійною силою під час великої Французької революції (1789–1799). Слово походить від вислову «*sans culottes*», тобто «без кюлотів». У XVIII столітті міська знать носила кюлоти (короткі штани до коліна) з панчохами. Ремісники, робітники і дрібні буржуа — довгі брюки.

— Тобі пасує! — похвалила Стейсі. — Візьми ще сорочку. Вольфі, не обов'язково пхати її в штани. Ти б ще куртку запхнув. Дивись, надіваєш футболку, а зверху — сорочку.

— Що це у вас тут за вбрання таке химерне? Воно сидить на мені як мішок!

— Тобі потрібен одяг в облипку?

— А як же мої ідеальні литки? А стан? Одяг має бути пошитий по фігурі!

— Матимеш багато грошей — замовиш собі по фігурі.

— О! В мене з'явився стимул для заробляння грошей. Надіюсь, у вас тут люблять хорошу музику?

— А ти справді вмієш грати на музичних інструментах? На яких?

Моцарт раптом перестав крутитися перед дзеркалом, склав руки на грудях і подивився на дівчину згори вниз.

— Якби мене звали Мікеланджело, я б пішов стіни мазати, але якщо мене звати Моцарт, то що?

— Та ну-у-у! — протягла Стейсі. — Це ти дуже високо задер планку — грати, як Моцарт.

Вольфганг так подивився на свою нову подругу, що ще трохи й між ними спалахнула б перша дружня сварка. Але дівчина збагнула, що перегнула палицю.

— Е-е-е, я мала на увазі, що не в кожного тут знайдеться стільки грошей, щоб заплатити самому Моцартові. Доведеться тобі грати під псевдонімом.

— Під чим? — не зрозумів Моцарт.

— Під чужим іменем.

— Ніколи! — вибухнув Вольф. — Ніколи Моцарт не гратиме під чужим іменем!

— Ну все-все, я зрозуміла! Моцарт — то Моцарт! І я, до речі, Стейсі, а не «Штеффі», якщо вже бути зовсім точним.

— Я так чую!

— На, ще оці штани поміряй.

Вольф не взяв штани, а підбіг до барної стійки, схопив бляшану коробку для печива зі своїм же зображенням і гордо тицьнув її під носа Стейсі.

— Бачиш?! Якогось нездару не намалювали б на такій шкатулці!

Дівчина засміялася. Моцарт пхикнув.

Але раптом Стейсі посерйознішала.

— А ти точно можеш грати на фортепіано?

Моцарт насупив лоба.

— На чому?

— На фортепіано!

— Слухай, я можу грати і *forte*, і *piano*, і *fortissimo* можу, і *pianissimo*!*

— Ти не знаєш, що таке фортепіано?! Чого ж ти мені голову морочиш?

— Це ти мене плутаєш! Буває *forte* і буває *piano*! Буває *pianoforte*. А що, в біса, таке фортепіано, вперше чую! І взагалі — краще скажи, де мій одяг?

— Він на тобі, Вольф.

— Ні, де мій нормальний одяг?

— Ой, я ж його випрала й геть забула! Зараз кину сушитися.

Стейсі підійшла до пральки, дістала вогкий камзол, жилет, кюлоти, панчохи й спіднє, переклала все в сушарку й натисла на кнопку. Сушарка загула. Моцарт не вельми привітно подивився на білого монстра й недовірливо спитав:

— Ця бісівська штука не нашкодить йому? Він двадцять дукатів коштує! Цілий статок!

---

* *Forte* — сильно, гучно; *fortissimo* — дуже сильно, дуже гучно; *piano* — тихо; *pianissimo* — дуже тихо *(італ.)*.

— Не нашкодить сушарка твоєму статку, заспокойся.

Вольф полегшено зітхнув.

Стейсі відійшла до стійки-перегородки, дістала телефон, знайшла в контактах прізвище «*Gontar*» і набрала номер.

— Алло, Павло? Привіт, це Станіслава. Вибач, що так пізно. У тебе все гаразд? Та знаєш, у мене теж. Слухай, що ти завтра робиш? Коли саме? А, ясно. Ти зможеш підійти до мене в ресторан? Коли тобі буде зручно. Справа до тебе є. Хочу тобі дещо показати. Навіть не дещо, а декого. Та, довга історія. Але я впевнена, тобі буде цікаво. Ну все, добраніч!

Стейсі примружилась і уважно подивилася на Моцарта. Той знов крутився перед дзеркалом, то піднімав руки, то опускав, усміхався сам до себе і щось шепотів. Попри незрозумілий і незвичний новий одяг, він був явно задоволений собою і вже не нагадував того сумного й переляканого чоловіка, якого Стейсі побачила в поліційному відділку.

— Усе, Моцарт! — всміхнулася Стейсі. — Пора спати. Завтра з самого ранку підеш зі мною. Випробуємо тебе в ділі.

Антракт

Місіс Біркін любить повторювати цитату про те, що «не існує людей без психічних відхилень, а є недостатньо добре обстежені». Це звісно, жарт, але доля істини у ньому є. Недарма Кларенс не сказала, що Моцарт «психічно здоровий». Вона вжила вислів «при здоровому глузді і ясній пам'яті», а це вже цілком інша річ, погодьтесь.

І справді, невже старовинний одяг, перука й чудова німецька мова — підстави оголошувати людину божевільною? Одначе Стейсі чомусь не сумнівалася, що Моцарт «ку-ку». Надто вже дивакуватий вигляд він мав. А до всіх, хто має дивакуватий вигляд, люди чомусь ставляться з підозрою.

Таке ставлення до себе деколи відчуває й сама Стейсі. Чому? Та дуже просто: Стейсі — іммігрантка. Загалом у США цілком нормальне ставлення до іммігрантів, бо ж саме вони й збудували цю країну. Починаючи з XVII століття і до наших днів в Америку в пошуках кращої долі приїжджають мільйони іммігрантів — легальних і нелегальних. Шляхи перед ними лягають по-різному — хтось іде вчитися й починає нове життя, хтось назавжди осідає в локальних етнічних громадах. Є й такі, що, не маючи легальних документів, приречені все життя переховуватися від влади —

без прав і без будь-яких перспектив. Але всі вони прагнуть кращого життя для себе і для своїх дітей.

Стейсі на перший погляд нічим не відрізняється від звичайної нью-йоркської дівчини. Бо вона і є звичайна жителька Нью-Йорка. Вона носить джинси *Joe`s* і футболки *Lucky Brand*. Має смартфон, а в ньому — повно хорошої музики і симпатичних фоточок. Але Стейсі не може завести рахунок у банку і легально влаштуватися на роботу. Вона не може отримати нормального медичного обслуговування й піти вчитись. І все тому, що вона порушила імміграційний режим. Мабуть, у її молодому житті це був не дуже розумний крок, на який вона пішла в дуже важкий для себе час. Але щоразу, коли роботодавець дивився в її документи, дівчина зі звичайної жительки Нью-Йорка перетворювалась на нелегалку. А нелегалові можна платити менші гроші. Йому взагалі можна не виплатити зарплату, бо він нікуди не пожаліється. Його можна принизити — ПЕРШИЙ ДЗВІНОК — і зневажати тільки за те, що в нього не в порядку документи.

І байдуже, що це за людина — відповідальний батько сімейства, який, працюючи за трьох, годує своїх діток, чи злочинець, що займається нечистим бізнесом. З погляду безжальної державної машини всі вони — ДРУГИЙ ДЗВІНОК — однаково небезпечні.

Увечері 7 грудня 2018 року, у п'ятницю, найвидатніший музичний геній людства, Йоган Хризостом Вольфганг Амадеус Моцарт, музикою якого захоплюються мільярди людей на всіх континентах, — ТРЕТІЙ ДЗВІНОК — вбрався в сучасний одяг і став такий самий, як весела колумбійка Мануела, що допомогла Стейсі з її першою роботою, і, врешті, як і сама Стейсі.

Бо в Моцарта, як і в десятків мільйонів іммігрантів, не було жодного легального документа.

ДІЯ ТРЕТЯ

Сцена перша

Allegro giusto
рівно і швидко, без уповільнень чи прискорень

— Не витріщайся так! — шипіла Стейсі. — Скільки тобі казати — тут не заведено витріщатися на людей! Це непристойно!

— А чому?! — щиро не зрозумів Моцарт. — Тут стільки цікавих облич, стільки типажів! І хіньчики, і маври, і гішпани, і підозрюю, що якісь дикуни.

— Сам ти дикун! Чого ти так вирячився на ту дівчину?! Ще б трошки, і ти б у ній дірку просвердлив!

— *Oh mein Gott!* Штеффі, ти її бачила? Вона вся вкрита малюнками! Руки, шия! Я б два дукати заплатив, щоб подивитись, чи є в неї малюнки нижче.

Од цих слів Стейсі зашкварчала, мов Везувій.

— Моцарт!!!

— Не кричи так моє прізвище. Он на нас уже стражник дивиться.

— Полісменові байдуже, хто ти і як тебе звати, але якщо та дівчина на тебе пожаліється, ти знов опинишся у відділку!

— Та що у вас за світ такий? Маврів маврами не називай, на дівчат не дивись...

— Моцарт!!!

Не ризикнувши залишити Вольфганга самого вдома, Стейсі вирішила взяти його з собою на роботу. Через те що

Томмі передав Моцартові ледь не половину свого гардероба, вигляд композитор мав ефектний. Вузенькі джинси, фіолетова сорочка, чорний приталений піджак з короткими лацканами і темно-синій дафлкот, а на ногах — чорні шкіряні черевики з товстою підошвою. Словом, він був сьогодні вбраний як середньостатистичний мешканець Нью-Йорка. Зате Моцартова поведінка лишала бажати кращого.

— А-а-а-а!!! Штеффі!!! Диявол!!! Диявол!!!

— Що таке? Чого ти волаєш?!

— Міс, у вас усе гаразд? — полісмен підійшов ближче.

Моцарт, затуливши лице руками, завивав і тицяв пальцями кудись у вікно.

— Так, сер! — Стейсі аж зблідла. — Він трохи не в собі, не звертайте уваги, офіцер. Моцарт, стій спокійно, це літак.

Над вагоном низенько пройшов літак, прямуючи на посадку в аеропорт *La Guardia*.

— Що?! Що це?!

— Це літак, там усередині люди, — ніжно й спокійно, мов дворічному малюкові, пояснила Стейсі.

— Заради всього святого, як? Навіщо?

— Це транспорт.

— Що ти маєш на увазі?

— Скільки часу тривала подорож з Відня до Праги?

— Днів два, якщо зупинятись, і день, якщо гнати...

— А літаком — менше години.

— Як?

— Так.

Моцарт замовк, певно, підраховуючи, що б він устиг зробити за годину часу.

— Я і пляшки айсвайну за годину не випив би. Точно диявол, — прошепотів Моцарт. — Без нього не обійшлось, присягаюся!

23RD
23

Він перехрестився на шпиль церкви, що промайнула з правого боку. Стейсі закотила очі.

При пересадці з Сьомої лінії на лінію «Е», яка йшла вже під землею, Вольф мертвою хваткою вчепився в рукав супутниці й плентався за нею, щось жалісно бурмочучи собі під носа. Дівчина не зважала ні на що, бо спізнювалась, а спізнюватись вона страшенно не любила. Тільки вже як вони вийшли з підземки, Моцартові помітно полегшало. Усе ж таки йому значно більше подобалося відчувати під ногами твердий ґрунт, а не двиготливу підлогу вагона.

Лексинґтон навалився на Вольфганга всією масою звуків ранкового суботнього Нью-Йорка — гарчання автомобілів, сирени поліційних екіпажів та швидких, ревіння пожежних машин. До загального шуму додавалися дзвіночки волонтерів міжнародного руху Армія Спасіння, які перед Різдвом збирали кошти для нужденних. Високо в небі проносились інші літаки та ще якісь химерні створіння.

— Гелікоптери, — пояснила Стейсі.

Моцарт кивнув, хоч слово «гелікоптери» не мало для нього ніякого сенсу.

Вони звернули на П'ятдесят першу вулицю й покрокували вниз — вулиця мала помітний ухил. Проходячи повз Сімнадцятий пресінкт, Моцарт напружився — він добре його запам'ятав ще позавчора. Невдовзі вони повернули праворуч і через кілька секунд стояли перед «Квартою».

— Отже, так, — Стейсі повернулась до Вольфа й тицьнула тонким пальцем йому в груди. — Ти слухаєшся мене і рота зайвий раз не відкриваєш. Ясно?

Моцарт розгублено закліпав очима. Дівчина раптом засміялася — новий друг мав вигляд скривдженого пса.

— Розумієш, — пояснила вона. — Якщо ти перелякаєш клієнтів криками «Диявол!», то в мене будуть проблеми.

— Проблеми?

— Мені буде погано — я можу втратити роботу, а це означає, що нам нічого буде їсти.

— Я зрозумів, — тихо сказав Моцарт. Слова «нічого буде їсти» були йому до болю знайомі.

Стейсі потягла на себе двері.

— Привіт, Джейсон!

— Доброго ранку, Стейсі! — привітався старший менеджер. — Як ти сьогодні?

— Чудово! Пам'ятаєш Вольфа?

— Авжеж пам'ятаю! — розплився в усмішці Джейсон. — Як таке забути? Воу, чувак, класний у тебе сьогодні прикид. Хоч той, з перукою, мені подобався більше.

— Я за нього двадцять дукатів... — почав було Вольф, але отримав ліктем у бік і затих.

— Джейсон, я хотіла з тобою поговорити. Вольф, пам'ятаєш отой столик? Посидь, будь ласка, там, я до тебе підійду.

— *Jawohl, mein liebes Fräulein,* — Вольф відступив крок назад, схилився в поклоні, розвернувся і, заклавши ліву руку за спину, поплив до столика. Джейсон провів його поглядом.

— Нічого собі! Ні, таки перука йому личить більше.

Дівчина кашлянула.

— Слухаю тебе, Стейсі!

— Джей. Я хотіла спитати... Ми ж іще шукаємо піаніста на постійне місце?

— На *part time**, — уточнив менеджер.

— Ну, постійну людину з певним репертуаром.

— Шукаємо. Маєш кандидатуру?

---

* Часткова зайнятість *(англ.)*.

Стейсі вказала очима на Вольфа, що чемно сидів за столиком і розглядав нігті.

— Ого! Моцарт! — засміявся Джейсон.

Стейсі аж смикнулася.

— Ну так... — пробурмотіла вона. — Щось таке.

— Можна спробувати. До речі, де ви познайомилися? Звідки він?

— Довга історія... — завагалася дівчина. — Він із Зальцбурґа...

— Точно, Моцарт! — зареготав Джей. — Ти ба, який збіг!

— Авжеж... Так збіглося.

— Уявляєш, ми тут напишемо на дошці: «Жива музика щовечора. На сцені Вольфганг Моцарт із Зальцбурґа!» — Джей, задоволений своїм жартом, засміявся.

Стейсі зблідла ще більше, а потім одразу почервоніла.

— Добре, можна сьогодні спробувати, — Джейсон знов уважно подивився на Моцарта. — Слухай... А документи в нього є?

З червоної дівчина різко стала бліда й насилу встояла на ногах.

— Стейсі? Ти себе добре почуваєш?

— Так. Тобто ні.

— Тобі погано? Ану сядь. Макс, принеси, будь ласка, води!

Джей присів поряд і уважно подивився на офіціантку. Стейсі підняла очі й вичавила:

— У нього немає документів.

— Ого...

Джейсон помовчав. Стейсі зітхнула.

— А знаєш що? — менеджер раптом ляснув себе по коліну, клацнув пальцями і всміхнувся сліпучою білозубою усмішкою. — Мої батьки народилися в Конґо, в селі неподалік Мвене-Діту. І, уяви собі, аж до того моменту, як я з'явився на світ, у них теж не було документів! Але це не означає, що вони були погані люди, правда ж?

Стейсі кволо всміхнулася.

— Він твій друг. А ти мій друг. Випробуємо його сьогодні!

— Дякую, Джейсон!

— Дрібниці. А тепер, якщо ти нормально себе почуваєш, до роботи!

— Гей, чувак! Та ти просто красень!

Моцарт повернувся — в нього за спиною стояв Томмі й прискіпливо оглядав Вольфа з голови до ніг.

— Ти ба, як добре все підійшло.

— Добрий день! — Вольф церемонно вклонився. — Маю честь особисто подякувати вам за чудовий одяг.

Том засміявся.

— Ти говориш так само вишукано, як приставляв лезо до горлянки того мудака!

Вони засміялись обидва. Моцартів сміх нагадував крик ситої сови глупої ночі.

— Я тобі дуже вдячний. Не знаю, скільки все це коштує, але я віддам гроші, — сказав він, відсміявшись.

— Та розслабся, чувак! Це лише одяг. Ганчір'я. Немодне. Твої шмотки теж дуже круті — я вчора оцінив піджачок, — видно, що скроєно по фігурі.

Томмі не вживав спиртного, не курив, не грав у відеоігри, зате мав пристрасть до гарного одягу — кожному, як то кажуть, своє.

— Але звідки ти вихопив тесака?!

— Стилет був ушитий у рукав, руків'ям до манжета, — пояснив Вольф. — Там є таємна петелька — тягнеш за неї, і стилет сам виїжджає з піхов і вкладається в руку.

— Фантастика просто! — захоплено сказав юнак. — Навчиш якось?

— Завжди до послуг! — Вольф уклонився.

— Здуріти можна! — зрадів Том і помчав у своїх справах.

Була субота, і вже в першій половині дня в ресторані на Другій авеню в місті Великого Яблука не було де тому яблуку і впасти. Зранку на каву приходили переважно ньюйоркці, що жили неподалік: цілі сім'ї з дітьми, шумні компанії друзів, колеги, що вирішили поспілкуватись у неформальній обстановці. Тут зустрічалися закохані парочки або самі ньюйоркці приводили своїх друзів з інших штатів та країн, коли гуляли по Мангеттену, чи батьки призначали зустріч дорослим дітям, які давно жили окремо.

Багато хто приходив у ресторан снідати. Шеф-кухар Вінченцо, якого містер Манчіні, власник «Кварти», привіз із самого Палермо, готував шикарні омлети з овочами, свіжу брускетту і, звісно, запашний хрусткий хліб з капонато. Бариста Джакомо, не розгинаючись, варив каву, а Боб, вусатий бармен, готував «мімозу» — ранковий напій, що складається з крижаного шипучого просекко та свіжого апельсинового соку в пропорції пів на пів.

Саме келих «мімози» Моцарт і тримав у руках, коли Стейсі, прийнявши своє перше замовлення, підійшла до нього й принесла чашку еспресо та свіжий круасан з сиром.

— О, бачу, ти вже розжився смачненьким, — поставила Стейсі каву на столик.

— Цей люб'язний добродій налив мені такої смакоти! — Вольф кивнув барменові й підняв келих на його честь. Боб усміхнувся у вуса.

— Вольф, а спробуєш сьогодні пограти?

— Залюбки! Де інструмент?

— Он, у тому кутку, на естраді.

Моцарт повернув голову. На невеличкій сцені, в глибині, коло самого бару, стояв накритий чорним чохлом інструмент.

— Стривай... — його очі загорілися живим вогнем. — Чудово!

Вольфганг залпом допив «мімозу», скочив і швидким кроком підійшов до сцени. Перш ніж Стейсі встигла щось сказати, він ривком зірвав з інструмента чохол.

І очі його стали круглі, мов у тюленя.

— *Oh mein Gott!! Was ist das?!**

На сцені, відблискуючи дорожезною поліровкою, стояв кабінетний рояль *Steinway***, модель *S Baby Grand Piano*.

---

* О боже мій! Що це?! *(нім.)*

** *Steinway & Sons* — марка музичних інструментів. Заснована 1853 року в США. Компанія випускає роялі та піаніно високого класу.

Сцена друга

L'istesso tempo
у такому ж темпі

Якби винахідникові друкарської машинки, сучасникові Моцарта британцеві Генрі Міллу показали сучасний комп'ютер з принтером, він був би неабияк здивований, бо комп'ютер мало нагадує той механізм, що його 1714 року, за сорок два роки до народження нашого героя, запатентував винахідливий британець.

Приблизно так само був здивований і Моцарт, побачивши інструмент, тільки віддалено схожий на інструменти його епохи. Якщо коротко — про те, як грати на фортепіано, Моцарт навіть гадки не мав.

— Який він, е-е-е-е... Стриманий! — приголомшено дивився Вольф на чорні блискучі боки рояля.

— Стриманий? — не зрозуміла Стейсі.

— Ну, такий, — Вольфові явно забракло слів, щоб передати подив і захоплення виглядом інструмента.

— Що ти маєш на увазі, коли кажеш «стриманий»? — не вгавала дівчина.

— Він не чіпляється із запитаннями так, як ти, моя люб'язна *Fräulein!*

Стейсі пхикнула.

— А як... — почав було Моцарт, але Стейсі вже підняла кришку рояля, а потім відкрила клавіатуру.

88 білих і чорних клавіш — від найнижчої, «Ля» субконтроктави, до «До», найвищої, п'ятої октави, — нечуваний діапазон, якого Моцарт і уявити собі не міг. Він підійшов і натис на білу клавішу між двома чорними. Вона м'яко подалась під його пальцем, і звідкись із глибини інструмента долинула оксамитова «Ре» першої октави. Вольфганг здивовано вслухався у невідомий йому звук.

— Як воно звучить! — прошепотів він. Потім опустив руки на клавіатуру й зіграв перші акорди своєї сорокової симфонії.

— О, браво-браво! — похвалила Стейсі й полегшено подумала: «Принаймні він таки вміє грати!»

Але Моцарт уже її не бачив і не чув. Він вслухався у звуки, які щойно добув з цього дивного інструмента. Натискаючи клавіші по черзі, одну за одною, Вольф з подивом виявив, що вони звучать ніби на пів тону вище*. Однак загальна схема збереглася. Заспокоєний цим, він почав досліджувати клавіатуру і з'ясував, що її діапазон виявився набагато ширшим.

Моцарт вчився грати на клавікорді, в якого було всього 53 клавіші. У чорному і блискучому *Steinway* їх було 88 — були низькі субконтр і контроктава і високі четверта й п'ята октави — таких фантастичних можливостей для простору Моцарт ще не знав. Його також трохи збивали з пантелику педалі, але зараз він був зайнятий грою з силою звуку.

---

* За двісті років після Моцарта загальноприйнятна звуковисотність змінилася. Сьогодні стандартне «Ля» налаштовують на висоті 440 Гц (герц) (або коливань на секунду) іноді навіть на 444 Гц. А в часи Моцарта «Ля» становило всього 422 Гц. Якщо грати на інструменті XVIII століття, то усі сучасні твори звучатимуть на пів тону нижче. Наприклад, симфонія Моцарта № 40, якщо її виконувати на сучасному фортепіано, для самого Моцарта звучатиме начебто у соль-дієз мінорі.

Натискання на клавіші справляло Вольфові буквально фізичне задоволення — він починав з м'якого, майже не чутного звука, поступово посилюючи його, сильніше натискаючи пальцем, і ось уже рояль ревів на повну силу своїх залізних легенів.

— Ви вмієте на цьому грати? — спитав хтось тоненьким голоском.

Вольф повернувся й побачив маленьку, років восьми, дівчинку, що стояла біля клавіатури. Великі карі очі, кирпатий акуратний носик, довгасте личко й густа шапка чорного кучерявого волосся. Моцарт усміхнувся. Дівчинка теж усміхнулася. Діалог було налагоджено.

— Ну-у-у, я не знаю, чи я вмію! — зам'явся Моцарт.

— Це просто! — сказала кучерява піаністка. — Дивіться — почнемо з гам.

Моцарта аж гойднуло.

— Я знаю, це трохи нудно, — наморщила носика дівчинка. — Але так ви дізнаєтеся можливості інструмента й вивчите ноти.

— І що я потім робитиму з тими нотами?

— А потім будете складати їх у голові так, як вам заманеться, — і дівчинка заграла висхідну гаму.

— До-мажор! — вигукнув Моцарт.

— Ви молодець! А оце впізнаєте? — дівчинка заграла якусь веселу жартівливу мелодію з трелями.

— Гайдн! — зрадів Вольф, упізнавши твір свого доброго друга, з яким вони зіграли багато домашніх концертів — так званих «домашніх сесій» для друзів.

— Ого! А це? — дівчинка поставила обидві руки на клавіатуру, зіграла два впевнені, добре закцентовані акорди.

— Ой, гадки не маю, хто б це міг бути, — здивовано протяг Вольфганг.

— Ех ви! — поблажливо сказала кучерява і знов усміхнулась. — Це ж Моцарт! Ви знаєте гаму, знаєте Гайдна і не впізнали Моцарта? Сором!

Вольф засміявся своїм дурнуватим сміхом, чим ще більше розсмішив маленьку піаністку. Звісно, він упізнав свою Сонату до мажор, проте, як завжди, вирішив клеїти дурня.

— Олівіє! — покликали дівчинку за столика. — Принесли твої панкейки!

— Займайтеся щодня і грайте гами! — суворо наказала чорнява Олівія. — Більше практики, менше дивіться на ноти й на клавіатуру! Музика має бути тут! — маленька піаністка приклала руку до серця.

— Мій батько, а його звали Леопольд, казав мені те саме! — відповів Вольф. Проте він трохи злукавив — його батько і вчитель, Йоган Ґеорґ Леопольд Моцарт, говорив, що музика має бути не в серці, а в голові.

— Ну як, познайомився з інструментом? — спитала Стейсі, яка, поки Моцарт розбирався з клавішами, встигла взяти замовлення з двох столиків.

— Він великий, міцний і блискучий, у ньому звук видобувається молоточками, як у піанофорте Крістофорі*, але звук глибший і насиченіший — я такого ніде не чув. Підозрюю, що це через раму, яку зроблено з заліза. Я такого раніше не бачив. Імовірно, у вас якісь нові розробки. А ще в нього є...

---

* Бартоломео Крістофорі (*Bartolomeo Cristofori*, 1655–1731) — італійський майстер музичних інструментів. Виготовляв клавесини, клавікорди і спінети. Служив при дворі принца Фердинанда III Медичі. На початку XVIII століття запропонував абсолютно новий інструмент, де звук здобувався за допомогою молоточків, що дозволило регулювати силу звуку. Так було винайдено інструмент під назвою «Піанофорте» (*pianoforte*), котрий міг грати «тихо і гучно». Це було перше у світі фортепіано.

— Ти можеш на ньому грати? — спитала Стейсі, перервавши потік інформації, з якої не зрозуміла ні слова.

Моцарт задумався.

— Теоретично, так. Хіба що треба розібратися з цими штуками. Ем-м-м... Клавішами для ніг?

— А ти грай без педалей.

— Ну, якщо ці штуки навіщось існують, то краще було б, якби я міг ними користуватися, правда? До речі, а чому ти так переживаєш?

— Бо якби ти сів за інструмент, то міг би заробляти.

— Заробляти? Ти пропонуєш мені роботу?

— Так, ти міг би заробляти гроші.

При слові «гроші» очі в Моцарта заблищали.

— Тобто ти пропонуєш мені роботу? — повільно повторив питання Вольфганг, не кліпаючи і дивлячись дівчині прямо у вічі. — Ти пропонуєш мені, Вольфгангу Амадеусу Моцарту, роботу? Грати тут, у таверні?

Стейсі на мить перелякалась — ану ж у її нового друга, який, як стверджує місіс Біркін, «при здоровому глузді і ясній пам'яті», розвинулась манія величі?

— А що тут такого? — стала в позу Стейсі. — Хіба тобі не потрібні гроші?

Моцарт, не зводячи погляду, підійшов до дівчини впритул, мовчки згріб її в обійми й підняв над підлогою.

— Це просто чудова думка! — Моцарт поставив Стейсі на місце і засміявся, а точніше, зареготав так, що всі гості повернули до нього голови. — От побачиш, я тебе не підведу! Я гратиму так, що незабаром у цій таверні відбуватимуться цілі концертні й музичні сесії. От би зі штуками для ніг розібратися...

— Думаю, я тобі з цим допоможу, — сказала Стейсі, поправляючи блузку, що трохи висмикнулася через палкі Моцартові обійми.

— Ти вмієш грати?! — здивувався Вольф.

— Та ні, я не вмію, а ось він уміє, — Стейсі помахала комусь рукою. — Ходімо, я вас познайомлю.

При вході стояв молодий чоловік. Русяве волосся хвилями, що переходили в кучері, і ледь помітна усмішка — саме так уявляють творчу особистість. На перший погляд можна було припустити, що це людина м'яка й нерішуча, проте великі й трохи сумні сірі очі виблискували металом, як це здебільшого буває в людей вольових і в дечому навіть безкомпромісних. Руки в молодика чимось були схожі Моцартові на крила — весь час рухалися. Він помахав Стейсі у відповідь, зробив ледь помітний змах, описав дугу в повітрі і вказав на столик у самому кутку, під вікном.

Це мало означати: «Привіт, Стейсі, дуже радий тебе бачити, от нарешті помаленьку добрався до тебе, і я, з твого дозволу, в темпі вальсу піду он за той столик — ти ж знаєш, він мій улюблений, біля вікна — обожнюю спостерігати за жвавою Другою авеню». Саме так часом диригент спілкується з оркестром, передаючи настрій і темп музичного твору. І це було цілком природно для Гонтаря, оскільки Павло був музикантом.

— Привіт, Павле! Дякую, що прийшов!

— Привіт, Стасю! Сьогодні ж субота, я зранку не дуже завантажений. Заняття в Академії по обіді, тож трохи часу маю.

— Дякую! До речі, знайомся. Це мій друг. Ем-м-м-м... — дівчина затнулась, не знаючи, як коректніше представити свого нового друга. — Його звати Вольфганг.

— Дуже приємно, Павло, — відрекомендувався Гонтар.

— Добрий день, гер, е-е... Павло? Пауль! Я Вольфганг, — Моцарт подумав і церемонно вклонився. — До ваших послуг.

— О, у вас чудове ім'я, — у тон Вольфу відповів Гонтар, ще не підозрюючи, чим це для нього може обернутися. — Чим можу служити?

— Нам потрібна твоя консультація, — сказала Стейсі якимось дивним голосом, ніби хтось важкий і незграбний наступив їй на ногу. — Професійна.

— Професійна? — Павлові брови поповзли вгору. — Ти хочеш навчитися грати на роялі?

— Та не я! — зробила страшні очі дівчина. — А він!

— Вольфганг? — перепитав для певності Гонтар.

— Грати я вмію, — делікатно відкашлявся Вольф. — Мені потрібна консультація, як грати саме на цьому інструменті.

Моцартова рука плавно описала дугу і вказала на рояль, що таємничо відблискував чорними боками.

— На роялі? — знов перепитав Павло. — Вольфганг хоче навчитися грати на роялі?

— У якомусь сенсі... — промимрила Стейсі.

Вона не знала, з чого почати. Чи з того, що сталось у четвер увечері, чи з того, що Вольфганг хоч і каже, що він Моцарт, але він не божевільний, тим паче, що так сказала місіс Біркін, а вона психіатр і брехати не буде, і що Моцарт ніби вміє грати, але вперше у житті бачить рояль...

— Стасю, що з тобою? — стривожився Павло. — Ти така бліда.

— Кхм... Та ні, все нормально...

— Добре, вернімось до консультації. То ви хочете навчитися грати на роялі?

— Ви абсолютно точно мене зрозуміли.

— А на чому ви ще граєте?

— З клавішних — на чембало*, клавікорді, органі, — буденно перелічив Вольф. — Зі струнних — на скрипці, віолі да ґамба**, трохи на гітарі. З духових — на вальдгорні***, кларнеті, флейті...

Очі в Гонтаря стали круглі, мов четвертаки. Він зміряв Моцарта поглядом з голови до ніг. У сірих очах з'явилася сталь скепсису.

— На віолі да ґамба, значить? — перепитав.

— Саме так, на віолі да ґамба. У неї оксамитовий тембр і утробне звучання.

— Цікаво-цікаво... Хм... На віолі да ґамба... — гмикнув Гонтар. — А в кого ви навчались?

У середовищі музикантів найпоширеніше питання при знайомстві — «в кого й де ви вчилися»?

— У падре Мартіні в Болоньї і у свого батька.

— А хто ваш, пробачте, батько?

— Мій батько композитор *und* придворний *Kapellmeister* архієпископа Зальцбурзького.

— Архієпископа Зальцбурзького, значить? — пробурмотів Гонтар і якимось дивним поглядом уп'явся в Стейсі.

Дівчина втягла голову в плечі й заплющила очі.

— І в Джованні Батіста Мартіні?

— Ви знаєте падре Мартіні?!

---

* *Cembalo (нім.)* — клавесин. Так у Священній Римській імперії, в Ерцгерцогстві Австрія на італійський манер називали клавесин — від італійського «*clavicembalo*».

** *Viola da gamba (італ.)* — «ножна віола» — старовинний струнно-смичковий музичний інструмент, предок віолончелі. Розквіт цього іструмента припадає на XV–XVIII століття. Грали на ньому сидячи, затиснувши інструмент між ніг або поклавши його на стегно.

*** *Waldhorn (нім.)* — «лісовий ріжок», сигнальний, або «французький ріжок». Сучасна назва — валторна.

— Ну я, припустимо, знаю. А от прізвище ваше можна дізнатися, дорогий Вольфганг? І повне ім'я?

— Йоган Хризостом Вольфганг Амадеус Моцарт.

— Так! — Гонтар обурено махнув рукою. Годі з мене!

Він швидким кроком пішов до виходу й грюкнув дверима.

— Павле! — Стейсі побігла за ним услід.

Сцена третя

Duettino
невеличкий дует

— Ну і як це — бачити, як люди навколо реагують на твоє ім'я? — за столиком на дві персони, біля самого вікна, сиділа жінка незбагненного віку в чорній вільній сукні з білим комірцем. У руці — довгий тонкий мундштук з незапаленою сигарилою.

Чорне, з вороновим відблиском, без жодного натяку на сивину волосся, акуратно укладене в коротке каре. Великий, різко окреслений, з тонкими губами рот кривився в саркастичній посмішці. Саме кривився, бо коли жінка дивилась у вікно, на людський потік Другої авеню, то лівий кутик її губ ледь піднімався, тоді як правий, навпаки, трохи опускався — точнісінько як у детектива Козінського. Інколи, досить нечасто, на її лиці посмішка поступалася місцем теплій усмішці. Переважно, коли жінка дивилась на хороший одяг і на гарних чоловіків. У такі миті її темно-карі очі аж світилися, видаючи натуру ніжну й пристрасну. Щоправда, натура ця ховалась одразу, коли хтось підступався до неї надто близько. Тоді очі примружувалися, світло в них перетворювалось на блискавки, здатні вразити все живе в радіусі дев'яноста ярдів.

Моцарт підійшов і шанобливо вклонився. Дама відповіла легким нахилом голови і вказала на стілець.

— Ґабріель, — вона простягла було руку для привітання, але на півдорозі відсмикнула її назад. — А, у ваш час не було заведено вітатися з дамою за руку.

Вольф дивився нерозуміюче. Ґабріель секунду подумала й знов подала долоню.

— Просто потисніть!

Вольф чемно взяв руку й легенько потис самі пальці — його справді здивувала така манера вітатися з дамою.

— Вольфганг, — коротко представився він. — Усякий жест, на який не потрібно відповідати уколом шпаги, уже можна вважати вітальним. Одначе вас я не маю наміру штрикати залізяччям, хоч у вашій руці, здається, зброя.

— Боронь боже! Це мундштук і сигарилла. Я давно вже не курю — років п'ять. А тримаю в руці за звичкою. Це як подружжя — живуть начебто разом, але чому — уже й самі не пам'ятають! — дама, задоволена своїм жартом, скрипуче засміялася.

Моцарт жарту не оцінив, але про всяк випадок реготнув.

— Ви Моцарт.

Вольф перестав реготати й уважно глянув на жінку. Після місіс Біркін це була друга людина, яка спокійно відреагувала на його прізвище. І якщо по місіс Біркін тяжко було визначити, вірить вона тобі чи просто за професійною звичкою завжди погоджується з пацієнтом, то Ґабріель сказала це ствердно, а не запитально.

— Моцарт, — відповів Моцарт. — Але ж я не називав себе повністю. Як ви здогадалися?

— Не називав?! — знову засміялася дама. — Та ви так кричите на всю залу, що вас хіба що мерці на Кальварі* не чують.

* Цвинтар Кальварі — один із найстаріших католицьких цвинтарів Нью-Йорка.

— Даруйте, а з ким я маю честь і задоволення спілкуватись?

— Ґабріель.

— Ще раз даруйте, але це я вже чув. Чи міг би я знати ваше повне ім'я?

— Ґабріель Бонер Шанель.

— Ви француженка?

— З Оверні.

— Гори! Чисте повітря й холодне молоко!

— І сир!

— Мадам?

— Мадемуазель.

— Мадемуазель не любить чоловіків?

— Мадемуазель любить чоловіків! А ще мадемуазель любить волю, — в її чемному тоні бринькнула нотка роздратування. — І не любить грубіянів.

— Бо сама гостра на слівце?

— Ви уважні, месьє.

— А як мадемуазель здобуває кошти на життя?

— Не вельми чемне питання, добродію. Одначе я відповім, бо ви ж просто не можете знати, — Шанель махнула рукою. — Я створюю одяг.

— Ви кравчиня?

— Хіба я сказала, що шию?

— Ви сказали, що одяг.

— Я його створюю. Придумую. Але не шию.

— Тобто ви показуєте, як шити?

— Щось таке, — розмова явно дратувала жінку, тому вона вирішила змінити тему. — Як ви сюди потрапили?

— Куди? — ошелешено перепитав Моцарт, бо не очікував цього запитання.

— Сюди, — спокійно відповіла Шанель. — У цей світ. У це місто. У цей ресторан.

— Мене Штеффі привела...

— Не вдавайте нетямущого, ви зрозуміли питання. І, до речі, вона Стейсі, а не «Штеффі».

Вольфганг зблід. Виходило на те, що і в Стейсі, і в нього ранок почався не дуже вдало.

— Я не знаю... — прошепотів він. — Пам'ятаю, що заснув у ліжку, і все. Прийшов до тями тут.

— Ясно, — металевим голосом сказала Шанель. — Усе, як у мене.

— Але як? Чому? Навіщо? Це справді 2018 рік?

— Дивна цифра, чи не так?

— Повірити не можу.

— Доведеться, — мадемуазель Ґабріель зробила ковток з тонкої порцелянової філіжанки. — Ви пам'ятаєте, скільки років вам було, коли ви... Померли?

— У Відні?

— Так.

— Тридцять п'ять.

— Хлопчисько.

— А вам?

— Не люблю безцеремонних людей.

— Ви молодо виглядаєте.

— Брехунів я також не люблю!

— Зрештою, яка різниця, — пробурчав Моцарт, вражений тим, що дама жалила, мов оса. — Спитав — погано, комплімент сказав — і теж недобре!

Шанель примирливо всміхнулася.

— Що гірші в жінки справи, то кращий має бути в неї вигляд.

— Співчуваю. Кепські у вас, видно, справи, мадемуазель, — саркастично зауважив Моцарт.

Шанель розреготалася.

— А оце вже інша річ! З вами починає ставати цікаво, месьє. Однак мені треба працювати. Прошу мені пробачити. Карл?

За спиною в Моцарта матеріалізувався чоловік досить поважного віку в темних окулярах. На ньому був строгий костюм і білосніжна сорочка з високим коміром. На шиї — елегантно зав'язаний шовковий шалик — точнісінько, як учора в Моцарта. До шалика приколота велика брошка у вигляді двох переплетених змій, які тримають чималий діамант. Сиве волосся акуратно зачесане назад й зібране в тугий хвіст.

— Карле, я переглянула ескізи і внесла правки. *Monsieur, voulez-vous vous asseoir, s'il vous plaît?** Моцарт уклонився й шанобливо відійшов.

— Павле!!! Я не думала тебе розігрувати!

— Не думала? Дуже смішно, Стейсі. Я трохи не луснув зі сміху. Ось, послухай, як я сміюся: «Ха-ха-ха!»

— Павле!

— Що?!

— Послухай мене!

— Я вже достатньо вислухав, Стасю! Я тільки не розумію, якого лисого чорта я кидав усі справи і плентався до тебе в ресторан! Розіграш? Я зрозумів би розіграш, якби ти підклала мені пердячу подушку під дупу, але, Стасю! Моцарт! Який Моцарт?! — Гонтар розізлився й стріляв словами, мов з кулемета. Іноді з осічками.

— Павле, ну що ти...

Стейсі спробувала взяти ображеного музиканта за руку. Гонтар обурено висмикнув долоню, склав руки на грудях, задер носа й демонстративно відвернувся. Якби на його

---

* Месьє, чи ви не хочете сісти? *(фр.)*

кучерявий профіль зараз хтось надів лавровий вінок, то Павло став би схожий на пихатого римського імператора Цезаря. Від його кумедної пози дівчина не втрималась і мимоволі пирснула сміхом.

— Совісті в тебе, Незгода, немає!

Якщо друг називав її на прізвище, то він був або злий, або ображений у найкращих почуттях. Або й те, й те.

— Ну немає, немає! Розумієш, мені грошей не вистачало, я її і продала. Позичиш шматочок?

— Стасю, я з твоїми дурнуватими жартами звар'юю!

— А це не жарт...

— Так! Усе! Годі!

— Павле... Послухай, що я тобі розповім... Послухаєш?

— Я маю вибір?

І Стейсі розповіла все-все, починаючи з вечора четверга, коли їй зателефонував детектив Козінський і попросив терміново прийти в пресінкт, і закінчуючи своєю ідеєю покликати його, Павла.

Гонтар спантеличено почухав потилицю.

— Навіть не знаю, чим тобі допомогти, Стасю. Я не маю знайомих психіатрів.

— Ти зануда! І навіщо я тобі все це розповіла? — образилася дівчина.

— Ну добре, не сварися! Давай ближче до суті. Чим саме я можу тобі допомогти?

— Просто подивись, чи може Вольф грати хоча б щось нескладне, просто щоб створювати в ресторані музичний фон.

— Стасю. Мені не подобається, як ти говориш слова «музичний фон». Це тобі не «Марічку» лівою ніздрею насвистувати і не собачий вальс на щоках грати. Що за знецінення роботи музиканта? — став у позу Гонтар.

— Лівою ніздрею? Вальс на щоках? — дівчина засміялася. — Боже, яка образність!

— Нічого смішного не бачу. Якщо він хоче грати для ресторанної публіки, то має володіти інструментом на доброму рівні, а ти кажеш, що він фортепіано ніколи й не бачив. Як це взагалі можливо? Може, він і справді божевільний?

— Але місіс Біркін...

— А, ну аякже. Думаєш, вона не помиляється?

— Вона має понад сорок років практики й купу наукових публікацій. І вона кілька годин його досліджувала.

— Тоді я нічого не розумію.

— Ну то хоч спробуй розібратися.

— Добре, піду, — зітхнув Павло. — Але будеш мені винна вечерю, Незгода!

— Згода!

Моцарт чемно чекав друзів коло входу. На обличчі в нього помітно проступало непорозуміння, змішане з легкою образою. Він уже почав звикати, що на його ім'я так бурхливо реагують. Одна тільки фрау Біркін ніскільки не здивувалась, коли він назвався. Просто скинула брови догори й сказала: «Ви знаєте, шановний, вашим іменем назвали чудове пісочне печиво та цукерки, але я маю для вас щось краще!» А тепер раптом якась чудернацька жінка на ім'я Ґабріель назвала його на прізвище, ніби давнього знайомого. Хоч Моцарт і гадки не мав, хто та жінка й що мала на думці. Утім, зараз він не особливо про це й задумувався. Зараз найбільше його цікавили педалі на інструменті.

— Вітаю з поверненням! — усміхнувся Вольф назустріч Павлові, що насторожено підходив до підвищення з роялем. — Маю надію, ви вже не будете розмахувати руками й тікати, немовби відьму побачили?

— Не буду, — гмикнув Гонтар і тут же спитав: — Невже у вас немає жодного документа з вашим іменем?

— Ну Павле! — докірливо сказала Стейсі. — Ми ж домовлялися.

— Іди працюй. Ми тут розберемося тим часом з... е-е-е... з Моцартом.

Сцена четверта

Presto
швидко, у темпі увертюри до опери «Весілля Фіґаро»

Гонтар опинився в делікатній ситуації. З одного боку, він давно знав Стейсі і не мав підстав їй не довіряти чи вважати божевільною, а з другого, все, що розповіла йому подруга п'ятнадцять хвилин тому, було схоже радше на марення курця опіуму, ніж на правду. Якщо це не дурнуватий розіграш, тоді що це? Стейсі з'їхала з глузду? Її примушує брехати цей тип з дивною зачіскою, як у того Дітера Болена з улюбленої маминої платівки? А може, це гіпноз? А може...

— Даруйте, гер Пауль, — відкашлявся Вольфганг. — Дозвольте спитати?

— Так, авжеж, — Павлові було незвично чути на свою адресу «Пауль», але це здалося йому забавним.

— Як давно ви знаєте цей інструмент?

— Тобто? Як давно я на ньому граю?

— Ні... Як би це пояснити... Відколи це на піанофорте з'явився такий діапазон? І оце... — Моцарт показав рукою на педалі.

— Ага, он ви про що, — зрозумів нарешті Павло. — Ну, педалі й така конфігурація інструмента вперше з'явилися на початку дев'ятнадцятого століття. До початку двадцятого сформувався остаточний вигляд інструмента, який ви можете бачити перед собою. — У Гонтаря сама собою з'явилася інтонація консерваторського викладача.

— Ясно, — обережно кивнув Моцарт. — Либонь, я все це проспав.

— Ну добре, — Павло дипломатично кашлянув у кулак. — Для початку я влаштую вам невеличку перевірку. Мушу знати ваш рівень знань, перш ніж почати працювати.

— Гаразд! — кивнув Вольф.

— Ви працювали над етюдами Черні*?

Вас ніколи не будили вночі й не питали, за яким принципом працює осцилограф? А як розрахувати похибку траєкторії геостаціонарного сателіта? Або що таке «супатна застібка»? Оце точно такий вираз обличчя був у Моцарта, коли він почув слова «етюди Черні».

— Черні? Що це?

— Не «що», а «хто», — зітхнув Павло. Цей чоловік не знає Черні. Отже, не пройшов тортур музичною школою. А якщо він не вчився в музичній школі, то як узагалі збирається грати?!

— Гаразд. Ви грали які-небудь твори Шопена, Шумана, Чайковського, Дебюссі, Бетховена?

У Моцартових очах відобразилась така абсолютна порожнеча, що в ній легко можна було втопитися.

— Стривайте, — раптом з'явилася в порожнечі хмаринка спогаду. — Я знаю цього добродія. Ми зустрічались у Відні, коли я щойно вернувся з Праги. Ми якраз сіли з Лоренцо за

---

* Карл Черні (*Carl Czerny*, 1791–1857) — австрійський композитор та піаніст. Автор багатьох творів, серед яких найвідомішими є педагогічні етюди з циклів «Школа швидкості» (*École de velocité op.299*), «Мистецтво спритності пальців» (*Schule der Fingerfertigkeit op.740*), «Етюди для початківців» і велика кількість інших етюдів та вправ. Через етюди Черні проходить будь-який піаніст. Моцарт не міг його знати, тому що Карл народився за дев'ять місяців до смерті композитора.

«Дон Жуана»*, і він брав у мене кілька уроків. Юнак із доволі непоганими здібностями, проте після кількох тижнів навчання він мусив, на жаль, вернутися до себе в Бонн.

Тепер у Гонтаря був такий вираз обличчя, ніби йому сказали, що чоловіком, який багато років тому позичив і не віддав назад його етюди Шопена під редакцією Корто, був Микола Леонтович**.

— Це... Це просто неподобство якесь... — пробурмотів Павло. — Якось занадто багато всього на сьогоднішній ранок.

— Мене тут уже не раз Бетховеном обізвали, — пожалівся Моцарт. — А ще кажуть, що це якийсь пес. Я схожий на пса?!

— Павле, у вас тут усе гаразд? — Стейсі, що бігла від клієнтського столика на кухню, помітила, що другові недобре.

— Можна мені води? — попросив Павло. — Хоча ні. Дай мені вина.

— Вина?

— А знаєш, Стасю, справді. До біса вино! Принеси віскі. *Lagavulin 16*. Подвійну порцію.

— Яке віскі зранку, Павле?

— Без льоду.

Через кілька хвилин, коли ароматне віскі вернуло Гонтареві душевну рівновагу, Павло знайшов у собі сили продовжити аудит.

---

* Моцарт і лібретист Лоренцо Да Понте сіли за створення опери «Дон Жуан» у лютому 1787 року. Прем'єра опери відбулася вже 29 жовтня того ж року у віденському *Burgtheater*.

** Микола Леонтович (1877–1921) — український композитор, диригент і громадський діяч. Автор всесвітньо відомої обробки народних пісень« Щедрик» і «Дударик». Його обробка «Щедрика» відома як різдвяна колядка *Carol Of The Bells*.

— Гаразд, — зазирнув він у склянку з напоєм. — А що ви можете зіграти? Кого ви знаєте?

— Кого? Гайдна знаю.

— Гайдн! Уже краще.

— Авжеж. Ми часто давали разом сесії, і я присвятив йому шість струнних квартетів.

Гонтар ледь не захлинувся віскі.

— А ще кого?

— Баха, зрозуміло.

— А що саме?

— Ну, хоча б оце, — Моцарт підійшов до клавіатури й зіграв кілька тактів.

— Що це? — здивувався Гонтар.

— Це клавірна соната сі-бемоль мажор.

— Щось я не пам'ятаю в Баха такої сонати... Йоган Бах...

— Йоган! Йоган — це його шановний батько. Я ж кажу про Філіпа Емануеля*. Це він наш батько, а ми — його діти. І той з нас, хто чогось вартий, зобов'язаний йому.**

Гонтар підняв очі від склянки й побілів як простирадло — він чудово знав цю фразу. А також він знав, що відома вона хіба що затятим знавцям Моцарта та музичній професурі. І навряд чи цей блазень вивчив її спеціально, щоб його вразити.

— Як звали вашу старшу сестру?

— Наннерль! — ні на секунду не замислюючись, відповів Вольфганг.

---

* Карл Філіп Емануель Бах (*Carl Philip Emanuel Bach*, 1714–1788) — німецький композитор та музикант, другий син Йогана Себастьяна Баха. Один із засновників класицизму в музиці. Сучасники в другій половині XVIII століття називали його «Великим Бахом», тоді як твори його батька Йогана Себастьяна знало хіба що вузьке коло спеціалістів.

** Це реальна цитата Моцарта: «*Er [Emanuel Bach] ist der Vater; wir sind die Bubn. Wer von uns was Rechts kann, hats von ihm gelernt!*»

— А повне ім'я?

— Марія Анна Вальбурґа Іґнація Моцарт! Для чого ці запитання? Досить цих допитів! Я хочу навчитися грати на цьому інструменті!

— Так, так, авжеж! — пробурмотів збитий з пантелику Гонтар. — Прошу, сідайте.

Моцарт сів за інструмент і одразу взявся натискати клавіші, пробуючи їх на силу звуку. Зі сторони це сприймалося так, ніби дорослий чоловік, який ледь чи не вперше побачив інструмент, невміло бавиться з клавіатурою.

— Може, ви щось зіграєте? — запропонував Павло. — Цікаво було б послухати.

— Залюбки! — і довгі тонкі пальці Моцарта впевнено забігали по клавіатурі, граючи тему увертюри до опери «Весілля Фіґаро».

Що далі грав Вольфганг, то більші ставали Павлові очі. На клавіатуру Моцарт не дивився взагалі, давши рукам повну волю і ніяк їх не контролюючи. Весела, пристрасна й жива музика наповнювала ресторанний зал, мов потоки гарячого повітря холодну кімнату. Гамір у приміщенні стих, і гості почали повертати голови до сцени, де розходився Моцарт. Вольфганг весело поглядав то на Павла, то в зал, і, здавалося, вперше з моменту своєї моторошної та дивної подорожі в часі та просторі був щасливий. Мелодія увертюри в тому самому вигляді, як її задумав Моцарт, легко летіла в нього з-під пальців, мов іскри з-під молота коваля. Життєрадісна жартівлива музика зігрівала замерзлих ньюйоркців і приїжджих краще за будь-який камін. Люди в залі всміхалися Вольфгангу, і він відповідав їм абсолютно щасливою усмішкою.

Після фіналу увертюри — двох сильних акордів — у залі на кілька секунд запанувала цілковита тиша. Потім у глибині залу, десь біля барної стійки, щось із гучним гуркотом упало й покотилося по підлозі. Далі гримнули такі оплески, що ресторатор містер Манчіні вибіг зі свого кабінету й ошелешено витріщився на сцену, де, широко всміхаючись, стояв Моцарт і розкланювався в зал.

— Що тут, заради всього святого, діється? — спитав містер Манчіні у свого старшого менеджера.

— Та от, пробуємо нового піаніста, — флегматично відповів Джейсон, склавши руки на грудях.

— І що?

— Беремо.

Павло одним махом випив рештки віскі й навіщось перевернув склянку. Він був здивований і шокований одночасно. Він, професіонал від музики з докторським ступенем, не міг укласти собі в голові той факт, що тип, який гадки не має про ази сучасної музичної теорії, який не орієнтується в іменах найвеличніших композиторів минулого й нинішнього століть, який називає Бетховена псом і сучим сином, Гайдна — товаришем, а маловідомого нині широкому загалові Карла Філіпа Емануеля Баха — «Великим Бахом»... Та навіть не це вразило Павла найбільше.

Найбільше вразило, що дивакуватий фрік, який говорить дивною англійською з невідомим акцентом, який стверджує, що вперше бачить інструмент, раптом сідає за клавіатуру й фігачить увертюру до «Фіґаро» так майстерно й пристрасно, що гості ресторану всі як один перестали розмовляти, відірвалися від своїх сніданків і кави й зачаровано його слухали! Уперше Павло бачив, щоб нікому не відомий музикант з перших акордів зміг впевнено заволодіти увагою аудиторії. Одна річ, коли за інструмент сідає відомий виконавець і публіка очікує від нього чуда вже тоді, коли оголошують його виступ. І зовсім інше — гра в ресторані, де музикант зазвичай сприймається як легка закуска між основною стравою і десертом.

Цей ж виступ був більше схожий на сеанс масового гіпнозу, ніж на просте виконання увертюри. І, до речі, Павло ніколи не чув такого варіанту виконання. Цей переклад відомої увертюри Моцарта був дуже влучний, тонкий і відображав усі оркестрові відтінки, хоч виконувався тільки на роялі.

А ще Гонтар дуже хотів віскі.

— Я тацю з несподіванки впустила! — жалілася Павлові Стейсі, коли овації нарешті змовкли і до Моцарта один за одним потяглися відвідувачі, щоб особисто подякувати за чудову гру.

— Я хочу ще віскі, — Павло поставив перед Стейсі порожню склянку.

— Павле, я, звісно, тобі не заборонятиму, але ти вже вицмулив подвійну порцію, хоч іще не минув час сніданку.

Гонтар подивився на дівчину круглими очима.

— Стасю. Принеси мені віскі, прошу.

— Добре, — здалася Стейсі. — Ну що, навчиш його грати?

— Ти знущаєшся?

— Але він...

— Я не знаю, що він за один, Стасю, і в яку гру грає. Але інструментом володіє майстерно. Ти сама чула й бачила, що творилося.

— Я нічого не розумію... Скажи, Павле... Я розумію, що це вар'ятство... Але... Він схожий на Моцарта?

Гонтар підняв на дівчину очі й повільно, карбуючи кожне слово, чітко промовив:

— Я ні слова не скажу. Поки. Ти. Не. Принесеш. Мені. Віскі.

Старший менеджер чемно дочекався, поки всі охочі поручкаються з Вольфгангом, і підійшов до кандидата.

— Вітаю! — Джейсон теж простяг Моцартові руку. — Я думаю, ми спрацюємось. Коли ви зможете приступити?

— Ви пропонуєте мені місце? — Моцарт був щасливий, мов дитина. Попередні роки безгрошів'я і нестабільних заробітків неабияк його підкосили, тому обіцянка постійного місця, хоч і в доволі дивному закладі, була для нього просто подарунком долі. — Ви будете платити мені утримання?

Запитання, сформульоване так старомодно й по-дитячому щиро, розчулило Джейсона і він усміхнувся:

— Авжеж! Ходімо до мене, обговоримо деталі.

— Ось твоє віскі.

— Ну, як він там? — спитав Гонтар, узявши склянку.

— Начебто все в порядку — Джейсон зараз з ним говорить, домовляється про роботу.

— Документи він має? — вкотре спитав Павло.

— Не має.

— Жодного?

— Жодного. Зате в нього є перука, камзол, панчохи, короткі штани й довгий тонкий стилет.

— Його акцент...

— Та який акцент, ти прислухайся, як він говорить. Наче старий підручник.

— І він, кажеш, знає німецьку?

— Німецька в нього дивна — я такої ще ніколи не чула.

— Якої «такої»?

— Ну... Вона в нього чудернацька. Громіздка. Тепер так ніхто не говорить. У нього багато архаїзмів.

— Я не знаю, що й думати.

— Я теж! Тому тебе й покликала. Ти ж музикант, і Вольф себе називає музикантом...

— Він музикант, Стасю. Повір мені. Він професіонал. Але я не можу збагнути, що це все означає.

— І я... — зітхнула Стейсі. — Він зараз живе в мене.

Гонтар якраз ковтнув віскі — і невчасно, бо ледь не вернув випите в склянку.

— Стейсі!!!

— Що? Чого ти на мене так дивишся? Я не сплю з ним!

— Та я хіба щось...

— Він дуже чемний і вихований... — сказала Стейсі й густо почервоніла. — А ще має дружину й двох синів...

— Зараз угадаю. Дружину звати Констанція, а синів — старшого Карл, а молодшого — Франц! Так?

Тепер віскі захотілось і Стейсі.

— Але... Як ти знаєш?

— Стасю, ну ти зовсім теє?!

— Що?!

— У Моцарта дружину звати Констанція, а синів — Карл і Франц! Це кожен школяр знає!

— А я не знаю...

— Принеси ще віскі!

— Ні! Ти зараз нажерешся тут як свиня.

— Музиканти не жеруть як свині, вони томляться!

— Я покликала тебе не пиячити, а щоб навчив його грати...

— Стасю, ти себе збоку чула? Навчити грати здорового вуйка, який щойно зірвав овації публіки? Йой, Стасю!

— Скажи мені... Він... Він справді Моцарт?

Гонтар одним махом допив віскі, знов поставив склянку догори донцем на стіл, гикнув і сказав:

— Не знаю.

Сцена п'ята

Andante moderato
у темпі спокійної прогулянки

Павло був не з тих, хто легко здається. Тепер він прагнув встановити істину не тільки щоб допомогти подрузі — це стало для нього справою честі. Він, професійний музикант, не міг збагнути, як цей дивний чоловік, маючи уявлення про музику на рівні XVIII століття, міг так божественно грати! Як він, не вміючи, за його словами, вправлятися з педалями, зумів зіграти увертюру до «Фіґаро» так, що всі забули про сніданки й каву і слухали тільки його? І що взагалі це за бісова інтерпретація увертюри? Павло ще не чув такої оригінальної редакції.

Питань назбиралося так багато, що несподівано у Гонтаря виникла ідея.

— Стасю. Які ви маєте плани на сьогодні?

— Як це «які плани»? Сьогодні субота.

— То ти по обіді будеш вільна?

— Павлику. Альо! Сьогодні субота, а це означає, що в мене купа справ. У суботу повно відвідувачів, і я буду вільна після обіду, тільки якщо містер Манчіні мене вижене. Я сьогодні допізна.

— Віддай мені Вольфганга.

— Тобто, е-е-е-е... В сенсі «віддай»?!

— Просто віддай. Що тут неясно?

— Вольф не портфель. І навіщо він тобі?

— Ем-м-м... Мушу дещо перевірити... Верну цілим і неушкодженим.

— Що ти задумав?

— Дивись. Він стверджує, що не знає фортепіано. Не знає, що таке педалі і як ними користуватись. Не знає Чайковського, проте знає Баха. До того ж не Йогана Себастьяна, якого знають усі, а його сина, Філіпа Емануеля, тепер відомого тільки вузьким спеціалістам. І він божественно грає. Без перебільшення божественно.

— До чого ти хилиш, я не можу зрозуміти?

— Якщо він натякає на кінець XVIII століття, то я дам йому це століття. Я дам йому це століття і подивлюсь, як він з ним упорається.

— Як це ти даси йому XVIII століття?

— Підемо в *MET**.

Моцарт був задоволений. Один із найгеніальніших музикантів людства, як дитина, був задоволений тим, що йому запропонували місце й можливість заробити. Щодня з п'ятої до одинадцятої вечора — шість годин. У його розпорядженні інструмент і чайові. У хороший день, а це переважно п'ятниця та вихідні, тільки на чайових музикант може заробити солідні гроші. Вольфганг поки гадки не мав — багато буде чи мало і що за ті гроші можна буде купити. Його, чесно кажучи, мало це цікавило. Він був сам, у незнайомому і незрозумілому світі, він не знав, як тут поводитись, як жити і чого

* *MET — Metropolitan Museum of Art*. Художній музей, заснований у Нью-Йорку 1870 року. Розташований біля Центрального парку на розі П'ятої авеню і Вісімдесят другої вулиці. Один із найвідвідуваніших музеїв світу.

очікувати. Єдине, що було йому знайоме хоч якось — це той дивний інструмент, що називається «фортепіано».

Незвична м'яка хода клавіш, дивні педалі, якими він ще не навчився керувати, незвичайно сильний, насичений і глибокий звук і, нарешті, клавіатура нечуваного діапазону. Усе це давало Моцартові хоч якусь надію, що все буде добре. За те, що Вольфганг гратиме на цьому монстрі, за те, що його слухатиме публіка, йому ще й гроші платитимуть. Моцарт був щасливий, бо забуття і безгрошів'я — це те, чого він боявся понад усе.

А ще була Стейсі. Дивна і добра дівчина, яка про нього піклувалась, яка дала йому дах над головою. Буквально тваринним чуттям ще там, у відділку, Вольф відчув, що ця дівчина витягне його з халепи, врятує й поверне назад, у Відень, до Констанції і хлопчиків...

— Слухай, Вольф.

Моцарт випірнув з марень і вернувся в реальність.

— Не хочеш прогулятися? Поки Стася працює, ми б пройшлися в одне місце... Тобі було б цікаво, чесно.

— Куди? — Вольф напружився, бо не хотів виходити на вулицю без Стейсі. Вулиця його безмірно лякала.

— Покажу тобі щось цікаве. Не переживай, усе буде добре! Йдемо?

Вольф покосився на Стейсі. Дівчина йому всміхнулась і кивнула.

— Сходи, з Павлом цікаво. Вам буде про що поговорити!

Вони вийшли з «Кварти» й пішли по Другій авеню вгору. У Моцарта на вулиці знов очі стали завбільшки як м'ячики для гольфу. Вражало його геть усе: величезні хмарочоси, як отой житловий будинок на розі П'ятдесят третьої вулиці — більше тридцяти поверхів зі скла й бетону. Таких будників Вольфганг ніколи не бачив і ніяк не міг умістити собі в голові — як таке взагалі можливо? А колісниці? Вольф навіть спитати боявся, як вони рухаються? Божа сила? Слуги? Йому було страшно, незатишно, паморочилося в голові, він задихався, і тільки одяг, люб'язно подарований Томмі — джинси, піджак, сорочка і дафлкот, — додавав йому сякої-такої впевненості, бо робив його таким самим, як люди на тротуарах. Коли перше запаморочення минуло, Моцарт почав крутити головою на всі боки, жадібно запам'ятовуючи побачене.

Ішли мовчки, і тільки як перетнули П'ятдесят п'яту вулицю, Павло нарешті спитав:

— А чому, власне, «Фіґаро»?

— Чому «Фіґаро»? Ну, бачите, гер Пауль, тут усе просто. «Фіґаро» — це просто весела історія. Там усе переплітається, як плющ з виноградом, — хтивий граф Альмавіво, який хоче скористатися правом першої шлюбної ночі; кмітлива Сюзанна, яка хоче цього уникнути з допомогою пажа Керубіно, закоханого одночасно в усіх дам палацу; Фіґаро, який робить так, що селяни публічно дякують графу, що той скасував ганебний звичай права володаря; графиня, яка хоче графа провчити й вернути собі. І все це з жартівливими діалогами. Це те, що сподобалось би простим людям.

— А до чого тут прості люди?

— Італійці! — Моцарт поморщився. — Італійці зробили оперу, яку неможливо дивитись і неможливо слухати! Без сюжету, без ясного початку і зрозумілого кінця! Співаки просто виходять на сцену і змагаються один з одним, хто довше й вище протягне ноту. І все! Цей спів березневих котів тяжко витримати. Ці скрипучі сопрано і фальцети, від яких волосся на потилиці стає дибки. Публіка хоче веселу історію! Публіка хоче слідкувати за розвитком сюжету, а не слухати жахливі завивання кастратів!*

— *«У "Весіллі Фіґаро" абсолютно немає таких речитативів, таких арій, таких зупинок дії і розвитку образів, при яких примадонна лише демонструє свій товар або якийнебудь тенор долає труднощі tessitura. "Весілля Фіґаро" — це насамперед музична розповідь, саме така, до якої прагнув Ваґнер (що йому вдавалося аж ніяк не завжди). Це той ідеал, про який мріє практично будь-який сучасний оперний композитор»*, — Гонтар процитував напам'ять слова одного музичного критика**.

— Ваґнер?*** *Oh mein Gott!* Хто такий, у біса, Ваґнер? І чого це він прагнув?

— Не має значення, — Павло, не кліпаючи, дивився на Моцарта, ніби намагався просвердлити його поглядом.

— Ваґнер! У нас був кухар з таким прізвищем, — заглибився в спогади Вольф. — Він варив такі супи! Ароматні, запашні. З курки, телятини, свинячих тельбухів з розмарином і кропом...

---

* У «Золотий вік» італійської опери (XVII–XVIII століття) на сцені панували співаки-кастрати. Їхній голос, у силу фізичних наслідків кастрації, зберігав вокальний діапазон голосів хлопчиків до статевого дозрівання. Голоси кастратів — сопрано і контральто, зберігали силу, висоту, здатність змінювати регістри (так звана техніка «бельканто»). Крім того, кастрати завдяки особливостям своїх голосових зв'язок могли виконувати складні й довгі пасажі.

** Гонтар процитував уривок з книги «100 видатних опер» відомого американського критика Генрі Саймона (1901–1970) (*Henry W. Simon, «100 Great Operas And Their Stories» Published by Anchor 1989*).

*** Ріхард Ваґнер (*Wilhelm Richard Wagner*, 1813–1883) — видатний німецький композитор, диригент і теоретик. Представник «Веймарської школи». Відомий насамперед своїми операми з циклу «Перстень Нібелунґа»: «Золото Рейну», «Валькірія», «Зіґфрід» та «Загибель богів». Сумнозвісний своїми антисемітськими поглядами.

— Господи! Кухар!.. — пробурмотів Гонтар. — Та біс із ним, з Ваґнером! Я просто хотів спитати, чому ти в ресторані вирішив зіграти саме увертюру з «Фіґаро»? Вона ж доволі складна.

— О, я пишаюся цією річчю! — Моцарт змахнув руками, як півень на сідалі крилами. — Спочатку я хотів написати її в класичному італійському стилі — ну, знаєте, коли повільну частину оточують дві швидкі. Але потім вирішив — к бісу правила! І перетворив увертюру на буревій, який вривався в театр і затягував людей у гущу подій так, щоб не дати їм оговтатись, щоб вони стали учасниками, а не лишалися сторонніми глядачами!

Важка видалася субота в Павла Гонтаря. Тип, який назвався Моцартом і грав, як Моцарт, тепер од першої особи розповідав, як він створював «Фіґаро». Найдивніше, що це було так правдоподібно, що Гонтару захотілося сісти на мокрий грудневий асфальт і затрясти головою. Дія віскі підступно завершилась на розі Другої авеню і Шістдесят п'ятої вулиці. Вони піднялися по ній і повернули на Парк-авеню.

— Скажіть, гер...

— Господи, перестань називати мене «гер»! Кажи просто «Павло», гаразд?

— Гаразд, гер... Тобто Пауло.

— Павло.

— Павло.

— Отак краще.

— А куди ми йдемо?

— О, ми йдемо в одне місце, де повно цікавих речей. І я думаю, що деякі з них тобі сподобаються.

Насправді Гонтар не мав якогось чіткого плану і не знав точно, чого саме він хоче добитись, ідучи в Метрополітен. Просто коли Вольф заявив зранку, що не знайомий з фортепіано, що, загалом, не дивно, бо інструмент, як відомо, з'явився на пів століття пізніше за Моцарта, у Павловій голові народилася думка: чи впізнає Вольф інструменти своєї епохи? Якщо не знає фортепіано, то чи впізнає піанофорте?

З Парк-авеню вони звернули на Вісімдесят першу вулицю і почали підніматися до П'ятої авеню, коли Моцарт раптом зупинився біля одного будинку.

— Боже!

В одному з двох під'їздів на першому поверсі відчинилися двері, впускаючи в дім пару поважного віку. Зсередини лунали знайомі звуки. Спочатку вступили легкі й сумні струнні, а потім жіночий контральт:

*Benedictus, qui venit in nomine Domini!..**

— Боже! — ще раз ахнув Моцарт. — Це мій Реквієм!

І, перш ніж Павло встиг роззявити рота, кинувся до дверей, але швейцар на вході, який щойно відчиняв двері перед гостями, перегородив йому дорогу.

— Вітаю вас! Чим можу служити? — запитально подивився швейцар на Моцарта.

— *Domine Jesu Christe,* — замість привітання сказав Вольф. — *Rex Gloriae! Libera animas omnium fidelium defunctorium!***

Швейцар з несподіванки смикнувся, хотів щось заперечити, але, зітнувшись з Вольфганговим поглядом, чомусь передумав і зробив крок убік, пропускаючи ком-

---

* Благословен, хто йде в ім'я Господа! *(лат.)* — початок квартету з розділу *Sanctus* Реквієму. Імовірно написаний Зюсмайєром за ескізами Моцарта вже після смерті композитора.

** Господи, Ісусе Христе, Царю Слави! Звільни душі всіх вірних покійних! *(лат.)* — початок хору і квартету з розділу *Offertorium* Реквієму.

позитора. Біля дверей висіла солідна латунна табличка з золотими літерами на чорному фоні: «*The Funeral Home Lacrimosa*»*.

— Чим можу слу... — почав було швейцар, коли на ґаночок ступив Павло.

— Ми разом! — перебив його музикант і вказав очима на Моцарта.

Швейцар відступив.

У приміщенні була напівтемно — важкі портьєри з бордового оксамиту прикривали вікна з дубовими рамами. Люди в жалобному одязі тихо перемовлялися між собою. Офіціанти неквапливо розносили напої. У повітрі лунав Реквієм:

Benedictus, qui venit,
qui venit in nomine Domini!
Benedictus,
Benedictus,
Benedictus,
qui venit,
qui venit,
in nomine Domini!

Моцарт став навпроти труни. Світла, з горіхового дерева, труна була вкрита рівним прозорим лаком. У ній на білосніжних подушках лежав сивочолий сухорлявий старий у дорогому чорному костюмі. Руки в білих рукавичках невимушено складені на животі. Здавалося, старий утомився і ліг відпочити.

---

* *Funeral Home* — «Похоронний дім» *(англ.)* — різновид організацій, що спеціалізуються на похоронних послугах. У похоронних домах та каплицях зазвичай відбувається панахида і спілкування гостей з родиною покійного.

— Це, мабуть, хазяїн цього будинку? — пошепки спитав Вольф.

— Ні, це просто небіжчик, — тихо відповів Павло. — Будинок належить похоронній фірмі.

— Тобто?

— Тобто після смерті рідні наймають похоронну компанію і довіряють їй усі формальності — забирання тіла з моргу, оформлення документів, перевдягання. Якщо потрібно, то службу в церкві, панахиду і саме поховання.

— То сім'я нічого сама не робить? Не обмиває покійника, не вдягає його, не намащує ароматичними оліями, що приховують запах тліну, поки він лежить у них вдома, а рідні замовляють месу в церкві?

— Краще довірити ці турботи професіоналам. Сім'я в цей час має інші проблеми.

— Це ж які?

— Ну, подолати стрес...

— Подолати що?

— Стрес...

— Стрес... Що це таке?

— Вольф! Навіщо ти робиш з мене дур... — роздратовано почав було Павло.

Але раптом щось у його мозку клацнуло і все несподіваним чином стало на свої місця. Те, що ще хвилину тому здавалося неймовірною маячнею, тепер стало істиною, яку важко піддати сумніву. І Гонтар, спокійно дивлячись на небіжчика, пояснив:

— Стрес — це горе й розпач від утрати близької людини. Сльози й скорбота. От що таке стрес. Так зрозуміліше?

— Зрозуміліше.

До Павла підійшла старенька в чорній сукні. Сиве волосся прикривав маленький чорний капелюшок з вуаллю.

— Ви знали мого Френкі?

Імовірно, це була вдова. Вона тепло подивилася на Павла. Гонтар зрозумів, що як скаже правду, то їх попросять геть. Можливо, в доволі жорсткій формі. Але, дивлячись старенькій у вічі, він не міг їй збрехати.

— Ні, мем. Ми не мали честі знати Френка. На мій превеликий жаль, мем...

— Ви схожі на Френкі в молодості, — старенька погладила Павла по руці. — Ваші руки... Ви музикант?

— Я піаніст. Але... Як ви здогадалися?

— У вас пальці ніби по клавіатурі бігають, коли ви слухаєте Реквієм, — вдова кволо всміхнулася. — Бігають і потрапляють у ноти. Мій Френк був одним із найкращих джазових виконавців Нью-Йорка. Свого часу очолював *City Jazz Orchestra*. Коли він чув музику, його руки теж одразу починали бігати по уявних клавішах...

Павло усміхнувся у відповідь і показав очима на Моцарта.

Той стояв біля труни й не звертав ні на кого уваги. Здавалося, музика поглинула його цілком, без залишку. Тонкі кисті літали перед ним, немов два білих птахи. Він диригував невидимим оркестром. Він вперше чув свій *Benedictus* у завершеному варіанті.

— Ваш друг теж музикант?

— Так, мем. І схоже, що це таки він написав те, що ми зараз слухаємо.

— Вольфганг Амадеус Моцарт!

— Власною персоною, мем.

Антракт

Ми віримо лише в те, що здатний уявити наш мозок. Те, що виходить за межі нашого сприйняття, завжди викликає в кращому разі скепсис, у гіршому — цілковите заперечення. Ми затиснуті в певні рамки й живемо за правилом «цього не може бути, бо цього просто ніколи не може бути».

От і виходить так, що міра божевілля й свободи залежить тільки від простору і сили фантазії. Одначе коли-не-коли з'являється щось таке, що може бути поза нашою уявою. І тоді це може обурювати і відштовхувати, а може захоплювати і приваблювати. Дівчина з аутизмом, здатна розв'язувати складні рівняння просто подумки, і чоловік, який зненацька з'являється нізвідки й каже, що він — Вольфганг Амадеус Моцарт.

Попри те, що Моцарт виглядає, як Моцарт, думає, як Моцарт, і грає, як Моцарт, ніхто йому не вірить. Крім місіс Біркін.

Думаєте, тому що місіс Біркін вірить у єдинорогів, у її саду живуть ельфи, а на стіні висить мапа пласкої Землі, яка покоїться на трьох китах? Якраз навпаки — Кларенс Біркін, як і будь-який хороший лікар, була рідкісним скептиком. Вона опиралася тільки на голі факти, які вміла аналізувати, застосовуючи накопичений за сорок років лікарської практики багаж знань.

Кількох годин спілкування з Вольфгангом їй вистачило, щоб зрозуміти — цей чоловік не хворий, у нього немає психозу, роздвоєння особистості, біполярного розладу чи шизофренії. Ба більше, він не прикидався, не брехав і не намагався видати бажане за дійсне (на що, до речі, страждає переважна більшість так званих «умовно нормальних» людей). Тому місіс Біркін, спираючись на голі факти, встановила, що чоловік у білому банному халаті справді не знає, як сюди потрапив, що він сумує за дружиною й дітьми, що він украй розгублений і він справді той, за кого себе видає.

Те, що перед нею Йоган Хризостом Вольфганг Амадеус Моцарт, Кларенс зрозуміла буквально в першу ж годину. «Ти ба, — подумала лікарка. — Він доволі стійко переніс стрес. Перші години шоку вже минули, стадія заперечення також, уже проявлявся гнів — як випливало з його розповіді, він дуже розізлився, коли той покидьок чіплявся до Стейсі. Попереду в нього компроміс, депресія і, нарешті, прийняття дійсності. Доктор Кюблер-Росс* саме так описувала стадії прийняття смерті, а для Вольфганга потрапити в інший час — те саме, що вмерти». Для Кларенс Вольфганг перш за все був — ПЕРШИЙ ДЗВІНОК — цікавим випадком, бо доктор Кюблер-Росс спостерігала за вмираючими пацієнтами, а їй, Кларенс Біркін, випала нагода спостерігати за пацієнтом, що навпаки — воскрес! Вона вже думала записати

---

* Елізабет Кюблер-Росс (*Elisabeth Kübler-Ross*, 1926–2004) — американська психологиня, авторка книги «Про смерть і вмирання» (1969), де вона виділила п'ять основних етапів психологічних переживань перед смертю: 1) заперечення; 2) гнів; 3) компроміс; 4) депресія; 5) прийняття. Кюблер-Росс також є авторкою концепції психологічної допомоги смертельно хворим.

свої спостереження в блокнот, щоб потім розповісти своїм студентам, але треба було йти на кухню стерегти тісто на пиріжки.

А от Павло Гонтар, професійний музикант зі ступенем доктора філософії в музиці, подумав, що його подруга Стася просто вирішила над ним пожартувати. Коли ж з'ясувалося, що це не так, Гонтар запідозрив, що Вольф — якийсь агент, підісланий до дівчини детективами, тими, про яких Стася йому розповідала. Далі Павлові здалося, що дивний чоловік просто божевільний або ще гірше — маніяк. І так рівно до — ДРУГИЙ ДЗВІНОК — тієї миті, поки Вольф не сів за інструмент. От саме тоді у Гонтаря, як у музиканта-професіонала, зародилися сумніви. Він ще не чув, щоб хто-небудь так володів інструментом. Тим більше, сівши за нього, як стверджував Вольф, уперше. Його гра — неначе сеанс гіпнозу, немовби абсолютне й чисте божевілля, мов цілковите чудо! Щойно він торкнувся клавіш — і вся увага людей була прикута до кінчиків його пальців! Таке вдавалося тільки одиницям! І всіх, кому це вдавалося, Павло знав по іменах, тому що їхні портрети висіли в консерваторії і в коридорах Мангеттенської школи музики, де Павло здобував ступінь доктора.

Проте сама думка, що перед ним Моцарт, була така божевільна, що він мимоволі розхвилювався. Та так, що навіть *Lagavulin 16* не поміг. Павла можна зрозуміти. Це як фізикові уявити, що перед ним Айнштайн. Як математикові уявити, що перед ним Лобачевський. Філософу — що перед ним Бенедикт Спіноза.

Щоб дати уяві ще один шанс впустити в себе Моцарта, прийняти — ТРЕТІЙ ДЗВІНОК — і усвідомити факт, що поряд з тобою геній, Павло задумав відвідати Метрополітен, а саме — відділ старовинних музичних інструментів. Однак сталося так, що межі Павлової уяви майже зруйнувались тоді, коли вдова Френкі спитала, чи його друг, часом, не музикант? Гонтар не міг зізнатись у цьому сам собі, але старенькій збрехати не зумів.

А ми, нагадаю, віримо тільки в те, що здатний сприйняти наш мозок.

ДІЯ ЧЕТВЕРТА

Сцена перша

Recitativo secco
*сухий речитатив**

Рипнули двері, і руки Стейсі вкрилися гусячою шкірою — вона, м'яко кажучи, не любила відділок поліції. Щоразу, як сюди приходила, почувалася так, ніби їй муляє взуття.

— Стейсі! Радий тебе бачити! Як у тебе справи? — в холі її зустрів детектив Бріджес.

— Дякую, все гаразд, — стримано відповіла дівчина і з чемності спитала: — А як ви?

Бріджес шумно зітхнув, і в голові йому промчало, що знову їм навалили купу справ, поменшало нападів, проте побільшало крадіжок з автомобілів, що дрібні справи заважають серйозно взятися за велику справу наркоторгівлі на Іст-Сайді, що зранку неймовірно ломить поперек, а тут ще колишня дружина...

— Усе в порядку, дякую! — відповів детектив. — Пройдемо в кімнату. Ми з Козінським хочемо поставити тобі пару питань. Ти не проти?

* Речитатив — вокальний стиль, наближений до природної мови, поміж співом і декламацією. У сухому речитативі партію співака супроводжують тільки акорди клавесина. Речитативи в операх Моцарта — це монологи та діалоги, в яких розкриваються основні деталі сюжету.

Стейсі гірко посміхнулася. Навіть якби вона була проти, вибір у неї був невеличкий.

— А скажи... Як там той клоун?

Дівчину ніби струмом ударило.

— Не смійте казати на нього «клоун»! — раптом визвірилась вона. — Його звати Вольфганг! Ясно вам?!

Бріджес аж дихати перестав.

— Ем-м-м... Ясно, ясно! Я все зрозумів, вибач! Я просто спитав. Я ж переживаю за тебе, чорт забирай.

— Дякую. Усе нормально, — сухо сказала Стейсі, заспокоївшись. — Давайте вже ближче до справи.

— Дарма ти так, — ображено буркнув Бріджес і жестом запросив дівчину в кабінет.

Майкл Козінський стояв спиною до дверей і міркував. Перед ним стояла велика біла дошка з намальованою різнокольоровими маркерами складною схемою зі стрілками, що, мов генеалогічне дерево, з'єднували розкидані по дошці фотознімки. Обличчя на крайньому знімку Стейсі одразу впізнала — це був Матео Фернандес, один із кримінальних ватажків західної частини Мангеттену, який уцілів після масштабних арештів. Поряд з ним виднівся порожній квадратик без фото, зі знаком питання. Під ним було написано «сучий син». Порожній квадратик з'єднувався зі світлиною Фернандеса стрілкою. У тому порожньому квадратику мала бути людина, яка постачала Фернандесові товар і контролювала левову частку наркотрафіку Нью-Йорка.

— Добрий день, Стейсі! Дякую, що знайшла час завітати.

— Це було доволі просто, детектив, — я витратила на цей візит свою обідню перерву. Ви бажаєте бачити мене тут, мій бос бажає бачити мене на робочому місці в робочий час.

?
son of
a bitch
NAZ-LAY

Вибір невеликий, тож я в програші, і в результаті залишаюся голодна.

— Замовити тобі щось?

— Не встигнете. Моя перерва — пів години. Краще розкажіть, що вам треба.

— Добре. Словом, дивись. Ось Фернандес.

Сарделькоподібний, з рудими волосинами, вказівний палець детектива Бріджеса тицьнув Фернандесу прямо межи очі. Стейсі навіть здалося на мить, що той очима стежить за Бріджесом і щойно ледь не гризнув його зубами за пальця, щоб не пхав куди не треба.

— А оце, — Бріджес тицьнув у порожній квадратик з написом «сучий син», — сучий син, імені якого ми не знаємо. Ми навіть не знаємо його прикмет, лайна йому в пельку!

— Зате ми точно знаємо, що саме від нього Фернандес отримує наркоту, що це він контролює всі потоки, а ще він зустрічається з Фернандесом у твоєму ресторані.

— Фернандес ні з ким не зустрічається, — заперечила Стейсі. — Він завжди сидить один і замовляє одне й те саме. Ну, може, з невеликими варіаціями, але набір стабільний — стейк з пюре.

— А що за варіації?

— Іноді змінює прожарку й соуси.

— Гурман довбаний! — вилаявся Бріджес.

— Фернандес після арешту його поплічників на Вест-Сайді не сильно відсвічує. Майже рік наших спостережень за ним у вас у «Кварті» нічого не дав. Ми його ведемо, пасемо цілодобово, слухаємо його телефон, дивимось його пошту, ми влізли в його комп'ютер, але це й досі не дало нам нічого. Ось тому нам потрібен «План Б». Уважніше придивляйся до Фернандеса. Ми точно знаємо єдине — після того як він посидить у вашому ресторані, починається рух наркоти по ділках і по точках. І клієнти, левова частка яких — білі комірці з Волл-стріт, одразу пожвавлюються. Дізнаємося, від кого саме він приймає товар, — розмотаємо клубок.

— То почепіть на нього «жучок».

— Це не так просто, як здається, донечко, — Бріджес вжив оце «донечко», і в дівчини аж серце стислося, так вона скучила за батьком... — Немає ані найменшої зачіпки, щоб наступити мерзотникові на хвоста й виловити весь його гадючник.

— Гаразд, — зітхнула Стейсі. — Що я маю робити?

— Слідкуй за ним. Записуй усе, що побачиш, усе, що почуєш. Будь-яку деталь: у що вбраний, що замовляє, з ким, можливо, спілкується, що читає, чим від нього пахне — усе, що побачиш і почуєш.

— А тарілки після нього мити, чи в пакет запаковувати і вам приносити?

Детективи якусь мить дивилися на дівчину, не розуміючи. Потім Бріджес зареготав.

— Ох ти ж і «солона»*!

— У маму вдалася! — пирхнула Стейсі. — А якщо Фернандес щось запідозрить?

— Чому він має запідозрити? Він ж тебе не знає.

— Зібрати про мене інформацію не так складно, детектив. Я розумію, у вашій грі я розмінна монета, і якщо Матео Фернандес вирішить приставити мені ножа до горла, то це будуть лише мої проблеми.

— Слухай, дитино! — Бріджес засопів, як ображений кабан. — Чого ти вічно нас поливаєш? Ми ж одну справу робимо.

---

* *Salty (англ.)* — солоний. Так зазвичай називають людей уїдливих і гострих на язик.

— Ми просто йдемо в одному напрямку по різні боки паркана, — сказала Стейсі, розглядаючи нігті. — Я виступлю в суді, як свідок, а потім ви підете пити шампанське, а я у в'язницю.

Детективи вкотре за сьогодні з подивом втупилися в дівчину. «Де вона така взялася?» — думав Козінський. «Де ти взявся на мою голову, Майк? — думав Бріджес. — Занапастимо ж дитину!»

— Ми щось придумаємо, — пробелькотів нарешті Бріджес. — Напишемо клопотання, знайдемо адвоката, ми подбаємо...

— Сумніваюся, що вам вистачить грошей на адвоката для якоїсь нелегалки, — іронічно зауважила Стейсі. — Ви харчуєтесь бозна-чим, джентльмени.

На столі в Козінського стояло пластикове коритце зі смаженими курячими крильцями, точніше з тим, що від них залишилось. Одна кісточка випала з коритця й лежала прямо на документах. Під нею розпливлася жирна пляма, якраз на словах «виявлено не було».

— Подбайте краще про свої шлунки. А мені пора йти. Я все зрозуміла і все зроблю, як ми домовлялись. Бувайте здорові, джентльмени, — дівчина приклала два пальці до скроні і вийшла з кабінету.

Сцена друга

Con slancio
з ентузіазмом

Гонтар і Моцарт стояли перед входом у Музей мистецтва Метрополітен. Величезний фасад у стилі *Beaux-arts**, збудований спеціально для музею в 1902 році, справив на Вольфа неабияке враження.

— *Oh mein Gott!!!* Це майже так само велично, як у Відні!

Справді, за цим шикарним фасадом, що був візитною карткою музею, ховалося чотирнадцять основних відділів з колекціями, які налічували понад два мільйони експонатів. І кілька з них Павло збирався сьогодні показати Моцартові.

— Куди ми прийшли? Це палац вашого цісаря? До речі, хто у вас цісар? А хто в нього придворний *Kapellmeister*?

— У нас немає цісаря, Вольф. У нас Президент. Президент Сполучених Штатів Америки.

— Гм. Це у вас з часів того самого ем-м-м... Вашингтона, бунтаря проти Британської корони?

— Так, Джордж Вашингтон — наш перший Президент, один з Отців Засновників...

---

* *Beaux-arts (фр.)* — «Боз-ар» — напрямок архітектури пізнього історизму. Виник як спроба відродити й переосмислити спадщину ренесансу, бароко та ампіру.

— Боже милостивий! «Отець Засновник»! А в нас при дворі його називали бунтарем, заколотником і злочинцем.

— Які дивні повороти історії, правда? — дипломатично сказав Гонтар.

— А як щодо *Kapellmeister*?

— Ми не маємо капельмейстера...

— Ви не маєте музики! — ахнув Моцарт. — Як ви можете!

— Ми маємо музику! — обурився Гонтар. — Я, наприклад, доктор філософії в музиці, викладаю в Академії!

Моцарт негайно шанобливо вклонився. Гонтар почервонів і одразу ж різко пополотнів.

— Не роби так більше, будь ласка... — пробурмотів він. — Прошу, не роби.

— Я тебе образив?

— Що ти! Зовсім ні! Просто не роби, — Павлові було складно пояснити те відчуття, коли не ти, а тобі віддає шану ожилий портрет із галереї в Академії.

— А хто у вас тоді диктує закони в музиці?

— Ринок.

— Ринок?!

— Сама публіка диктує, митці, які виходять з публіки, заслужені майстри, маестро своєї справи. Диктує той, кого більше слухають, ті, що найбільш відомі й авторитетні. До того ж музика в нас різна — і класична, й популярна, й електронна...

— Елек... Даруй, яка?

— Неважливо. Я тобі якось потім поясню. Зараз нам треба потрапити в одне місце.

Павло схопив схему музею і став зосереджено її вивчати.

— Покажеш мені вашу музику? — попросив Моцарт і якось дивно подивився на Гонтаря. Павло трохи стривожився.

— Вольфганг, що таке? Чого так дивишся?

— Ну... Знаєш, я завжди піджартовував над італійцями... Вони такі були зашкарублі зі своїми старими канонами... Затислі у своїх рамках, вони не сприймали й не творили нічого нового. Компонували музику для вузького кола людей, які здебільшого на музиці не розумілись, а сприймали її як атрибут, як ознаку належності до вищого класу, як... А тепер, коли у вас фіакри рухаються без коней і по небу літають оті демонічні витвори... Тепер, виходить, що я застарів і моя музика застаріла? — Моцарт схвильовано подивився на Гонтаря.

— Слухай. Не знаю, як тобі пояснити... Моцарт для нас — загальновизнаний класик. Він реформатор, він відкрив для нас оперу. Він залишив по собі сотні геніальних творів, які й сьогодні грають усі — від дітей у музичних школах, до найпрестижнішого Карнеґі-холу. І він уже точно не зашкарублий і не застарілий.

Вольф полегшено зітхнув.

— Ходімо, — махнув рукою Гонтар і попрямував до каси.

Купивши квитки, вони піднялись по сходах, пройшли через зал Візантійського мистецтва з вітринами, всіяними прикрасами з золота та коштовного каміння, і потрапили у відділ мистецтва Середньовіччя. Побачивши в залі величний лекторій з Кафедрального собору у Вальядоліді*, Моцарт зупинився і дрібно перехрестився. А коли проходили через експозицію сакрального мистецтва, він аж закляк, коли побачив розп'яття, ковчеги й частини фресок.

---

* *Doxale* або *odium (лат.)* — лекторій або «Хресна перегородка» — невеличка трибуна, яку встановлювали нагорі або ж прямо перед перегородкою (переважно дерев'яною), що відгороджувала невеличкий простір перед вівтарем від іншого простору храму. Зазвичай на цьому просторі між лекторієм і вівтарем розміщувалися кліриками та хор. У Музеї Метрополітен стоїть «Хресна перегородка» з Катедрального собору у Вальядоліді (Іспанія).

— Чому це все тут? — прошепотів Вольф.

— Тому що це безцінні речі і тому що тут музей.

— *Museum? Museum... Kunstkammer!* Але все це належить Церкві!

— Це належить людству.

— Кому?!

— Це належить усім людям, нації.

— Боже! То у вас, як у Франції, був свій Талейран!*

— Талейран, до речі, встиг пожити й тут, у США.

— І не дивно, не дивно. Я так і зрозумів, що цей край вабить до себе бунтарів, шахраїв, пройдисвітів. *Mundus Novus!***

— Ну от ти й до себе добрався! — пожартував Павло.

— Я, по-твоєму, шахрай і пройдисвіт? — Вольфганг розгублено закліпав очима.

— У пошуках долі в Америку завжди їхали люди сміливі й авантюрні, — спробував поправити ситуацію Гонтар, але вже було пізно.

— А ти маєш рацію, — сказав Моцарт і зареготав так, що переполохав відвідувачів, які спокійно роздивлялись експонати.

Із середньовічного відділу вони потрапили в зал американського мистецтва й піднялися по сходах нагору.

— Надіюся, тобі сподобається те, що ти побачиш, — відчинив Павло скляні двері.

Вони опинилися в залі старовинних музичних інструментів.

Ви бачили колись, як зустрічаються давні друзі через десятки років розлуки? У цьому випадку було приблизно те саме.

---

* Шарль Моріс де Талейран-Періґор (*Charles Maurice de Talleyrand-Périgord*, 1754–1838) — французький політик і дипломат. 10 жовтня 1790 року запропонував націоналізувати церковне майно для погашення державного боргу.

** Новий світ! *(лат.)*

— *Pianoforte Cristofori!** — у захваті вигукнув Вольф і кинувся до інструмента, мов до давнього друга. І йому не завадило, що інструмент був відгороджений товстим витим канатом, і навіть те, що під інструментом стояла табличка із застереженням: *PLEASE DO NOT TOUCH.*

Павло не очікував, що Моцарт одразу рвоне до інструмента, тому й рота роззявити не встиг, як противно заверещала сирена і з дальнього кута до них швидким кроком почав наближатись охоронець. «Гаплик нам», — промайнуло в Павловій голові. Він розкинув перед охоронцем руки, наче квочка, що захищає своїх курчат. «Вандали», — подумав охоронець і дістав електрошокер. У цю мить Моцарт заграв.

Щойно його пальці торкнулися коричневих, покритих матовим лаком клавіш із сандалового дерева, усе навколо завмерло. Гонтар у позі Ісуса Христа над Ріо-де-Жанейро; охоронець із електрошокером; молода й кучерява, у круглих окулярах, учителька і діти, яких вона привела на екскурсію.

Моцарт заграв Менует із «Маленької нічної серенади»**.

Старовинний інструмент, що зазвичай видавав приглушені й уривчасті звуки, вельми відмінні від звучання сучасного фортепіано, тепер ожив під руками людини зі своєї епохи. Піанофорте заграло — ні, заспівало — у великій залі Музею Метрополітен.

---

* Так називався інструмент, що його винайшов та виготовив Бартоломео Крістофорі (*Bartolomeo Cristofori*, 1655–1731) — італійський майстер музичних інструментів. Вважається, що *Pianoforte Cristofori* — перший клавішний інструмент, у якому звук видобувався за допомогою молоточків, що дозволило регулювати силу звуку.

** Серенада №13, соль мажор для скрипок, альта, віолончелі та контрабаса в чотирьох частинах (*Eine kleine Nachtmusik (нім.) K525*) — написана Моцартом 1787 року, але опублікована лише через багато років після смерті композитора, 1827 року. Скоріше за все, цю легку, життєрадісну і гармонійну мелодію Моцарт написав на замовлення, можливо, для одного з придворних балів.

— Вимкніть, нарешті, цю дурнувату сирену, будь ласка! Заважає ж слухати! — попросив охоронця величезний дядько з широкою байкерською бородою.

Охоронець спохватився, вийняв з кишені маленький квадратний пульт і натис кнопку. Тривожні звуки сирени змовкли. Охоронець сховав електрошокер і приєднався до натовпу, що утворився біля Моцарта. Потім він десь зник і вернувся з низеньким стільцем, який і запропонував Вольфові.

Моцарт нарешті закінчив грати, встав, поправив поли неіснуючого камзола і вклонився слухачам. Усе це він зробив у могильній тиші. Та коли музикант випростався, пролунали такі оплески, що з сусідніх залів почали заглядати люди.

Саме оплесків потребував Вольфганг — оплесків прямо тут і зараз. Вони йому були необхідні як повітря, як рослинам сонячні промені. Він звик до них змалку, за ними він визначав публіку, визначав майстерність своєї гри і влучність вибору твору для концерту. Сьогодні він влучив у десятку. Менует, піанофорте і сам Моцарт злилися в ідеальну композицію.

— Я прошу вибачення за свого друга... — Гонтар почувався відповідальним за те, що сталося, і з усієї сили намагався залагодити конфлікт з охоронцем МЕТ. На його подив, охоронець не був настроєний на конфлікт.

— Ваш друг справжній професіонал! Нечасто тепер можна знайти спеціаліста зі старовинних інструментів.

— О так, я впевнений, що він на них знається, — гмикнув Павло.

— Тільки наступного разу, я вас дуже прошу, не треба несанкціонованих концертів. Це все дуже добре, але перед грою і після, через свій поважний вік, інструмент мусить пройти технічний огляд.

— Безперечно.

— Наприклад, сюди часом приходить один спеціаліст, його звати Донґсок Шін...

— А, це відомий фахівець з музики епохи бароко.

Гонтар був знайомий з цим бостонцем, який знав про піанофорте, клавесини й органи більше, ніж будь-хто*.

— Так! — кивнув охоронець. — І він періодично записує тут концерти. Якщо ви сконтактуєте з адміністрацією музею, то, думаю, проблем ніяких не буде.

— А що ви робите, якщо хтось отак порушує правила й чіпає експонати?

— Ну, в мене є електрошокер, — усміхнувся охоронець. — Але за двадцять років, що я тут служу, ще ні разу не доводилося його застосовувати, синку. Я контролюю все, що діється в цьому залі. І якби я не відімкнув сирену, то через хвилину тут був би спецзагін поліції — він розташований просто тут, у музеї. Але я бачу, що ні ви, ні ваш товариш не хотіли зробити шкоду інструментові, і бачу, що ваш друг професіонал. Таке враження, що він народився в одну епоху з цим інструментом.

— Та якось так... — пробурмотів Павло, з острахом поглядаючи, як Вольфганг щось розповідає відвідувачам і як у тих видовжуються обличчя й округлюються очі. Шостим чуттям Гонтар відчув, що треба втрутитися, поки Моцарт не вляпався в ще одну історію.

---

* Донґсок Шин (*Dongsok Shin*) — американський піаніст, експерт з музики бароко. З початку 1980-х років спеціалізується виключно на клавесині та органі. Член оркестру старовинної музики «Ребель» (*Rebel*).

Сцена третя

Colla parte
уважно йти за солістом

Павло підійшов до Моцарта, обняв його за плечі, трохи відсунув од здивованого натовпу й сказав:

— Дякуємо, дякуємо всім за увагу! А тепер вибачте, нам треба перекинутися словом! Ще раз усім дякую, перепрошую!

І потяг Вольфа за собою в куточок.

— Отже, так. Ти слухаєшся мене і рота зайвий раз не роззявляєш!

— Ти говориш точно так, як Штеффі! — Моцарт зареготав так, що всі почали обертатися. — Ви, часом, не брат і сестра?

— Ні, ми не брат і сестра, але нас поєднує щось міцніше, ніж родинні зв'язки.

Вольф перестав іржати.

— Ти нас поєднуєш! Слухай уважно. Стейсі за тебе переживає. І тепер я бачу, що вона має на це всі підстави. Ти вдираєшся в похоронні доми, ігноруєш музейні правила, шокуєш публіку й іржеш, як... як віслюк. А ще я чув, що ти комусь там ледь горлянку не перерізав.

— Я вдирався не у «похоронні доми», а тільки в один дім! — гаряче заперечив Вольфганг. — В один дім! Я не мав ні найменшої гадки про якісь правила в кунсткамері. У тих кунсткамерах, де я бував, таких дурнуватих правил не було.

Як можна тільки споглядати і не можна нічого мацати руками? Навіщо тоді потрібні всі ці музеї?!

— Тут, у цьому світі, свої правила.

— Це погані правила. Треба їх змінювати, якщо вони погані.

— Це хороші правила, Вольф.

— Послухай! — Моцарт подивився Гонтареві прямо у вічі. — Ти мені віриш? Чи думаєш, що Бог відняв у мене розум? Чи ти думаєш, що я брехун і я — не я?

Ніколи в житті Павлові не було так важко визнавати очевидні речі. Керуючись правилом «качиного тесту»*, якщо Вольфганг виглядає, як Моцарт, грає, як Моцарт і поводиться, як Моцарт, то, скоріше за все, це і є Моцарт. Але сприйняти цей факт було не так просто. Павло вже бачив, як Вольф грав у ресторані, говорив з ним, бачив, як він диригував невидимим оркестром, який грав його ж Реквієм, і нарешті побачив, як Вольф грає на старовинному інструменті. Які ще можуть бути сумніви? Якщо чесно, сумнівів у Гонтаря і не було. Проте був здоровий глузд, і цей здоровий глузд чинив опір до тієї миті, коли Моцарт подивився йому у вічі. І тоді ця остання барикада капітулювала.

— Ні, Вольф, я не вважаю, що ти брехун. І не думаю, що ти божевільний. Знаєш, чесно, що я думаю?

Моцарт і далі, не кліпаючи, дивився Павлові у вічі.

— Що діється якась чортівня. Але що за чортівня, я не знаю. Так чи сяк, а тут щось нечисто.

---

* *Duck test (англ.)*, або «качиний тест» — принцип, сформульований у жартівливій формі, який проголошує, що можна встановити факт на основі непрямих доказів, якщо таких доказів накопичується достатньо: «Якщо це виглядає, як качка, плаває, як качка, і кряче, як качка, то, скоріше за все, це і є качка» *(If it looks like a duck, swims like a duck and quacks like a duck, then it probably is a duck).*

— Я згодний. Щось тут з вами нечисто. Я не намагаюся когось обманути. Мені нема чого приховувати. Я говорю правду. А мене вважають або брехуном, або божевільним. У вашому світі все догори дриґом!

— Тепер двадцять перше століття, а ти кажеш, що ти з вісімнадцятого! Те, що ти той, ким називаєшся, просто неможливо!

— Якщо Господь захоче, можливо все.

Павло не знайшов, що відповісти, і тільки рукою махнув.

— ...він був написаний у дуже нехарактерній для композитора манері, та все ж Реквієм вважається одним із найвідоміших його творів... — долинуло до них.

Моцарт, почувши слово «Реквієм», витяг шию і нашорошив вуха.

— ... і притягує глибиною трагізму! — молода й кучерява, в круглих окулярах, учителька, проводила дітям екскурсію.

— А мене ніфіга не притягує! — заявив пухкенький, рожевощокий пацан років дванадцяти.

Моцарт напружився.

— Чому ж, Нейтон? — спитала вчителька.

— Мене батьки в Бостоні тягали раз на цей Реквієм. Така нудота! — щокатий пацан позіхнув. — Я заснув на п'ятій хвилині.

— Ох, Нейтон! Не кожному випадає щастя послухати живе виконання Реквієму цілком, від початку до кінця. Це дуже рідкісний концерт. Тобі так пощастило, а ти кажеш, що заснув.

— Та ну його! Краще б ми в акваріум пішли.

І тут Моцарт не витримав. Він буквально підлетів до хлопця й став навпроти.

— Я знаю, чому ти заснув на п'ятій хвилині, хлопчикувіденська-сосиско!

Вольф впритул нахилився до здивованого хлопцевого обличчя. Вчителька навіть втрутитись не встигла, як Вольф знову відступив від нього.

— Ти знаєш, що Реквієм — це заупокійна меса? Її зазвичай виконують у пам'ять по померлих?

Хлопчик-сосиска густо закліпав очима.

— От коли у вас хтось помирає, що ви робите? Викликаєте похоронну службу, й вона займається геть усім, від формальностей до самого поховання? А сім'я померлого тільки приймає гостей, пригощає їх вином і різними наїдками? Долаючи цей... Як же його... Стрес? Так?

Вольфганг запитально подивився на Павла. Той, кусаючи губи, щоб не засміятися вголос, ствердно кивнув. Приголомшений пацан шумно ковтнув. Моцарт знову наблизив обличчя впритул до нього й прошепотів:

— А в часи, коли я жив, не було похоронної служби. Уявляєш, ти, хлопчику-віденська-сосиско? Родина померлого робила все сама. Треба було роздягти мерця, ретельно помити його холодне, липке, вкрите передсмертним потом тіло, вбрати в новий одяг...

— Містер, що ви собі дозволя... — почала було вчителька, але Моцарт відмахнувся від неї, як од набридливої мухи.

Діти з широко розкритими очима й ротами всотували кожне Вольфове слово — оповідки про мерців були їм цікавіші, ніж нудний Реквієм.

— А потім треба піти в магістрат, заплатити мито і зареєструвати смерть. Піти до церкви й переговорити зі священником, замовити службу, найняти чоловіків, від яких пахне вином, щоб вони принесли небіжчика туди. Потім піти домовитися з гробарями й працівниками цвинтаря. Віддати останні гроші сім'ї на похорон! Це все забирає до трьох днів, а мертве тіло тим часом лежить у кімнаті й починає розкладатись...

Хлопчик втягнув голову в плечі. Спати йому різко перехотілося. Моцарт, оглянувши притихлих дітей, зі свистом прошепотів:

— І коли солодкий тлін починає розповзатися по кімнатах, охоплюючи домочадців тваринним жахом, то Реквієм тоді не просто заупокійна меса і молитва Богові за душу померлого!

У музеї стояла мертва гробова тиша.

— Це прохання до Господа, щоб він позбавив сім'ю покійного і його самого цих тортур, безгрошів'я, коли помирав годувальник! Це крик відчаю батьків, які втратили дітей! Це прохання прибрати з дому цей запах гниючого тіла...

Моцарт навис над дитиною і тонким фальцетом затяг рядки з *Tuba mirum**:

Li-iiiiber scri-iiptus pro-oofere-eetur,
In quo to-ootum co-oontine-eetur.

У Павла аж мороз по спині пробіг — так жваво він уявив покійника в кімнаті, завислу в повітрі тягучу й гірку скорботу, яку можна було розливати в чашки й пити цей гіркий напій смерті до самого дна.

*U-uunde mu-uundu-uuus ju-uuuudice-eeeeetur!***

Після такого моторошного виконання і вчительці стало не по собі.

---

* *Tuba mirum (лат.)*, дослівно «чудесна труба» — частина секвенції *Dies irae* «День гніву» *(лат.)* у римо-католицькій заупокійній месі.

** Явиться написана книга,
Котра містить у собі все
Для суду над світом *(лат.)*
У цій частині Реквієму описується Судний день, коли людські душі сходять до Божественного трону, звідки праведники прямують у рай, а грішники — у пекло. Останній рядок, що наведений Моцартом, виконується протяжним чоловічим тенором. Без сумніву — одна з наймоторошніших частин Реквієму.

A Saberi

— А знаєш, як пахне мертвяк, ти, хлопчику-віденський-шніцелю?

Нейтон помотав головою.

— Отак!

І Моцарт дихнув йому в саме обличчя. Оскільки зуби Вольф чистив, скажемо прямо, нечасто, то запах, яким огорнуло пацана, був дуже навіть переконливий.

— Міс Ко-о-оневей?! — заволав щокатий шніцель, неабияк злякавшись. — А де можна дістати той Реквієм? Я б зараз його послухав!

— І я!

— І я б тепер послухала!

— І я теж! — один за одним закричали діти. Моцартів перформанс їм явно сподобався.

— А хто ви, такий? — оговталась нарешті вчителька.

— Моє ім'я, — гордо почав Моцарт. — Йоган Хризостом Вольфганг Амадеус Мо...

— Гонтар! — перебив його Гонтар. — Його звати Вольфганг Гонтар!

Моцарт ображено закліпав очима.

— От кльово! — захоплено вигукнула чорнява дівчинка з двома кісками. — Нам би такого вчителя!

— А що, Ліз, я тебе вже не влаштовую? — тепер настала черга вчительки ображатися.

— Ні, міс Конвей, у вас вигляд не такий пришелепуватий, і з рота у вас не тхне!

— І за те дякую! — усміхнулася кучерява міс Конвей. — Але твоя правда, я розповідаю не так натхненно, як містер Вольфганг Гонтар.

Учителька підморгнула Моцартові. Вольф почервонів.

— А ви музикант, містере Гонтар? — спитала міс Конвей і сама ж засміялася. — Ну звісно! Ми ж усі чули, як ви чудово грали Менует Моцарта! Так жваво і на старовинному інструменті! Прямо як сам Моцарт!

— Та це я й був!

— Ну авжеж, містер Гонтар, ми ж усі бачили!

— Я не...

— Він справжній професіонал! — хутко втрутився справжній Гонтар. — Грає у «Кварті», що на розі Другої авеню і П'ятдесят першої вулиці. Приходьте послухати.

— Неодмінно! До зустрічі!

— До побачення, містер Гонтар!

— До побачення, діти, до побачення, міс Конвей! — Павло привітно помахав рукою на прощання

— Я не...

— Моцарт!

— Що? Чому ти назвав мене собою?

— Вольф, ти уяви, скільки було б зараз запитань. Тисяча! Це ж діти! — розвів руками Гонтар. — Ще й учителька.

— Це нормально, коли люди розпитують. Хіба ні?

— Вони розпитуватимуть про тебе. І що ми будемо відповідати?

— Правду.

— Вольф, ти серйозно?!

— Ти мені не віриш. Ви всі мені не вірите! Незважаючи на мої руки, незважаючи на мою музику! Незважаючи ні на що!

Моцарт був у відчаї. Він перебував у цьому світі вже третій день, і всі відмовляли йому в прагненні бути самим собою. Уявляєте, як це? Коли ви говорите: «Це я!» — а вам у відповідь: «Та добре, добре, ми знаємо, який ти насправді, а це не ти, це якийсь самозванець», або «Та добре, добре, ти — це ти, але краще тримати це в таємниці». Приблизно так тепер почувався Моцарт. Ніким не визнаний. Без власного «я», без власного імені, без змоги бути собою. Зрештою, дехто в такому стані проводить все життя, дозволяючи людям і обставинам керувати власним життям. Проте Вольфганг на таке не погоджувався.

Бути собою, усвідомлювати власну геніальність і дарувати свій талант людям — без цього він не міг існувати. Якби в нього це забрати, Моцарта б не стало. Моцарт був собою і говорив те, що не завжди подобалося при імператорському дворі, через що він ніяк не міг отримати хоч якоїсь посади. Він усвідомлював власну геніальність і не розмінювався на викладання музики дітям багатіїв, завдяки чому не міг налагодити стосунки з покровителями і меценатами. Він дарував свій талант людям і часто залишав свою сім'ю без жодного крейцера.

— Я так не можу. Бог одвернувся од мене й після смерті! — сказав Моцарт і пішов геть.

— Вольф, стій, зачекай!

Гонтар кинувся за композитором. Моцарт вийшов через скляні двері з музичного залу і швидким кроком пішов ліворуч. Павло насилу за ним встигав — ходив Вольфганг дуже швидко.

— Ну куди ж ти біжиш! Ми все можемо вирішити, треба просто подумати, як це правильно зробити, чуєш?

Вольф його наче й не чув і тільки пришвидшив крок. Вони вже пробігли зал середньовічного мистецтва, коридор з візантійськими прикрасами і ледь не бігли по широких сходах униз, у хол.

— Зараз прийдемо до Стейсі й подумаємо, що робити далі. Ми обов'язково щось придумаємо. Ну стій, куди ж ти біжиш?!

У Павла розшнурувався черевик, і він ризикував полетіти сторч головою з тих широких сходів. Мусив нагнутися й поспіхом зав'язати — і одразу ж побіг далі, поглядом виловивши попереду Моцартову спину в синьому дафлкоті.

— Господи, та стій же ти!

Вони вибігли з музею на вулицю, і Павло нарешті схопив Вольфа за плече.

— Що таке, мен?

Гонтар так і закляк — це був не Вольфганг, а взагалі якийсь інший дядько!

— Моцарт?! А де Моцарт?! — ошелешено спитав Гонтар.

— Мен, він давно вмер!

Гонтар стояв на великих сходах Музею Метрополітен і намагався розгледіти композитора. Але Моцарт розчинився в мільйонному натовпі міста Великого Яблука.

Сцена четверта

Agitato
зі збудженням, стурбовано

Ви уявляєте собі, що означає загубитися в Нью-Йорку? Без телефона й засобів зв'язку. Без грошей і документів. Моцарт навіть адреси ресторану не міг згадати, не кажучи вже про домашню адресу Стейсі чи про назву станції метро.

Павло, загубивши Моцарта, неабияк злякався. Як Моцарт дасть собі раду в сучасному місті? Він же всього третій день як з вісімнадцятого століття! Що сказати Стейсі? «Я загубив Моцарта?» І найголовніше — як знайти людину в багатомільйонному мегаполісі?

У паніці Гонтар крокував туди-сюди перед входом у Музей Метрополітен і щосили гукав: «Моцарт! Моцарт!! Моцарт!!!». Перехожі співчутливо зупинялися, прислухались і також починали щось видивлятися навколо. Одна дама підійшла до Павла й спитала:

— Сер, якої породи собаку шукаємо?

Гонтар на секунду завис, змінив колір обличчя з червоного на блідий, потім знов на червоний і прохрипів:

— Це не собака, мем. Це натурально Моцарт. Звати його так — Вольфганг Амадеус Моцарт. Одягнутий у синій дафлкот, сині вузькі джинси, фіолетову сороч...

— Сер, з вами все ОК?

— Та зі мною все гаразд!!! — гаркнув Гонтар. — Я шукаю людину!

Леді поспішила ретируватися: у Нью-Йорку повно божевільних — може, це один з них?

Зрозумівши, що так йому Моцарта не знайти, Павло дістав телефон, набрав Стейсі і на одному подиху випалив:

— Я загубив Моцарта, зараз буду в ресторані!

І щодуху побіг на Другу авеню.

Прямо на порозі «Кварти» його вже чекала стривожена Стася:

— Що сталося? Де Моцарт?!

— Пропав.

— Як пропав? Чому?!

— Відірвався від мене й змішався з натовпом.

— Що означає «відірвався»?! Як це «відірвався»? Поясннюй мені!

Щоб пояснити Стейсі, «як це відірвався», довелося витратити десять хвилин. Павло розповів і про похоронний дім, і про Вольфову витівку з грою на піанофорте, і про хлопчика-віденську-сосиску, і про «Вольфганга Гонтаря», і про саму Моцартову втечу.

— Боже... — прошепотіла Стейсі, закриваючи обличчя руками. — Він там зовсім сам... Як він...

Великі сльози забриніли в її очах. Однак усього за кілька секунд Стейсі опанувала себе й пішла в зал. Знайшла там Джейсона і щось йому переказала. Менеджер кивнув головою. Дівчина побігла в підсобку, схопила курточку, і разом з Павлом вони вибігли з ресторану, повернули ліворуч, а потім ще раз ліворуч, на П'ятдесят першу. Стейсі бігла до Бріджеса й Козінського — у них єдиних вона могла попросити допомоги.

Детективи сиділи у себе в кабінеті й мирно поїдали піцу, якщо так можна назвати шматки мокрого тіста, вкриті білим слизом і клаптями круглої, схожої на картон, субстанції, яку продавець у пересувному фургоні на розі П'ятдесят третьої і Лексінґтон, біля метро, називав «пепероні». Бріджес якраз пхав у рота другий шматок «піци», коли двері кабінету розчахнулися від сильного удару ногою. Бріджес з несподіванки смикнувся і впустив глевкий шматок собі на сорочку.

— Що за... — хотів було вилаятись детектив, але Стейсі прямо з порога заявила:

— Моцарт пропав!

Бріджес так і закляк зі шматком тіста на животі.

— Хто?! — не зрозумів Козінський.

— Вольфганг!

— Майк, це той ряджений, якого нам доставили в четвер. Стейсі його перекладала, — розшифрував Бріджес.

— А це хто? — кивнув Козінський на Гонтаря.

— Друг Стейсі, — просопів Павло.

— Це доктор Павло Гонтар, професор Музичної академії Нью-Джерсі! — металевим голосом відчеканила Стейсі.

Детектив Козінський зрозумів, що свого інформатора краще не злити, й притих.

— Гаразд! — Бріджес нарешті зняв з сорочки шмат «піци» і хляпнув його назад у коробку. — Ближче до суті. Що, власне, сталося?

— Вам спочатку чи з кінця? — похмуро спитала Стейсі.

— Спочатку до кінця, будь ласка, — попросив Козінський. — Бо бачу, я дещо пропустив.

Стейсі розповіла детективам усе. Як Моцарт попросив Стейсі вивести його з пресінкту, як вона дала йому притулок, як він познайомився з місіс Біркін і як Томмі передав йому цілу сумку з одягом, як він божественно грав. Зізналася, що

Джейсон запропонував йому роботу, розповіла, що він пішов з Павлом у Музей Метрополітен і там врешті загубився.

Бріджес мовчки дивився на Козінського і барабанив пальцями-сардельками по столі. Козінський почухав носа.

— Скільки часу минуло? — спитав він.

— Максимум година.

— Потрібно розіслати фотопостер на всі вокзали, аеропорти і в метро.

— Та які аеропорти? — занервувалася Стейсі. — Він літаків боїться! Та й грошей у нього немає, щоб сісти на автобус до метро. Він десь на Мангеттені.

— Фото у вас є? — спитав Бріджес. — У соцмережах він є?

— Немає його в соцмережах, — сказала Стейсі.

Гонтар секунд десять шукав щось у своєму телефоні, а потім передав апаратик Бріджесу. Вираз обличчя при цьому він мав такий, ніби викладав на стіл «роял-флеш»*.

Бріжес побуряковів.

— Знущаєтеся з мене? — прохрипів він. — Що це за довбана херня?

— Що там, Джо? — спитав Козінський.

Замість відповіді Бріджес тицьнув йому під носа смартфон. З екранчика на Козінського, лукаво всміхаючись, дивися Амадеус пензля австрійської художниці Барбари Крафт**.

— Та ви охрініли чи що? — тепер спалахнув Козінський.

---

* *Royal flush (англ.)*, «королівська масть» — вважається найсильнішою комбінацією в покері. Складається з п'яти карт однієї масті від десятки до туза. Існує чотири «роял-флеші» — чирвовий, виновий, жировий і бубновий відповідно.

** Барбара Крафт (*Barbara Krafft*, 1764–1825) — австрійська художниця. 1819 року створила знаменитий портрет Моцарта в червоному камзолі. Ця робота вважається одним із найвідоміших зображень композитора.

— Це все, що маємо, — розвів руками Павло. — Ну, хіба що можу запропонувати ще один портрет, пензля Йогана Едлінґера*, але Крафт мені більше подобається, якщо чесно.

Бріджес круглими очима подивився на Стейсі і, карбуючи слова, проказав:

— Хто. Це. В. Біса. Такий?

— Місіс Біркін вважає, що це Моцарт... — здалеку почала Стейсі.

— Який ще Моцарт? — нічого не розумів детектив.

— Йоган Хризостом Вольфганг Амадеус Моцарт, — спокійно повідомив Гонтар. — Видатний композитор світового класу.

— Якась бісівська сила. А хто така місіс Біркін?

— Лікар-психіатр. Я в неї кімнату знімаю, — тихо пояснила Стейсі.

— Це добре, — несподівано погодився Бріджес. — Це чудово. Психіатр мені якраз потрібен.

— Чому ви вирішили, що це Моцарт? — спитав Козінський. — На яких підставах чи фактах ґрунтується ваше твердження? Яка у вас доказова база?

— Я справді маю докторський ступінь, — зважуючи кожне слово, сказав Гонтар. — І я професіонал.

Бріджес крекнув.

— І я скептик, — продовжив Гонтар. — І повірте, зібрані мною дані дозволяють мені з великою мірою достовірності стверджувати, що ми маємо справу зі справжнім Моцартом.

— Але... Це маячня якась... Чому? Як? Що вас переконало? — Козінський був більшим скептиком, ніж Павло. — Цей

---

* Йоган Ґеорґ Едлінґер (*Johann Georg Edlinger*, 1741–1819) — австрійський художник-портретист. Написав прижиттєвий портрет композитора, датований 1790-м роком.

тип знав багато деталей з життя Моцарта? Переконливо говорив німецькою?

— Розумієте, можна досконало вивчити всю біографію композитора, — почав пояснювати Гонтар. — Можна дослідити його листування, тримати в голові гори імен та дат, переконливо говорити й майстерно маніпулювати фактами. Але його гра... Навчитися так грати не можна. Серйозно — це божий дар. Він геній, я впевнений на сто відсотків.

— Я йому не до кінця вірила... — тихо сказала Стейсі. — Але він був дуже щирий. І смішний...

Дівчина гірко заплакала. Бріджес занервувався — дівочі сльози кепсько на нього діяли.

— Стейсі, ну чого ти... Не плач, дитино, ми його знайдемо. Козінський, давай сюди художника! Я поставлю на ноги всі патрулі вздовж П'ятої авеню.

Козінський набрав номер і викликав художника.

— Чому вздовж П'ятої? — поцікавився Гонтар.

— Люди, що потрапили в незнайому місцевість, намагаються йти по найбільшій дорозі або по найжвавішій вулиці. Уздовж річки або по океанській береговій лінії, — пояснив Козінський. — Курс кримінальної психології.

— Метрополітен розташований на П'ятій авеню. Тож це перша вулиця, яку ми прочешемо. Почнемо двома бригадами по десять патрульних. Козінський!

— Художник з планшетом зараз буде. Я підніму патрульних.

— Стейсі піде з першою бригадою і почне з Аптауна...

— Павло.

— Доктор Пол піде з другою бригадою і почне з Даунтауна*.

Операція «Моцарт» почалася.

---

* *Downtown (англ.)* — нижня частина міста (у цьому випадку — Мангеттену); *Uptown* — верхня; *Midtown* — середня.

Сцена п’ята

Rondo alla newyorkese
*рондо в нью-йоркському стилі**

Операція «Моцарт» була закроєна досить масштабно. Наближалася четверта пополудні, а отже, година пік, тому для пошуків потрібно було чимало людей. Тільки з Сімнадцятого пресінкту виділили чотири екіпажі, ще чотири — з Шостого пресінкту на Десятій вулиці і три екіпажі — з пресінкту Південного Мідтауна. Часу було обмаль, тож усі одразу вирушили на локації, отримуючи вказівки по радіо. Перед виходом кожному патрульному вручили фоторобот, складений зі слів Стейсі. Моцарт був на ньому мов справжній принц: ніс із горбинкою, тонкі риси обличчя й розпущене волосся до плечей. Не вистачало тільки корони. Побачивши результат роботи художника, Козінський закашлявся в кулак. Бріджес звично побагровів, а Павло роззявив рота.

— Я малював з її слів! — підняв руки художник, побачивши реакцію детективів.

— Схожий? — спитав Козінський Павла.

— Викапаний, — кивнув Гонтар.

---

* Рондо — форма, основана на багаторазовому повторенні рефрену, який чергується з відмінними один від одного епізодами. Типова форма фіналів сонат та симфоній Моцарта.

Бріджес, Стейсі й десятеро патрульних вирушили з Вашинґтон-сквер по П'ятій авеню в напрямку верхньої частини Мангеттену, а Павло з Козінським і рештою патрульних — зі Сто сорок другої вулиці в напрямку Даунтауна. Обстежити треба було добрячий шмат території, бо П'ята авеню має довжину сім миль, а це понад одинадцять кілометрів, і це найвелелюдніша вулиця Нью-Йорка. Тут під казковим прозорим квадратним куполом розташований найбільший магазин компанії *Apple*, який працює цілодобово. Свої представництва на П'ятій авеню мають *Tiffany* і *Microsoft*, *Free People* і *Louis Vuitton*. Бутік *Chanel* тут же, поряд, на розі П'ятої і П'ятдесят сьомої вулиці. І, звісно, П'ята авеню ще й просто видовищна. Скляні хмарочоси поруч з вікторіанськими будиночками та монументальними спорудами в стилі арт-деко. На розі Тридцять четвертої вулиці стоїть Емпайр-стейт-білдінґ, на перехресті з П'ятдесятою — біломармуровий Собор святого Патріка, ну а Рокфеллер-центр, Нью-йоркська публічна бібліотека та знаменитий «Будинок-праска» засвітилися не в одному фільмі.

І десь серед цього скла й бетону, чавуну й цегли, сяйва вивісок і мерехтіння реклам ішов самотній і загублений у часі Моцарт, переконаний, що він тут нікому не потрібний... А тим часом на пошуки конкретно його було виряджено кілька поліційних екіпажів, і ще десятків два патрулів були залучені частково. Ці допоміжні патрулі то там, то тут виходили до основної групи й повідомляли, що, на жаль, нічого не знайшли.

— А що як ми його тут не знайдемо? Ми ж будемо шукати далі? — спитала дівчина, благально зазираючи детективам в очі.

— Аякже, будемо шукати, — запевнив Бріджес. — Рано чи пізно знайдемо.

«Господи, — думав детектив, співчутливо дивлячись на дівчину. — Вона вважає, що той ряджений — і справді Моцарт. Щось їй, бідолашній, у голові поробилося. Ну нехай вона! А цей її друг, музикант? Він теж вірить у Моцарта. Що ж воно за тип такий? Шахрай? Чи, може, це гіпноз? І що ж він хоче, що йому потрібно?»

Думки роїлись у Бріджесовій голові, як бджоли навесні.

— Ви думаєте, що я збожеволіла? — не повертаючи голови, спитала Стейсі.

— Та нічого такого я не думав... — незграбно збрехав Бріджес.

— Мені мама в дитинстві казала, що брехати негарно, — дівчина подивилася на детектива через плече.

Бріджес зловив себе на думці, що точно таке саме відчуття в нього бувало, коли дружина, як вони ще жили разом, заставала його вночі біля холодильника.

— Чорт забирай, ти не думала про кар'єру в поліції?

— Певним чином я її вже роблю! — шпигнула Стейсі. — Я ж у вас ніби як підсадна качка або жучок, якому не потрібні батарейки.

— Ти жалиш, як бджола! — пожалівся детектив.

— Як шершень, — спокійно поправила Стейсі. — Бджоли вмирають після того, як ужалять. А я ні.

— Хай благословить тебе Господь!

— Я знаю, ви думаєте, що я збожеволіла, — Стейсі продовжувала пильно вдивлятися в обличчя перехожих, намагаючись упізнати Вольфа. — Але ми не могли одночасно збожеволіти разом із Гонтарем і місіс Біркін.

Дівчина обернулась і виразно подивилася на детектива. Бріджеса аж у жар кинуло.

— А ще я знаю, що ви думаєте, ніби Вольфганг якийсь шахрай, гіпнотизер чи політик-утікач. Та, чесно кажучи, мені байдуже, що ви про нього подумаєте. Я вам роблю послугу, відстежую зв'язки Матео Фернандеса. Зробіть мені послугу й ви — знайдіть Моцарта!

Детектив подивився на фоторобот. З аркуша на нього дивився Мел Ґібсон у ролі Вільяма Воллеса з фільму «Хоробре серце».

— Ми його знайдемо. Я тобі обіцяю.

Козінський і Гонтар у складі другої групи почали прочісувати П'яту авеню з протилежного кінця, там, де вона в Гарлемі перетиналася зі Сто сорок другою вулицею. Навколо стояли житлові будинки, поряд була школа, і все говорило, що найдорожча вулиця світу впиралася в звичайнісінький спальний район. Народу тут було небагато, тож група, розділившись на дві частини, доволі швидко просувалася в напрямку Даунтауну.

Козінський весь час звірявся з фотороботом і щось тихо бурчав собі під носа. Павло напружено вдивлявся в обличчя перехожих. Він дуже переживав, бо вважав, що в зникненні Моцарта винен саме він. За кілька годин знайомства з Вольфгангом Гонтар пережив цілу гаму почуттів: від образи й обурення до умиротворення й захоплення. Від недовіри і злості — до прийняття й любові. Він був тверезий і нетверезий, близький до божевілля і виважений, як консерваторський професор. Без сумніву, це був найдивніший день у його житті. Він почався з дружнього візиту на каву і продовжується поліційною операцією. Однак чим він завершиться, Павло знав точно — він вернеться до дружини й маленької донечки, які чекають його вдома, за Гудзоном, у Нью-Джерсі.

— А як ви познайомилися зі Стейсі? — спитав раптом Козінський. Павло задумався. Справді, як і коли? Таке враження, що він її знає вже тисячу років, ще до одруження, до народження дочки, до битви під Корсунем і до хрещення Русі. Хоча насправді Павло познайомився зі Стейсі всього два роки тому.

— Познайомився на одному заході в Українському інституті Америки, що на П'ятій авеню.

«І тут П'ята авеню», — подумав Гонтар.

— Ви належите до однієї громади?

— Фактично так, але цей захід був єдиний, де була Стейсі.

— Чому? — спитав Козінський.

Павло на мить задумався, намагаючись у двох словах сформулювати те, що тоді сталося.

— Була одна неприємна історія, — нарешті витис Гонтар.

— Дуже неприємна?

— Для неї — дуже неприємна, — Павло зітхнув. — І для мене. І для усіх нас.

— Зрозуміло, — сказав Козінський. — Тепер мені зрозуміло, чому вона не має тісних зв'язків з локальною громадою. Зазвичай іммігранти доволі включені в життя своїх національних громад. І мене здивувало, що в неї були відсутні такі зв'язки. Що ж там сталося?

Козінському було цікаво. Стейсі його інформаторка, і він хотів знати про неї більше.

— Дуже дурна й неприємна історія, яка анітрохи не характеризує української діаспори загалом.

Павло не любив згадувати той дурний інцидент.

— Можна поцікавитись, яка саме?

— Я спробую пояснити, — Гонтар намагався добрати слова. — Словом, одна, скажімо так, «діячка» нашого землятства заявила, що Стейсі не має права називатись українкою, бо в ній немає української крові.

— Чого-о-о? — здивовано протяг Козінський.

— Крові, — сказав Павло, почуваючись, мов шматок м'яса в тупій м'ясорубці.

— Вона не має українського громадянства? Вона не говорить українською?

— Має й говорить.

— А в чому проблема тоді? До чого тут кров узагалі?

— Та ні до чого! — featured рознервувався Гонтар. — Це абсолютно дурна ситуація, я знаю. Але в неї мама росіянка, а тато поляк, і от через те, що в неї мама росіянка, за неї й зачепились. А ви ж знаєте, що тепер через ту російську агресію на Донбасі, через анексію Криму, все, що стосується Росії, в нас сприймається, е-е-е, скажімо так, не в дуже позитивному ключі.

Гонтар витер піт з лоба — ця розмова була для нього нелегка.

— А мама тут до чого? — не розумів Козінський. — Вона що, у складі окупаційних військ воює на території України?

— Ні! Її мама взагалі філолог, фахівець з української мови.

— А батько?

— А батько колишній військовий.

— Український військовий? — уточнив Козінський, не здатний звести все докупи.

— Авжеж український.

— То на якій же тоді підставі їй сказали, що вона не українка? — до детектива ніяк не доходило.

— Та не було ніяких підстав про неї так говорити! — не витримав Гонтар. — Ми ж не можемо контролювати все, що вилітає з людського рота, особливо, якщо у голові в цієї людини лайно.

— Але це серйозний злочин з боку того, хто їй таке заявив, — сказав Козінський. — І будь-який адвокат зміг би...

— Стейсі нелегалка.

— То й що? Її статус дає їй право подавати позови у федеральний суд, а у деяких випадках і в окружні, якщо законодавство штату це дозволяє. Вона може користуватися послугами адвоката, бо її захищає Конституція незалежно від її статусу.

— Та вона не може навіть водійські права зробити!

— У деяких штатах може, — спокійно заперечив Козінський. — Там є особлива познака, яка говорить, що ці права не можуть служити доказом наявності в особи громадянства чи імміграційного статусу і що цей документ не може служити підставою для арешту чи затримання.

— А в штаті Нью-Йорк?

— На жаль, поки що ні. Але в Генеральній Асамблеї штату лежить подання, яке дозволить «іммігрантам без документів» мати легальні водійські посвідчення.*

— І Стейсі матиме можливість скористатися цим правом? — Павло розвернувся і подивився Козінському прямо у вічі. — Бо я чув, що у вас щодо неї інші плани.

Детектив спокійно витримав погляд і тихо, але твердо, сказав:

— Правильно. Стейсі допомагає нам з однією операцією. Вона дуже відважна і відповідальна. Без неї ми нічого не зробимо. І ми їй зобов'язані.

— Після суду вона потрапить у в'язницю.

— Ми тут ні до чого. Нею займається *ICE*, у них свій кейс, вони відслідковують її прізвище у всіх реєстрах, а коли встановлять її перебування в певний час, наприклад, через

---

* *Bill №A3675B*, котрий дозволяє видавати водійські права іммігрантам, що не мають задокументованого статусу, було внесено на розгляд у Генеральну Асамблею штату Нью-Йорк 17 червня 2019 року. Прийнятий більшістю голосів, він набрав чинності 15 грудня 2019 року, тобто через рік після описаних у книзі подій.

виклик у суд, або візит до лікаря, або ще щось, то ухвалять рішення про дату й місце арешту, потім про вид та терміни покарання, а після — депортації.

— Фактично ви здасте її в їхні руки!

Козінський похмуро промовчав. Цілими днями йому дорікав Бріджес: «Ми використовуємо дитину! У тебе є план, як урятувати її від імміграційної поліції? Вона як фігурант у справі виступатиме в суді. Ти про це подумав? Маєш план?»

А плану Козінський не мав. Він не співпрацював з *ICE* і не був у курсі їхніх планів, хоч ці типи з імміграційної поліції давно намагалися витягти хоч трошки інформації — у справі наркоторговців фігурувало безліч осіб без легального статусу. Козінський звісно, переживав за долю Стейсі. Але за те, щоб Фернандес привів їх у лігво наркобаронів Нью-Йорка, Козінський переживав більше.

Майже три години пошуків так нічого й не дали — обидві групи зійшлися саме там, де й загубився Моцарт — прямо перед входом у Музей Метрополітен. Стейсі плакала. Бріджес кусав вус. Козінський похмуро мовчав. Джейсон телефонував з ресторану щопівгодини — на роботі переживали за Стейсі і Моцарта.

— Що робити далі, сер? — спитав Бріджеса сержант з Шостого пресінкту. Бріджес подумав, про щось тихо порадився з Козінським і нарешті зібрав усіх півколом.

— Отже, так. П'яту авеню ми пройшли. Але це не означає, що пошуки завершилися. Зараз перейдемо на паралельну велику вулицю, на Парк-авеню, і починаємо розходитись у протилежних напрямках — від середини до кінців вулиці. Перша група йде до Вест-Гарлема, друга — до Юніонсквер. Зв'язок по радіо. Якщо хтось побачить особу, схожу на фоторобот, — затримуйте для перевірки документів. Діяти максимально коректно — особа може бути озброєна.

— Озброєна чим?! — вигукнула Стейсі. — У нього немає зброї!

— А стилет, який ми так і не знайшли? — нагадав Козінський.

— Він у мене вдома на столі! — Стейсі аж трусило з люті.

— Ага, то таки був стилет?! — вигукнув Козінський.

— Був!!! Був стилет! І що? Що з того? Він мене захистив! Але тепер він без зброї! І якщо ваші люди зроблять йому щось погане, я вам усім горлянки поперегризаю, клянусь!!!

Павло мусив стримувати дівчину, яка, мов тигриця, могла щомиті кинутися на детективів і порвати їх на дрібні шматки.

— Послухай, Стейсі. Ніхто йому лиха не заподіє. Але ми мусимо попередити наших людей про можливу небезпеку — такі правила. Твій друг не злочинець. Але ставити під загрозу життя своїх людей я не буду, розумієш? Ми знайдемо його. Ми зробимо все можливе. Я тобі обіцяю! — заспокоїв Стейсі Бріджес.

Стейсі схлипнула і втерла носа рукою, геть як мала дитина. Гонтар похмуро стояв біля неї.

— Ти мені пробач, Стасю... Це через мене Вольф утік. Я не втримав, не прослідкував, не запобіг...

— Павле, ти тут не винний. Хоч я Вольфа знаю всього на день довше, але чудово уявляю, на що він здатний. Не винувать себе. Але піди зараз зі мною. Не кидай мене, добре?

— Добре, Стась. Хай Козінський іде на Гарлем, а ми з тобою підемо в Даунтаун.

Було вже біля сьомої вечора, на вулиці опустилися сутінки, засвітилися вогні вітрин і ліхтарі. А світло від автомобільних фар і червоних габаритних вогнів зробило Парк-авеню схожою на потоки вогняної вулканічної лави. Ситуацію ускладнювало те, що вулиця Парк-авеню — доволі широка, тому групи розділилися на три частини — дві йшли по обидва боки авеню, а третя — посередині. Усі були втомлені і майже не говорили одне з одним — тільки Бріджес або Козінський коли-не-коли перевіряли по радіо ситуацію.

Стася й Павло йшли поряд і до болю в очах вдивлялися в натовп — чи не майне знайома фіолетова сорочка, синій дафлкот і чорний піджак під ним. Вони знову хотіли побачити усміхнено-простодушне обличчя свого нового друга з несподівано глибокими й сумними очима. Стасі тепер здавалося, що вона змогла б нескінченно слухати його сміх, так схожий на регіт голодної гієни і крик хворої сови одночасно. «Я готовий публічно визнати його хоч Моцартом, хоч Елвісом Преслі, аби він нарешті знайшовся!» — думав Гонтар.

Підходила дев'ята вечора, попереду був кінцевий пункт пошуків — Юніон-сквер, і надія знайти Моцарта невблаганно танула.

— На сьогодні пошук по вулицях завершуємо, завтра я розішлю в усі пресінкти Мангеттену, а також по всьому Нью-Йорку листа з фотороботом, і ми офіційно включимо його в перелік зниклих, — похмуро підсумував Бріджес.

— Будемо шукати масштабніше, — додав Козінський, котрий вже завершив свою ділянку і приєднався до групи Бріджеса. — Поки не знайдемо.

Стейсі відчула, як у неї земля вислизає з-під ніг і, щоб не впасти, вчепилася Павлові в рукав.

— Спокійно, Стасю, ну чого ти? Не розкисай, він обов'язково десь спливе. Це ж Нью-Йорк, не пустеля якась, тут люди. А якщо він знайде десь інструмент — то це буде...

— Інструмент! — Стейсі стиснула Павлову руку. — На вулицях Сіті повно інструментів у публічних місцях!

— Стейсі, ти геній!!! — Бріджес штовхнув Козінського так, що той ледве встояв на обледенілому тротуарі.

— Зараз, зараз... — шепотів Гонтар, вводячи в пошуковик на смартфоні комбінацію «*public piano in NYC*». — Та-ак... акція «*Play Me, I'm Yours*»* завершилася 2010 року, зараз зайдемо на *Yelp***... Так! Є карта інструментів у вільному доступі! Останні внесено місяць тому, і хтозна, чи всі вони на місцях, бо багато інструментів взимку переносять у теплі приміщення. Нам потрібно дослідити всього шістнадцять точок. З яких найближча прямо тут.

Усі уважно подивилися на Гонтаря.

— Де? — коротко запитав Бріджес.

— Тут, у Юніон-сквер.

— Розосередитися! — коротко наказав Бріджес, і команда полісменів одразу розійшлась.

Павло, детектив і Стася пішли до перехрестя Бродвею та Чотирнадцятої вулиці — саме в цьому місці, біля входу в метро, на Юніон була найжвавіша тусовка. Влітку і взагалі, коли тепло, тут сиділи шахісти і грали з усіма охочими. Неподалік був п'ятачок, де художники за невеличку плату малювали шаржі та портрети, поряд стояло фортепіано, яке

---

* «*Play Me, I'm Yours: New York City 2010*» — арт-перформанс британського художника Люка Джеррама *(Luke Jerram)* у червні 2010 року. У рамках цієї акції 60 фортепіано було встановлено в парках і скверах Нью-Йорка. Після її завершення інструменти були передані в місцеві школи та громади.

** *Yelp* — популярний у США сайт для пошуку послуг на локальному ринку з можливістю додавати оцінки і коментарі.

невідомо як опинилося тут ще влітку та так і залишилося до зими. Парковий патруль *NYCPEP** встановив інструмент на дерев'яну платформу і дбайливо накривав інструмент чохлом, щоб уберегти від дощів.

Перше, що вони побачили біля станції метро «Юніон-сквер», — великий натовп. Він охоплював щільним кільцем саму станцію, доходив аж до тротуару Чотирнадцятої вулиці з однієї сторони і Бродвею — з другої. Коли-не-коли натовп вибухав оплесками. З боку Четвертої авеню через площу бігла кореспондентка з мікрофоном, за нею тупотів оператор з камерою. Парочка врізалася в юрбу й активно запрацювала ліктями та плечима, щоб потрапити в епіцентр.

— Що тут таке? — пробурмотів Бріджес, але раптом до Павла долетіли звуки інструмента. Гонтар витяг шию і прислухався: це був 23-й концерт для фортепіано з оркестром**, але в дуже дивній інтерпретації — таке враження, що одне фортепіано заміняло цілий оркестр — і романтичні скрипки, і сумні кларнети, і проникливі віолончелі. Так міг грати тільки Моцарт.

— Це він, — прошепотів Гонтар і підняв руку. Стасі навіть на мить здалося, що він хоче перехреститися. Тим часом Бріджес і Козінський, тримаючи поліційні значки над головою, вже пробивалися до імпровізованої сцени. Стася з Павлом поспішили за ними.

---

* *New York City Parks Enforcement Patrol* (Парковий патруль Нью-Йорка) — належить до *New York City Department of Parks and Recreation.* Офіцери *NYCPEP* слідкують за станом парків і місць відпочинку на території міста. Вони мають право слідкувати за громадським порядком, а також проводити затримання й арешти.

** Концерт для фортепіано з оркестром №23 ля мажор *(Piano Concerto No. 23 in A major, K488)*, написаний Моцартом у березні 1786 року у Відні, складається з трьох частин: *Allegro* ля мажор, *Adagio* фа-дієз мінор і *Allegro assai* ля мажор.

Коли вони нарешті пробилися до центру, то побачили дивовижну картину. За фортепіано, пофарбованим в абсолютно дикі кольори, типу поєднання яскраво-зеленого і оранжевого, возсідав Моцарт. Його шия була обмотана якимось коричневим велетенським шарфом, на руках були сірі рукавички без пальців, імовірно, подаровані кимось із вдячних слухачів. На фортепіано стояло безліч коробок з-під піци, бургерів і ще якогось їдла. У паперових стаканчиках горіли свічки.

Публіка навколо зібралася вельми різна — від бездомних до людей у дорожезних пальтах та костюмах. Тут були діти, студенти, пенсіонери, будівельники з касками на рюкзаках, гурт туристів з Японії. Університетські викладачі, офісні клерки і двоє копів у формі. Особливо виділявся сухорлявий старий з довгим волоссям, що обрамляло лискучу лисину. Довгий ніс з аристократичною колись горбинкою тепер химерним гачком нависав над щільно стиснутими губами. Старий стояв за спиною Вольфа, усього за два-три кроки, й буквально пожирав композитора божевільним поглядом з-під сивих кущуватих брів.

Було видно, що слухачі з перших рядів тут уже давно — дехто сидів на розкладних стільцях, дехто — на підстелених картонних коробках. У декого були пледи й навіть ковдри. Тут і там стояли коробки з піцою. Багато слухачів знімали концерт на телефони або стрімили в соцмережах. Позад Моцарта стояла одна камера на штативі, попереду, за інструментом — друга. Біля неї стояв з мікрофоном журналіст четвертого каналу *NBC* — двоє його асистентів готували майданчик до прямого ввімкнення. Ще одна знімальна бригада, яка щойно продерлася крізь юрбу, також готувалась до ефіру.

Усе, що діялося навколо, нагадувало якийсь сюрреалістичний спектакль: публіка, що закохано дивилася на

Моцарта, журналісти, коробки з-під піци під різнобарвним нью-йоркським небом.

Моцарт закінчив грати першу частину концерту *Allegro* ля мажор. Зробивши театральну паузу, він голосно промовив:

— А друга частина цього клавірконцерту була присвячена моїй дружині, Конс... Констанції! — Вольф дістав звідкись пляшку, дбайливо загорнуту в коричневий паперовий пакет, і відпив прямо з горла. — Якось у березні... був вісімдесят шостий... імператор, цей Йосиф II, чорти б його на тому світі жарили, задумав провести змагання межи мною, — Вольф штрикнув небеса вказівним пальцем. — і Сальєрі! Нє, я люблю Сальєрі, звісно, але змагатися з ним... Дурна це була затія, одразу скажу вам. Ну... кожному потрібно було представити на суд публіки одноактну оперу. Причому на театральну тему!

Журналісти піднесли до Вольфа мікрофони. Він з острахом подивився на них, на камери, знову дістав пляшку і відсьорбнув.

— І хто переміг? — скрипуче крикнув гачконосий старий. Моцарт здригнувся, різко обернувся й почав вдивлятися в натовп, вишукуючи, звідки пролунав голос. Але лампа від першої камери четвертого каналу, що знімала ракурс зі спини, засліпила йому очі.

— Яке смішне запитання! — реготнув Моцарт. — Авжеж моя опера «Директор театру» була дотепніша, смішніша й мелодійніша! Але ці зашкарублі старигани — я маю на увазі придворних — віддали перемогу Сальєрі, хоч за темпом і звучанням увертюра була схожа на оце!

Моцарт трохи підвівся, відкинув поли дафлкота й голосно перднув. Публіка зааплодувала. Гачконосий скрипучо засміявся.

— А дружина тут до чого? — знову крикнули з натовпу.

— Ця неприємна історія неабияк мене підкосила. А я тоді працював над «Фіґаро». І грошей у нас, як завжди, було не дуже.

— Знайома ситуація, чувак! — сміх у перших рядах.

— Та якось уранці Констанція принесла мені в ліжко свіжу булочку і чашку кави! Свіжа випічка й гаряча кава! — тепер Вольф не усміхався. — Я спитав: «У нас і крейцера нема, звідкіля кава й випічка, моя пташко?» А Констанція мені каже: «Тобі потрібні сили, щоб працювати, *mein Schatz!*»

Моцарт опустив голову і затулив руками обличчя. У натовпі повисла мертва тиша. Вольф сидів так кілька секунд, потім підняв голову й продовжив.

— А я їй кажу: «Ти сама снідала?» — «Так, любий!» — відповідає мені вона. А насправді знаєте що? Вона нашкребла кави з різних глечичків і зварила тільки одну чашку кави! А булочку — давню черству булочку — вона загорнула в мокрий рушник і поклала в духовку — так я зранку мав свіжий сніданок! — Моцарт засміявся, але ті, що стояли ближче, могли побачити в його очах сльози. — Я називаю цю частину «Ейр Франс!»

І Вольфганг заграв другу частину, *Adagio* фа-дієз мінор.

Сумна й ніжна мелодія, що текла прямо з серця, спливала в руки, лилася прямо з кінчиків пальців на клавіші, потім стікала вниз і бризкала в очі слухачів чистими слізьми. Інструмент був один, але слухачі чітко чули, як услід за фортепіано вступили кларнет і гобої, а потім і струнні. У цьому була магія Моцарта — одним фортепіано заміняти весь оркестр.

Коли пролунав останній акорд, Вольф поклав руки на коліна й опустив голову. У ту ж мить публіка вкотре вибухнула такими бурхливими оплесками, що вони легко заглушили далеке виття поліційних сирен і торохкотіння гелікоптерів

у вечірньому небі. Репортерка, що стояла поряд зі Стейсі, плакала.

Стейсі вийшла зі ступору і, мов тигриця, підскочила до Вольфа. Той устав, безпорадно подивився на дівчину, намагаючись сфокусувати погляд, спробував усміхнутись і, ледве ворушачи язиком, промимрив:

— *Oh, Steffi, mein kleines Fräulein!*

Він був п'янючий і насилу тримався на ногах. Дивно, як йому щойно вдавалося грати й промовляти. Стейсі ступила крок назад і з усієї сили заліпила композиторові ляпас правицею. Потім кинулася йому на шию і заплакала.

— *NYDP!* Концерт закінчено, всім дякую, розходимось! — голосно повідомив Бріджес, демонструючи значок. Публіка знову грянула оплесками і аж через кілька хвилин почала неохоче розходитись.

Коли Вольфганга вже вели до поліційної машини, у спину йому шпигонув скрипучий, мов старий диван, голос:

— Кхе-кхе... Ти геть не змінився, сучий сину!

Моцарт різко обернувся. Перед ним стояв гачконосий старий. З несподіванки Вольф скрикнув і різко зблід, ніби побачив привида.

— Лоренцо*!

І відключився.

---

* Тут йдеться про Лоренцо Да Понте, (*див. примітку на сторінці 50*).

Антракт

Коли всі вперто бачать у тобі кого завгодно, тільки не тебе самого, може статися так, що з часом ти забудеш, хто ти. І Моцарт цього боявся понад усе. Лежачи на дивані в Стасиній квартирі, замість щоб заснути, він утупив скляні очі в стелю й думав про те, про що думав свого часу, напевно, кожен: «Хто я і задля чого тут?» Тільки у Моцарта до всього цього додалось іще слово «тепер».

З самого дитинства Вольфганг знав своє призначення — грати й творити музику. Він народився в ті часи, коли існували цілі сімейні династії — у сім'ях шевців усі були шевцями, сини коваля опановували ковальське ремесло, винороби змалку ходили коло виноградників, а Моцарів батько Йоган Ґеорґ Леопольд Моцарт був придворним капельмейстером архієпископа Зальцбурзького. Тож питання з вибором фаху не стояло.

Одначе, крім фаху, Моцарт бачив для себе ще одне велике призначення: він вірив, що відкриє музику для всіх. XVIII століття — «золотий вік» італійської музики. Скарлатті, Тореллі, Альбіноні, Вівальді — справжні законодавці музичної моди періоду бароко. Але високе музичне мистецтво тих часів було доступне головно аристократам. Для простих людей існували бродячі музичні й театральні трупи, де законодавцем моди була вулиця та всі процеси, що на ній проходили. Так було, поки не з'явився Моцарт.

Вольфганг змалечку звик бути в центрі уваги. Вольф і його старша сестра Анна були маленькими віртуозами, ними захоплювалася свого часу вся Європа. Дитинство вони провели в нескінченних гастролях та поїздках. Але з часом віртуози підросли й публіка втратила до них інтерес. Тоді Моцарт вирішив створювати таку музику, яка б приваблювала сама по собі й була доступна всім, а не тільки вищим класам.

Він прагнув слави. Прагнув визнання й популярності. Хотів, щоб його музику співали всюди — в містах і містечках. На вулицях, площах і ринках. У стайні і в імператорському палаці. У трактирах і в церкві! І він досяг свого. Саме Моцарт відкрив світові оперу в такому вигляді, в якому ми всі її чудово знаємо — з увертюрою, чіткою розбивкою на акти і сцени, зав'язкою, кульмінацією і фіналом.

До Моцарта опера була переважно демонстрацією можливостей оперного голосу та змаганням співаків. Моцарт же дав глядачеві хитро заплутаний сюжет і гучний фінал. «Весілля Фіґаро» в грудні 1786 року мало приголомшливий успіх — уся Прага (а саме там відбувся другий прем'єрний показ) просто шаленіла: оперу розібрали на цитати, її співали всюди — не було місця в Празі, де б не знали Моцарта! Коли Вольф і Констанція прибули в Прагу через кілька місяців після прем'єри, їх зустрічали, як тепер зустрічають рок-зірок. Перед ними були відчинені всі двері, Моцарт купався у славі.

І лише у Відні, у найвищих колах, до Моцарта ставились не так прихильно. Його вважали забавним, свіжим і смішним, але вершки суспільства були дещо засмучені популярністю Моцарта серед простого народу. Вольфганга обожнювали на вулицях і не сприймали всерйоз у палацах. Тому що при імператорському дворі у фаворі був Антоніо Сальєрі.

Антоніо Сальєрі вельми тішився своїм становищем. — ПЕРШИЙ ДЗВІНОК — Тепле місце придворного капельмейстера дозволяло йому не думати про гонорари. Сальєрі підтримував тісні зв'язки з найзаможнішими аристократами і вчив їхніх дітей музиці. Він був вхожий у всі аристократичні доми Відня. Він мав гроші, однак прагнув усезагальної слави й визнання, а не популярності у вузьких колах та слави педагога. Так, серед його учнів були славетні Бетховен, Шуберт і Ліст, але він хотів мати те, що мав Моцарт — славу й народне визнання. А Моцарт не мав того, що мав Сальєрі — становища і грошей. Сучасники говорили, що Сальєрі дуже любив Моцарта і намагався бути його — ДРУГИЙ ДЗВІНОК — покровителем. Коли 1788 року він став придворним капельмейстером, то одразу ж повернув у репертуар Бурґтеатру оперу Моцарта «Весілля Фіґаро». Крім того, 1791 року він став першим виконавцем Сорокової симфонії.

Вони були заклятими друзями, вони хотіли того, що було в одного і чого не вистачало в другого, але ніколи Моцарт не хотів бути Сальєрі, а Антоніо Сальєрі ніколи не хотів бути Моцартом. Вони були друзями, але страшенно заздрили один одному.

Утім, з легкої руки Пушкіна та його «Маленьких трагедій» Сальєрі став заздрісником і вбивцею. У п'єсі британця Пітера Шеффера Сальєрі став убивцею та інтриганом — саме він інтригами й підступом зводить Моцарта в могилу.

Коли всі вперто бачать у тобі кого завгодно, тільки не — ТРЕТІЙ ДЗВІНОК — тебе самого, може статися так, що й ти з часом забудеш, хто ти.

ДІЯ П'ЯТА

Сцена перша

Con fantasia
з фантазією

Сфокусувати зір виявилось не так просто, як здавалося. Спочатку Вольф вихопив з туманного марева чиюсь фігуру. Хто саме це був, Вольф не розібрав. Чи то біс (якщо він таки потрапив у пекло, в чому Моцарт не сумнівався), чи то янгол (бо був у білому, а отут уже закрадалися сумніви — бо як він зі своєю гординею, обжерливістю, пристрастю до дорогого одягу й потягом до перелюбів, міг потрапити в рай?). Або ж це була та дівчина, яка вчора добряче приклала його по пиці...

— Прокинувся, п'яничко? — це була не чортиця і не янгол, а скоріше два в одному — це була Стейсі.

— Ехм-м-м-м... О-о-о-о... Господи всемогутній, як же болить голова!..

— Може, тобі ще раз заїхати, щоб біль з голови вибити, *mein lieber Freund?** — лагідно поцікавилася чортиця в янгольській подобі.

Вольф інстинктивно затулив руками голову.

— Та не бійся, я пожартувала, ти вже своє вчора отримав, — Стейсі погладила Моцарта по злежалих кучерях. — На, випий.

---

* Мій дорогий друже *(нім.)*.

Вольф узяв склянку і зробив ковток.

— Вода Швеппа!* Звідки в тебе ці ліки?!

— Дорогий мій, це проста мінералка. Дуже люблю газовану воду — це моя слабкість.

— Вона допомагає при хворобах шлунка. Саме те, що треба! — Моцарт, не відриваючись, випив воду й приклав холодну склянку до лоба. — *Oh mein Gott!* Як я добрався додому? Я ні чорта не пам'ятаю!

Він зі здивуванням зауважив, що назвав квартиру Стейсі «домом». Від цього десь у животі стало тепло й лоскітно.

— Ти вчора у Юніон-сквер дав неабиякий концерт, після якого ми тебе насилу відбили від публіки...

— Перед тим ти мені ледь не відбила мозок!

— Було б там що відбивати.

— Тобто?!

— Якби в тебе був мозок, ти не тікав би від Павла. Ми вчора ледь через тебе не посивіли! Я пів дня втратила, пішла з роботи, підняла на ноги чи не всю поліцію Нью-Йорка! Ми весь Мангеттен прочесали — тебе шукали! А якби не знайшли? Де б ти ночував? Що б ти їв? Хоч їдла в тебе там вистачало, — Стейсі згадала стоси коробок з піцою на фортепіано.

— Ви справді переживали? — Моцарт великими сумними очима подивився на дівчину.

— Вольф. Ніколи. Не. Роби. Так. Більше.

— Не буду. Пробач, *mein kleines Häsle!***

---

* Йоган Якоб Швепп (*Johann Jacob Schweppe*, 1740–1821) — швейцарський ювелір, годинникар та винахідник. Відомий тим, що 1783 року першим створив промислове устаткування для виробництва газованої води й почав її продавати на території Швейцарії як лікувальний засіб.

** Моцарт був майстром з вигадування пестливих прізвиськ. *Häsle* — швабською «зайченя». *Häsle Bäsle* — так у листах Вольф називав свою кузину (*Bäsle* швабською — «кузинонька»).

— Надіюся, що не будеш.

— А ще що було?

— А ще ти цілувався з якимось дідуганом, таким дивним, наче чаклун з...

— Лоренцо!!! — заволав Вольфганг — Лоренцо Да Понте!!! Це був він!!!

Так, то був не сон і не привид. То був його друг, товариш по чарці і співучасник буйних забав, поплічник в усіх сумнівних походеньках, про які не знала Констанція, придворний поет і талановитий лібретист, колишній католицький абат, якого вигнали з семінарії Тревізо, де він викладав. І як ви думаєте, за що саме його випхали з семінарії? Сам Лоренцо розповідав, що за сповідування ідей Руссо, але насправді його вигнали за пияцтво й розпусту. У Венеції, де він служив священником у церкві Сан-Лука, він завів коханку. Якщо ви думаєте, що на цьому перелік усіх чеснот Лоренцо закінчився, то ви гірко помиляєтеся. Крім усього, цей католицький священник, що мав би бути зразковим християнином, жив у борделі і влаштовував там бучні вечірки, слава яких сягнула Святого престолу в Римі. Був неймовірний скандал, Да Понте судили, визнали винним, вислали під три чорти з Венеції із забороною в'їжджати у місто впродовж п'ятнадцяти років.

— Твій знайомий, чи що? — здивувалася Стейсі. — Звідки у тебе в Нью-Йорку знайомі?

— То був Лоренцо, мій лібретист!

— Хто?

— Стейсі, ми написали з ним «Фіґаро»! Мою оперу. І «Дон Жуана». І «Так чинять усі». Він мій друг!

— Ем-м-м, ти хочеш сказати...

— Це бісів Лоренцо Да Понте, мій давній товариш, придворний поет і лібретист!

— І ти зустрів його в Нью-Йорку? Вчора? Ти його впізнав?

— Це він мене впізнав.

— Чудеса. І він з того самого часу, що й ти?

— Тобто?

— З вісімнадцятого століття.

— А тепер яке?

— Тепер двадцять перше.

— Святий Боже, Штеффі, чесне слово, коли ти так просто про це говориш, я відчуваю, що божеволію!

— Ага, ти божеволієш, — гмикнула дівчина.

Це їй уже третій день здавалося, що божеволіє вона.

— Словом, так, він звідти, звідки і я, — видихнув Моцарт.

Стейсі приголомшено мовчала.

— Я хочу додому, — обізвався Моцарт. — У Відень.

Дівчина знов гмикнула.

— Припустимо, Вольф, ти зможеш покинути територію Штатів і полетіти в Австрію. Але кого ти там тепер знайдеш?

— Пробач, куди, ти сказала?

— Австрія. *Österreich.*

— А як же Священна Римська імперія?

— Її немає.

— А імператор?

— Немає ніякого імператора. Є посади президента й канцлера. Є федеральний уряд і парламент.

— *Oh mein Gott!* — Моцарт схопився за голову. — Звучить, як кінець світу. А що в сусідів? Там така сама срака?

— Ну... — протягла Стейсі. — Чехія і Словаччина тепер республіки. Угорщина також.

— А Венеція, Болонья, Генуя, Рим?

— Це все тепер одна країна — Італія.

— А Женева, Цюріх, Берн?

— Швейцарія.

— Теж республіка?

— Ні, конфедерація.

— Берлін, Мюнхен, Гамбурґ?

— Німеччина.

— Німецькі держави об'єдналися?

— Так, у дев'ятнадцятому столітті.

— Але без Австрії?

— Без. Німеччина і Австрія — окремо.

— Боже... А хто ж там тепер править?

— Там не правлять. У республіках владу обирає народ.

— Народ... Який народ? Як «сам обирає»? Кого він може наобирати?!

— Обирає голосуванням. Висуваються кандидати, потім народ приходить на вибори і віддає свої голоси. Хто набере більше голосів, той стає президентом чи канцлером. Це нормально, Вольф.

— А хто канцлер в Австрії?

— Не пам'ятаю. Пам'ятаю, що канцлер Німеччини — Анґела Меркель.

— Анґела?!

— А що тебе дивує?

— Це жінка!!!

— Так, Німеччиною керує жінка.

— Господи всемогутній! І що сталося з Німеччиною?

— Та все нормально з Німеччиною, чого ти рознервувався?

— Як?! Та там же канцлер — жінка!

— Та чого ти причепився! «Жінка-жінка»! Жінка — не людина?

— Ем-м-м... Людина, звісно, але...

— «Але»? Вольф, часи змінилися. Минуло понад двісті років від твого століття. Жінки займаються політикою і наукою нарівні з чоловіками. І багато в чому їх перевершують.

Вольф замовк, геть забувши про головний біль та нудоту, і мовчав хвилин п'ять, вражений фактом, що в Німеччині тепер урядує жінка. Хоча, заради справедливості, слід було визнати, що господарством у Моцартів завжди керувала Констанція. Моцарт не брав у цьому процесі участі з однієї простої причини — він був дуже безвідповідальний.

Постійного джерела прибутків Моцарти не мали. Імператор Йосиф II призначив Вольфганга «камерним композитором», але це була робота непостійна і грошей для утримання квартири та сім'ї давала недостатньо. Щоб вижити у Відні, найдорожчому місті імперії, доводилось ворушитися. Щоп'ятниці Моцарт давав так звані «академії», або домашні концерти за передплатою, але це рятувало взимку, коли віденська знать перебувала в місті. Влітку ж, коли багатії роз'їжджалися по заміських резиденціях, ставало доволі скрутно.

Щоправда, після голосного успіху в 1782 році своєї опери «Викрадення з сералю» Вольф отримував значні гонорари за опери та концерти, які замовляв йому імператор та імператорський двір. Днів два Моцарт смітив грішми, щедро пригощав друзів, знайомих та й просто всіх, хто мав звичай коло нього тертися. Зате потім сім'я могла тижнями сидіти голодна й без опалення взимку. Зігрівались вони тим, що, тісно обнявшись, танцювали. Потім Моцарт влізав у борги. Влізав так міцно, що один раз йому довелося тікати з Відня, щоб не потрапляти на очі кредиторам. І так до наступного гонорару.

Коли справи у Вольфа йшли вгору й Моцарти перебиралися на хороші квартири, він не шкодував грошей на дорогий одяг. Сім'я навіть заводила прислугу. Коли грошей не було — шукали дешевше житло, переїжджали, а одяг і речі здавали в ломбард. Крім музики, яку він писав для

«академій», Моцарт також непогано продавав свої твори для танцювальних вечірок та балів, але справи йшли краще тільки тоді, коли доведена до відчаю та люті Констанція брала фінансові справи сім'ї під свій контроль і не давала чоловікові спускати гроші крізь пальці. І тоді, слід було визнати, Констанція була кращим сімейним канцлером, ніж Вольфганг.

А тепер йому доводилася слухатись цю дивакувату, хоч і гарненьку на вроду молодесеньку дівчину. Від перемін, від усього побаченого й почутого, від шоку нового життя шаблони в його голові розірвались на мільйони шматків. Та найбільше його гризла одна думка — як вернутися додому? У Відень, до Констанції та синів.

І тут його осяяло.

— Лоренцо! — цей сучий син точно знає, як потрапити назад.

— Він залишив візитку, — сказала Стейсі. — Хочеш йому подзвонити?

— Що? — не зрозумів Моцарт.

— Поговорити.

— Аякже!

— Секунду, — Стейсі дістала смартфон і взяла білий прямокутничок. На лаконічній візитці були витиснені золоті літери: «*Larry Pont, writer*». Вона набрала номер і вивела сигнал на гучномовець.

— Алло, — проскрипів Лоренцо. — Ларрі Понт, слухаю вас.

— Лоренцо?! — заволав Вольф німецькою. — Як ти туди потрапив, срака твоя італійська!?

— Хто це? — захвилювався Понт. — Вольфганг? Ти, чи що?!

— Як ти потрапив у цю кляту коробку?!

— Хе-хе, це телефон.

— Що?!

— Довго пояснювати, старий. Краще скажи, як ти тут опинився, сучий ти сину? Коли тебе сюди закинуло?

— Лоренцо, це й справді ти?!

— Це й справді я, срака твоя! Чи тобі нагадати, як ми писали «Фіґаро» влітку вісімдесят п'ятого? Га? Як ти обіцяв партію Сюзанни Феліції Штайнберґ і задер їй спідниці в перший же вечір, га? Негідник! — Лоренцо зареготав.

Стейсі допитливо глянула. Моцарт почервонів.

— Лоренцо!!! — зашипів він.

— А Сільвіна? Пам'ятаєш цю фрейліну? Вона вміла робити таку штуку...

— Лоренцо!!!

— Що?!

— Тут дама, Лоренцо!

— Дама? Скільки ти тут, Вольф?

— Три дні...

— Його знайшли в четвер увечері у Детмолд-парку — це наприкінці П'ятдесят першої вулиці на Іст-Сайді, — подала голос «дама».

— Ну ти й бешкетник! Три дні, як тут, а вже з дамою!

— Лоренцо!!!

— Та що ти все «Лоренцо-Лоренцо!» Хіба я тебе не знаю? Ти ж чіпляєшся до дівчат, як будяк на собачий хвіст, як чиряк на...

— Лоренцо!!!

— Ви розповідайте, містер Понт, не стримуйтесь — мені страшенно цікаво! — саркастично зауважила Стейсі.

— Він узагалі брехун! От собака бреше, а Лоренцо дихає! І взагалі, він завжди перебільшував.

— Як і ти, Вольф, перебільшуєш, коли говориш про розміри свого...

— Лоренцо!!! Замовкни негайно!

— Да добре, добре, чого ти так нервуєшся? Я кажу про розмір твого таланту! Утім, з розміром твого таланту перебільшити неможливо. Ти ба, що ти вчора влаштував у Юніон-сквер. Біля тисячі глядачів! Це нечувано! Та ти новини подивись!

— Лоренцо, ти вже нахапався тутешніх штучок, а я ще ні. Що мені подивитись?

— Новини.

— Пробач, що?

— Плітки! Придворні, вуличні і байки з борделю!

— Так би й сказав. А то все «новини, новини». Плітки й чутки.

Стейсі відкрила лаптоп і ввела у пошук новини. У першому ж десятку посилань розповідали про «геніального виконавця з Юніон-сквер».

— Вольфганг, ти став зіркою!

Стейсі повернула до Моцарта монітор. Двоє ведучих у студії робили підводку до прямого включення з Юніон-сквер:

«Буквально за одну годину він зібрав до тисячі слухачів. Перетин Чотирнадцятої вулиці і Юніон-сквер-Вест ледь не зазнав транспортного колапсу. Довелося втручатися підрозділові регулювання *NYPD*».

«До тисячі слухачів! Ти собі тільки уяви цю картину, Наталі!»

«І хоч задні ряди вже майже нічого не чули, з часом народу ставало все більше й більше».

«Дейв, чудово, що подібні події відбуваються в Нью-Йорку — коли музикант просто на вулиці збирає таку аудиторію, яка політикам у цьому місті й не снилася».

«Може, він балотуватиметься?»

«Ну що ти, Дейв! Тоді одним талановитим музикантом на землі стане менше».

«А зараз на прямому зв'язку в нас Джонатан, якому таки вдалося пробитись до цього таємничого музикального генія...»

Моцарт одвів погляд од монітора й важко зітхнув.

— Мене інше турбує, Лоренцо, — Вольфганг знов заговорив німецькою. — Як мені вернутися додому? До Констанції, до дітей?

Лоренцо у смартфоні теж зітхнув.

— На жаль, маю для тебе невтішні новини...

Сцена друга

Deciso
впевнено

Усю дорогу до ресторану Моцарт мовчав. Не крутив головою, не гигикав, не тицяв пальцями в перехожих і не реагував бурхливо на все, що бачив за вікном.

— Чого ти киснеш? — намагалася його заспокоїти Стейсі. — Не може твій Лоренцо знати всього. Та він майже нічого й не знає. Поки що рано робити висновки.

— Даруй, *meine kleine Steffi*, що ти сказала?

— Я сказала: «Не панікуй».

— А що як я туди вже не вернуся?

— Вольф, ти можеш зараз, от прямо зараз, щось змінити?

— Ні...

— А чому?

— Бо я не знаю, як... Гадки не маю.

— А якби знав, то ти щось би зробив, правда? Чи принаймні орієнтувався б у ситуації. Це ж так?

— Так, поза сумнівом так!

— Ну то сиди спокійно, не кисни й не панікуй.

— Угу.

— Вольф, я тобі ще одне скажу. Бачиш, он на тротуарі сидить чоловік?

Їхній поїзд, повільно розганяючись, від'їжджав од станції «Сто третя вулиця — Корона Плаза», і дівчина вказала на бездомного, що сидів на картонній підстилці прямо під естакадою.

— Йому дуже холодно, нема де ночувати і нема що їсти. Бачиш, який в нього одяг?

— Він, мабуть, дуже змерз...

— Не те слово. А головне, знаєш що?

— Що?

— Його ніхто ніде не чекає.

Моцарт підняв очі на Стейсі. Дівчина взяла його за руку.

— А ти маєш, де спати. Завжди матимеш, що їсти. І я тебе завжди чекатиму, бо ти мій друг. Розумієш? Ти маєш дім. Хай не такий великий і гарний, як твій у Відні, зате в ньому ти завжди в безпеці і в теплі.

— Дякую тобі... — прошепотів Моцарт. — Дякую.

— Ти мені ще заридай, — Стейсі зробила великі очі й прошепотіла: — Ану зосередься! Плакатимеш потім, коли отримаєш зарплатню і віддаси фрау Біркін свою частину за кімнату.

Стейсі засміялася, а Вольф ображено закліпав очима.

— Пробачте, а ви... — до Моцарта звернувся хлопець років двадцяти, з сумкою на широкому ремні.

Сумка була надіта через плече так, що ремінь йшов навскоси від правого плеча, через що хлопець був схожий на бравого солдата Швейка.

— Це не ви, часом, учора грали в Юніон-сквер?

— Так, я, — зізнався Вольфганг.

— Ох, це було круто! Я вистояв три години, але потім, на жаль, треба було йти. Та й вибратися звідти було непросто — вас так обступили, що не проштовхнешся. Можна зробити з вами селфі?

— Що? — не зрозумів Вольфганг.

— Фотку, — ще «зрозуміліше» пояснила Стейсі. — Це не боляче. Давайте я вас сфотографую.

Вона взяла в юнака телефон і блиснула спалахом, поки юнак прихилявся до Моцарта й піднімав два розведені пальці вгору. Вольф тільки очима закліпав.

— А тепер автограф, — юнак вийняв з рюкзака блокнот.

— Е-е... Що? — знов нічого не зрозумів Вольфганг.

— Розпишись. Постав свій підпис, — підказала Стейсі.

— Навіщо? Я з цим чаклунством не продам душу дияволу?

— Не продаси, не продаси, — засміялася Стейсі. — Це на згадку. Так усі зірки роблять — а ти ж тепер зірка!

— Хто?

— «Зірка» — це відома, дуже популярна особа, — переклала йому Стейсі зрозумілою мовою. — А цей юнак вважає за честь мати в себе твій автограф.

— Ну авжеж, — Моцарт церемонно вклонився хлопцеві.

Той здивовано витріщився на Вольфа і завмер.

— Де вам поставити автограф? — спитала Стейсі.

Юнак вийшов зі ступору й протяг Моцартові блокнот і ручку. Вольф узяв ручку й почав крутити її в руках, не розуміючи, чому молодик дає йому перо без чорнильниці. Стейсі забрала в нього ручку, клацнула на кнопку зверху і віддала.

— Пиши.

Вольф притулив блокнот до стінки вагона й поставив у ньому розмашистий підпис. «*W. A. MoƵart*», причому «Ƶ» було велике, з горизонтальною рискою. Вольф любив так розписуватись на манускриптах, дражнячи італійців, бо в них ця буква позначала звук «дз». Йому здавалося, що це смішно.

Італійців це не смішило. Юнак теж не оцінив гумору. Він підніс автограф до самого носа, роздивлявся кілька секунд, після чого трохи ображено сказав:

— Не дуже вдала спроба підробити підпис великого композитора. Це мало бути смішно чи як?

— Це мій підпис! — здивувався Моцарт. — Іншого я ніколи не мав!

— По-перше, — з виглядом знавця сказав юнак. — Букву «Z» Моцарт писав геть не так.

— А як? — ще більше здивувався Вольф.

— Він писав її отак... — юнак намалював у блокноті «*З*».

— Та це було разів два, не більше! — вигукнув Моцарт. — На симфонії соль мінор і, здається, на сонаті сі-бемоль мажор.

— Воу-воу-воу, даремна спроба мене розіграти.

— Це мій підпис! Я так підписуюсь! — обурився Вольф. — Мені краще знати, який я маю підпис!

— Добродію, я експерт по Моцарту й по всьому, з ним пов'язаному! — пафосно виголосив юнак.

Стейсі примружила очі.

— Ви музикант? — спитала.

— Ні.

— Ви маєте освіту в царині історії музики?

— Ні!

— Ви спеціаліст з історії Австрії? З періоду бароко? Маєте наукові публікації? Ви графолог?

— Леді, я у фейсбуці адміністратор спільноти з назвою «Тінь Моцарта», тож можу вважатися фахівцем. І взагалі — я багато читав!

Почувши про фейсбучну спільноту, Стейсі засміялася так, що на неї обернувся весь вагон. Моцарт узагалі не розумів, про що мова. Тільки головою крутив, стежачи за діалогом.

— А чому «Тінь Моцарта»? — спитав нарешті.

— Тому що я слідую за ним, як його тінь! — так само пафосно заявив фейсбучний фахівець, але вже якось без особливого запалу.

Тепер зареготав Моцарт.

Забавний випадок з «експертом» трохи струснув Моцарта, і його хандра відступила. Так, сміючись, вони дійшли від станції метро на розі Лексинґтон і П'ятдесят третьої до самої «Кварти». Стейсі тільки ледь-ледь змінила маршрут — тепер вони не йшли по П'ятдесят першій, а спустилися з Лексинґтон прямо до Другої авеню — таким чином вдалось оминути Сімнадцятий пресінкт. Стейсі і Вольфганг воліли зайвий раз там не відсвічувати.

У неділю вільних місць у ресторані зазвичай не було, тому Стейсі й не садовила Вольфа в залі, а повела зі собою, повз барну стійку і кухню, в службове приміщення. Тут дівчина швидко перевзулася — скинула високі чобітки і взула легенькі туфлі на пласкій гумовій підошві. Після цього зав'язала волосся в тугий хвіст. Вона мала розкішне густе волосся, але за правилами ресторану весь персонал, що працює в залі і має довге волосся, мусив акуратно збирати його у хвіст. Як уже згадувалось, у ресторані часто обідали працівники іноземних представництв при ООН, тому містер Манчіні вимагав од персоналу бездоганного зовнішнього вигляду і добрих манер.

Заходили сюди й працівники української місії в ООН. Посла Стейсі ніколи не бачила, але в будні дні на ланч часто заходив перший секретар — високий білявий дипломат в окулярах. Обличчя його було рясно вкрите ластовинням, і він скоріше нагадував персонажа з книжки Нестайка, ніж серйозного дипломата. Щоправда, сталевий блиск, який іноді з'являвся в його очах, одразу видавав, що це серйозний дипломат, а не такий собі добродушний хлопець.

Уперше Стейсі побачила його з пів року тому:

— Раджу оце взяти, — говорив гість своєму колезі. — Суп з розмарином — ти оціниш.

Подібні розмови між гостями дівчина чула по кільканадцять разів на день. Але саме на цю звернула увагу, бо розмовляли чоловіки доброю українською.

— Я б радила ще спробувати курячі грудки на грилі, — сказала дівчина українською. — Наш шеф-кухар маринує їх в оливковій олії з розмарином.

— Оце сервіс, оце я розумію! — сказав той, кому радили. — Знали, що ми тут майже за рогом, і знайшли україномовний персонал!

Олег (так звали дипломата) бував у ресторані коли сам, а коли з колегами. Стейсі було приємно приймати в нього замовлення рідною мовою. Олег завжди питав, як у неї справи, завжди був привітний і завжди залишав чайові. Цього разу Олег сидів за одиночним столиком і, незважаючи на вихідний, працював — перед ним лежав стос документів і ноутбук.

У підсобку зазирнув старший менеджер Джейсон. Усміхнувся білозубо й привітався:

— Стейсі, Вольф, привіт! Як настрій? Готові до роботи?

— Аякже, Джей. Настрій бойовий!

— Це добре, це дуже добре! Я радий, друже, що ти вчора знайшовся. Загубитись у Нью-Йорку — штука невдячна. Добре, що Стейсі вчасно зорієнтувалася. Довелося відпустити її з роботи на пів дня, тому дивись, не підведи її сьогодні.

Моцарт майже нічого не зрозумів з того, що сказав менеджер, але про всяк випадок кивнув.

— До речі, я бачив учора новини! — Джей загадково всміхнувся і погрозив пальцем. — Вольфганг Амадеус Моцарт! Гарне псевдо, з амбіцією! Публіка таке любить!

Вольф було вже розкрив рота проголосити, що вже досить, що це не псевдо, а Богом і батьками дане ім'я, проте

Стейсі гострим ліктем штрикнула його в бік. Вольф усе зрозумів.

— Неважливо, як мене звати, — пробурмотів він. — Важливо те, як я граю.

— Оце мудро! — задоволено сказав Джейсон. — Умови ми вчора обговорили — вперед, до бою!

Сцена третя

Ad libitum
вільно, імпровізуючи

Моцарт сьогодні був не у своїй тарілці. Він підійшов до інструмента, сів, обережно відкрив кришку *Steinway*. З хвилину дивився просто себе, потім зітхнув, поставив пальці на клавіатуру й нарешті заграв.

Усе, що діялося з ним цими днями, вибивало його з колії, перевертало з ніг на голову, доводило до відчаю і збивало з пантелику. Ще тиждень тому він, уже тяжко хворий, лежав у постелі у віденській квартирі на Рауенштайнґассе, і не міг навіть підвестися. За п'ять хвилин до першої ночі 5 грудня 1791 року Йоган Хризостом Вольфганг Амадеус Моцарт віддав Богові душу. Однак щось збилося в небесній канцелярії, сталася бюрократична помилка, Святий Петро загубив ключі чи Всевишній просто захотів побавитись, і в проміжку між шостою та сьомою годинами вечора 6 грудня 1791 року тіло пропало. Два працівники цвинтаря, не бажаючи зайвого галасу та, відповідно, неприємностей, просто підклали в громадську могилу порожню труну. Біля сьомої вечора 2018 року, тобто рівно через 227 років, Моцарт отямився в парку Пітера Детмолда, що наприкінці П'ятдесят першої вулиці на Іст-Сайді в Мангеттені. Отямився абсолютно здоровий і живий-живісінький.

І з того четвергового вечора на Моцартову долю випало стільки пригод, що і в пересічного нашого сучасника голова пішла б обертом, що вже казати про Вольфа, людину кінця XVIII століття. Він потрапив у світ, де фіакри рухаються без коней, по небу літають залізні птахи з людьми в черевах, під землею і над нею на шаленій швидкості повзають гігантські хробаки, а дівчата вдягаються так, що... Інколи це навіть пекельніше, ніж залізні птахи з людьми у череві!

Появу Стейсі Моцарт розцінив як дарунок долі, як Боже провидіння. Він був переконаний, що вона врятувала його від ув'язнення, а ще вона дала йому прихисток і одяг. У неї була свіжа випічка й кава! Паскудна, але кава! Саме тому Вольф її слухався і вважав своєю покровителькою — що, по суті, так і було. Стейсі була його поводирем у цьому химерному світі. Тепер завдяки їй він мав ще й роботу. І що більше Моцарт усвідомлював, як йому пощастило в цьому світі, то більше його мучило, як вернутись назад, до своєї сім'ї, до Констанції і дітей.

Події цих днів він сприймав, як чергову свою подорож. А подорожував Моцарт з дитинства. Тоді як більшість населення Європи XVIII століття не виїжджала за межі своїх міст, містечок і сіл, Вольфганг разом зі старшою сестрою Анною та батьком майже п'ять років провів у подорожах, перебираючись з місця на місце. І навіть коли вже Вольфганг осів у Відні, він часом, щоб поправити фінансове становище, вирушав у тривалі поїздки. От і перебування в Нью-Йорку Моцарт волів розцінювати як тимчасове. З єдиною відмінністю — він не знав, як вернутися додому. І це мучило його дедалі більше.

— Вольф... Вольф! — Моцарт з несподіванки здригнувся й обернувся. За спиною стояла Стейсі, і вигляд в неї був дещо стурбований. Оплески гриміли такі, що Вольф аж злякався. Стейсі взяла його за руку й вивела з-за інструмента. Відвідувачі ресторану стояли півколом біля сцени і несамовито аплодували.

— Що сталося? — самими губами спитав Моцарт.

Замість відповіді Стейсі потягла його в підсобку. Люди було кинулися за ними, але вхід у службове приміщення чемно, однак рішуче перегородила охорона.

— Що сталося? — знову спитав Вольф уже в службовій кімнаті.

— Вольф, дорогенький. Ти паралізував роботу ресторану. Ти зупинив роботу. Усе стало.

— Господи! Як?!

— Ти грав.

— Е...?

— Ти сів за інструмент і грав дві години, не встаючи з місця і майже без пауз. Гості кинули все — розмови, їжу — і слухали тільки тебе! Ніхто нічого не замовляв, і ніхто не виходив. Мало того, вони есемесили друзям, і ті приходили й ставали прямо посеред залу, щоб тебе послухати. У підсумку зал заповнений ущерть, знов приїхало телебачення, і ресторан був паралізований.

— Але ж мені платять за мою гру!

— Так, ми тобі платимо! — у кімнатку ввірвався Джейсон. — І платимо тобі з тих грошей, якими клієнти платять за свої замовлення! А коли вони слухають тільки тебе й нічого не замовляють, то доведеться перетворити ресторан на філармонію і продавати вхідні квитки!

— Пробачте, заради Бога. Я не хотів, я не думав... — пробурмотів Моцарт.

— Де цей геній? Покажіть мені його, дайте я його поцілую! — услід за Джейсоном у приміщення ввірвався коротенький містер Манчіні. Імпульсивний і гарячий, як усі сицилійці, він ухопив Моцарта за щоки, притяг до себе і заліпив смачний поцілунок у чоло. — У ресторані аншлаг! Доведеться ставити додаткові стільці! Публіка втомилася й хоче їсти! Кухня завалена замовленнями! *Bravissimo, Maestro!*

Манчіні відпустив Вольфові щоки й погрозив йому пальцем. Хитрий сицилієць нюхом чув прибуток за милю і збагнув, який скарб привела в його ресторан Стейсі.

— Тільки, заради Бога, зробіть паузу і дайте публіці попоїсти! Стейсі, прилаштуй свого друга й обслужи гостей!

— Так, сер! — Стейсі по-військовому приклала долоньку до скроні й потягла Вольфа за собою.

У ресторані був аншлаг, такий, як зазвичай буває в п'ятницю ввечері, коли у всіх закладах настають *happy hours*. От тільки сьогодні був ранок неділі.

Моцартова гра діяла на відвідувачів гіпнотично, майже як флейта Гамельнського щуролова*. Зіграли свою роль і вчорашні репортажі в теленовинах, тож публіка посунула у «Кварту» послухати чудового піаніста, який «грає так, ніби це сам Моцарт».

— Слухай, тебе ніде посадити, — розчаровано сказала Стейсі, оглядаючи зал.

Усі місця були зайняті. Біля входу зміїлася черга охочих потрапити в ресторан.

— Стейсі, Вольф! — за маленьким столиком біля вікна сиділа мадемуазель Ґабріель і махала їм рукою.

---

* За легендою XIII століття німецьке місто Гамельн, що в Нижній Саксонії, потерпало від нашестя щурів. Магістрат оголосив нагороду тому, хто зможе позбавити місто від навали. Одного дня з'явився дивний щуролов у строкатому одязі, який за допомогою гри на чарівній флейті вивів за місто усіх щурів і втопив їх у річці Везер.

Вони підійшли.

— Ні, я заперечую! — не вельми чемно процідила мадемуазель на чергове прохання якоїсь парочки підсісти до неї — місць у ресторані таки гостро не вистачало. — А ви сідайте. Тільки десь треба дістати стільця.

— Секунду! — і Стейсі зникла.

— Ви грали, як бог! — задоволено сказала Ґабріель і простягла Вольфові руку. Моцарт пам'ятав з минулої зустрічі, що треба робити, й обережно потис дамі пальці.

— Вольф, я принесла стільця. Сиди тут, я принесу тобі щось їсти, — і Стейсі знов зникла, бо в неї було повно роботи, яка обіцяла щедрі чайові.

— У вас чудова подруга! — Шанель кивнула в бік Стейсі.

— Вона мене врятувала, — чомусь зашарівся Вольфганг. — П'ять разів за ці три дні.

— Ну і ви її врятували! — усміхнулася Ґабріель. — Я бачу, у вас це взаємне. Де ви так навчилися вправлятися зі стилетом?

— Коли ви бачили?

— Не будьте такий скромний, гер Моцарт, вам це не личить. Я бачила, як ви ледь не проштрикнули того жирного бастарда.

— У Парижі.

Мадемуазель Ґабріель скинула брови.

— Мені було всього вісім років, коли нас запросили у Версаль — виступати перед Людовіком XV. Ми з Наннерль розважали публіку імпровізацією, коли нам давали незнайомий текст, ми читали з аркуша, а потім батько несподівано забирав ноти, і нам треба було в чотири руки зіграти його по пам'яті, без репетицій і роздумів.

Звісно, ми не могли зіграти його так само, бо бачили твір уперше в житті. Ми зберігали основну тему, а в деталях імпровізували. Власне кажучи, ми вигадували свій твір*, — пояснив Моцарт.

— Неймовірно!

— Неймовірно те, що Наннерль тоді могла не тільки миттю прочитати з аркуша будь-який твір, а й зіграти його задом наперед. Публіка любила такі трюки.

— А які трюки були у вас?

— Я міг грати із зав'язаними очима...

— Браво!

— ...але це було не найкраще, що я міг. Батько давав мені незнайомий твір на аркуші. Я дивився на нього секунд десять, а потім накривав шовковою хустиною клавіатуру, ставав спиною до інструмента, заводив руки за спину і так грав.

— Це неможливо!

— Саме за це нам і платили гроші! — засміявся Моцарт. — Ми були дивиною, яку показували на потіху публіці.

— Однак вернімось до стилета...

— А, так, стилет. Нам тоді дарували багато подарунків. І серед них був цей стилет.

Вольф задер холошу на правій нозі. Там, руків'ям униз, шовковими зав'язками до литки був прив'язаний довгий стилет з руків'ям зі слонової кістки з вишуканим срібним орнаментом і в так само срібних піхвах з кістяними накладками.

— Зручно носити таке на нозі?.. — спитала мадемуазель Ґабріель, яку завжди цікавили деталі.

---

* З листопада 1763 по квітень 1764 року Моцарти пробули в Парижі у рамках «Великої подорожі», що тривала з 1763 по 1766 роки. За протекцією німецького публіциста й дипломата барона Фрідріха Мельхіора фон Ґрімма (*Friedrich Melchior, Baron von Grimm*, 1723–1807) Вольфганг і Наннерль виступали перед Людовіком XV і маркізою де Помпадур на Святвечір 24 грудня 1763 року.

— Раніше він був ушитий у рукав, — зітхнув Вольфганг. — Мені його подарував сам Ґійом Дане*, уславлений майстер. Він же й навчив мене мистецтву вправлятися з ним і таємному носінню.

— Як цікаво.

— Ми часто подорожували, — продовжив Моцарт. — А в дорозі всяке траплялось...

— Я маю на увазі рукав. Цікаве рішення — вшити стилет у рукав. Можна ще в полу або трохи нижче нагрудної кишені.

— А, так, справді.

— Життя взагалі дуже непередбачувана штука, — Шанель покрутила в руках довгий мундштук з сигарилою. — Бачите, раніше, в минулому житті, я не могла без цього жити, а тепер тримаю мундштук у руці тільки тому, що звикла...

При словах «в минулому житті» Вольф здригнувся. Він раптом зрозумів, що означають ці два слова — «минуле життя». Життя, що вже минуло й ніколи не вернеться. Формально будь-який день, що минув, увечері можна назвати «минулим життям». Він уже ніколи не повториться, хоч би який був — добрий чи не дуже. Добрі дні хочеться запам'ятати, погані — забути назавжди. Але як забути все своє життя? Як відпустити тих, хто був у твоєму житті до умовної точки неповернення, і як жити далі без них? Як таке прийняти й усвідомити?

Перш аніж Моцарт устиг щось сказати, Шанель нахилилась і взяла його за руку.

---

* Ґійом Дане (*Guillaume Danet*) — відомий у Європі майстер фехтування, автор трактату про володіння холодною зброєю «Мистецтво зброї» *(L'art des Armes)*, який було надруковано через три роки після знайомства з Моцартом, 1766 року.

— Ви ніколи не вернетеся назад. Ніколи.

Вольфганг заплющив очі. Раптом у голові ніби струна урвалася. Почувся виляск і тонкий свист ударив у вуха з такою силою, що, здавалося, голова не витримає і розлетиться на тисячу дрібних шматочків. Цей свист заглушив усі шуми навколо: людський гомін, сміх, дзеленчання столових приборів і совання стільців. Стало неймовірно важко дихати, а серце наче залізними обручами стисло.

— Вольф. Вольф! Агов! Що з тобою?

Моцарт насилу розплющив очі. Поряд стояла Стейсі з тацею.

— Боже, Вольф, ти так зблід! Що з тобою? Мадемуазель Ґабріель?

— З ним усе гаразд, пташко.

— Вольф?

— Так.

— Я принесла тобі кави й круасан. Але думаю, що цього буде замало. Уже обідня пора, то я попрошу, щоб тобі приготували ньокі*. Хочеш ньокі? Це, звісно, не кнедлі, які ти так любиш, але щось схоже, — у голосі Стейсі вчувалася тривога. — Вольф, я бачу, щось не...

— Стейсі, ти не могла б нам дати хвилинки дві?

— А що сталося, мадемуазель Ґабріель?

— Нічого не сталося, просто мені треба дещо йому сказати.

— Я не розумію...

— Принеси мені ті італійські кнедлі, *mein kleiner Engel. Bitte*...

* *Gnocchi (італ.)* — італійська традиційна страва, схожа на галушки — маленькі шматочки тіста, зварені у воді чи бульйоні. Бувають ньокі з додаванням картоплі, манної крупи, кукурудзяного борошна тощо. Подаються з різними соусами як самостійна страва або ж як гарнір.

— Авжеж, як скажеш, — Стейсі пильно подивилась на друга, розвернулася й пішла.

— Слухайте мене уважно, Вольфганг. Слухайте, що я скажу. Ви ніколи не вернетесь у своє вісімнадцяте століття. Ваше минуле життя лишилося в минулому, месьє Моцарт. Ваша сім'я, друзі, вороги, надії, досягнення і невдачі лишилися там, далеко позаду. А ви опинилися тут. Так само, як і я. І це вам вирішувати, як прожити своє нове життя. Тут, у двадцять першому столітті. Послухайте мою історію. Я, Ґабріель Бонер Шанель, народилася в сонячний день 19 серпня 1883 року в Оверні, Франція. Померла від сердечного нападу похмурого дня 10 січня 1971 року в паризькому готелі «*Ritz*». Так, у мене було розбите серце, — Шанель гірко зітхнула. — 13 січня 2006 року, рівно через 35 років після моєї смерті, мене знайшли тут, у Нью-Йорку, в крихітній студії на П'ятій авеню. Я пам'ятала, хто я і як мене звати. Але мені ніхто не вірив. Знайоме відчуття, еге ж?

Моцарт кивнув.

— Поліція шукала моїх слідів, але так нічого і не знайшла. Документів при мені не було, я була в тому самому одязі, в якому мене поклали в труну, і сумочку з документами я, зрозуміло, з собою не прихопила, — Шанель саркастично засміялась. — Я з'явилася нізвідки. Так само, як ви. У базі даних не було заяв про зникнення людини з моїми даними, моїх відбитків не було... Хоч ви нічого й не знаєте про відбитки... Словом, ніхто не міг зрозуміти, хто я і звідки. Мене поклали в лікарню під іменем «Джейн Доу»*. Після ретельно-

* *Jane Doe (англ.)* — у лікарнях англомовних країн, зокрема в США, таким кодовим іменем називають пацієнток, чиє ім'я з якихось причин (кома, амнезія, відсутність документів або близьких родичів, які змогли б підтвердити особу пацієнтки) не вдається встановити. Чоловікам відповідно дається ім'я «Джон Доу» *(John Doe)*.

го обстеження, коли лікарі підтвердили, що я здорова і з головою в мене все гаразд, мене виписали. Окружний суд дав мені можливість обрати собі ім'я, видав мені дозвіл на отримання нових документів, місцева газета опублікувала оголошення, що нове ім'я та прізвище «Джейн Доу» — Ґабріель Бонер Шанель, і я почала нове життя. Я відкрито називаю себе своїм іменем і особливо не переймаюсь, якщо мені не вірять. У цьому світі ще живуть люди, які пам'ятають мене в моєму минулому житті. Вони впізнали мене, але тримають це в таємниці. Певним чином я й тепер з ними працюю. Мені було подаровано другий шанс, і я хочу прожити своє нове життя геть не так, як я прожила минуле.

— Але... Чому? Ким ви були в минулому житті?

— Я створювала одяг.

— Тільки одяг?

— Ні. Не тільки одяг. Так, я навчила людей вдягатись. Я навчила їх знати собі ціну і приводити свій внутрішній світ у відповідність до зовнішнього вигляду. Я навчила їх бути самими собою, а не вішалками для дорогого ганчір'я. Я — геній. Як і ви. Тільки ви геній у музиці, а я — в стилі. За своє життя я створила багато шедеврів, якими люди користуються й дотепер. Я пишаюся, що була така. Але є в моєму минулому житті речі, що їх я б хотіла змінити. І я їх змінила.

— Я маю стільки запитань...

— Я із задоволенням на них відповім, мій дорогий месьє Моцарт. У нас із вами схожі долі. Прошу зауважити, я одразу здогадалася, хто ви.

— Я це помітив. І дуже вдячний, бо саме це переконало мене, що я не збожеволів.

— Крім мене вам у ці дні більше не траплялося людей зі схожою долею?

— Траплялися. Мій друг і лібретист Лоренцо Да Понте трапився. Ми разом з ним написали «Весілля Фіґаро», «Дон Жуан» і взагалі, багато чого пережили разом...

— Він також у Нью-Йорку?

— Так, він мене впізнав, коли я просто неба грав на інструменті. Уявляєте? Там був інструмент просто неба! Чудеса... — Моцарт замовк, намагаючись осягнути становище, в якому опинився.

— І я скажу вам ще одну річ, гер Моцарт. Цінуйте тих, хто опинився з вами поруч. Цінуйте всіх, хто опинився з вами поруч і допомагає вам. Жінка, власниця будинку, де мене знайшли, дала мені прихисток і дах над головою. Ми подруги. До цього в мене ніколи в житті не було справжніх подруг. Це і є те, що я хотіла змінити.

— У моєму житті було повно друзів!..

— Можливо, у вашому минулому житті є те, що ви б не хотіли повторювати в цьому. Подумайте про це, будь ласка.

— Я подумаю...

— Вольф! Ну як? Тобі вже легше? — Стейсі принесла тарілку гарячих паруючих ньокі з соусом песто.

— Усе гаразд, *mein Herz*, — Вольф уважно подивився їй у вічі, раптом узяв її за руку, підвівся й тихо назвав її нарешті тим ім'ям, яким вона назвалась, а не тим, яким йому було зручно її називати: — Стейсі. Дякую тобі. За все.

Сцена четверта

Terzetto
ансамбль для трьох виконавців

«Щось дивне діється з Вольфом, — думала дівчина, біжучи з черговим замовленням на кухню. — Варто йому було сісти до мадемуазель Ґабріель, як його ніби підмінили. Ще й "Стейсі" мене назвав. Не "Штеффі". І що вони там пліткують? Часом, не про мене? От які ж дурниці лізуть мені інколи в голову!»

— Салат з авокадо, попросили забрати гранатові зернятка з салату і додати більше горіхів та олії. Далі стейк слабкої прожарки з товченою картоплею. Просили подати вустерширський соус до м'яса. Маємо такий?

— Маємо, пташко, — коротко відповів кухар Вінченцо, старий сивовусий сицилієць, якого містер Манчіні привіз, як ми пам'ятаємо, аж з самого Палермо.

— Брушетта...

— Нарешті замовили щось людське! — зрадів Вінченцо. — Замовляють бозна-що — стейки, авокади всілякі. Брускетта! Не «брушетта», а брускетта, дитино! Це страва богів!

— Брушетту на хлібі...

— Хороший вибір! Але не «брушетта», а брускетта! Ще раз тобі кажу, Стейсі: брускетта. Отак вимовляй, педалюючи «е»: брускетта! Свіжі овочі з оливковою олією на хлібі.

На теплому м'якому свіжому хлібі з хрусткою шкуринкою, підсмаженому на грилі!

— І бургер.

— Тьху! — з досади сплюнув старий італієць. — Бозна-що! Спершу подам салат. А що для мадемуазель Шанель?

— Те саме, що й завжди. Грінки з димом, не забудьте — так, щоб масло горіло, а грінки були майже чорні!

— Я знаю, це ти іншій зміні пояснюй, не мені. Що для твого Моцарта? Як йому ньоки?

— Він не мій! — Стейсі зашарілася.

— Ну, твій не твій, а попіклуватися про нього варто. Зрештою, мадемуазель візьме над ним шефство.

— Тобто?

— У них же, той, однакова доля...

— Що?!

— Не кричи так, дитино. Старий знає, про що говорить.

І це була правда. Вінченцо, який знав усі смаки мадемуазель з того самого дня, як Ґабріель обрала «Кварту» за свій офіс, знав про неї чимало, тому поява Моцарта нітрохи не здивувала старого сицилійця.

— А вам... Вам не здається, що все це дуже дивно?

— Я такий старий, дитино, що мене вже нічим на світі не здивуєш, —відповів Вінченцо. — Приходь по салат хвилин через п'ятнадцять.

Стейсі теж знала мадемуазель з першого дня, але сприймала її просто як дивакувату, сповнену старечого сарказму леді, що любить підгорілі грінки з апельсиновим джемом, лосося зі спаржею і мікроскопічні порції десертів з шампанським. Незважаючи на прізвище, у дівчини навіть думки не закрадалося, що це та сама Ґабріель Шанель, чий бутік був на розі П'ятої авеню і П'ятдесят сьомої вулиці. У цьому дорожезному закладі на речах навіть цінників не було. Бо людей, які купують речі від *Chanel* за ціною хорошої автівки, цікавить насамперед легенда й стиль, а не якась там ціна. Та хіба хтось і пам'ятає зовнішність справжньої Шанель? Ви зумієте без Ґуґла відрізнити Шанель од її заклятої подруги Ельзи Скіапареллі*? І хоч Шанель у минулому житті, тобто до 1971-го року, не мала справжніх подруг, з Ельзою її пов'язував дивний зв'язок. Якось на вечірці Ґабріель запросила Ельзу на танець. «Тут так багато цікавих чоловіків! — з посмішкою крокодила сказала Шанель. — Ти згодна зі мною?» — «То чому ти танцюєш зі мною, а не з цими красенями?» — спитала наївна Ельза. «Бо ти таке страховисько, що оціни — тільки я одна й наважилася запросити тебе на танець!» — засміялася Ґабріель і навмисно штовхнула Ельзу на полум'я свічки, щоб у тієї загорілася зачіска. Та все ж ці дві жінки постійно намагалися триматись разом, і не тому, що їх пов'язувала ніжна дружба, а тому, що обидві хотіли посісти одне-єдине місце на королівському троні.

«Як же так? Чому ж я не одразу пов'язала мадемуазель Ґабріель з ТІЄЮ самою Коко Шанель? Ну чому?» — думала Стейсі, вийшовши з кухні у переповнену ресторанну залу. «Чому-чому? — відповіла сама собі. — Тому що тоді мені все це здавалося цілковитою маячнею! Тому що я думала, що це якась заможна звихнута жінка, яка зустрічається з різною публікою і тягає з собою величезні течки на зав'яз... Течки!!! Вона завжди носить з собою течки! Точно такі, які носять художники! Цікаво, що в них? Імовірно, там малюнки. Ескізи нових костюмів і суконь! Ну як, як я одразу не здогадалася?!»

---

* Ельза Скіапареллі *(Elsa Schiaparelli*, 1890–1973*)* — французька дизайнерка, одна з творчинь *prêt-à-porter*. Поряд з Шанель входить у число найвпливовіших дизайнерів XX століття.

Стейсі зупинилася мов укопана. «Шанель... Моцарт і його друг лібретист... Вони... Вони всі люди з минулого!» Не в змозі стримувати емоції, дівчина рішуче підійшла до столика, де сиділи Шанель і Моцарт.

— Ґабріель — це справжнє ваше ім'я, так? — дивлячись їй прямо у вічі, промовила Стейсі.

Шанель лагідно подивилася на офіціантку, яка вже рік її обслуговувала і знала всі смаки і вподобання, але не знала, хто вона насправді. Так іноді буває — ніби знаєш про людину все: що вона їсть, як вдягається, що любить, а що ні, проте головного — хто вона, не знаєш.

— Так, дівчинко, я — Ґабріель Бонер Шанель, — і раптом весело й дзвінко, зовсім дівочим голосом, заспівала:

Vous n'auriez pas vu Coco?
Coco dans l'Trocadero?
Co dans l'Tro
Co dans l'Tro
Coco dans l'Trocadero?

Моцарт роззявив з подиву рота так широко, що бейсбольний м'ячик би вмістився.

Qui qu'a qui qu'a vu Coco?
Eh! Coco!
Eh! Coco!
*Qui qu'a qui qu'a vu Coco? Eh! Coco!**

---

* *Може, хтось бачив Коко?*
Десь біля Трокадеро?
Ко біля Тро
Ко біля Тро
Десь біля Трокадеро?

— Саме через цю пісеньку мене прозвали «Коко», — сказала Шанель. — Так це собаче прізвисько до мене й прилипло.

— А чому «собаче»? — здивувалася Стейсі. — Я була впевнена, що *Coco* — це курчатко.

— Ще б пак! — гмикнула Ґабріель. — Бо я сама всім завжди брехала, що так мене звав батько, якому не подобалось ім'я Ґабріель.

— Брехала? — ще більше здивувалася Стейсі. — А навіщо?

— О, я завжди хотіла, щоб у мене був люблячий батько, який би називав мене *Petit Coco*. Це було б так приємно. От я й брехала. Насправді батькові було на мене наплювати, як і на мою матір. Вона моталася за ним по всій країні, бо кохала його без тями. А йому було байдуже.

Моцарт, здавалося, зараз заплаче зі співчуття.

— Я взагалі стільки про себе брехала, що вже й забула, де правда, а де вигадка! — і Шанель, закинувши голову, хрипко засміялася.

— Скільки ж вам років? — спитала Стейсі, намагаючись вирахувати дату народження мадемуазель Ґабріель.

— Трохи за сорок, — збрехала, не кліпнувши оком, Шанель. Вона взагалі ніколи не задумувалась, коли брехати, а коли ні — це в неї виходило якось само собою.

Хто ж, ну хто бачив Коко?
Ей! Коко!
Ей! Коко!
Хто ж, ну хто бачив Коко?
Гей! Коко! (фр.)
«Хто бачив Коко біля Трокадеро?» — пісенька про дівчину, яка загубила свого собачку біля Трокадеро. Цю пісеньку юна Ґабріель співала в кафешантані «Ротонда», що у французькому містечку Мулен. Саме тоді за нею закріпилося прізвисько «Коко». Був 1906 рік, і Ґабріель було всього 23.

— Чекайте-чекайте... — бурмотіла Стейсі, копирсаючись у смартфоні. — Вам сто тридцять п'ять років?!

— Ну навіщо сто тридцять п'ять? — скривилася Шанель. — А тридцять п'ять не можна?

— Вам було вісімдесят сім, коли ви... Померли 1971 року...

Моцарт знову з подиву роззявив рота.

— Месьє, ви б прикрили рота, бо так можна звикнути, — засміялася мадемуазель Ґабріель.

— Не схоже, що вам вісімдесят сім, — зазначила Стейсі.

— Не схоже, що й Моцартові двісті шістдесят, чи коли він там народився? Вольфганг!

— Га? — Моцарт потроху став вертатися в реальність.

— Ви коли народились?

— За місяць після Різдва, у 1756 році...

Шанель про себе полічила.

— 262 роки!

— Не може бути! — Стейсі якось і не задумувалася, скільки Моцартові років. До цієї миті. Але те, що Вольфові могло бути двісті шістдесят два... Цього вона збагнути не могла. — Чекай... Тобі ж було тридцять п'ять, коли ти вмер.

— Краще вважаймо, що я не вмер, гаразд? — жалібно попросив Моцарт. — Бо якось незатишно від цього. Я не почуваюся мерцем.

— Але десь на тридцять п'ять ти і виглядаєш.

— А то наче я виглядаю на вісімдесят сім, — пирхнула Шанель.

— Аж ніяк не на вісімдесят сім! — погодився Моцарт. — Найбільше вам можна дати сорок п'ять!

«От же брехло! — подумала Стейсі. — Навіть не скривився! Навіть оком не кліпнув».

— Дякую, Вольфганг. Сучасна медицина і здорове харчування роблять дива, — скромно сказала Шанель. — Звісно, мені не сорок п'ять. Але, здається, з моменту свого повернення я не тільки не ослабла, а й стала почуватись набагато краще. І перше, що я покинула — це диміти як паровоз. До речі, про медицину. Коли потрапите до лікарів, Вольфганг...

При згадці про лікарів Моцарта аж тіпнуло.

— ...не розкривайте їм свій вік. І взагалі, правди не кажіть. Особливо дантистові.

— Кому? — здивувався Вольф.

— Лікареві, що лікує зуби.

— У нас це робить цирульник. А що з моїми зубами не так?

— Буде не так, якщо не чиститимеш, — втрутилася Стейсі. — Сьогодні ж купимо тобі щітку.

— Щітку! — засміявся Моцарт. — Щітку! Щіткою чистять черевики!

Стейсі закотила очі.

— Моя вам добра порада, Вольфганг, — сказала мадемуазель Ґабріель. — Слухайтеся цієї дівчини. Бо вона вам зараз і батьки, й дружина, і друг, і духовник, і начальник. Ви без неї і кроку не ступите. Отож слухайтеся її і робіть все так, як вона скаже.

Моцарт перестав іржати. Стейсі почервоніла.

— Мені треба йти працювати, — сухо сказала вона. — Салат з авокадо сам себе клієнтам не принесе.

Сцена п'ята

Misterioso
таємничо

Часом неприємності бувають так само невідворотні, як тяжка розмова або важливий екзамен, до якого ти абсолютно не готовий. Ти знаєш, що розмова необхідна і вона має відбутись, як і екзамен, який просто не перенести, а неявка зарахується як «незадовільно».

— Четвертий столик, твій клієнт, — кинув Джейсон.

Стейсі не раз попереджала менеджера — якщо прийде чоловік з дивним татуюванням на лиці — одразу ж викликати її. От і тепер, коли Джейсон, що зустрічав гостей при вході, помітив на обличчі у відвідувача дві сльози, витатуйовані біля правого ока, то покликав Стейсі. Прийшов Матео Фернандес.

«Будь з ним обережна, — настановляв детектив Козінський. — Фернандес має дві контурні сльози під правим оком. Це означає, що він скоїв два знакові зумисні й сплановані вбивства. Приймай його замовлення уважно. Не дивися йому в очі. Не вступай у розмови. Але уважно слухай, про що він говоритиме, якою мовою і до кого, якщо явиться не сам. Постарайся затримуватись біля нього якомога довше або приносити йому замовлення в той момент, коли він говорить по телефону. А особливо запам'ятовуй усіх, на кого він дивиться або з ким спілкується».

Фернандес з'являвся стабільно раз на тиждень, переважно в неділю, хоч міг зайти й посеред тижня. Приходив він завжди сам і ніколи ні з ким не зустрічався й не говорив, чим збивав з пантелику детективів, оскільки ті точно знали, що весь рух грошей і наркотиків починався саме після візиту Фернандеса у «Кварту». Це означало, що він якимось чином, невідомо як і кому, передає сигнали, що певна сума грошей готова і він очікує певної кількості товару. Найважливіше було дізнатись, кому саме він передає сигнали, кому передає гроші і від кого саме отримує наркотики.

На певному етапі цією справою займався спецпідрозділ *NYPD* в особах Бріджеса і Козінського. Але через пів року безуспішних зусиль їм довелося підключити федералів з *DEA*. Фернандес був обережний, він знав, що за ним стежать, тому відвідував зазвичай кілька ресторанів підряд і в різні дні. Але копам вдалося вирахувати, що «Кварта» — завжди його кінцевий пункт. Саме після візиту в цей ресторанчик на Другій авеню пекельна машина з продажу наркоти починала новий цикл.

Коли зовнішнє спостереження нічого не дало, Козінський нарешті вирішив підключити свого інформатора, який з-поміж усіх вирізнявся фотографічною пам'яттю, винятковою уважністю, а на додачу мав зовнішність юної миловидної дівчини, яку важко запідозрити у співпраці з поліцією.

— Добрий день! Як ся маєте? Що б ви хотіли замовити?

Матео Фернандес уважно озирнувся навколо, подивився знизу вгору на Стейсі й сказав:

— Сьогодні стейк. Середньої прожарки.

— Що на гарнір?

— Картопляне пюре, — сказав Фернандес і додав: — Три повні столові ложки до нормальної порції.

Оскільки стандартна порція пюре до стейка складала шість повних столових ложок, то Стейсі миттю це округлила:

— Записала. Півтори порції пюре.

— Ні! Не так! Три повні столові ложки додатково до нормальної порції! — підвищив голос Фернандес. Він сьогодні був явно не в дусі.

— Гаразд, три повні столові ложки додатково до нормальної порції, — погодилася Стейсі. Справді, яка різниця, як саме рахувати півтори порції.

Фернандес заспокоївся.

— І луїзіанський гострий соус до стейка. В окремий посуд, не на тарілку.

— Ясно. Що з напоїв?

— Нічого! — рявкнув Фернандес.

Стейсі смикнулася з несподіванки.

— У будь-якому разі я принесу вам води.

— Не треба води!

— Я все зрозуміла, — злякано витиснула Стейсі.

Фернандес відкинувся на стільці й тицьнув у рота зубочистку.

— Ну? Ти й ще досі тут?

Стейсі розвернулася й пішла на кухню, притискаючи блокнотик до грудей. Те, що вона змушена була робити, їй подобалося дедалі менше. Але вибору в неї не було.

— Півтори порції картопляного пюре і стейк середньої прожарки. Луїзіанський гострий у соусниці, — передала Стейсі на кухню.

— Стейк? Який стейк? *T-bone*, *sirloin*, *rib eye* чи *New York strip**? Який саме стейк потрібен?

— От чорт! Зараз спитаю.

---

* Види стейків: *t-bone* — стейк із поперекової частини з Т-подібною кісткою, містить одразу два види м'яса: філе-міньйон і стріплойн; *sirloin* — стейк із поперекової частини спини; *rib eye* — стейк із підлопаткової частини туші, зазвичай має багато жирових прожилок; *New York strip* (або стріплойн) — стейк із безкісткової смуги поперекової частини.

«Як?! Як я могла так проколотись?! — думала Стейсі. — Взяти замовлення й не уточнити, який саме стейк потрібен!» Чесно кажучи, вертатися до цього клієнта дуже не хотілось. Але якщо йому принесуть не те, що йому хочеться, можуть бути проблеми.

Фернандес сидів, відвернувшись до вікна, й говорив по телефону.

— Так. Так. Я кажу, стейк сьогодні середній. Наступного разу замовлю повністю просмажений. Ну то й що, що дорожче? Я гарніру взяв сьогодні більше. На три ложки. Так, буду жирний, ну то й що? Тобі шкода чи що? Сам диви не лусни, нудак довбаний!

Дівчина зупинилася, не знаючи, як перервати розмову. «Господи, з ким це він обговорює свій обід? Кому яке діло, скільки він з'їсть товченої картоплі? І відколи це в нас стейк прожарки *well done* став дорожчий за стейк *medium**?»

— Чого ти тут стовбичиш?! — спалахнув Фернандес. Він помітив Стейсі у віконному відображенні. — Підслуховуєш?!

— Я, я... Я тільки хотіла уточнити, який саме стейк ви хотіли... — прошепотіла дівчина, неабияк перелякавшись. Стейсі ненавиділа, коли на неї підвищували голос. — *T-bone, sirloin* чи *rib eye*...

— Стейсі, в тебе *alles in Ordnung, mein liebes Fräulein**?* Чи тобі знову потрібна допомога? — знову, як і той раз, за спиною в дівчини матеріалізувався Моцарт. Як йому вдавалося так відчути момент?

---

* Ступінь прожарки м'яса: *well done* — повністю просмажене м'ясо, майже без соку (температура приготування 180 °C, час 8–9 хвилин), температура м'яса від 71 до 100 °C; *medium* — середньопросмажене м'ясо, стейк з світло-рожевим соком (температура приготування 180 °C, час 6–7 хвилин), температура м'яса від 60 до 65 °C.

** ...все гаразд, моя люба панно? *(нім.)*

— Усе гаразд, я просто...

— А ти хто такий, бля? Ти проблем захотів на свою сраку, лабух? — Фернандес підвівся.

— Бачиш, Стейсі, — спокійно сказав Моцарт. — У нормальних людей лайно зазвичай виходить через *Arsch*. Але є такі, в яких воно лізе через рот. І тут не вгадаєш — чи то в нього лице таке, чи то він штани зняв.

Стейсі усе всередині похололо. Фернандес явно не чекав такої поведінки.

— Ти знаєш, що це означає?! — заревів бандит, вказуючи на своє татуювання — дві сльозини під правим оком.

— Знаю, — сказав Вольф. — Що ти зараз заплачеш.

— Ахм... — Фернандес аж задихнувся з люті й стис кулаки.

Стейсі стала ближче до Моцарта, Моцарт поставив праву ногу на стілець і поклав руку на литку, ближче до руків'я стилета. Аж раптом Фернандес подивився кудись за спину Стейсі й затнувся. Слова застрягли в нього в горлі, кров різко відхлинула з обличчя.

— Мені *t-bone*, будь ласка, — пробурмотів мафіозо, з-під лоба зиркнув на Моцарта й сів на місце.

Стейсі обернулась і побачила, що хтось акуратно засунув стільця й покрокував до виходу. Це мав бути наступний клієнт, але він пішов, так нічого й не замовивши.

Стейсі встигла побачити довге дороге кашемірове пальто, строкатий шарф і блискучу лисину. На потилиці в голомозого була фіолетова родима пляма у формі кримського півострова.

Дівчина сіла на стілець за баром. Нею трясло, вона намагалася стримуватись, але раптом гірко розридалася.

— Що сталося, крихітко? — вусатий бармен Боб, повелитель пляшок і володар келихів, сів поряд.

— Отой *Schweinehund* за столиком не досить люб'язно з нею розмовляв, — Моцарт безсоромно тицьнув пальцем у Фернандесів бік.

— Покликати охорону? Чи піти й дати йому пляшкою по черепу? — вусатий бармен уважно роздивлявся кривдника. — А хочеш, принесу йому напій за рахунок закладу і підсиплю туди проносного?

Стейсі кволо всміхнулась.

— Дякую вам, хлопці. Нічого не треба. Просто будьте поряд, я дам собі раду. Просто будьте поряд.

Коли щось погане стається посеред робочого дня, одна категорія людей одразу відпрошується з роботи, а друга зціплює зуби і з головою поринає в робочий процес. Стейсі була з другої категорії. Хоч неприємний і відверто страшний інцидент з Фернандесом вибив її з колії і сильно злякав, та це не була для неї причина перестати працювати. Їй дуже потрібні були гроші. Тож вона опанувала себе і, передавши на кухню побажання щодо стейка, пішла в зал, тим більше, що наступний клієнт був незрівнянно приємніший.

— Що будеш замовляти? — всміхнулася Стейсі давньому знайомому. Олег відірвався від лаптопа й теж усміхнувся.

— А що порадиш?

— Сьогодні є креветки з лимонними папарделле*. Там родзинка від нашого шеф-кухаря — соус на основі сушених томатів.

— Ага, здивуй мене помідорами! — знову широко всміхнувся дипломат. — Я ж з Херсона.

Стейсі засміялася.

---

* *Papardelle (італ.)* — сорт широкої локшини з твердих сортів пшениці.

— Слухай... — Олег посерйознішав. — Маєш секунду? Сядь, будь ласка.

Дівчина притулилась на краєчок стільця. Олег уважно подивився на неї, витримуючи паузу і ніби її вивчаючи. Стейсі десь чула, що так часто роблять дипломати — тягнуть час, мовчки вивчаючи опонента, примушуючи його нервуватися й видавати таким чином свої справжні наміри. Але зараз була геть інша ситуація.

— Я знаю, в якому ти становищі, — нарешті сказав Олег. — І дивись, що я хотів би тобі запропонувати. Моє міністерство може втрутитися в цю ситуацію.

Стейсі благально подивилась на Олега. Вона давно хотіла якось через нього вирішити свою ситуацію з нелегальним статусом, тільки не знала, як краще до цього підступитись.

— Щось можна зробити?

— Можна, — кивнув Олег.

Стейсі нервово вдихнула. В очах у неї з'явилася надія.

— Але, на превеликий жаль, депортації уникнути не вдасться.

— Тобто?

— Закон є закон. Ми не можемо й не маємо права його обійти. Ти порушила візовий режим і маєш бути депортована.

— Так, я це знаю.

— Але ми можемо втрутитись і зробити цей процес максимально безболісним.

— Я не сидітиму рік в імміграційній в'язниці, поки мій кейс готуватимуть, щоб викинути мене зі Штатів?

— Ми можемо відіслати тебе в Україну протягом кількох днів. Скільки тобі потрібно часу, щоб вирішити всі свої справи? Але діяти треба швидко. Поки є така можливість.

— Я не знаю... Дай подумати. А скільки часу є?

— Боюся, що часу в тебе нема, Станіславо.

— Я подумаю.

— Тільки думай, як реактивна. А тепер давай свої помідори!

«Бійтеся своїх бажань». У США Стейсі мала непогане житло й роботу, завдяки якій забезпечувала себе одягом і всім необхідним, могла дозволити собі непогано харчуватись і відкладати гроші на чорний день. Навіть більше — вона щомісяця відсилала гроші додому, допомагала батькам, а ще допомагала різним волонтерським організаціям, що опікувались українськими військовими і втікачами з окупованого Криму та Донбасу. Але та омріяна свобода, яку Стейсі так прагнула побачити в Америці, обернулася кліткою в ту хвилину, коли вона порушила закон. Хоч відносно облаштованою, зручною і теплою, але кліткою. Жити в постійному страху, що на твій слід нападе імміграційна поліція, бути обмеженою в правах — з цим не кожен здатний змиритись. А точніше, кожен обирає своє — хтось обирає більш-менш забезпечений побут і нелегально живе роками, а хтось обирає свободу й не може залежати від обставин та удачі. Без документів ти не можеш розраховувати на пристойну освіту й добру роботу. І не можеш спокійно з'їздити навіть додому. А Стейсі дуже скучила за батьками. І дуже хотіла додому, в Україну. Вона хотіла назбирати достатньо грошей і нарешті спробувати виїхати з Америки. А там уже як пощастить...

І тепер доля їй усміхнулась — з'явилася можливість виїхати. Виїхати без проблем. Потрапити на Батьківщину. Обняти маму Наталю. Піти з татом на каву, смачні тістечка й сирник з родзинками у кав'ярню на «стометрівці». І завершити нарешті магістерку.

Стейсі сіла на стілець і задумалася. Серце в грудях гупало, в роті пересохло. Що її тримало у США? Робота? Стейсі любила своїх колег і добре знала свою роботу, але чи хотіла вона бути все життя офіціанткою? Ні. Друзі? Мануелу вона давно не бачила, а оскільки багато працювала, то піти їй, власне, було нікуди та й ні з ким. Отже, рішення очевидне! Дівчина рішуче підвелася.

І тут раптом: «Дякую тобі. За все», — спливли в її пам'яті слова Моцарта. За ним виступила Шанель: «Моя вам добра порада, Вольфганг». Стейсі чітко бачила цю сцену збоку, хоч сама була безпосередньо присутня: «Слухайтеся цієї дівчини. Бо вона вам зараз і батьки, й дружина, і друг, і духівник, і начальник! Ви без неї зараз і кроку не ступите».

«Справді, — подумала Стейсі. — А як же Вольфганг? Як я його покину? Він же нічого тут не знає. Він постійно встряє в різні халепи. Як я допоможу йому вернутись, якщо мене не буде поряд?»

— Стейсі, креветки з папарделле під соусом, сьомий столик.

Дівчина підхопила замовлення й легкою ходою полетіла до Олега.

— Олег, твої креветки. *Enjoy!*

— Ну, що надумала?

— Знаєш, я дуже дякую тобі за пропозицію. Чесно. Але в мене тут купа незавершених справ. Я не можу. Принаймні не зараз.

— Поважаю твоє рішення, — сказав Олег. — Мій номер ти знаєш. Нічого не гарантую, але чим зможу, тим допоможу.

— Дякую.

— Стейк, четвертий столик!

Коли Стейсі принесла замовлення за четвертий столик, Фернандеса там уже не було. Лише на столі лежала зім'ята банкнота з президентом Ґрантом*.

* 18-й Президент США генерал Улісс Ґрант зображений на банкноті в 50 доларів.

Антракт

Добрі друзі — як повітря чи вода. Коли вони поруч, ми сприймаємо їх як належне, часто навіть не помічаємо. Ну є то й є. Від них можна відмахнутись — мовляв, не зараз, не на часі, потім. Про них можна ненароком забути, схаменутись і одразу заспокоїтись — бо де ж вони дінуться? І тільки тоді, як друзі раптом зникають, стає дуже боляче. Особливо гостро відчуваєш порожнечу й біль — наче як од вибитого зуба.

Станіслава ніколи нікого близько до себе не підпускала — незалежна й самодостатня, вона завжди тримала всіх на відстані витягнутої руки. І якщо в школі вона часто конфліктувала з оточенням, то в університеті з однокурсниками в неї були цілком привітні і спокійні стосунки. Траплялися в неї і закоханості, й глибокі романи, але, навіть розлучаючись з хлопцями, Стася завжди зберігала з ними теплі зв'язки. Винятком був хіба що Майкл — той самий, з яким Стейсі закрутила роман, щойно приїхавши в США, але то була окрема історія.

Справжня міцна дружба пов'язувала Стейсі з Мануелою — дівчиною, яка допомогла їй влаштуватися на першу роботу. Вони ділили кімнату, ліжко, шматок хліба і пляшку води. У Стейсі ще ніколи не було такої близької подруги у всіх сенсах цього слова. Але їхні життєві шляхи розійшлися, Стейсі довелося змінити роботу, а потім, через щільний графік і тотальний цейтнот часу на зустрічі просто не було й дівчата тримали зв'язок через телефон та соцмережі. Ще одним добрим другом був, звісно, земляк Павло. Добродушному Гонтарю до вподоби було спілкування з небагатослівною і дивакуватою, як на перший погляд, дівчиною. І тільки один він бачив під панциром інтроверта дуже ніжну й ранимому, однак відважну і віддану Стасину душу.

У Моцарта все було навпаки — його відкрита й щира натура постійно потребувала дружніх стосунків. Він був дуже спостережливий і помічав у навколишніх ті риси характеру, що були притаманні і йому самому — це дозволяло йому легко зближатися, знаходити спільні інтереси й споріднені душі. З Да Понте вони зійшлись на ґрунті любові до дурних розіграшів, божевільних ідей та безсоромних вечірок. З Йозефом Гайдном* його пов'язувала тепла дружба, зав'язана на любові до струнної музики та зінґшпілів, а ще — членство в масонській ложі. Масонська ложа пов'язувала Моцарта також із заможним віденським комерсантом Міхаелем Пухберґом та меценатом і керівником придворної бібліотеки бароном Ґотфрідом фан Світеном. Ці двоє часто допомагали Моцартові грішми, коли Вольф сидів на — ПЕРШИЙ ДЗВІНОК — мілині, що траплялося доволі часто.

Тож дружба в Моцарта була різноманітна — з одним було добре випити, з другим грати квартети, а в третього — розжитися грошенятами. Єдине, чого в Моцарта ніколи не

---

* Йозеф Гайдн *(Joseph Haydn, 1732–1809)* — австрійський композитор, представник віденської класичної школи, один із засновників таких музичних жанрів, як симфонія та струнний квартет. Саме Гайдну Вольфганг присвятив кілька струнних квартетів.

було, то це повної залежності від дружби. Загалом, заради справедливості, і від сім'ї Моцарт не мав повної залежності. Так, Вольфганг ніжно любив свою — ДРУГИЙ ДЗВІНОК — Констанцію. Що, втім, не заважало йому любити інших жінок, причому дуже активно. Сім'я не була для Вольфганга головна.

Єдине мало для нього значення — музика. Музика, творчість і визнання. Моцарт був залежний од любові до нього. Він потребував любові і визнання, як алкоголік потребує пляшки. Як наркоман нової дози. І щоразу нова доза мусила бути більша за попередню. У гонитві за визнанням Моцарт не помічав ні грошей, ні друзів, ні рідних. Слава — ТРЕТІЙ ДЗВІНОК — це найтяжчий наркотик.

Життя чомусь влаштоване так, що завжди хтось один жертвує чимось заради іншого. І не завжди той, заради кого жертвують, це оцінює.

Найстрашніше було те, що Стейсі цілком тверезо це усвідомлювала.

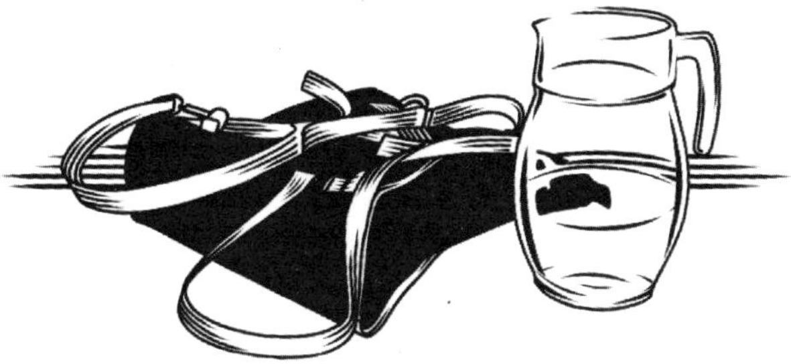

ДІЯ ШОСТА

Сцена перша

Recitativo accompagnato
акомпанований речитатив, до якого,
на відміну від secco, залучено оркестр

Якщо до гарячої води, яка тече прямо зі стіни, Моцарт іще якось звик, то звичайна мікрохвильовка справила на нього таке сильне враження, що кілька днів Вольфганг і не дивився в її бік. Він ніяк не міг повірити, що ця пекельна машинка, що нагріває рідину за якусь хвилину, — людський винахід, а не результат угоди з дияволом.

Телефон здався Вольфу доволі забавним, але він не розумів, чому в метро й на вулицях люди, замість щоб розглядати одні одних і все, що навколо, втуплюються в ці дивні дощечки з рухомими картинками.

Окремим потрясінням для нього стали навушники. Моцарт був вражений не так самим винаходом, як доступністю музики.

— Це може тепер послухати кожен? — здивувався він, почувши в навушниках увертюру до своєї ж опери «Чарівна флейта».

— Варто тільки кнопку натиснути, — підтвердила Стейсі.

— Збожеволіти можна! І не треба збирати музикантів, платити їм, шукати зал, робити *Reklame*, розсилати запрошення й продавати підписку?

— Щоб просто почути — не треба. Але щоб записати цей файл — ще й як треба.

— А музиканти? Як вони тепер заробляють? Як годують свої сім'ї?

— Це довга історія. Існують професійні музиканти, які грають в оркестрах. Оркестри дають концерти. На них купують квитки.

— А, ну-у... Тобто вони таки грають для публіки? — з полегшенням зітхнув Вольф.

— Аякже! Живий звук завжди буде популярний. Ти ж бачив, скільки народу приходить у ресторан спеціально, щоб тільки тебе послухати. Ми скоро квитки почнемо продавати. Але й запис — так само джерело доходу.

При слові «дохід» Моцарт пожвавішав і заусміхався.

— Слава Богу, бо я почав було думати, що музика в цей божевільний час нічого не коштує.

— Ти помиляєшся. Музика, література, живопис — це невід'ємна частина нашого життя, така сама, як і технології.

— Як що?

— Технології.

— Пробач, що?

— Механізми, оці автомобілі, що ти їх бачиш на вулиці, ці телефони, комп'ютери, навушники. Це технології.

— Я зрозумів. А чому ти розділяєш музику, літературу і живопис від технологій? Я б їх не розрізняв.

— Чому? Музика — це одне, а технології — геть інше.

— Суть у них одна й та сама. У кожному ремеслі є своя основа і свої закони. Є певні дії, в результаті яких виходить або віз, або музичний інструмент, або шпага, або одяг чи посуд. У музиці — так само. Там є основа, база, певні правила й дії, в результаті яких музиканти отримують аркуші паперу з нотами. Суть одна й та сама — сукупність знань, навичок та інструментів дає в підсумку картину, миску, сукню чи клавір-концерт. Просто кожен робить те, що він уміє. Я пишу музику, придворний кравець Гофберґ шиє одяг, Лоренцо, мій друг Да Понте, пише лібрето, та такі, що читаючи їх, віриш усьому! Якщо він колись одружиться, то я б, на місці його дружини, йому не вірив, бо він іще той паскудник!

— Хм... Одружиться, кажеш? — Стейсі зосереджено дивилася на екран смартфона. — Він і одружився.

— Лоренцо?! Лоренцо одружився?! — Моцарт зареготав. — Цей пройдисвіт, готовий за пляшку побрататися з самим чортом, цей перелюбник, який міг задерти спідницю і служниці, і фрейліні, і торговці на ринку, і самій відьмі з Лисої гори?!

— Його дружину звали Ненсі Ґрал. Вони познайомились у Трієсті 1792 року. Разом з нею він емігрував у Лондон, а вже звідти, 1805 року — в Америку. І в нього з Ненсі було четверо дітей, — прочитала Стейсі.

— Четверо дітей! Просто неймовірно! Господи, а що ж він робив у Новому Світі?

— ...був перекладачем, викладав італійську в Колумбійському університеті і був священником...

— Священником! — Моцарт знову зареготав. — Та він у Венеції мешкав у борделі з дівчатами і гульки там влаштовував! Раз у Відні, на одній пиятиці, він, геть голий, вінчав п'янезного барона фон Кербера з повією!

— А ти як такі подробиці знаєш?

— Бо я там грав весільний марш! — Моцарт засміявся, хотів щось додати, але вчасно прикусив язика й хутко перевів мову на інше.

— А коли він... Е-е-е, помер?

— У 1838-му році. Йому було вісімдесят дев'ять.

— Вісімдесят дев'ять років! Неймовірно! Довге ж життя прожив цей богохульник!

— Як я розумію, він і досі живий.

— Важко в це повірити... Слухай... А ти можеш подивитись у своїй Книзі Передбачень щось про мене?

— Це не книга передбачень, це Вікіпедія. І я вже про тебе читала.

— Вікі Шпедія? Що це за віщунка така?

— Це енциклопедія.

— І... І що про мене сказано? Я вмер?

— Ти помер 5 грудня 1791 року через хворобу.

— Я пам'ятаю... Руки й ноги так набрякли, що я не міг устати з ліжка. Це було страшно. І я не завершив Реквієм...

— За тебе його завершили композитор Йозеф Ейблер і твій учень Франц Зюсмайєр.

— Зюсмайєр і Ейблер? Та Йозеф з дружиною ніяк завершити не міг — і він завершив Реквієм?! Аха-ха-ха!

— Ти паскудник, Вольф! Все ж тут написано «Зюсмайєр та Ейблер».

— Неймовірно! Значить, вони таки його дописали! Хотів би я це почути. Тобто Констанція отримала решту 100 дукатів? — з надією спитав Вольф. Навіть тепер, невідомо де і невідомо в який час, його турбувало, чи отримала дружина такі потрібні сім'ї гроші.

— Вона отримала гроші.

Моцарт полегшено зітхнув.

— 15 червня 1809 року Реквієм грали на панахиді твого друга Йозефа Гайдна.

— Йозеф умер?!

— А ти як думав? Що він житиме вічно?

— Ну...

— А-а, справді, все може бути. Однак у 1833-му році, під час виконання Реквієму, у Йозефа Ейблера стався інсульт...

— Пробач, що?

— Інсульт. Зараз... зараз. Апоплексичний удар.

— Апоплексія! Боже мій! Йозеф теж умер?

— Ні, він прожив ще тринадцять років, але хвороба змусила його піти у відставку з посади придворного капельмейстера.

— Придворний *Kapellmeister*? А як же Сальєрі?

— Він спочатку був його заступником, а потім і замінив його. Антоніо Сальєрі захворів і змушений був подати у відставку в 1824 році, а через рік він помер у лікарні для душевнохворих.

Моцарт приголомшено мовчав.

— А Констанція?

— Я знала, що ти захочеш це знати. З нею все буде добре.

— Справді?

— Справді. Коли ти... помер. Вона хотіла померти разом з тобою.

Моцарт закрив руками обличчя.

— Після твоєї смерті вона організовувала концерти й тури, де грали твої твори.

— Вона завжди пишалась моїми творами... «Твою музику має слухати весь світ! Чи твоя музика заслуговує на те, щоб її слухав весь світ? Ні! Це світ заслуговує на те, щоб слухати твою музику!» — так вона говорила. Але я наробив стільки боргів!..

— Це так, але вона чудово дала з ними раду. Фактично ці борги погасив ти сам, бо Констанція продавала твої твори й рукописи. Ти популярний, Вольф.

— У Констанції, на відміну від мене, завжди було багато ідей, як дістати гроші. А що було далі? Що з нею було далі? — тихо спитав Моцарт.

— У 1809 році вона вийшла заміж за данського дипломата Ґеорґа Ніссена...

Вольф не поворухнувся і взагалі ніяк не виявив своєї реакції, але Стейсі буквально фізично відчула, як йому боляче. Його великі блакитні очі погасли й стали кольору грозової хмари.

— Вони жили в Копенгагені, а 1824 року переїхали в Зальцбурґ. Там удвох почали писати про тебе книжку.

Моцарт повеселішав.

— Уявляю, що моя бідолашна Констанція про мене написала...

— Це була хороша книжка, Вольф. І там точно не було про те, що ти голий грав на фортепіано весільний марш для барона фон Кербера і куртизанки. Вона любила тебе, задрипанця.

— А сини? Карл? Франц?

— Карл* добре грав на фортепіано, потім вирішив змінити життя, узявся за торгівлю. Став австрійським фінансовим чиновником і жив у Мілані. Франц** також став талановитим піаністом. Його вчителем був сам Сальєрі! Потім він переїхав у Лемберґ — це тепер українське місто Львів, воно поряд з тим містом, де народилась я. У Львові він викладав музику. Згодом повернувся в Зальцбурґ, де був капельмейстером у консерваторії твого імені.

— Мого імені?

— Так, тепер це називається Університет Моцартеум.

— Цілий університет!..

— Так, його заснували у твоєму місті, у Зальцбурзі. І Констанція була причетна до його відкриття. Тобі є чим пишатися.

— Стейсі. Я маю нащадків?

— Ні. Твої сини не були одружені, і в них не було дітей. Знаєш, але я чомусь думаю, що вони були щасливі.

---

* Карл Томас Моцарт *(Carl Thomas Mozart, 1784–1858)*.

** Франц Ксавер Моцарт *(Franz Xaver Wolfgang Mozart, 1791–1844)*.

— Чому? Я залишив їх у злиднях...

— Ні, ти дав їм більше, ніж міг сподіватися. Ти дав їм сенс у житті. Попри те, що вони жили в різних містах — хто в Мілані, хто у Львові, Копенгагені, Відні чи в Зальцбурґу — вони тісно спілкувались. І вони займались тим, чого насправді хотіли. Принаймні в мене склалося таке враження.

— Через те, що над ними не стояв батько, який вказував їм, що і як робити?

— А над тобою стояв?

— Для мене він був другий після Бога... Усім, що я знаю і вмію, я зобов'язаний йому. Але, бачиш, я все своє життя намагався довести йому, що гідний його любові, що я виправдав його надії.

— І виправдав?

— Я не знаю.

— Ти хотів, щоб твої хлопці почувались так само?

— Чесно, ні. Я хотів, щоб вони просто любили мене.

— Вони любили, Вольф. Усе своє життя любили. Та ти й сам можеш про це почитати й подивитись.

Моцарт довго мовчав. Стейсі підвелася, пішла робити каву й залишила його самого. Відвернувшись до плити, засипала каву в керамічну джезву, залила водою й поставила її на вогонь. В особливі хвилини, зокрема тоді, коли скучала за домом, вона не користувалась кавоваркою, а варила каву в джезві, як це робили в них удома. Станіслава не бачила батьків уже два з половиною роки. Вони спілкувалися в месенджері й бачились по *Skype* і *FaceTime*, але дівчині потрібне було живе спілкування, потрібні були теплі обійми, стіни й запах рідного дому. Походи з татом у цукерні, з мамою по крамницях і на її університетську кафедру. Сімейні обіди по суботах і прибирання квартири. Вона хотіла, щоб тато Олександр пустував, а серйозна мама Наталя хитала головою, поглядаючи на них. Щоб вони збирали по всій квартирі татові речі й навмисно плутали його шкарпетки. Тато в результаті завжди ходив у різних, що його цілком влаштовувало. З великих зеленуватих очей Стейсі впали дві сльозинки — одна на плитку, а друга потрапила прямо в каву. І чи то так зійшлося в часі, чи то від палючої дівочої сльози, але з джезви повалила густа піна й накрила газову конфорку.

Стейсі тицьнула в руки Моцартові чашку з кавою і всілася з ногами на диван. Моцарт відсьорбнув.

— Це найкраща на світі кава, *mein kleiner Engel!* — проголосив він пишно. — А не та, якою ти мене пригощала тоді, у наш перший ранок!

— Задрипанець.

Сцена друга

Rondo. Allegro
рондо, швидко

Стейсі майже відучила Моцарта безсоромно витріщатись на перехожих на вулиці і на пасажирів у метро. Кожен вихід з квартири був для нього стресом. Якщо спочатку все навколо здавалось йому химерним і небезпечним, то згодом, коли Вольф уже звикся зі своїм становищем і усвідомив, що він потрапив не абикуди, а в майбутнє, навколишня дійсність стала його радше приваблювати, ніж лякати. Тепер Моцарт нагадував п'ятирічну дитину, яку все цікавило і яка вистрелювала сто тисяч запитань на хвилину.

— А чому не завалюються ці будинки зі ста поверхів?

— А що рухає ці самохідні фіакри?

— А як ви відрізняєте шляхтича від простолюдина?

— А чому жінки без суконь?

— А навіщо цей чоловік з бородою вбрав сукню й каблуки?

— А чому ви весь час вибачаєтесь?

— А що означає «вам тут чи з собою?»? Як можна пити каву серед вулиці?

— А чому ці залізні літаючі штуки, що ти їх кличеш «літаки» та «гелікоптери», не падають?

— Як голос Лоренцо потрапляє в цю дощечку, і чи не горітиме він за це в пеклі?

Стейсі, яка звикла все робити ґрунтовно, пояснювала Моцартові принципи сучасної архітектури, принцип роботи бензинового й електричного моторів, розповідала про аеродинаміку та фізику, про соціальну рівність, моду, права жінок і ЛГБТ, про правила поведінки в суспільстві. Щоразу, відкриваючи інтернет-браузер у смартфоні і читаючи чергову статтю, вона сама дізнавалася стільки нового, що часом не могла стримати подиву. «Ох, нічого собі!» — бурмотіла, читаючи в журналі «Куншт»* статтю, в якій писали, що електрокар з'явився раніше, ніж двигун внутрішнього згоряння. *«Британський винахідник Томас Паркер сконструював та вивів на вулиці Лондона свій електромобіль ще 1884 року. Аж через два роки по тому німецький інженер Карл Бенц запатентував свій Motorwagen»,* — здивовано прочитала Стейсі в журналі. Їй було не нудно пояснювати Моцартові очевидні, на перший погляд, речі: чому жінки носять брюки, водять автівки і очолюють цілі країни, як Марґарет Тетчер, Анґела Меркель чи Даля Ґрибаускайте. Чому юридичні права гетеросексуальних і гомосексуальних подружніх пар мають бути однаково захищені. Чому Лоренцо не горітиме в пеклі не тільки за телефон, а й за те, що влаштовував для венеційської богеми веселі гульки в борделях. Єдине, чого не могла пояснити Стейсі, чому потрібно бігти по Мангеттену з паперовим кавовим стаканчиком, задерши хвоста, як теличка по полю, коли в сто разів приємніше випити кави з порцелянової філіжанки в затишній кав'ярні.

Моцарт цілком поділяв такий підхід — сучасний ритм життя вразив його до глибини душі. Якщо в його часи обід міг розтягтися на кілька годин, а просте чаювання тривало

---

* «Куншт» (Україна), випуск № 4, червень-липень 2016.

ледь чи не пів дня, то сучасна обідня перерва на пів години й на каву п'ятнадцять хвилин здавалися йому чистим і неприхованим знущанням. Від такого темпу Моцарт не ошалів тільки тому, що сам був невтомний і якийсь невідомий моторчик давав йому заряд на цілий день, а збожеволіти від такого колосального потоку інформації йому не давала природна допитливість.

Зрештою, дитячу цікавість Вольфа можна було задовольнити розповідями, прикладами і фактами. Набагато складніше було відучити його не називати людей «маврами», «сарацинами», «турками» та «ефіопами», не обговорювати голосно жіночі задки, не тицяти пальцем у чувака, вдягненого у костюм гот-доґа, і пояснити, що в нього така робота.

— Тут у кожного своє життя, Вольф. Кожен має право вдягатись так, як собі захоче, робити те, що хоче, і поводитись так, як забажає. За однією умовою — його особиста свобода не повинна порушувати свободу інших, — вчила його Стейсі точно так само, як колись її вчив тато Олександр.

З дня появи Моцарта у «Кварті» туди стало абсолютно неможливо потрапити. Якщо раніше аншлаг у ресторані бував тільки по вечорах п'ятниці та суботи, то тепер ранок понеділка не можна було відрізнити від п'ятничних *happy hours*. Вольфганг давав концерт годину, потім робив годинки на дві перерву і знову грав. Усього за день він відігравав до чотирьох концертів, причому цей шалений графік витримував досить легко. Година за інструментом минала для нього непомітно, тому що тільки під час гри він міг перенестись у свій любий Відень і побачитися з Констанцією та синами... чи насолодитися шаленим успіхом у Празі... чи грати перед французьким королем Людовіком XV і маркізою де Помпадур.

Репертуар Моцарта складався, власне, з самого Моцарта. Заради справедливості варто відзначити, що він грав і твори свого старшого товариша Гайдна, і Баха, тільки не того, що Йоган Себастьян, а його другого сина, Карла Емануеля, і багато що ще. Тому він не міг збацати яку-небудь американську «Мурку» чи Чайковського. Утім, містерові Манчіні і на думку б не спало втручатися в Моцартів репертуар. Розумний сицилієць збагнув, на яку золоту жилу натрапив, тому просто намагався створити Вольфу всі умови для роботи, давши йому повну свободу як професіоналові. І не програв.

Слава про надзвичайно талановитого музиканта поширилася в Нью-Йорку і в околицях миттєво, приваблюючи в ресторан не тільки любителів музики, а й професійних музикантів, котрі губились у здогадах — хто насправді був цей таємничий геній? Вони, звісно, чули, що чи то його люди називають «другим Моцартом», чи то він сам себе називає «Моцартом», але всіх професіоналів страшенно цікавило питання — де він узявся, що закінчував і в кого навчався.

Єдиним професійним музикантом, який знав усю правду про те, хто такий насправді цей «геній з Другої авеню», був Павло Гонтар. Дружити з Моцартом! І звісно, що він як музикант втішався цією дружбою на всі сто відсотків.

Сьогодні Павло прийшов у ресторан не сам, а з колегою. Невеличка, мініатюрна, схожа на якогось мультяшного персонажа японка з величезним скрипковим футляром несміливо тупотіла в Павла за спиною.

— Знайомся, Станіславо, це Кейко. Кейко, це Стейсі, моя подруга й землячка.

— Ду-же при-єм-но! — старанно вимовила англійські слова Кейко.

— Кейко закінчує Мангеттенську школу музики*, — пояснив Гонтар. — І я її привів послухати нашого друга.

— Чудово! — Стейсі всміхнулася обом. — Вам щось принести?

— Віскі — як завжди *Lagavulin 16* — і склянку молока, будь ласка.

Стейсі закліпала очима.

— Я серйозно! — розсміявся Павло. — Я вже закінчив роботу, можу трохи й випити, а Кейко не вживає спиртного, але любить молоко.

— Я люблю *boba***! — не перестаючи всміхатись, сказала Кейко.

— Я вмію його готувати. От тільки бульбашок з тапіоки в нас немає, на жаль.

— Це нічого, я вип'ю і без бульбашок, — Кейко вклонилась.

— ОК, зараз буде. Я покличу Вольфа!

Стейсі побігла на кухню, а Павло разом з Кейко сіли за столик.

— Пол, ти хочеш, щоб я з ним зіграла?

— Ну а що? Тобі ж потрібна підготовка, у тебе конкурс на носі. От і потренуєшся.

— Він зможе так просто зіграти цю річ?

---

* *Manhattan School of Music, MSM* — приватна консерваторія, один із провідних вищих навчальних закладів США. *MSM* насамперед відома своїми високими вимогами до студентів і високими критеріями оцінки музикантів. Заснована 1917 року. Саме цю консерваторію закінчив Гонтар, отримавши там науковий ступінь доктора філософії у музиці.

** *Boba; Bubble tea* — напій на основі чорного або зеленого чаю з додаванням молока, фруктових соків і бульбашок з тапіоки. Поширений у Південно-Східній Азії, зокрема в Гонконзі, на Тайвані, в Таїланді та Індонезії. Виник у середині 1980-х на Тайвані, звідти потрапив у Японію і в дев'яностих дістався Каліфорнії.

— Я впевнений, що ти будеш дуже здивована, — Гонтар радів у передчутті чогось прекрасного. Кейко, здавалося, не розділяла його оптимізму.

— Раді вітати вас у нашому затишному залі! — підійшов до їхнього столика Моцарт, як завжди, на позір ґречний і вихований.

— Вольфганг, вітаю! Знайомся, це Кейко, вона скрипалька.

— Радий познайомитись. Мене звати Вольфганг.

— Яке у вас німецьке ім'я! — англійська мова Кейко була, може, й не зовсім правильна, проте дуже щира й соковита.

— Смачне, як кнедлі з грибною підливою! — пожартував Вольф.

Кейко закліпала очима і чемно засміялася. Вона не знала, що таке кнедлі.

Коли жартуєш з представником іншої культури, треба бути обережним, бо не завжди те, що смішно й зрозуміло вам, може бути смішно і зрозуміло вашому співрозмовнику. Випадок з кнедлями був доволі невинний, а ось від жартів, що їх Вольфганг дозволяв собі в присутності близьких друзів, Кейко точно б зомліла.

— Вольф, я хотів запропонувати зіграти твою сонату для піанофорте і скрипки сі-бемоль мажор.

Почувши слово «піанофорте», Кейко нашорошила вуха.*

— Зокрема фінальну частину, «Рондо». Кейко тобі підіграє.

— «Рондо»? Чудово! У мене якраз добрий і грайливий настрій, тому хоч зараз.

— Зараз? Підіграю?

Бідолашна Кейко не розуміла, що коїться, — їй пропонували зіграти дуже складну частину сонати без розігрування

---

* Моцарт ще не звик до того, що інструмент зветься «фортепіано». Він звик до назви «*pianoforte*».

та репетиції. Дарма що вона знала цю сонату. Щоб зіграти її в парі з фортепіано, потрібно було кілька годин репетицій з партнером. А тут якийсь тип пропонує їй зіграти вже.

— Ви знайомі з цією сонатою, юна мила особо? — спитав Вольф.

— Начебто... — самими губами прошепотіла японка.

— *Sehr gut!* — плеснув у долоні Моцарт. — Я відійду на хвилину. Випущу на волю шніцель!

Вольф загигикав і, пританцьовуючи, пішов геть. Павло гмикнув — він уже почав звикати до специфічних жартиків композитора.

— Що значить «твою сонату»? Чому «піанофорте»? Хто цей чоловік?

— Кейко, якщо додаси два і два, матимеш відповідь.

— Пол, ти любиш загадувати загадки!

— Кейко, ти просто зіграй і отримай задоволення.

— Зіграти? Я не можу без репетиції! Але нехай уже я. А ось він як упорається? Там партія рояля дуже непроста, з аркуша не зіграєш, це неможливо. Мовчу вже про те, що ми маємо дуже точно зіграти все разом, там розбіжності неможливі, це як... Як пазл!

— Слухай Вольфа. Довіряй йому. І грай. Ти зможеш. Якщо ти зіграєш з ним, перемога на конкурсі — твоя.

— Ти божевільний. Цей Вольфганг — божевільний. Я божевільна, тому що слухаю тебе. І тільки твоя подруга Стейсі не божевільна, бо вона знає, як готувати *boba!* — вигукнула Кейко й розкрила футляр. — Моя скрипка буде готова не менше ніж через десять хвилин.*

---

* Коли інструмент заносять з холоду в приміщення, потрібен час, щоб він нагрівся після того, як його дістануть з футляра. Це займає від кількох хвилин до години, залежно від різниці температур та рівня вологості.

Кейко готувалась до факультетського конкурсу, де мала грати саме цю сонату. Гру оцінюватимуть відомі музиканти й професори з найкращих консерваторій країни. Тож від конкурсу багато що залежало.

Звісно, вона досконало знала цю річ, але навіть якщо знаєш її добре, грати в парі з кимось не так і просто. Треба дихати з партнером не те що одним повітрям, а одними легенями, однією горлянкою. Треба контролювати, щоб пальці партнера повністю синхронізувалися з твоїми. Словом, треба мати одну спільну голову на двох, у чому Кейко впевнена не була.

— Я готовий. Прошу! — Моцарт ґречно вклонився партнерці, чим увів бідолашну японку в ще більший ступор. — Я почну, а ви, орієнтуючись на мій темп, підхопите там, де будуть потрібні обійми.

Вольфганг хотів підбадьорити Кейко, але натомість ще більше її заплутав.

— Ви ж знаєте, коли вступати?

— Начебто так...

— От і добре! — Вольф усівся за інструмент, склав руки на колінах, опустив голову й завмер.

Кейко зітхнула й теж завмерла в очікуванні, кинувши швидкий сердитий погляд на Павла. Гонтар закинув ногу на ногу й тішився в передчутті розкішного шоу.

І раптом Моцартові пальці злетіли над інструментом і, мов краплі дощу, обрушилися на клавіші. З першими ж звуками непевність Кейко зникла без залишку. Вона вступила точно там, де потрібно, коли рояль зіграв перший період теми і ніби запросив скрипку вступити. І скрипка вступила, переплітаючись зі звуками фортепіано у веселому й життєрадісному любовному танці, який називався *Rondo* *allegro*, або, як це називав Моцарт, «фінал сонати для піанофорте і скрипки *B dur*»*.

Особливість цієї сонати в тому, що скрипка і фортепіано кружляють у танці, обійнявшись так тісно, що між ними не увійшло б і вістря Моцартового стилета. Спочатку фортепіано запрошує вступити скрипку, скрипка вступає, а далі починається суцільне кохання: вони міняються темами, грають паралельними інтервалами, все діється швидко й стрімко, тому має бути зіграно разом просто ідеально. Може, Кейко тому так нервувалася, що не хотіла обійматися невідомо з ким, хоч ці обійми були б лише музичні.

Якщо на початку мініатюрна японка підозріло косилась на Моцарта, то що далі лилася мелодія, то більше вона заспокоювалася. Наприкінці, блаженно заплющивши очі, вона віддалася цьому шаленому танцю, і ніжна скрипка розчинилася в палких обіймах рояля.

З останніми акордами зал вибухнув бурхливими оплесками. Кейко трохи не розплакалась — вона, незважаючи на юний вік, уже виступала на серйозних сценах, але такого прийому публіки ще не бачила.

— Вітаю! Це було чудово, мила юна особо, — шанобливо вклонився Вольф. — Після такого виконання, я, як людина честі, мусив би з вами одружитись, але на жаль, моє серце зайняте.

— Хто ви такий? — Кейко пронизливо подивилася Вольфові у вічі. — Хто ви, в біса, такий, хотіла б я знати?! Після всього, що між нами було, я заслужила на чесну відповідь!

— Я Моцарт. А тепер — чи не хотіли б ви мене обняти?

---

* Соната для скрипки і фортепіано сі бемоль мажор *(Violin Sonata №26 in B flat major, K378)* — написана Моцартом у 1781 році, якраз тоді, коли він вирвався з-під опіки архієпископа Зальцбурзького і робив перші кроки у Відні.

Сцена третя

Irato
зі злістю

Матео Фернандес зрозумів, що опинився на волосинку від смерті тоді, коли почув сухе клацання курка біля скроні.

— Ану поясни мені, чому я не отримую товару? — промовив спокійний, навіть байдужий голос без краплини роздратування. Фернандес облизав сухі губи і, зважуючи кожне слово, вичавив:

— Тому що я накричав на офіціантку і поставив операцію під загрозу.

— А чому ти нагрубіянив дівчині?

— Тому що я на нервах, я під ковпаком у поліції і федералів, я маю слідкувати за кожним словом, а ця курка забула уточнити замовлення!

— Тобто, по-твоєму, це не ти, а офіціантка мала знати, що саме ти будеш замовляти?

— Вона мене розізлила! Я й так на нервах!

Раптом Фернандес відчув, що зброя зникла, зате з'явилося чиєсь дихання прямо перед обличчям. Через пов'язку на очах у Фернандеса загострився слух і нюх. Слух повідомляв, що хтось тяжкий, з грубими руками, поступився місцем комусь легшому, і саме цьому легкому належав той тихий, спокійний голос, який не заспокоював, а навпаки, вселяв холодний і липкий жах. З його рота, незважаючи на м'ятні пастилки, нещадно штиняло гнилими яйцями.

— Ти знаєш, які на вигляд нерви? — м'яко поцікавився власник смердючого подиху.

— Н-ні... — промукав Фернандес.

— У пальцях вони схожі на білі гумки, такі, як у твоїх трусах. Ти ж носиш труси, Матео?

— Т-т-так...

— Білі круглі в перетині гумки, вони так забавно тягнуться... Так-от уяви собі, що нерви з твоїх пальців дуже схожі на ці білі гумки. У тебе в руці є два нерви: так званий серединний і ліктьовий. Серединний називається *nervus medianus*, він відповідає за згинання великого, вказівного і частково середнього пальця. А також за повороти кисті і відведення вбік великого пальця. Якщо я його перетисну, — Фернандес відчув на зап'ястку чиїсь залізні пальці і задихнувся од різкого болю, — ти відчуєш, що половина твоєї руки затерпла, і не зможеш поворухнути ні великим, ні вказівним пальцями.

Палець незнайомого легенько тиснув лиш на одну точку, але біль був такий, ніби в долоню загнали розпечений цвях.

— Боляче... — прохрипів Фернандес.

— А другий твій нерв називається ліктьовий, або *nervus ulnaris.* Якщо натиснути на особливу точку, яка отут у тебе в лікті, — Фернандес відчув легкий дотик пальця позаду ліктя, — то твоя рука втратить здатність рухатися взагалі. Ти не зможеш зігнути мізинця, а безіменний і частково середній палець розігнуться й зігнуться посередині, в середніх фалангах, так, що рука стане схожа на тигрячу лапу.

Руку пронизав різкий біль, мізинець і безіменний сильно напружились і зігнулися посередині, від чого рука задерев'яніла, а пальці справді стали нагадувати тигрячі кігті.

— Це називається синдром кубітального каналу, або ліктьовий тунельний синдром.

— А-а-а!.. — заскавчав Фернандес.

— І це я, Матео, тільки злегка натискаю на точки. Уяви, що буде, якщо я зажену туди голку.

— Не треба! Благаю, не треба!

— От що означає бути на нервах, Матео. Запам'ятай. А те, що сталося з тобою в ресторані, це твої дешеві понти, Матео. Отож я повторю запитання. Чому я не отримаю сьогодні товару?

— Через... Через мої дешеві понти! — прохрипів Фернандес, задихаючись од болю в руці.

— І що ти повинен зробити?

— П... призначити зустріч знову і зробити все, як слід!

— А інакше що?

— А інакше мені у нерви встромлять голку!

— Ні, Матео. Не тобі.

Фернандес замукав і почав звиватися на стільці.

— Ти все зрозумів, Матео. Правильно. Я зроблю це з твоєю матір'ю. Прямо зараз мої люди забирають її із затишного будинку на Лонґ-Айленді.

Фернандес захрипів, потім глухо застогнав, рука із залізними пальцями схопила його за горлянку.

— Чому ти ходиш без краватки, як якийсь босяк? Де твоя краватка? Де твоя біла сорочка? Знаєш, що я тут зараз зроблю? — рука відпустила горлянку, і гострий палець вп'явся в точку трохи нижче підборіддя. — Я просто розріжу тобі горлянку від нижньої щелепи до яремної ямки, потім просуну свою руку в розріз і витягну через нього твого язика. Матимеш вже нарешті краватку, як справжній джентльмен! Здається, так заведено чинити у твоїй сальвадорській банді?

Фернандеса із зав'язаними спереду руками й чорним мішком на голові виштовхнули з автомобіля пізно вночі десь на задвірках Південного Бронксу.

Завищавши шинами, автомобіль зник за поворотом. Фернандес сів, зірвав мішок з голови й оглянув руки — вони були стягнуті пластиковою стяжкою для кабелю. Тонкий пластик глибоко, до крові, врізався в шкіру. Матео насилу перетер стяжку об металевий паркан і пішов у напрямку таксофона. Укинувши два квотери*, набрав номер, який знав напам'ять і набирав тільки з таксофонів. «Хоч би ж відповів, хоч би ж відповів», — у відчаї думав він. На щастя, слухавку зняли.

— Завтра, друга година, «Кварта».

Слухавку поклали. Фернандес полегшено зітхнув.

У сімнадцятому пресінкті нині були гості — ціла делегація з *DEA*. Справа про мережу драґдилерів на Іст-Сайді, яку вели детективи Бріджес та Козінський, підходила до завершення, але набула великих масштабів — сліди мережі тяглися в сусідні штати Нью-Джерсі, Пенсильванію та Меріленд, тому керівництво *NYPD* вирішило залучити федералів, бо це вже була їхня юрисдикція. І тепер Козінський з Бріджесом посвячували федеральних агентів у тонкощі справи.

— Єдина ланка, що зв'язує місцеві наркобанди з постачальниками, — Фернандес.

— Матео Фернандес, 28 років, виходець із Сальвадору. За грабіж і зґвалтування відсидів шість років у в'язниці Ісалько в Сан-Сальвадорі. Переслідувався за два вбивства, але втік із країни і через Ґватемалу дістався до Мексики, де через Тіхуану нелегально потрапив у США. Ми вийшли на нього

* *Quarter dollar (англ.)* — чверть долара, монета 25 центів.

через убивство в ресторані на розі Десятої авеню і Сорок сьомої Вест. Тоді, не чіпаючи його, ми прижучили фактично всю верхівку постачальників на Вест-Сайді. Фернандес заліг на дно, а потім сплив на Іст-Сайді, де, завдяки своїм зв'язкам і своїм постачальникам, які демпінгували ціни, зав'язав на себе фактично весь наркоринок Східної сторони. Якщо ми візьмемо постачальників — накриємо і мережу драґдилерів по всьому Іст-Сайду. Вони міцно пов'язані один з одним через Фернандеса. Але, щоб узяти, треба знати, за що братись. А з цим поки... хм, проблеми.

— Чому? — спитав спецагент Петерсон, шеф групи федералів.

— Бо хоч Фернандес у нас і під ковпаком, але ми не можемо зрозуміти, як і з ким він контактує. Ми точно знаємо, що відбувається це в ресторані «Кварта» на розі Другої авеню та П'ятдесят першої вулиці.

— Прослушка, відеоспостереження?

— Ми навіть спроб не робимо, бо в нас на Фернандеса нічого немає, тому суддя не видасть постанови на прослуховування, — зітхнув Козінський. — Однак є у нас примарна надія — ми запровадили у «Кварту» інформатора.

— То дитина... — незадоволено пробурчав Бріджес.

— Ця дитина впізнала вбивць у ресторанчику на Вест-Сайді і вивела нас на велику рибу!

— Гаразд, попрацюємо з інформатором.

— Якраз напередодні наш інформатор вступив у контакт з Фернандесом. Той був чимось роздратований, тому зустрічі та обміну інформацією не сталося — про це свідчить відсутність будь-якого руху в наркомережі після відвідин «Кварти». А зазвичай саме після «Кварти» наркотики з'являються в обігу.

— Не виключено, що Фернандес незабаром знову з'явиться. Тож тримайте зв'язок з вашим інформатором і будьмо напоготові, — Петерсон потиснув руку детективам. — А тепер можна мені особисту справу інформатора? Я маю бути в курсі, з ким працюватиму.

Детективи вийшли з конференц-залу.

— Ще тільки федералів тут не вистачало, — крекнув Бріджес.

— Ми не мали вибору, ти ж знаєш. Протокол є протокол, — розвів руками Козінський.

— Плювати мені на твій чи не на твій вибір, Майк. Справа зайшла надто далеко, і ти знаєш, що може бути зі Стейсі. Я вже мовчу про те, що стежити за Фернандесом дуже небезпечно.

— Джо, вона інформатор.

— Вона дитина! І якщо на неї вийде *ICE*, то ти знаєш, що буде.

— Джо, треба довести справу до кінця.

— Майк, ти гівнюк.

— Джо, я просто роблю свою роботу!

— Потурбуйся про безпеку інформатора! Якщо з неї хоч волосинка впаде, я не знаю, що з тобою зроблю.

— Я за Стейсі переживаю не менше, ніж ти.

— Потурбуйся, тобі сказано!

Сцена четверта

Poco nostalgico
трохи з ностальгією

Ніхто не знає, чому з нами стаються халепи. Таке враження, що одні люди самі їх притягують, а інших вони оминають стороною. Когось доля береже, а когось б'є нещадно. Когось коли поцілує, а комусь дасть копняка. Але ніщо у світі не відбувається без балансу, і навіть якщо життя кидає тебе в ополонку, воно завжди слідом за тобою кине й мотузку. Головне вчасно її побачити і вхопити.

— Стейсі, за третім столиком розбили графин.

— Томмі, як можна розбити графин?! Я розумію, фужер, але графин?

Рудий Том розгублено знизав плечима.

— Я приберу, візьмеш замовлення?

— Без проблем, авжеж, візьму, — погодилася Стейсі.

За третім столиком сиділо троє чоловіків і дівчина. Двоє чоловіків, вже літніх, мали вигляд дещо втомлений, ніби після тривалої подорожі. Обличчя одного прикрашали розкішні сиві вуса. Засмагла шкіра видавала в ньому людину, що багато часу проводить на свіжому повітрі, під сонцем, а пряма спина — виправку відставного військового. Другий мав типову професорську зовнішність: окуляри в тонкій металевій оправі, ніс зі шляхетною горбинкою і менторський вираз обличчя. Третій, наймолодший, монгольської зовнішності чоловік теж був в окулярах, чорне волосся смішно стирчало, роблячи його схожим на Цибуліно. Розкосі карі очі всміхались, але губи скептично кривилися.

— Що?! Я просто невдало повернулась! Потяглася по рюкзачок, легесенько ліктем зачепила, а він і впав. Води в ньому було багато, і, щоб змістити центр ваги, потрібне було зовсім незначне зусилля! — гаряче виправдовувалась мініатюрна дівчина з чорними, як стигла смородина, очима за тонкою оправою окулярів.

— Франческо, можеш не виправдовуватися. Ти нічого страшного не зробила, — похмуро сказав Цибуліно. — Подумаєш, графин розбила, теж мені диво.

— Що значить «нічого страшного»?! Ти хочеш сказати, що я не зробила нічого серйозного?! Та я графин розгатила! — обурювалась дівчина, і її чорне, як вороняче крило, кучеряве волосся трусилось у такт словам. — Джорджіо, ти бачив, щоб тут хтось іще розбив графин? Га? Чи ти хочеш сказати, що це ще нічого і я можу влаштувати більшу катастрофу?!

— Боже, як у давні добрі часи, — флегматично прокоментував професор. — Сонце невпинно перетворюється з жовтого карлика на червоного гіганта, велетенський ураган на Юпітері, відомий як Велика Червона Пляма, вщухає, і тільки Франческа постійно розбиває все в радіусі десяти ярдів, а Джорджіо вдає, що все під контролем. Хоч щось у цьому світі стабільне.

— Ласкаво просимо назад у Командний центр, Річі. Ти вже встиг забути те веселе життя? Ще й місяця не минуло, як я пішов на пенсію, а ти втік на Флориду, — пророкотав сивовусий. — Поки ми сюди їхали, я бачив Столітню війну, Бостонське чаювання і вбивство Кеннеді. А нам ще назад у Гартфорд вертатися.

— І добре, Джон, що ви приїхали. Якби не цей робочий семінар з нагоди нової місячної програми *Artemis*, то хтозна, коли б ми ще отак зібрались.

Стейсі підійшла до компанії і всміхнулася:

— Добрий день! Мене звати Стейсі, сьогодні обслуговувати вас буду я. Не переживайте, ми зараз усе приберемо. Ви готові замовляти?

— Думаємо, що так, — кивнув професор. — Мені стейк «Нью-Йорк стріп» середньої прожарки і овочі на грилі. Питиму віскі односолодове, на ваш вибір.

— Я теж буду стейк, сірлойн, слабкої прожарки і...

— Джон, у твоєму віці — та слабку прожарку...

— У мене свої зуби, Річі, йди в дупу!

— Офіцер Баррел, це італійський ресторан, замовте щось італійське, — втрутилась чорнява дівчина.

— Франческо, я приїхав у Нью-Йорк, а не до вас у Віндзор. Я хочу американської їжі.

— Можна подумати! — пхикнула дівчина. — Я теж буду стейк. Філе-міньйон. І...

— Питиму бурбон...

— І спаржу!

— Без льоду.

— І молочний коктейль!

— Вибачте, секундочку! — Стейсі остаточно заплуталась. — Вам односолодовий і «Нью-Йорк стріп» середньої, — вона кивнула професорові. — Вам бурбон і сірлойн слабкої, — всміхнулася сивовусому. — Для леді молочний коктейль і філе-міньйон — чудовий вибір, до речі. Рекомендую середню прожарку.

Франческа кивнула.

— А вам, сер?

— Одну секунду! — розкрив меню наймолодший, помугикав і буркнув собі під носа українською: — Що ж узяти... Дерунів тут явно немає...

— Борщу теж немає... — тихенько в тон йому відповіла українською Стася.

Цибуліно спантеличено подивився на дівчину.

— Ви з України?! Звідки саме?

— З Франківська.

— Я теж!!!

— По вас видно, — чмихнула Стася. — Типовий гуцул!

Обоє засміялися.

— Я Джорджіо.

— Я Стася, дуже приємно. Гарне у вас ім'я, типово прикарпатське.

— Довга історія.

Троє за столом зацікавлено розглядали офіціантку.

— Ця дівчина з України, землячка, — пояснив Цибуліно англійською.

— Пиривіт-здарова-паляниця! — раптом видала кучерява дівчина і додала: — Як спирави? — і негайно ж сама відповіла: — Так і зліви!

І, задоволена собою, зареготала.

— Франческа насправді знає більше, просто соромиться, — сказав Цибуліно. — Вибачте, а де у вас туалет?

— Праворуч, за баром.

Цибуліно встав, і всі побачили мокру пляму в нього на штанах.

Пляма була саме там, де не треба.

— Джорджіо, ти що, не дотерпів до туалету?! — сплеснула руками кучерява.

— Дуже смішно, *ragazza mia**, — похмуро сказав Цибуліно з Франківська. — Між іншим, ти графин перевернула на мене.

— Якби ти, *caro mio***, не поставив мій рюкзачок ту...

— Тут метелики, — здивовано вимовила Стейсі.

Усі завмерли.

— Метелики? — перепитав Цибуліно.

Кучерява почервоніла, сіла на місце й затеребила кінець скатертини.

— Тут метелики, — Стейсі розглядала залите водою ресторанне меню з малюнками кульковою ручкою. — Ще й дуже красиві метелики!

— Екхм... Бачите, в чому річ... — почав Цибуліно.

Було видно, що йому вже не вперше доводиться пояснювати походження цих комах.

— Річ у тому, що ми працюємо в Центрі керування польотами Національного космічного агентства. Франческа — моя напарниця, і ми відповідаємо за траєкторії сателітів та космічних кораблів. І ці метелики — це код...

— Код? — такого Стейсі ще не чула. — Який?

— Ми керуємо різними типами сателітів, — почав, судячи з усього, вельми довге пояснення Цибуліно, який і про мокрі штани забув. — Геосинхронними. Тобто такими, що нерухомо зависають над Землею і рухаються разом з нею. Є ще геостаціонарні сателіти — вони зависають над екватором, і в них нахил орбіти до екватора дорівнює нулю. Розумієте?

— Умгу, — кивнула Стейсі. — А що таке «нахил орбіти»?

— Коротко кажучи, нульовий нахил — це коли орбіта сателіта пролягає рівно по лінії екватора. Тож геосинхронна

---

* Дівчинко моя *(італ.)*.

** Дорогий мій *(італ.)*.

і геостаціонарна — це різні типи орбіт, незважаючи на те, що сателіт і в першому, і в другому випадках зависає над певною точкою Землі. А є ще сонячно-синхронна орбіта, коли сателіт рухається над планетою разом із Сонцем. Тобто відносно Сонця він нерухомий, а відносно Землі — рухається, — показував руками і жестикулював Цибуліно. — У той самий час, як геосинхрони...

— Так а до чого тут метелики?

— Це код.

— Код?

— Це Франческа придумала. Наприклад, бачите оцього метелика? У нього крила зафарбовані лише наполовину. Зафарбована половина — це Земля, а незафарбована — атмосфера. Цей метелик означає геосинхронну орбіту.

— Вау.

— А тут бачите на незафарбованій частині крил коло? Це геостаціонар.

— Чому?

— Тому що коло.

— І?

— А коло — це нуль.

— А нуль?

— А нуль — це нульовий кут нахилу.

— Здається, я почала розуміти.

— Метелики з відростками на крилах — сонячно-синхронні. Кількість відростків — це висота орбіти. Один відросток — тисяча кілометрів.

— Це універсальний код!

— Це ще не все. Бачите крапки у верхній частині крил? Їх є кілька груп. Кожна група має певну кількість крапочок. Кількість у кожній групі — число. Числа разом — це параметри орбіти.

— Навіщо все це?

— Франческа малює метеликів на течках. Тому швидко визначити тип сателіта і параметри його орбіти можна, навіть не відкриваючи файл. Наприклад, тут. На цьому меню Франческа намалювала тижневий план корекцій орбіт на наступний тиждень. Вона просто розповідала професору Расселу, нашому колишньому наставнику, про те, чим ми зараз займаємося.

— Фантастика. Просто фантастика.

— Чудові метелики! Я збережу це меню собі на згадку, можна? — спитала Стейсі у Франчески.

Кучерява захвилювалася й пробурмотіла:

— Так, звісно, чому б ні? Метелики — це завжди красиво. Малювати метеликів значно цікавіше, ніж писати довгі параметри цифрами.

— Свій таємний код — це так круто. Ми в дитинстві розмовляли таємною мовою. Наприклад, знаєте, що означає «Засаєсєць басарасабасанисив ласапасамиси посо десересевусу»?

— Це просто: «Заєць барабанив лапами по дереву», — не кліпнувши оком, сказала Франческа.

— Як ви так швидко здогадалися? — розчаровано протягла Стейсі.

— Кожний шифр має свій чіткий алгоритм. Щоб його розгадати, треба не вслухатися в окреме слово або елемент, а подивитись на нього ніби згори. Кинути загальний погляд. У даному випадку ви після голосної додавали приголосну, а потім повторювали її.

— Мабуть, ви в дитинстві теж так гралися, — закивала головою Стейсі.

— Усі гралися, — втрутився професор. — Коди й шифри — це дуже цікаво. Хочете, приведу вам найпростіший і найдоступніший візуальний шифр? Це картини імпресіоністів. Якщо роздивлятись їх зблизька — це буде суцільна мазанина олійними фарбами. Але якщо відійти далі, то пазл, як то кажуть, складеться.

— Так і з іншими алгоритмами, — продовжила Кучерява. — Треба просто відійти, подивитися збоку й побачити певну закономірність.

— Ви математики! — здогадалася Стейсі. — Ну, все з вами ясно! Я ж філолог за освітою, тому навряд...

— А я колишній журналіст, — усміхнувся чоловік-цибуля. — Тип освіти не має жодного значення. Це просто такий спосіб мислення.

— От чувак зараз на фортепіано грає, — перебила Франческа. — Це також шифр.

Моцарт тим часом грав свою улюблену другу частину *Adagio* концерту для фортепіано з оркестром №23 ля мажор — ту саму, що він чув за стіною у будинку фрау Біркін і ту, що він грав у Юніон-сквер. Ту саму частину «Ейр Франс». Він грав її дуже часто.

— І що ж він там зашифрував? — здивувалася Стейсі.

— Ніжність, вдячність і любов, — пояснила Кучерява. — А ще він дуже хоче туди, звідки прибув, але знає, що ніколи туди не потрапить. Ніколи.

Сцена п'ята

Stringendo
поступово швидше

Стейсі побачила голомозого на вході в ресторан. Вона впізнала його дороге кашемірове пальто і строкатий шалик. Гостес, білява кучерява Марта, якраз проводила його за вільний столик. Голомозий сів у дальньому кутку. На сусіднє місце Марта одразу поставила табличку «Зарезервовано».

— П'ятий, твоє замовлення, — Марта зробила помітку на схемі залу.

— Дякую, дорогенька, — відповіла Стейсі й попрямувала до п'ятого столика.

Думки в її голові мчали, як жовте таксі по Генрі Гадзон парквей. «Я, звісно, можу помилятись, але це той самий тип, на відхід якого так болісно відреагував Фернандес. Здається, що він завжди з'являвся тут тоді, коли й Фернандес. Але я не бачила, щоб вони спілкувалися. Позаминулого разу він приходив перед Днем подяки».

— Добрий день, сер, мене звати Стейсі, я вас сьогодні обслуговую.

— Добрий день.

Абсолютно ординарне обличчя, про яке зазвичай говорять «зустрів би вдруге — не впізнав би»; чи то сірі, чи то кольору грозової хмари очі, круглий ніс, міцно стиснуті губи. Фронтальна сторона була абсолютно нічим не примітна.

На відміну від потилиці. На ній, прямо посередині, красувалася фіолетова родима пляма, завбільшки як сірникова коробка. Формою вона нагадувала півострів Крим — забути таке було просто неможливо.

— Щойно ви будете готові зробити замовлення, просто зро...

— Пляшку газованої мінеральної води і еспресо.

— Гаразд. А якої саме води? У нас є...

— Байдуже.

Прийнявши замовлення, Стейсі попрямувала не на кухню, а у приміщення охорони.

— Стів!

Худорлявий хлопець, що був у ресторані і за системного адміністратора, і за охорону, підняв голову, всміхнувся й поправив окуляри.

— Так, Стейсі. Чим можу допомогти?

— Стів, День подяки в нас коли був?

— Двадцять другого листопада, здається...

— Дістанеш мені запис головного залу за двадцять перше число?

— Запросто.

Стейсі дістала з холодильника пляшку води, поставила на срібну тацю й понесла клієнтові.

— Ваша вода, сер.

— Дякую.

Наступним пунктом була стійка гостес Марти.

— Марто, шостий столик на чиє ім'я зарезервовано?

— Секунду... Матео Фернандес.

— Бінґо! — наступної секунди Стейсі вже летіла в кімнату охорони. — Стів?

— Який час тебе цікавить?

— Ближче до обіду.

Стів перевів курсор на 11:00 AM і пустив дівчину за комп'ютер. Стейсі почала проганяти запис. Довго чекати не довелось — з'явилася знайома коротка сухорлява фігура — у ресторан прийшов Фернандес. Хвилин через десять у ресторан зайшов... Голомозий.

«Сто відсотків, вони пов'язані. Сто відсотків! Цей з лисою довбнею і є та ланка! Це він! Але як вони спілкуються? Як?» На відео було чітко видно, що вони не тільки не говорили, а навіть і не дивились один на одного! Хвилин через п'ятнадцять після того, як у ресторан прийшов Фернандес, його спільник розплатився і вийшов, навіть не подивившись у бік сальвадорця.

— Ваше еспресо, сер.

— Дякую.

— Щось іще?

— Ні, це все.

Стейсі відійшла. Що ж робити? Дочекатися Фернандеса й спостерігати за обома? Але що принципово нового вона може побачити? Подзвонити детективам? Але що їм сказати? Нічого ж не ясно. Навіть особливих підозр не було, просто якісь натяки без будь-яких доказів. Мозок у Стейсі аж кипів. Що робити?

«Кожний шифр має свій чіткий алгоритм, — пролунав у голові тоненький голос кучерявої математички. — Щоб його розгадати, треба не вслухатися в окреме слово чи елемент, а подивитись на нього ніби згори».

«Гаразд. Стоп. Спокійно, — думала Стейсі. — Вони не спілкуються. Вони не дивляться один на одного. Отже, це не візуальний контакт. Але який?» Саме в цю мить Моцарт після перерви почав новий концерт. Гості як по команді повставали з-за столиків і утворили перед сценою півкільце. Дівчина дивилась на людей, що слухали, як Вольф грає четверту частину своєї Маленької нічної серенади*. «Звук! — блискавкою майнуло у дівчини в голові. — Вони слухали один одного!»

«Якщо роздивлятись їх зблизька — це буде суцільна мазанина олійними фарбами. Але якщо відійти далі, то пазл, як то кажуть, складеться», — почула вона слова професора. «Гаразд, якщо вони слухали один одного, то що саме? Те, як вони робили замовлення?»

Пам'ять Стейсі одразу знайшла потрібний файл:

— Сьогодні стейк. Середньої прожарки.

— Що на гарнір?

— Картопляне пюре. Три повні столові ложки до нормальної порції, будь ласка.

— Записала. Півтори порції пюре.

— Ні! Не так! Три повні столові ложки додатково до нормальної порції!

— Гаразд. Три повні столові ложки додатково до нормальної порції.

— І луїзіанський гострий соус до стейка. В окремий посуд, не на тарілку.

Стейсі найменшої гадки не мала, що це все мало означати, але це явно щось означало, і щось дуже важливе. Інакше навіщо Фернандес так нервувався й наполягав на

---

* Серенада № 13 соль мажор для скрипок, альта, віолончелі та контрабаса в чотирьох частинах *(Eine kleine Nachtmusik (нім.) K525)* — написана Моцартом 1787 року, але опублікована аж через багато років після смерті композитора, в 1827 році. Із самого початку в ній було п'ять частин, але доля останньої невідома. Легка, життєрадісна й жвава четверта частина *Rondo* тепер вважається останньою.

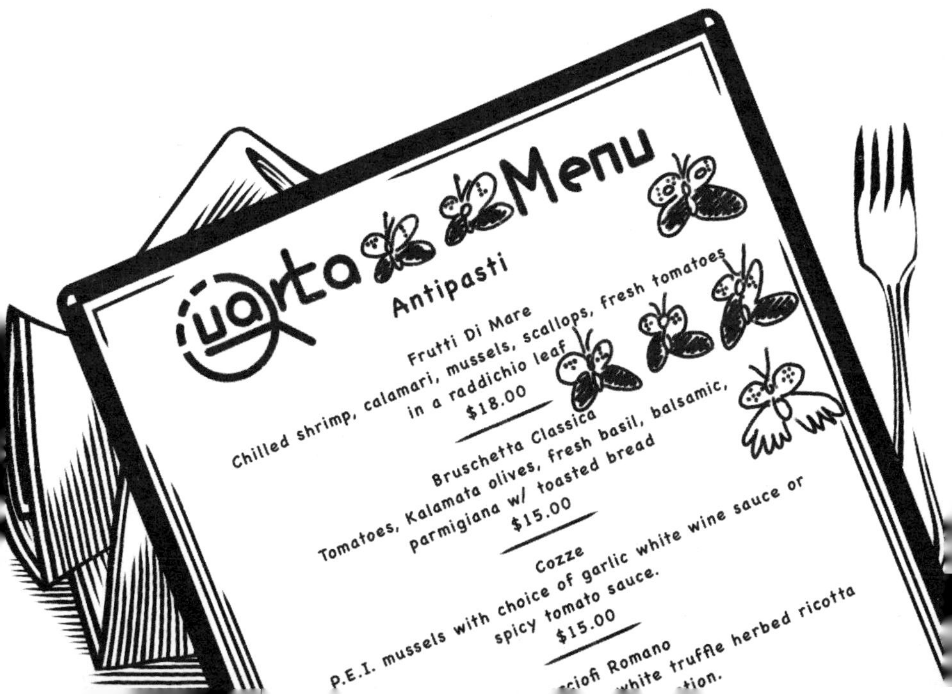

Menu
Antipasti
Frutti Di Mare
Chilled shrimp, calamari, mussels, scallops, fresh tomatoes
in a raddichio leaf
$18.00
Bruschetta Classica
Tomatoes, Kalamata olives, fresh basil, balsamic,
parmigiana w/ toasted bread
$15.00
Cozze
P.E.I. mussels with choice of garlic white wine sauce or
spicy tomato sauce.
$15.00
white truffle herbed ricotta

формулюванні «три столові ложки додатково до нормальної порції». Бо «півтори порції» йому вже не підходили, а поміж тим, це одне й те саме. «Луїзіанський гострий соус до стейка. В окремий посуд, не на тарілку». Луїзіанський гострий соус дається маленькими порціями, бо він дуже гострий. Але навіщо в окремий посуд?

— *Що з напоїв?*

— *Нічого!*

— *У будь-якому разі я принесу вам води.*

— *Не треба води!*

Стейсі намагалася згадати кожне слово, сказане Фернандесом, кожну його інтонацію. «Після стейка і тим більше після гострого соусу страшенно хочеться пити. Чому він не захотів води? — думала Стейсі. — А він узагалі збирався той стейк їсти?»

«Я кажу, стейк сьогодні середній. Наступного разу замовлю повністю просмажений. Ну то й що, що дорожче? Я гарніру взяв сьогодні більше. На три ложки. Так, буду жирний, ну то й що? Тобі шкода чи що?» Хто по телефону обговорює те, що їстиме?

Часу на роздуми лишалися лічені хвилини. Зрештою, детективи ставили перед нею завдання спостерігати й записувати. Вона глибоко зітхнула, взяла телефон, запустила на ньому диктофон і поклала апарат у нагрудну кишеню сорочки.

Стейсі дуже сильно хотілося нарешті поставити в цій історії крапку. З одного боку, після появи в її житті Моцарта їй хотілось якомога довше перебувати поруч з ним, бо він справді потребував допомоги в новому для нього світі, а з другого — вона хотіла, щоб те невідворотне, що мало з нею рано чи пізно статись — арешт і депортація — нарешті сталось. «Очікування страти — гірше за саму страту».

Крім того, їй було елементарно страшно. Вона звичайна собі дівчина, а детективи використовують її як зброю проти одного з найнапруженіших наркотрафіків у світі. Однак якщо треба покарати поганих хлопців, то вона, Стася, зробить усе можливе, бо вона з самого малку дуже обов'язкова і відповідальна.

З усіма цими думками Стейсі почувалась так, ніби стоїть перед прірвою. Вона готова була стрибнути, не знаючи, чи виживе, чи розіб'ється вщент. Просто розуміла, навіщо це потрібно, і тому відкидала найменшу думку про наслідки. Упевненість у власній правоті робила її безстрашною і сміливою. У ній прокинувся войовничий характер тата — військового льотчика-винищувача — який поєднався з маминою холодною розсудливістю. Усе це робило її страшною зброєю.

І в голові все прояснилося. Стало так світло, ніби запалили хірургічну лампу над операційним столом, і так тепло, ніби анестезіолог дав наркоз. Руки перестали тремтіти, очі засвітилися недобрим вогнем. Стейсі була готова до битви зі злом. Причому в буквальному сенсі.

Вона зайшла в зал і одразу оцінила ситуацію — Голомозий сидів за столом. Столик поряд з ним був і досі порожній. Годинник показував за п'ять хвилин другу. Стейсі попрямувала до п'ятого столика. Ще ніколи загалом короткий шлях од кухні через зал не здавався їй таким довгим.

— Сер, у вас все ОК? — зазвичай у ресторанах таке питають, коли клієнт нічого вже більше не замовляє, і персонал цією невинною фразою м'яко натякає, щоб клієнт або замовляв іще щось, або забирався к дідьку й не займав місце.

— Дякую, усе гаразд, — сухо відповів Голомозий, що в перекладі з клієнтської означало: «Я замовив собі воду й каву і сиджу собі, нікого не чіпаю. Захочу — замовлю найдорожче з вашого меню, не захочу — сидітиму й цмулитиму каву і нічого ви, жлоби, мені не зробите». Стейсі вже було зібралася йти, але раптом обернулася, нахилилась до Голомозого і, дивлячись йому прямо у вічі, тихенько промовила:

— Фернандес затримується. Але просив передати, що замовлятиме сьогодні *t-bone* стейк прожарки *well done*, на гарнір пюре з трьома ложками понад норму — як і минулого разу. І луїзіанський гострий соус в окрему посудину.

З несподіванки очі Голомозого широко розкрилися. Він кілька секунд упритул розглядав Стейсі, права рука в нього ледь тремтіла. Нарешті Голомозий опанував себе, відвів погляд і попросив:

— Рахунок дайте, будь ласка.

Стейсі подала йому шкіряну книжку з рахунком за воду й каву. Голомозий, не глянувши на суму, поклав на стіл двадцятидоларову банкноту, підвівся і попрямував до виходу. Потім раптом обернувся.

— Фернандесу передайте, щоб забув мій номер.

У цю саму мить у ресторан якраз заходив Фернандес. Вони зустрілись у дверях. Голомозий застебнув своє кашемірове пальто, нахилив голову і боком прослизнув надвір. Фернандес провів його сповненим жаху поглядом. Дивився на нього, як на згаслий сірник — останню надію розпалити вогонь серед зимового лісу. Як на пістолет, який несподівано заклинило, коли грабіжник вдирається у твій будинок. Як на екзаменаційний білет — єдиний, якого ти не вивчив.

Не знаючи, як бути, Фернандес стояв у дверях. У паніці він спочатку смикнувся бігти за Голомозим, але потім стримався і підійшов до стійки гостес.

— Фернандес. На другу годину.

— Добрий день, ваш столик шостий. Прошу, йдіть за мною.

Марта відвела клієнта на місце і підійшла до Стейсі.

— Твій клієнт. Шостий столик.

— Дякую, Марто.

Стейсі підійшла до Фернандеса і посміхнулась йому. Тобто не всміхнулась, як зазвичай усміхалась клієнтам. Ні, вона саме посміхнулась — глумливо й презирливо, змірявши його поглядом знизу догори. Так, як він сам це робив кілька днів тому, під час останнього візиту.

— Добрий день, я Стейсі. Я вас сьогодні обслуговую. Що бажаєте?

— Води. Газованої. І кави.

Стейсі навіть запису в блокноті не зробила. Замість цього раптом сказала Фернандесові:

— Який збіг! Ваш друг, з яким ви щойно розминулися, замовляв те саме. Жаль, що він вас не дочекався.

Фернандес закляк.

— А що, ви сьогодні не замовите *t-bone* стейк прожарки *well done?*

Бандит пополотнів з жаху, не розуміючи, які таємні сили ведуть проти нього гру.

— Що? — прохрипів він і стис кулаки.

— Що чув. А на гарнір пюре з трьома ложками понад норму, як той раз? І луїзіанський гострий соус в окрему посудину?

— Ти... Хто?.. Хто тобі сказав? Як ти, сучка, знаєш?! — прошкварчав Фернандес затерплими губами.

Стейсі нахилилась до нього й додала:

— Забудь його номер, лузер. Гаплик тобі, дурко.

Саме в цю мить Моцарт зіграв останній акорд. Настала така густа тиша, що муха загрузла б у ній, як у сиропі. Було чутно, як у Стейсі гупає серце. І тут вибухнули такі оплески, що Фернандес аж смикнувся з несподіванки. Потім швидко вискочив з-за стола й стрімголов кинувся на вулицю. Стейсі дістала телефон і зупинила запис.

Детектив Бріджес сидів за столом, обхопивши руками голову.

— А що, ви сьогодні не замовите *t-bone* стейк прожарки *well done?*

— *Що?*

— *Що чув. А на гарнір пюре з трьома ложками понад норму, як той раз? І луїзіанський гострий соус в окрему посудину?*

— *Ти... Хто?.. Хто тобі сказав? Як ти, сучка, знаєш?!*

— *Забудь його номер. Гаплик...*

Детективи слухали запис уже, здається, вдесяте. Стейсі скучала, розглядаючи нігті. Вона любила французький манікюр, але з цією роботою його не дуже й поносиш.

— Як ти здогадалася, дитино? — тихо спитав Бріджес.

— Просто розгадала шифр.

— Усе правильно, — зітхнув Козінський. — Цей сленг у драґдилерів з'явився ще у вісімдесяті, коли *DEA* заборонило більшість метамфетамінів, що були у вільному обігу. Стейк — це кокаїн. *T-bone*, як відомо, складається з двох сортів м'яса — філе-міньйон і стріплойн. Філе-міньйон — це чистий кокаїн або кокаїнова сіль. Гідрохлорид кокаїну — це найбільш ходова наркота у «білих комірців» з Волл-стріт та у різної там богеми. А стріплойн — це «моллі».

— Що таке «моллі»? — спитала Стейсі.

— *MDMA**, або «екстазі», — подав голос шеф групи федералів, Петерсон. — Зазвичай на сленгу наркомафії *t-bone* —

* MDMA — 3,4-метилендіоксі-N-метамфетамін *(3,4-Methylenedioxymethamphet amine)*, відомий як «екстазі» (у Мангеттені його називають «моллі»).

це велика партія кокаїну і метамфетамінів у пропорції 1/3 коксу і 2/3 «моллі». Найбільш ходова комбінація, вигідний економічний пакет.

— А що означає ступінь прожарки?

— Ступінь очистки. Сирець завжди дешевший, і дозу не розбавиш цукровою пудрою чи сухим молоком, не напхаєш кофеїну чи амфетамінів для компенсації. Тому «прожарений стейк» — дорогий матеріал, — пояснив агент Петерсон.

— Ти ба, — гмикнула Стейсі. — Фернандес понад рік закуповував партії наркоти прямо в моєму ресторані. До речі, що таке гострий луїзіанський соус?

— Це *speedball.*

— Щось сильнодіюче? — Петерсон кивнув.

— Це суміш креку, або брудний кокаїн і героїн. Його переважно вживають ті, кого звичайна кокаїнова доза вже не бере. Украй погана штука. На ній в'їжджають прямо в пекло. А «луїзіанським» він зветься тому, що найбільше поширений був у Новому Орлеані. Скільки талановитих музикантів від нього сконало! До речі, а раніше ти говорила про варіації стейків і пюре?

— Говорила. І про соуси також.

— Хто ж міг подумати... — Бріджес сумно опустив вуса.

— Головне, що ми дізналися, — сказав Петерсон. — А точніше, ця юна леді дізналась і самотужки розгадала шифр. Дякуємо. Сама здогадалась?

— Мені одні божевільні математики підказали.

— Хто?

— До нас багато різного цікавого народу ходить.

Стейсі трохи іронічно гмикнула й поправила волосся.

— Ви вчасно до нас звернулися, — сказав агент Петерсон. — Фернандеса ми не знали, але його спільник, судячи з описів, — Пітер Кудінов. Він зник з нашого поля зору

одразу після великої операції в 2007-му році, у Лос-Анджелесі*. Не знав, що цей мерзотник випливе тут. Хоч він у Каліфорнії промишляв кокаїном для богеми. Уявляєш, він вітався за руку з половиною тих, хто сидить у перших рядах «Ґреммі» та «Оскара»! Ви засунули палицю в кубло з шершнями, юна леді.

— Їй потрібна охорона, — засопів Бріджес. Його дуже муляло те, що Стейсі не раз згадувала про стейки, пюре та соуси, а вони не здогадалися.

— Це зрозуміло, — кивнув головою Петерсон.

— Від кого охорона? — на тій же іронічній ноті спитала Стейсі. — Від Фернандеса?

— Навряд чи він припхається в ресторан удруге, — сказав Козінський. — Він утратив постачальника. А без нього Фернандесові в ресторані робити нічого. Та й той, хто дає йому гроші на закупку, залюбки б зараз подержав Матео за горло. Тож у наших інтересах знайти його першими, поки з ним не сталося чогось поганого.

— Думаю, дівчину треба буде охороняти від федералів з *ICE*, — похмуро сказав Петерсон. — Вони вже дзижчать неподалік, бо до справи причетна ціла зграя нелегалів з Латинської Америки. А ваша інформаторка проходить в офіційних документах розслідування.

Стейсі почувалася так беззахисно, що радо б сховалася за щось тепле й велике — наприклад, за Бріджеса.

— І що ж мені робити? — самим губами прошепотіла вона.

---

* *Operation Imperial Emperor* — одна з найбільших операцій *DEA* на західному узбережжі США. Реалізована в 2007 році. У ході операції було конфісковано 45,2 мільйона доларів готівкою, 27 229 фунтів гашишу, 9512 фунтів кокаїну і 227 фунтів метамфетаміну «*ice*».

— Перше — нікому не відчиняй. Вони можуть прикинутися звичайними поліцейськими, яким треба щось уточнити, бо вони розслідують крадіжку простирадла по сусідству. Не говори з ними. Якщо в них немає ордера на обшук твого помешкання, ще раз кажу: не відчиняй їм.

— А якщо почнуть висаджувати двері?

— Двері висаджувати може тільки *SWAT** — ти їх упізнаєш за нашивками.

— А що ж тоді робити? — розгубилася Стейсі.

— Скажи, що ти не хочеш з ними говорити, не відповідатимеш на їхні запитання і попроси покинути твою територію. А якщо хтось без ордера ломитиметься тобі у двері, і це буде не *SWAT* — сміливо дзвони Бріджесу чи Козінському, вони приїдуть і покажуть їм, що по чому.

— Одразу дзвони мені, — поспішив втрутитися Бріджес, ніби боявся, що Козінському дівчина подзвонила б першому.

— Словом — не контактуй з ними.

— Узагалі?

— Узагалі. Але якщо затримають на вулиці — мовчи. Це твоє право. Але не сперечайся, не бреши, не тікай і не чини опору. Ні в якому разі! Одразу дзвони адвокатові.

— Я не маю ні адвоката, ні грошей на адвоката, — сказала Стейсі.

— Не переживай, буде в тебе адвокат, — тихо сказав Бріджес. — На, візьми...

І детектив протяг дивну візитку. На білому шматочку картону ніби вручну, пером, лаконічно було написано: «Дж. Медісон-мол». І телефон.

---

* *SWAT — Special Weapons And Tactics* — підрозділи, що виконують операції з високим ризиком, у яких потрібні здібності та навички, що виходять за рамки можливостей звичайних поліцейських.

— Це адвокат? — здивувалася Стейсі, розглядаючи підозрілу візитку.

— Адвокат, адвокат... — підтвердив Бріджес. — Ще й який. Усім адвокатам адвокат. Ти йому просто зателефонуй і скажи, що ти від Бріджеса. Головне, не слухай матюків, які він казатиме на мою адресу. Можеш навіть перші три хвилини звук вимкнути, поки він не спитає, що тобі треба.

Козінський засміявся.

— А хто він такий? — поцікавилася Стейсі.

— Довга історія... — одвів погляд Бріджес. Йому явно незручно було згадувати якийсь випадок.

— Що ж, джентльмени, — встала Стейсі. — Мені треба вертатися на роботу, поки вона в мене ще є.

Антракт

Небезпека примушує зробити крок їй назустріч, а невідоме притягує тим, що може бути небезпечним. Знайомі відчуття? Чому всупереч інстинктам самозбереження ми деколи робимо те, що насправді робити не дуже й розсудливо? Питання, на яке дуже тяжко знайти відповідь.

Що говорять про вас друзі поза вашою спиною? Що думають про вас колеги? Навіть якщо хтось стверджує, що його це «ніколи не цікавило», — не вірте, це безсоромна й лицемірна брехня. А хіба є такі, що не хотіли б знати про своє майбутнє? І скільки різних ворожок, чаклунів, астрологів та інших шахраїв наживалися на цьому вічному бажанні — знати те, чого знати насправді не потрібно.

А бажання знати, що буде після вашої смерті? Скажете, що вам байдуже, бо вас не існуватиме... Чого ж тоді люди ще за життя пишуть заповіти, купують місця на цвинтарях? Хіба не все одно? Ніхто не знає, що діятиметься після того, як його не стане. Однак були в Нью-Йорку люди, що легко могли дізнатися, що відбулося після того, як вони померли. І одним з них був Моцарт.

Найважче було усвідомити, що дуже багато років тому ти таки вмер. Не набагато легше — дізнатися, як обійшлася доля з рідними людьми після твоєї смерті. Бо коли ти через двісті двадцять сім років якимось чином ожив, то цілком природно, що ти маєш бажання дізнатися про долю дітей та дружини. Коли Стейсі читала йому уривки з історичних опусів, Вольфганг переживав дивні почуття. Він був обурений тим фактом, що Констанція вдруге вийшла заміж, але водночас розумів, що в той час іншого виходу вдовиця з двома дітьми просто не мала. Він дуже ревнував Констанцію, але був зворушений, що нове подружжя разом працювало над його біографією, в якій він (о, диво!) був зображений доволі пристойно й гідно. Він переживав за синів, сердився, що ні Карл, ні Франц Ксав'єр так і не одружились і не завели дітей, але був щасливий, що в їхньому житті на них ніхто не тиснув і не примушував обирати той шлях, який їм був не до вподоби. Оскільки він сам пережив подібне. І був щасливий, що його сини не повторили його долю.

Station Станіслава все своє життя боялася невідомості. Завжди хотіла бути напоготові до всього, що підсуне їй життя, завжди прагнула мати план на всі випадки. Хотіла знати, що буде завтра й післязавтра. Але раз за разом життя готувало їй такі сюрпризи, що всі плани й прогнози розбивалися вщент.

Вона думала, що отримає ступінь магістра й займатиметься наукою, робитиме переклади та лінгвістичні дослідження, а натомість поїхала в США і, не плануючи цього, нелегально залишилася в Нью-Йорку, змішавшись із мільйонами таких, як вона. Думала, що знайшла кохання, а виявилося, що то примара й міраж.

Думала, що все в її житті буде передбачуване, сплановане й безпечне — а натомість не може спланувати навіть завтрашнього дня, бо її завжди можуть викликати на роботу, і вона не відмовиться, бо їй постійно потрібні гроші. Думала, що ніколи не перетнеться зі світом криміналу, а натомість стала свідком убивства, а тепер брала участь у поліційній операції. Саме тепер, коли треба зважувати кожен крок, щоб не втрапити в халепу і в поле зору імміграційної поліції, Станіславу отак закрутило. Що її змусило заговорити з одним наркодилером, зруйнувати плани й кар'єру другого? Нахамити Фернандесові, нагнати на нього страху і зі стороннього свідка стати активною учасницею подій. Вона відчувала небезпеку і свідомо йшла їй назустріч. А якби Фернандес у пориві гніву загнав би їй між ребра ножа? Що, якби... Та мало що могло б статися. Завжди розсудлива дівчина, якою вона себе вважала, свідомо послабила гальма й активно втрутилася в якусь велику гру, навіть не здогадуючись, до чого це призведе. Пішла ва-банк. Поставила на кін усе, що мала, без певності, що виграє.

«Я втомилася», — ПЕРШИЙ ДЗВІНОК — думала Станіслава, йдучи з відділку в ресторан. Вона намагалася не думати, що чекає її в майбутньому — агенти *ICE* й арешт, наркоділки і їхня помста... Чи ще якась халепа...

Тепер у її житті був Моцарт, який точно так само, як і вона, не уявляв, що чекає його в майбутньому. Прямо зараз, у цю мить, він сидів за інструментом у залі ресторанчика «Кварта», вщерть набитому глядачами й журналістами, і грав — ДРУГИЙ ДЗВІНОК — *Andante* зі свого концерту *in C-Dur K467*, абсолютно не знаючи, що буде після того, як він його доіграє.

Не знала, що буде з нею в майбутньому, і Ґабріель Бонер Шанель, яка сиділа у «Кварті» за другим столиком і, слухаючи гру нового друга, зосереджено щось малювала в альбомі. Точно вона знала тільки одне — її теперішнє життя ніколи не буде схоже на її попереднє. Що її теперішнє життя — це шанс змінити те, чого не змінила в минулому. Шанс не повторити тих помилок, яких припустилася багато років тому. Звісно, без тих помилок і вчинків вона ніколи б не стала — ТРЕТІЙ ДЗВІНОК — Коко Шанель. Проте, з другого боку, тепер, коли вона вже Шанель, ніщо не заважає їй бути іншою. І саме це лякало й вабило її понад усе — бажання бути самою собою попри все.

ДІЯ СЬОМА

Сцена перша

Con bravura
бадьоро

Моцарт потрохи звикав до двадцять першого століття. Йому почав подобатися сучасний одяг, його вже не так лякали поїзди метро та літаки, що заходили на посадку в аеропорт *La Guardia*.

Значно покращало з гігієною. Моцарт уже не намагався чистити зубною щіткою черевики і приймав душ двічі на день, використовуючи майже всю гарячу воду з бойлера. «Хай я краще почекаю зайву годину, поки вода нагріється, — думала Стася, — аніж знов нюхати запахи епохи бароко». Єдине, від чого Моцарта було тяжко відучити, то це від марнування парфумів. За давньою звичкою Вольф щедро поливався одеколонами, причому він геть не бачив різниці між чоловічими й жіночими запахами, бо в його часи між ними не робили різниці. Не гребував Вольф і пудрою. Добрався б і до помади, якби вмів користуватися сучасним її варіантом. Розсмакував він і сучасну їжу. Великий любитель пожерти, Вольф був цілком задоволений асортиментом супермаркетів, де міг зависати годинами, відкриваючи для себе нові обрії. Він охоче заливав пшеничні пластівці теплим молоком і навчився користуватись плиткою, спаливши, щоправда, дві упаковки ньокі. Стейсі знайшла в інтернеті рецепт кнедлів і дивувалась, як це звичайні шматки тіста з картоплі та борошна, политі грибною підливою, можуть викликати таке щире захоплення.

— Ну а що ти хочеш, доню? — всміхалась у віконці месенджера мама Наталя. — Він скучає за своїм домом, а кнедлі — це ніби такий кулінарний привіт з батьківщини. Ти ж скучаєш за бабуніними голубцями?

І це була свята правда — Стейсі страшенно скучила за бабусиними голубцями.

— Добрий вечір, фрау Незгода! Моя шана, гер Александер! — Моцарт визирнув з-за плеча.

— Доброго вечора, Вольфганг!

Оскільки Моцарт оселився в Стасиній квартирі на правах руммейта*, то дівчина познайомила його зі своїми батьками. Щоправда, перед тим провівши з ними підготовчу розмову.

— Його звати Йоган Хризостом Вольфганг Амадеус Моцарт, — сказала Стася і приготувалася до найгіршого. З одної сторони, нічого дивного — у дитинстві в неї вже був уявний друг, але мати уявного друга в дорослому віці було, погодьтеся, дивно.

— А ти як його називаєш? — незворушно спитала мама Наталя.

— Вольф. Тільки, мамусю...

— Що?

— Це не уявний друг. Я не «ку-ку» і я не вживаю наркотиків.

— Доню, як ти могла подумати!

— І, мамусю, це не псевдо. Це його справжнє ім'я.

І дівчина розповіла все по порядку — з того самого дня, як зустріла Вольфа в пресінкті. Батьки мовчки вислухали Стасю. Тато здивовано хитав головою. Мама Наталя накручувала на палець пасмо волосся.

---

* *Roommate (англ.)* — товариш по кімнаті, співквартирант.

— Ви ж не думаєте, що я звар'ювала? — закінчила Станіслава.

— Ні, — коротко відповів тато Олександр. — Ми — твої батьки, і наша робота — вірити тобі й дбати про тебе. Ми з мамою не прокурори й не слідчі, щоб перевіряти твої слова й вимагати доказів. І ми не журналісти, щоб скептично ставитись до всього, що ти скажеш. Ми лиш батьки, яким важливо все, що діється з нашою дитиною. Тому, якщо ти кажеш, що твій новий друг — Вольфганг Моцарт, то для нас він і є Вольфганг Моцарт. Я одне хіба скажу. Хай він буде хоч самим Македонським, але якщо він тебе скривдить, то я його з-під землі дістану й зроблю йому дуже боляче. Ферштейн?

Так Вольфганг увійшов у життя родини Незгод.

Пізніми вечорами, коли Стейсі з Вольфом приходили з роботи, вони заварювали чай, вливали в нього по ложці бренді, сідали з ногами на диван, і Стейсі слухала довгі Моцартові розповіді. Розповідав він про дитинство, яке минуло в подорожах, про батька, який став для них з сестрою другою особою після Бога.

— Розумієш, ми змалку не знали нічого, крім музики. Ми нотну грамоту вивчили раніше, ніж абетку. Щодня ми вчилися грати з аркуша незнайомі твори і зразу їх запам'ятовувати. Але не очима, а вухами. Вчилися не лише слухати ноти, а й бачити їх. Та не очима, а пучками пальців.

— Це тому ти можеш грати без нот, із заплющеними очима?

— Це базова навичка, Павло теж так може. І ти зможеш, якщо захочеш навчитись. Музика — це ремесло. Тут усе залежить лише від рівня майстерності. Батько навчав нас з Наннерль різних трюків — грати всліпу, через шарф на клавіатурі, ставати спиною до інструмента й грати заведеними за спину руками — публіка була у захваті! І, поки ми були дітьми, ми були цікаві. Врешті ми виросли і з дітей-віртуозів перетворилися просто на віртуозів. А такого добра тоді було повно всюди! — засміявся Вольф.

— А чого б ти найбільше в житті хотів?

— Щоб батько мною пишався! — випалив Моцарт.

— І все?

— А що може бути краще?

— Ніколи про це не думала... — сказала Стейсі. — Я завжди мріяла займатися тим, що мені подобається. А мені подобалось вивчати іноземні мови.

— Саме тому ти так гарно говориш і німецькою, і англійською?

— Англійською краще. Але німецьку я завдяки тобі згадала.

— А я англійську завдяки тобі.

— Думаю, батько б тобою пишався.

— Навряд. Усе своє життя я намагався довести йому, що можу досягти успіху без його протекції. Я поїхав у Відень усупереч його волі. Я одружився всупереч його волі. Йому взагалі нічого не подобалося з того, що я робив! — Вольф зітхнув. — Щоправда, коли я став по-справжньому відомий, він визнав, що я досяг успіху, але наші стосунки від цього не змінились. Він так і не простив мені, що я не скорився його волі й не посів його місце при дворі архієпископа Зальцбурзького, а потім ще й не поїхав у Париж! — Моцарт зробив великий ковток з чашки. — А твій батько каже, що його робота — вірити тобі.

— Вольф, те твоє життя лишилося в минулому. Тепер тобі нічого й нікому не треба доводити.

— Ні, — Моцарт подивився дівчині прямо у вічі так, що Стейсі стало ніяково. — Я повинен довести дещо сам собі.

І це набагато важливіше, ніж те, що я все життя намагався довести батькові.

— Що? — тихо спитала Стейсі.

Але Моцарт не хотів більше говорити. Він відставив чашку, ліг на диван і відвернувся.

— Я втомився й хочу спати. Завтра на службу. Добраніч, *meine wertheste Freundin!*

*— Gute Nacht, mein lieber Wolfie!**

Моцарт і справді дуже втомлювався. Вони працювали майже без вихідних — наплив охочих послухати геніального музиканта тільки збільшувався, «Кварта» зі звичайного італійського ресторану на Другій авеню стала найбажанішим закладом Мангеттену. Столики в ресторані були зарезервовані на кілька місяців наперед.

Журналісти осаджували заклад, сподіваючись поговорити з «талантом-що-взявся-нізвідки». Моцарта дуже дратувало таке прізвисько — він був згодний з «талантом», але що означає «взявся-нізвідки», якщо він узявся із Зальцбурґа?! А ще журналістам подобалось, як Моцарт тлумачив їм свою музику: «Ви хочете знати, який настрій у "Маленької нічної серенади"? То уявіть собі нічного метелика, що пурхає біля свічки в танці під музику, яку чує лише тільки він. Уявили? Так ось, цей метелик — це ваші руки, що не втримались і починають диригувати. Збоку не збагнеш чому — а ви просто слухаєте музику в навушниках». І поки журналісти перетравлювали цей немилосердний пасаж, Вольфганг, задоволений, реготав.

Якось журналістка одного кабельного каналу, надувши губки, спитала:

---

* Добраніч, моя дорога подружко!
— Добраніч, любий Вольфі! *(нім.)*

— А ви ще щось граєте, крім Моцарта?

— Аякже! — відповів Вольфганг. — Зараз я зіграю для вас одну цікаву штуку.

Моцарт усівся зручніше, підморгнув журналістці й оголосив:

— Композитор Трацом! Атанос для фортепіано, *Ottergella*, частина третя!

Гонтар, що сидів неподалік, затулив обличчя руками. Плечі його трусились. Оператор махнув рукою, і Моцарт почав грати. Усі, хто був тоді в ресторані, звернули увагу, що річ, яку грав Вольф, була трохи дивна. Як сказали б піаністи, авангардистська і дещо схожа на твори Пауля Гіндеміта*. Журналістка з натхненним обличчям вислухала всі чотири хвилини і, коли Моцарт закінчив, із захватом видихнула:

— Яка краса!

Вольфганг зареготав. Услід за ним не втримався й Павло. Журналістка та оператор здивовано крутили головами.

— Ви записали відео? — захлинаючись сміхом, спитав Гонтар.

— Так...

— А тепер програйте файл задом наперед!

Коли оператор під'єднав карту пам'яті до комп'ютера, відкрив монтажну програму й запустив файл у зворотний бік, усі почули третю частину 11-ї сонати Моцарта, *Allegretto*, більш відому як «Турецький марш»**.

Моцарта також частенько питали, чи міг би він зіграти щось із сучасного.

---

* Пауль Гіндеміт *(Paul Hindemith*, 1895–1963*)* — німецький композитор і диригент. Один із творців неокласицизму в європейській музиці першої половини XX століття.

** *Alla Turca* — третя і фінальна частина Сонати для фортепіано № 11 ля мажор *K 331*. Вважається найвідомішим твором Моцарта.

— Без жодних ваган! — відповідав Вольф. — Дайте лише прослухати.

Із сучасним розвитком технологій знайти й програти потрібну музику анітрохи не складно. У цьому Вольфу на концертах допомагав Томмі. Ця музика на замовлення була для публіки одним з улюблених номерів. Вольфганг філігранно відтворював усе, що чув, незалежно від стилю, а через кілька тактів, коли йому набридав одноманітний мотив, починав імпровізувати й тоді відбувалося справжнє шоу. Вольфгангу мало було просто відтворити мелодію, ні, він починав додумувати варіації прямо наживо, перетворюючи хіт, скажімо, «Бітлз» чи Мадонни на сонату для фортепіано, зіграну в цілком упізнаваному «моцартівському» стилі.

Талантові Вольфа розважати публіку міг позаздрити будь-який шоумен. Переважно на його концерти ходили послухати виконання власне творів Моцарта. А трюк «Як би звучали сучасні хіти в XVIII столітті» йшов другим відділенням, і на нього приходило не менше народу, ніж на класичну програму.

Окремою кастою на Моцартових концертах були професійні піаністи, теоретики, музична професура і композитори. Після кожного виступу за столиками, де сиділи музиканти, точилися гарячі суперечки.

— Яке філігранне виконання Моцарта! Яке природне чуття стилю! Це неймовірно! Чия це школа?

— Він стверджує, що це школа Леопольда Моцарта і Джіованні Батісто Мартіні!*

---

* Джіованні Батісто Мартіні *(Giovanni Battista Martini, 1706–1784)* — більш відомий як «падре Мартіні». Знаний італійський композитор, скрипаль, клавесиніст та музикознавець. Видатний педагог. Крім Моцарта, учнями падре Мартіні були Йоган Крістіан Бах і український композитор та диригент Максим Березовський.

— Але... Як це можливо?!

— Не знаю. Але схоже на те! Послухайте, як він імпровізує! Тепер ніхто не вчить так володіти інструментом!

— Розповідають, що він грав на піанофорте Крістофорі у Метрополітен!

— Він нещодавно влаштував концерт просто неба в Юніон-сквер! Ми дивилися запис трансляції в *YouTube*. То він там грав якусь невідому сонату — диво, чистий Моцарт в найкращому вигляді! Але ніхто тієї музики не знає. Як таке можливо?

— Він грає всі фортепіанні сонати й концерти Моцарта! Будь-яку частину з початку й до кінця, напам'ять і без підготовки!

— Моцарт! Він заявляє, що він Моцарт!

— Яка самовпевненість!

— Але я ще ніколи не чув такої інтерпретації! Це неймовірно!

Гонтар слухав усі ці суперечки й загадково всміхався — він один знав правду. Знав, але мовчав, бо нікого не хотів переконувати й нічого не хотів доводити. Та й ніхто б йому не повірив, тож навіщо дарма напружуватися? Ще подумають, що він збожеволів.

Інколи в ресторан приходила Кейко, яка й так вважала всіх навколо божевільними. Крім Стейсі, звісно, бо та вміла робити *boba*. Тому Кейко охоче вірила, що Вольф і є той самий Моцарт, і залюбки грала з ним у дуеті.

Містера Манчіні цікавило тільки одне — скільки глядачів здатний умістити його ресторан за один концерт і скільки концертів можна провести за день. У середньому Моцарт давав до чотирьох концертів за день, і хитрий сицилійський торгаш примудрявся брати плату за вхід у ресторан. Ви тільки вдумайтеся! Брати вхідну плату в ресторан! Заради справедливості варто відзначити, що рівно половина з цих грошей ішла в кишеню Вольфгангу, вельми його радуючи — заробіток був вражаючий.

З першої ж зарплатні за давньою доброю традицією Вольф спробував насвинячитись у ресторанному барі і пригостити випивкою всіх охочих (а охочих назбирався цілий натовп!). Проте Стейсі миттю збагнула, чим це загрожує, і потай показала барменові кулака. Боб усе зрозумів і більше ніж дві склянки Моцартові не наливав. Тим, хто хотів випити за композиторів кошт, теж не відпускав.

— Ти що, дупа твоя австрійська, задумав тут усі гроші пропити? — прошипіла Стейсі, затиснувши Вольфа в закутку між баром і кухнею. — Грошики з'явилися, й пальці печуть?

— Чому печуть? Як печуть? — прикинувся дурником Моцарт. — Гроші для того і є, щоб приносити радість.

— Напитися до поросячого вереску — невелика радість! Запам'ятай собі, *mein lieber Wolfie,* якщо твоя музична величність надудлиться, то спатиме на вулиці! Ферштейн?

Стейсі нітрохи не нагадувала м'яку й сумирну Констанцію, тому його музична величність чемно випивала дві дозволені склянки шнапсу й слухняно їхала додому. Не те щоб Стейсі була зовсім проти алкоголю, просто вона вже добре знала Моцарта і пам'ятала, як страшенно він мучився вранці після знаменитого концерту просто неба в Юніон-сквер. Тоді він сам випив літрову пляшку віскі, яку йому подарували турботливі шанувальники, щоб не змерз. Незвичний напій справив на Вольфганга дуже яскраве враження, яке він ледве доніс до туалету.

«Моцарт! Ви чули? Він каже, що він Моцарт! Яка зухвалість! Так не буває! Але він і справді схожий!» — гомонів натовп перед концертом.

«Він грає, як сам Моцарт! Недарма він каже, що він Моцарт! Це божественно! Неймовірно! Викапаний Моцарт!» — лунало в натовпі після виступу.

Зрозуміло, що навіть набувши статусу локальної знаменитості, Вольф залишався для всіх лише чуваком, що віртуозно грає на фортепіано, а не Вольфгангом Амадеусом Моцартом.

Сцена друга

Dolente
сумно, з болем

Пробудження було жахливе. Не кажучи вже про те, що нічка теж була така собі. Через температуру й головний біль Стейсі заснула аж під ранок, лякаючи Вольфа гарячкою, хрипами, сухим надривним кашлем і стогонами. Перше, що побачила дівчина, розплющивши очі — стривожене обличчя Моцарта.

— *Geht es dir gut, mein liebes Fräulein?*

— *Danke, ich bin noch am Leben...** І взагалі, чого ти говориш до мене німецькою?

— Бо я із Зальцбурґа!

— У тебе добра німецька, але в мене не дуже. Чи ти хочеш, щоб я говорила німецькою?

— Та говори, якою тобі заманеться. Тільки скажи, що з тобою?

— Не знаю, але почуваюся жахливо.

— Ти вся палаєш! Господи, та в тебе лихоманка!

— У мене температура.

— Може, покликати цирульника, хай зробить тобі кровопускання?

Стейсі аж сіла в ліжку.

---

* — З тобою все гаразд, моя дорога дівчино?
— Дякую, я ще жива... *(нім.)*.

— Вольф, у мене таке враження, що це в тебе, а не в мене гарячка. Який цирульник?

— Лихоманка — від поганої крові. А погана кров — це дуже серйозно. Дуже! Думаю, що я й сам умер од поганої крові. І вже точно не від того, що мене начебто отруїв Сальєрі. Господи, Сальєрі!

— Вольф, ти не вмер. Ти ось сидиш тут живий і мелеш дурниці. Принеси мені краще червону коробку з отієї верхньої шухляди. Там ліки. І склянку води.

Вольфганг старанно виконав усе, що просила Стейсі, і сів на ліжко поруч із нею.

— Хворіти погано.

— Еге ж.

— Наш з Констанцією первісток, Раймунд*, умер, ледь йому виповнилося два місяці. Від гарячки.

— О боже...

— Через рік народився Карл**. Господь був милостивий, і він прожив довго і, надіюся, щасливо... А через два роки після Карла народився Йоган***.

— Він теж умер?

— Так. Прожив менше місяця. Вони з Констанцією тоді сильно захворіли. Гарячка.

— Господи, як це страшно.

— Наступного року, прямо після Різдва, народилась Терезія****. Дуже тяжко Констанція її носила, але дівчинка на-

---

* Раймунд Леопольд Моцарт (17 червня — 19 серпня 1783).

** Карл Томас Моцарт (1784–1858) — перший із двох живих дітей Вольфганга і Констанції.

*** Йоган Томас Леопольд Моцарт (18 жовтня — 15 листопада 1786).

**** Терезія Констанція Аделаїда Фредеріка Марія Анна Моцарт (27 грудня 1787–29 червня 1788).

родилася цілком здорова і робила свої дитячі справи — їла, спала, псувала пелюшки. Померла через пів року, влітку. Від гарячки.

Стейсі затулила лице руками.

— А наступного року прямо на Різдво народилась Анна Марія*. Констанція тоді дуже сильно хворіла, в останні місяці, поки носила дочку, в неї постійно боліли ноги. Вкривалися такими ранами, знаєш... Нещасна Констанція постійно їх перев'язувала, щоб зупинити сморід. Тож було одразу ясно, що дитина не виживе. Найтяжче було знайти на Різдво священника, щоб ми якнайскоріше її охрестили. Починали хрестити, коли вона ще була жива, а закінчили, як вона вже відійшла на небеса.

Стейсі слухала і, здавалося, забула про власну хворобу. Бо те, що так буденно розповідав Моцарт, ніяк не вкладалося їй у голові.

— Як ви все це пережили?

— Карл був дуже малий, але, здавалося, все розумів і дуже переживав. І нарешті через півтора року народився Франц**. Він народився влітку, я якраз працював над операми «Милосердя Тіта»*** і «Чарівна флейта»****. До того ж якраз у липні я отримав замовлення на «Реквієм». Наприкінці літа Констанція вирушила з дітьми в Баден, на води. У неї, бідолашної, дуже боліла спина. Господи, та я ж її бачив ще кілька тижнів тому, а в мене таке враження, що минуло сто років...

---

* Анна Марія Моцарт (26 грудня 1789).

** Франц Ксавер Моцарт (1791–1844) — другий син Моцартів, який вижив.

*** «Милосердя Тіта» *(La clemenza di Tito (італ.) K621)* — опера, написана на коронацію імператора Леопольда II чеським королем.

**** «Чарівна флейта» *(Die Zauberflöte (нім.) K620)* — опера-зінґшпіль у двох діях, на мотив народних феєрій і казок.

— Двісті двадцять сім.

— Для мене минуло всього кілька тижнів, а мої діти вже прожили повноцінне життя. Мені тяжко в це повірити, *mein kleines Fräulein*...

— Повір, мені також. З моменту, як я приїхала в США з України, я почуваюся страшенно самотньо. Живу тут усього два роки, а здається, що всі двісті двадцять сім.

— Але тепер ти не сама, — сумно заспокоїв її Моцарт. — Бачиш, я ось тобі ліки подав.

— Дякую, мій дорогий Моцарт! Ти справжній друг...

Температура у Стейсі не опускалася нижче 39. Було ясно, що ні про яку роботу сьогодні не може бути й мови. Дівчина зателефонувала Джейсону і на день відпросилася.

— Може, тобі лікар потрібен? — стривожився менеджер. — Давай ми тебе в *Urgent care** звозимо, за рахунок фірми.

— Ні, дякую, Джейсоне, мені треба відлежатись. Думаю, мене десь протягло.

Насправді Стейсі просто не могла звернутися до лікаря. У неї не було страховки, і хоч клініка зазвичай не питає про твій імміграційний статус, якщо ти платиш за обслуговування, але твоє ім'я та прізвище вносять у реєстр. Навіщо зайвий раз світитися?

— Одужуй, ти потрібна нам здорова й усміхнена, — сказав Джейсон і раптом спитав: — А Вольфганг приїде? Сьогодні знову завалить повно народу його послухати.

Повисла довга пауза.

Це було складне питання, хоч, здавалося, що ж тут складного? Одначе крім того випадку, коли Вольф загубився на

* *Urgent care (англ.)* — «Невідкладна допомога» — мережа клінік швидкої допомоги, де не потрібно записуватися на прийом.

пів дня в Мангеттені і дійшов з Музею Метрополітен до Юніон-сквер, сам він у місто не вибирався. І тим більше не їздив сам на метро й не переходив зі станції на станцію.

— Я не знаю, Джей... Він іще не їздив сам на метро...

— Як не їздив?! Йому тридцять п'ять років! Можу я з ним переговорити?

— Можеш, авжеж, — Стейсі увімкнула голосний режим.

— Привіт, Вольф. Ти як?

— Моє шанування, гер Джейсон! Зі мною особисто все чудово, чого не скажеш про нашу Стейсі.

— Так, це прикро. Але, надіюсь, усе буде добре. І ми тебе сьогодні чекаємо. Усі місця викуплено, буде повно народу, сенатори, конгресмени, а це вже зовсім інші гроші.

— Кхм... — Моцарт покосився на подругу.

Стейсі заплющила очі, відкинулась на подушку і важко дихала. На лобі виступили краплинки поту.

— Я вельми шкодую, але, боюсь, що не зможу вийти сьогодні на публіку, — сказав Моцарт у телефон.

— Вольф. Слухай, якщо це тільки через метро, то немає проблем. Я по тебе приїду машиною. Публіка чекає.

За ці три тижні, що Вольфганг грав у «Кварті», публіка підсіла на нього, мов на якийсь наркотик. Після кожного виступу слухачі впадали в ейфорію і влаштовували такі бурхливі овації, що потішили б будь-якого честолюбця. А через годинку-дві у клієнтів починалась ломка, і Моцарт знову виходив на сцену. Тому легко собі уявити, що було б, якби гостям несподівано оголосили, що їхнього улюбленця сьогодні не буде.

— Ні, річ зовсім не в цьому, любий гер Джейсон, — Моцарт говорив тихо, але твердо. — Річ у тому, що саме тут і зараз я потрібний Стейсі.

Дівчина розплющила очі й сіла в ліжку.

— Ти збожеволів?! — зашипіла вона. — На тебе люди чекають!

І закашлялась.

— Нас сьогодні не буде, гер Джейсон. Просимо великодушно вашого прощення.

— Що ж, бачу, тебе нічим не проймеш. Але в такому разі я знайду лікаря і пришлю до вас, бо якщо ви з нею ще й завтра не явитесь, то до вас явиться містер Манчіні!

— Ну що ти зробив? — похмуро спитала Стейсі, коли засмучений Джейсон вимкнув слухавку.

— Те, що мав зробити. Буду з тобою. Зараз приведу фрау Біркін, і ми тебе хутко поставимо на ноги.

Сцена третя

Septetto
ансамбль для семи виконавців

Стейсі хворіла нечасто, зате тяжко. День з гарячкою викрутив її мов губку. Вона то марила, то провалювалась у сон, то її кидало в жар, то морозило. Моцарт не на жарт перелякався за подругу, бо так захворіти в його часи означало бути на волосину від смерті, бо тоді через ускладнення звичайної застуди чи грипу можна було дуже просто й швидко віддати богові душу.

— Чого ти так переживаєш? — хрипіла Стейсі з ліжка, коли Вольфганг приніс їй теплий чай і сто тридцять п'ятий раз поцікавився, чи їй, бува, не полегшало.

— Я переживаю?! Я не переживаю! Я просто в розпачі!

— Звичайна застуда.

— Я теж так думав якихось кілька місяців тому! Не став лежати вдома і поїхав у Прагу, де диригував «Милосердя Тита». А був такий хворий, що насилу достояв до кінця. Думав, звичайна застуда, думав, минеться. Ба ні! Я захворів. А потім умер.

— Та не вмер ти! Чого ти спішиш себе ховати? Ось же ти сидиш живий-здоровий.

— І це дуже дивно, Стейсі.

— Що дивно?

— Що здоровий. Усього кілька місяців тому я був такий хворий, що не міг з квартири вийти, а тепер... Я ще ніколи не почувався так добре, як тепер! Знала б ти, як мені боліла спина після великих гастролей... Утім, я ще з дитинства не міг похвалитися міцним здоров'ям...

— Судячи з розповідей твого дружбана Лоренцо і з того, що Констанція вагітніла щороку, зі здоров'ям у тебе було все гаразд.

— Ем-м-м... Це не через здоров'я, це завдяки духу й волі до життя!

Зранку, «щойно дозволили правила пристойності», тобто рівно о восьмій, Вольфганг привів місіс Біркін.

— Імбирний чай з медом і імбирне печиво — ось що підніме тебе на ноги. Зараз я принесу перше, а друге спечу тут, у тебе, якщо не заперечуєш, — і Кларенс Біркін пішла по чай, борошно та все інше, потрібне для випічки.

Протягом дня, поки Стейсі то спала, то марила, місіс Біркін і Моцарт пекли печиво й заварювали імбирний чай з медом, щоб відпоювати бідолашну хвору.

— Вольф, ви молодець, що залишилися.

— У минулому житті я часто робив цілком інший вибір, — тихо сказав Вольф. — Тепер я хочу чинити інакше. Це не спокута моїх минулих гріхів, ні. Просто тепер я хочу чинити інакше.

— Що ж, я вас розумію, — усміхнулася Кларенс, подивившись на Моцарта поверх окулярів.. — Був би в мене другий шанс, я б теж у багатьох випадках зробила б інакше. А щодо Стейсі... Вона мешкає в мене ось уже півтора року і хворіла тільки один раз. Три доби не виходила з квартири, і ніхто тоді її не провідав. А для неї три доби — неприпустима розкіш, оскільки їй платять тільки тоді, коли вона працює. Тому вона найбільше боїться захворіти, бо не має грошей на лікаря.

— Тепер вона має гроші. Дивіться, скільки я заробив тільки за минулі кілька днів! — Моцарт висунув шухляду, де Стейсі тримала готівку, і підняв жменю купюр. — Ми можемо вам заплатили на пів року наперед.

— У цьому немає потреби, — Кларенс відкрила духовку й перевірила печиво. — Ви молодець, Вольфганг. Тепер їй не так самотньо. Вітаю, ви зробили одну людину щасливою і ще одну — спокійною. Бо я дуже за неї переживала.

По обіді приїхав лікар, якого прислав містер Манчіні. Оглянувши дівчину, він призначив лікування й виписав рецепти.

— Приймати курс протягом шести днів, а в разі погіршення здоров'я — припинити й негайно набрати мене. Ось номер телефону.

— *Vielen Dank, Herr Doktor!** Надіюся, цього нам робити не доведеться.

— Бажаю доброго здоров'я, — відкланявся лікар.

Трохи згодом, якраз коли місіс Біркін вернулася з аптеки, приїхав стурбований Гонтар.

— Стася не відповідає на дзвінки, на роботі її немає, кажуть, що захворіла.

— Вона захворіла, — підтвердила Кларенс. — Температуру не збиваємо, хай організм бореться. Але їй треба багато спати.

— Через те що Моцарта також немає, мені і Кейко довелося відіграти годину, щоб заспокоїти публіку. Зараз замість нас туди їдуть ще двоє наших студентів і один викладач.

— Люди потребують музики... Це тішить.

— Так, Вольф. Завдяки тобі «Кварта» з ресторану поступово перетворюється на престижний концертний майдан-

---

* — Дуже дякую, пане докторе! *(нім.)*

чик. Тебе немає, але журналісти вже брали інтерв'ю в Кейко і містера Манчіні, який, виявляється, має меценатські амбіції.

— Не завдяки мені, Пауль, а завдяки Стейсі, яка не покинула мене на вулиці.

У двері постукали.

— Хто б це міг бути? — Кларенс відчинила двері.

— Доброго дня, мадам, — почувся жіночий голос. — Чудова погода сьогодні, чи не так?

— Жахлива погода, мадам...

— Мадемуазель.

— Мадемуазель Ґабріель! — заволав Моцарт. — Радий вас бачити!

— Мадемуазель Ґабріель? — здивувався Гонтар. — Я ж вас щойно бачив у ресторані. Але як ви...

— Доїхала на таксі. Сама. А якби ви, юначе, не вилітали з ресторану так, що я бігла за вами пів кварталу в марних спробах наздогнати, то я б приїхала не сама, а у вашому товаристві! — сердито відказала Шанель.

— Адресу як ви...

— Мусила питати в Томмі.

— Я Кла...

— Як Стейсі? Що з нею? Потрібні ліки? Потрібен лікар? — Ґабріель пройшла повз місіс Біркін, котра відкрила було рота, щоб представитись.

— Одначе... — гмикнула Кларенс.

— Я вас представлю! — Моцарт шкірою відчував делікатні ситуації. — Мадемуазель Шанель, це фрау Біркін, наша квартирна хазяйка. Ви маєте честь перебувати в нас у гостях, а відповідно — і в її домі!

— Мадемуазель Ґабріель Бонер Шанель, — представилася Шанель. — Миле гніздечко.

— Кларенс Біркін. Доктор психіатрії, — сухо проговорила місіс Біркін. — У будь-якої пташки миле гніздечко, чи не так? Головне пальці туди не пхати. Бо хтозна, може, там сова чи орлиця?

Кларенс посміхнулась. Очі Шанель широко розкрились — її монополію на дотепність, що межувала з хамством, було нахабно порушено, і це, на диво, було їй до вподоби.

— Прошу вибачення, мадам Біркін. Деколи я буваю ем-м-м... Нестерпна.

Кларенс склала руки на грудях. Побачивши цей жест, мадемуазель Ґабріель опустила очі.

— Справді, даруйте мені...

— Свіже імбирне печиво додасть вам доброго гумору і зробить ваші колючки гарними й блискучими, — усміхнулася Кларенс. — Вітаємо в домі Стейсі, де не треба прикидатися кимось іншим і не треба захищатися замість любити.

Шанель, яка в минулому житті звикла лише нападати й захищатися, відчула клубок у горлі.

— Дякую, мадам Біркін.

— Просто Кларенс.

— Ґабріель.

— Ваші «№ 5» — неперевершені. Мій тато подарував їх мамі на десяту річницю весілля, я досі не можу забути того запаху. Мені було тоді тільки одинадцять, і це було 1964 року.

— Тоді це була ще формула Ернесто*, я наполягала, щоб вона залишалася без змін. Основу складала амбра, якої те-

* Ернест Бо *(Ernest Beaux,* 1881–1961*)* — російський і французький парфумер, котрий створив для Шанель серію ароматів з десяти варіантів; Ґабріель з них обрала п'ятий. Згодом стосунки Шанель і Бо були складні через боротьбу за право на аромат, але саме «*Chanel no.5*» принесли Ернесту Бо всесвітню славу.

пер майже не використовують, а тоді це була справжня амбра, її привозили з Норвегії. Ми використовували мускус! Справжній мускус, який здатний був зафіксувати запах і додати йому тваринної пристрасті! — у Шанель загорілись очі.

— А на першу річницю нашого весілля — а це вже був 78-й — мені цей аромат дарував чоловік. І то вже був трошки не той запах...

— Тоді я вже не контролювала процесу і формулу аромату було змінено, — зітхнула Ґабріель. — Але, думаю, в мене дещо знайдеться для вас...

Стейсі дрімала, тому компанія перемістилась у кухонну частину кімнати. Місіс Біркін налила всім запашного чаю.

— Отже, я зразу поясню, чому я тут, — рішуче сказала мадемуазель Ґабріель. — Мене дуже турбує одна ситуація зі Стейсі. Я думаю, в неї проблеми.

— Це пов'язано з тими поліцейськими? — похмуро спитав Гонтар.

— Так, це пов'язано з тими двома, товстим і тонким, — підтвердив Моцарт. — А точніше навіть не з ними, а з тим, чим вони там займаються. Якийсь мутний *Geschäft**. Вона мусить споглядати за одним, ем-м-м, гівнюком.

— За оцим? — Шанель дістала з сумочки телефон, знайшла й показала усім фото, на якому був зображений Фернандес за столиком.

— Так! Авжеж, це він. Під час останньої зустрічі мені довелося втрутитись, бо надто ж він був нелюб'язний, — Вольфгангові очі засвітилися недобрим вогнем. — Жаль, що тепер доводиться стилет носити на нозі — дуже незручно діставати.

---

* *Geschäft* — справа, бізнес *(нім.)*.

— А де ви його носили раніше, нагадайте? — хитро глянула Шанель. Її цікавило все, пов'язане з одягом і нестандартними рішеннями — як-от де розмістити стилет.

— Він був вшитий у спеціальну кишеню всередині рукава.

— Цікаво-цікаво... Покажете?

— Так. Мій чудовий камзол Стейсі сховала в шафу, зараз знайду.

— Ні для кого не таємниця, — продовжила мадемуазель Ґабріель, — що я використовую «Кварту» як свій офіс — зустрічаюся там з клієнтами. Тож я багато чого бачу. Оцей чоловік завжди приходив у парі зі ще одним. Вони не перетиналися, не говорили, навіть не вітались. Але вони точно один одного знали! І коли оцей неприємний, чорнявий, замовляв їжу, той лисий записував щось, а потім одразу йшов. Той раз щось чорнявому не сподобалось у відповідях Стейсі, тому голомозий просто встав і пішов. І цей каламутний тип не на жарт розізлився. А останній раз Стейсі перша заговорила до голомозого, і він після того вилетів з ресторану, наче корок з пляшки. І у дверях зустрівся з тим чорнявим. Чорнявий був у шоці, а після розмови зі Стейсі взагалі сказився.

Повисла пауза.

— Не подобається мені це все, — сказав Гонтар і ще більше спохмурнів. — Здається, наша подруга вплуталася в щось нехороше.

— Треба з нею поговорити, — зітхнула Шанель. — Коли вона сьогодні не вийшла на роботу, я дуже стривожилася.

— Я теж. Тому й поїхав одразу сюди.

— І мене не зачекали! — сердито пирхнула Шанель. — А я вже, юначе, не дівчинка, щоб за вами бігати!

— Що це за хрінь?!

— Господи, Вольфганг, де ти таких слів набрався?! — здивувався Павло.

— Що з моїм камзолом?! — в руках Моцарт тримав щось вельми віддалено схоже на камзол, із сильно покрученим коміром і рукавами. — Як?! Я за нього двадцять дукатів! Гофберг! Кравець! Цілий статок!

Моцарт ледь не плакав.

— Цікаво-цікаво... — пробурмотіла Шанель. — Це ж чиста вовна! Ем-м-м... Бачу, річ випрали в гарячій воді або висушили в гарячій сушарці. От вона й деформувалася...

— Двадцять дукатів! — уже таки плакав Моцарт. — Двадцять дукатів у гівно!

— Вольф! — засміявся Гонтар. — Ти говориш, як босяк з Бронксу. Де ти такого навчився?!

— Я спробую щось зробити... — мадемуазель Ґабріель крутила зіпсований камзол у руках. — Одначе... Яке гаптування... А який шов! Гм-м-м-м... Можна, я це заберу?

— Двадцять дукатів собаці під хвіст!

— Павло? Мадемуазель Ґабріель? Щось сталося? Вольф? Що тут таке? — Стейсі прокинулась і, побачивши навколо себе так багато людей, трохи злякалася.

— *Scheiße!* Лайно! *Scheiße-Scheiße-Scheiße...* — голосив Вольф.

— Звідки ви? — ніяк не могла зрозуміти Стейсі.

— Вони? Та всі вони з одного місця... — почав було, перебавши бідкатися, Моцарт, але усвідомив двозначність вислову і захихотів.

Ґабріель поморщилась.

— Ми з «Кварти» приїхали! — поспіхом пояснив Павло, бо відчув, що Моцарт зараз щось зморозить.

— Ми переживали за тебе, дитино! — лагідно сказала мадемуазель Ґабріель, ховаючи костюм за спину. — Я люблю рудих гаркавих хлопчиків, але звикла, щоб мене обслуговувала саме ти.

— Вас обслуговував Томмі, — здогадалася Стейсі. — Він дуже старанний і приємний.

— Він забув попередити кухню, що тости мені потрібно обсмажувати на сильному вогні й не насухо, а з вершковим маслом, щоб дим стояв на всю кухню! — вередливо надула губи Шанель. — Я не люблю сухих грінок.

— Хочете, приготую такі грінки, як ви любите? — несподівано запропонувала місіс Біркін. — Мій Гаррі любив точно такі самі. Він їх обсмажував так, що по краях були чорнющі, і дим стояв як з паровоза.

— Саме такі я й люблю, Кларенс.

— А я буду віскі. У вас є віскі? — Гонтар упав у крісло й закинув ногу на ногу.

— І я хочу віскі! — простогнав Моцарт. — Мені потрібно! Двадцять дукатів собаці під хвіст!

— Гей, а я? А мені можна чаю? — прохрипіла Стейсі.

Востаннє, коли вона хворіла, то про це не знала навіть місіс Біркін, а тепер у її невеличкій студії зібралася така галаслива й різношерста компанія. Утім, складалося враження, що всі вони прийшли не Стейсі провідати, а зібрались на вечірку, от тільки хазяйка невчасно захворіла.

— А чому двадцять дукатів собаці під хвіст? — спитала дівчина, але раптом задзвонив телефон. Вона подивилась на номер і перевела дзвінок у голосний режим.

— Міс Стейсі? Моцарт? — прокаркав скрипучий голос.

— Лоренцо!!! — заволав Вольф, одразу забувши про двадцять дукатів. — Це ти, старий розпуснику?!

— З вами все гаразд? Бо я тут нарешті зібрався вас провідати, а мені сказали, що твоя начальниця захворіла.

Усі в кімнаті зареготали.

— Я йому не начальниця! — запротестувала Стейсі. — Хто вам таку маячню сказав?

— Бармен!

— Боб! От я йому вуса повищипую! — обурилась дівчина.

— Ти забороняєш йому мені наливати, — пожалівся Моцарт. — От він і думає, що ти мною командуєш.

— Я ж не тобою командую, а барменом Бобом.

— Ви зараз удома?

— Так.

— Моцарт щось таке казав, ніби це десь на станції Сто одинадцята вулиця. Я міг би зараз забігти. Я і айсвайн маю, як ти любиш, Вольф. Кхе-кхе — якраз помагає молодим дівчатам ну чисто від усіх хвороб.

— Айсвайн помагає не тільки молодим, — втрутилася Кларенс. — Раджу прихопити більше.

— О-о-о! — зрадів Лоренцо. — То у вас там і для мене компанія знайдеться. Погульванимо, як у давні добрі часи.

— Лоренцо, навіть не думай! Просто посидимо, поспілкуємося. Та скоріше приходь, барон Копенвсракен*! Тут нема твоєї любої графині Товстодупель, зате є твій дорогий друг Поросячий Хвіст!

— Уперше в житті я не шкодую, що захворіла, — проклекотала, наче грязьовий гейзер, хвора Стейсі.

---

* Моцарт любив вигадувати друзям і знайомим різні прізвиська, які, з одного боку, досить точно відображали суть, а з другого — майже завжди були на межі пристойності або й зовсім непристойні. Себе він у листах часто називав *Sauschwanz*, що дослівно означало «Поросячий хвіст» *(нім.)*.

Сцена четверта

Maestoso
урочисто

На другий день Стейсі теж не пішла на роботу. Якраз перед Різдвом містер Манчіні затіяв у залі масштабну переробку — за свята робітники мали відсунути бар і сцену на кілька ярдів углиб, щоб поставити в залі більше столиків. Вигода була очевидна, але довелося пожертвувати службовим приміщенням.

«Ну то й що? — розмахував руками хитрий сицилієць. — Можете відпочивати й перевдягатися в моєму кабінеті. Ми й так усі мов одна сім'я».

Словом, два позачергові вихідні стали різдвяним подарунком для персоналу «Кварти», що, як і будь-який мангеттенський ресторан, працював цілий рік майже без вихідних, бо в ресторанному, як і в будь-якому іншому бізнесі, час — це гроші. Отож, поки працювали будівельники, Стейсі і Моцарт могли відпочити.

— Якось я розповідав Вольфові про Карнеґі-хол*. І, знаєте, маю для вас різдвяний подарунок! — Гонтар дістав із

* *Carnegie Hall* — один із найпрестижніших концертних залів світу для виконання класичної музики. Відкритий 1891 року під назвою *Music Hall*. Першу серію концертів у новоствореному залі відіграв Нью-йоркський симфонічний оркестр під орудою Петра Чайковського. 1898 року концертний зал перейменовано на «Карнеґі-хол» на честь одного з фундаторів, промисловця Ендрю Карнеґі.

сумки квитки, на яких було надруковано: «Нью-йоркський філармонічний оркестр. Різдвяний концерт. Моцарт, Гайдн, Дворжак».

— *Oh mein Gott!!!* — захоплено вигукнув Вольф. — Та там я! А чому Гайдн на другому місці? І хто, в біса, такий цей Дворжак?*

— Чеський композитор, жив на сто років пізніше за тебе. Тобі сподобається, він дуже мелодійний.

Карнеґі-хол, розташований у самісінькому серці Мангеттену, в Мідтауні, на розі Сьомої авеню і П'ятдесят сьомої вулиці, справив на Моцарта суперечливе враження.

— Оце — найпрестижніша сцена в цій країні? — Вольфа фасад концертного залу нітрохи не здивував. — Віденський Бурґтеатр...

— Був оздоблений статуями і колонами? — засміявся Гонтар.

— Ну, я думав, у місті велетенських будинків і концертний зал має бути велетенський.

— Він чудовий, повір мені. До того ж його було збудовано спеціально для виконання симфонічної музики, тож акустика там прекрасна.

Різдвяний концерт мав відбутись у головному залі, розмір якого Моцарта таки вразив. Сцена завглибшки сорок два фути (приблизно 13 метрів), розташована в білій ніші, оздобленій золотом, здатна була вмістити найбільший симфонічний оркестр зі ста десяти музикантів. Звук інструмен-

---

* Антонін Леопольд Дворжак (*Antonín Leopold Dvořák*, 1841–1904) — чеський композитор і диригент. Представник романтизму і один із засновників чеської національної музичної школи. У творчості широко використовував народні мотиви Богемії та Моравії. Народився майже на сто років пізніше за Моцарта, тому Вольф гадки не має, «хто, в біса, такий цей Дворжак».

тів відбивався від напівкруглого склепіння сцени, множився, посилювався у сотні разів і виливався в п'ятиярусний глядацький зал майже на три тисячі місць. Квитки Гонтар дістав у найдорожчий сектор — перший, або, як його ще називали, «паркетний».

— Цей зал створено для музики! — прошепотів вражений до глибини душі Моцарт.

— Саме так, мій геніальний друже! — Гонтар ляснув його по плечу.

— Цей зал має назву?

— Авжеж! Цей зал називають Головний хол, або Аудиторіум Стерна* і Сцена Перельмана**.

— А хто були ці люди? Імператори?

— Ні. Ісаак Стерн народився на моїй батьківщині, в Україні, потім його родина переїхала в Америку і він став видатним скрипалем. Пів століття тому він урятував Карнеґі-хол від зносу, тому його іменем назвали цей зал. А Рональд Перельман — банкір і філантроп, що відслинив на Карнеґі-хол купу бабла.

— Від... слинив що? — не зрозумів Моцарт.

— «Відслинив», — Гонтар пояснив це дієслово смачним жестом. — «Бабла». Пожертвував грошей.

Стейсі закотила очі.

— Окей! Отже, якщо журналісти мене спитають, хто підтримував мою роботу, то я можу сказати, що барон Ґотфрід фан Світен регулярно відслинював мені бабла?

— Щось таке! — засміявся Гонтар. — Уявляю, як тебе цитуватимуть у підручниках.

---

* Ісаак Стерн *(Isaac Stern, 1920–2001)* — американський скрипаль родом з України. Народився в місті Кременець Тернопільської області (тоді це було польське Волинське воєводство).

** Рональд Перельман *(Ronald Perelman)* — американський банкір, інвестор і філантроп.

— От ти дивуєшся, де Моцарт нахапався всілякого, а сам який йому приклад подаєш? — штрикнула Стейсі Павла.

— Ну а що? — щиро обурився той. — Подумаєш, «відслинив бабла». І що тут такого?

— Він кілька днів тому в супермаркеті дівчині на касі сказав «чіка». Якби я його не відмазала, касирка б йому таку «чіку» показала.

— Та, шмара вона.

— Моцарт!!!

— Що? Ви самі вживаєте всі ці дивні слова: «чіка», «шмара», от Козінський говорить «курва». Ви ж усі ніби пристойні люди, хіба я можу вгадати, які слова можна вживати, а які ні? Чим «курва» відрізняється від «шмари»?!

Парочка, що стояла поряд з ними, якось підозріло подивилась на Моцарта, потім жінка щось сказала чоловікові польською і вони, ще раз недобре оглянувши Вольфа з голови до ніг, швидко пішли геть.

Забитим ущент залом прокотилися оплески. На сцену вийшов диригент — високий, лисуватий, у чорній сорочці, що нагадувала френч. Він обвів зал глибоко посадженими уважними очима й жестом запросив оркестр устати. Привітавши таким чином публіку, диригент без попередження став за пульт і змахнув паличкою.

Різко вступили струнні, і Моцарт аж підскочив на місці з несподіванки.

— Моя симфонія у сі-бемоль мажорі!

Так, це була знаменита Симфонія №33* сі-бемоль мажор.

Здавалося, час і простір втратили для Вольфганга зміст та форму. Він перенісся в ті часи, коли ще не переїхав у Відень

---

* Симфонія №33 сі-бемоль мажор *(Symphony no.33 in B-flat major, K319)* — почата Моцартом у 1779 і завершена в 1782 році.

і щойно отримав місце придворного органіста в Зальцбурзі. Спогади нахлинули на нього, а руки, руки Моцарта почали літати, часом повторюючи рухи диригента, а часом рухаючись самостійно, за абсолютно іншою траєкторією.

Павло і Стася зачаровано дивилися на свого друга, який з ними розмовляв... Так, так! Говорив з ними, жваво розповідав про свою повну планів молодість. Свіжа й швидка, іскриста й грайлива музика лилася не зі сцени у виконанні одного з найкращих оркестрів світу, а прямо з-під рук Вольфганга. Моцартові страшенно подобалося виконання. Симфонія дійшла до наших днів, не зазнавши ніяких змін — ніби щойно була записана самим Маестро на нотному папері й зіграна придворними музикантами архієпископа Зальцбурзького.

З глибини залу за Моцартовими руками спостерігала ще одна пара очей.

— Ну, як тобі виконання? — спитав Гонтар в антракті, коли всі двадцять дві хвилини симфонії промайнули, мов одна.

— *Großartig!** Поза сумнівом, це найкраще виконання, яке мені доводилося чути!

— Справді?

— Клянуся! Я не чув грандіознішого виконання!

— Мені також дуже сподобалося, — почервоніла Стейсі. І раптом зізналася: — Знаєте, я вперше на концерті такого масштабу. Я, мабуть, дика.

— Ну що ти! — заспокоїв подругу Павло. — Завжди колись буває перший раз! Надіюся, тобі сподобалось?

— Ще б пак! — Стейсі подивилась на сяючого Вольфганга. — Коли слухаєш твір і знаєш автора, то сприймаєш геть

* Чудово! *(нім.)*

по-іншому. Раніше я б і уваги не звернула. Моцарт, Бах, Бетховен — скільки є класики? Безліч! А тепер я Моцарта не сплутаю ні з ким. У нього такий... характерний почерк!

— Це правда. Професіонал одразу відрізнить. Ти, Стасю, вже профі! — засміявся Гонтар.

— Та ну тебе!

Тим часом оркестр трохи змінив склад, і на сцену піднявся той самий диригент.

— Тепер послухаємо Гайдна, — пояснив Гонтар.

Та замість почати, як у першому відділенні, диригент несподівано звернувся до залу.

— Я радий вітати всіх, хто зібрався тут у цей Різдвяний вечір. Кажуть, перед Різдвом трапляються різні дива. Так-от, сьогодні сталося свого роду маленьке диво. В антракті до мене підійшла Марджі, вдова мого доброго друга, керівника *City Jazz Orchestra*, Френка Бредшоу, який, на превеликий жаль, покинув нас на початку грудня. Хай спочиває з миром...

Диригент схилив голову. Оркестр підвівся, щоб ушанувати пам'ять музиканта. Підвівся й зал. По кількох секундах мовчання керівник продовжив.

— І ось підходить до мене в антракті Марджі й просить про послугу. «Авжеж, — кажу я, — Марджі, для тебе все, що завгодно!» І тут вона просить мене про таке!..

Диригент робить здивовані очі й хитає головою.

— Словом, я думаю, що зараз буде таке, чого в історії Карнеґі-холу ще не бувало. Але я хочу, щоб Марджі сама оголосила наступний номер, Марджі, прошу!

Під оплески на сцену вийшла старенька в елегантному чорному костюмі. Сріблясті дрібні кучері, ледь помітні дрібні шляхетні зморшки на шкірі кольору молочного шоколаду. Жінці пасував її вік, і виглядала вона напрочуд природно й гідно. Лагідно всміхаючись, вона взяла мікрофон з рук диригента і просто сказала:

— Вітаю. З Різдвом вас!

Оплески в залі. Дама схилила голову на знак вдячності.

— Сьогодні в залі я побачила одну людину, — почала старенька. — Яку зустріла на похоронах мого Френкі.

Зал мовчав. Гонтаря раптом як струмом ударило — це була та сама старенька, яку вони з Вольфом бачили в похоронному бюро, коли йшли в Метрополітен! *«Мій Френк був одним із найкращих джазових виконавців у Нью-Йорку. Синкопи жили в нього прямо під шкірою»*. Павло ще в той самий вечір наґуґлив багато інформації про Френкі.

— ...І мені прийшла в голову одна думка, — тихо продовжила вдова. — Дуже смілива ідея. Знаєте, в ту хвилину, коли я зустріла цю людину, грав Реквієм Моцарта.

Гонтар щосили штурхнув Вольфганга ліктем у ребро.

— Прийми руки! — прошипів Вольф.

— І руки... — продовжила Марджі. — Його руки... Я ніколи не бачила таких рук. Словом, я хочу, щоб ця людина — а вона зараз присутня в залі, піднялася сюди, на сцену, й очолила оркестр. І я хочу, щоб під орудою цієї людини Нью-йоркський філармонічний виконав *Benedictus*.

Зал ахнув. Моцарт охнув.

— Це непроста частина меси, — пояснила вдова. — У ній говориться «Благословен, хто йде в ім'я Господа!» І хоч *Benedictus* — це частина Реквієму, але водночас це символ того, що замість старого, яке відходить, завжди приходить щось нове, яке буде ще прекрасніше! Я дуже вдячна диригентові Яапу, що він зміг швидко організувати потрібних вокалістів, і вдячна артистам, які перервали свою репетицію заради нас. Прошу привітати їх оплесками!

Публіка зааплодувала вокальному квартету.

— І запам'ятайте цей день! Можливо, ви будете розповідати про нього своїм дітям і онукам, а вони переповідатимуть своїм. Розповідатимуть про це диво, що сталося прямо на Різдво в Карнеґі-холі. А тепер я прошу цю людину встати й піднятися на сцену. Місце диригента чекає!

Зал знову вибухнув оплесками.

Побілілий Моцарт навіть не ворухнувся. Гонтар у повному захваті знову щосили штурхнув його ліктем у бік.

— Вольф! Це про тебе! Йди на сцену!

— Ти що, Пауль, я *Benedictus* після Ейблера і Зюсмайєра в очі не бачив! Як я диригуватиму?!

— Ти диригував там, у похоронному домі, пам'ятаєш?! У тебе все вийде. Іди!

— Я не...

Стейсі з усієї сили засадила Моцартові гострим ліктиком у бік, тільки вже в другий.

— Іди!!!

На ватних ногах, під шалені оплески залу, Моцарт вийшов у прохід і пішов до сцени. «Це той самий, ресторанний піаніст! — пішов шепіт по залу — ...я бачила його на NBC!.. він називає себе «Моцарт»!.. Де він узявся?..»

З совиними очима він підійшов до старенької і схилився перед нею в красивому поклоні. Зал заревів. Потім до Вольфа підійшов диригент і щось прошепотів на вухо. Моцарт кивнув і уважно оглянув оркестр. Він намагався щось сказати, але не міг перекричати зал, і тоді диригент дав йому в руки мікрофон.

— Чи можу я попросити, — почав Вольфганг, — щоб віолончелі помінялися місцями з другими скрипками, контрабаси перейшли на ліву сторону, мідні духові відійшли вглиб сцени, причому вальдгорни стануть ліворуч? Голоси я б поставив перед першими скрипками. *Danke.*

— О, я бачу, це мій колега! — здивовано сказав керівник оркестру. — Що ж, тим краще! Я поясню — наш новий друг, напевно, прибув із Західної Європи, тому міняє розсадку оркестру з американської на стару німецьку. Прошу!

Поки музиканти пересідали, а солісти займали місця перед скрипками, повисла незручна пауза. Марджі тихенько всміхалась, на обличчі Яапа теж була усмішка, але вона, радше, маскувала інтерес, змішаний із сильним хвилюванням. Моцарт подивився в зал і, побачивши перед собою майже три тисячі пар очей, нервово гигикнув. Зал у відповідь вибухнув сміхом.

Коли музиканти нарешті всілись так, як просив Моцарт, диригент підійшов до колеги й запропонував паличку. Вольф покосився на невідомий для нього предмет* і чемно відмовився. Яап і Марджі під оплески спустилися зі сцени й посідали в першому ряду.

Вольфганг уклонився музикантам. Оркестр уважно дивився на свого нового керівника, ловлячи кожен його рух. Раптом, відчувши, що йому жарко й незручно, Вольф розстібнув і зняв червоний светр і залишився у футболці. Светр він просто кинув під ноги. По оркестру поповзли смішки й хихотіння. Ну не щодня музиканти бачать на сцені Карнеґі-холу диригента у футболці! Витримавши паузу, Моцарт змахнув рукою — це був знак. Оркестр заспокоївся. Знову змах рукою, і м'яким, густим тембром заграли скрипки з валторнами. Нарешті, після лагідної теми вступу, заспівала солістка-контральто:

Benedictus, qui venit,
qui venit in nomine Domini!

---

* Диригентську паличку запровадив німецький диригент Луї Шпор *(Louis Spohr*, 1784–1859*)* у 1821 році, через тридцять років після смерті Моцарта.

Ця мелодія знайшла відповідь у партії сопрано, а далі жіночі голоси ніжно переплелися з чоловічими — басом і тенором:

Benedictus,
Benedictus,
Benedictus,
qui venit,
qui venit,
in nomine Domini!..

Руки Моцарта, мов два білі птахи, літали над океаном, що хвилювався в такт цим пташиним польотам. Голоси ледь помітно погойдувалися в унісон з Маестро, який став з оркестром одним цілим, піною на його хвилях, його диханням і серцебиттям. Музиканти без жодної репетиції повірили своєму новому диригентові й дозволили вести себе, зрідка підглядаючи в ноти, які їм роздали перед виступом, музиканти грали майже напам'ять, адже виконували Реквієм якихось два місяці тому на Чиказькій сцені. Вони ще не знали, як і через що, але кожен відчував, що це виконання запам'ятається їм на все життя.

Нарешті Моцарт змахнув рукою і настала тиша. Така цілковита, що чути було, як стукають серця. І раптом, наче грім під час весняної грози, вдарили аплодисменти. Усі повставали з місць і аплодували так, ніби від сили, з якою вони б'ють долонями, залежить їхнє життя. Зал ревів, як гірський потік. І тут Моцарт обернувся в зал для поклону. Зал ахнув.

Стейсі зойкнула й закрила обличчя руками. Плечі її трусилися.

— Стась, ти окей? — до неї нахилився стривожений Гонтар, що весь номер просидів, заплющивши очі й насолоджуючись грою. Замість відповіді Стася тремтячою рукою вказувала на Моцарта, що якраз зігнувся в поклоні. Щойно Вольфганг випрямився, зал заревів ще дужче. На білій футболці великими чорними літерами було написано: «*FUCK THE RULES*».

Сцена п'ята

Inquieto
неспокійно

Бріджес знімав з дошки фотографії і складав їх у картонну коробку. Козінський говорив з кимось по телефону. Спецагент Петерсон, керівник групи федералів з *DEA*, зосереджено набирав текст на лаптопі.

— Ми отримали ще два ордери! — Петерсон клацнув пальцями. — Хлопці, нам це вдалося! Треба висилати групи на затримання негайно. Нічка в нас буде гаряча.

«Хлопці» гмикнули. Хоч справа, яку вони розкручували два роки, нарешті наближалася до фіналу, та настрій у них був кепський.

— Знайдемо ми цього Фернандеса, чого похнюпилися? — сказав Петерсон, не відриваючись від набору тексту. — Зараз нове подання закінчу — і висуваємося на затримання. Мої агенти вже підтвердили — фіґуранти в пастці, *SWAT* у дорозі. Вони займуть позиції і чекатимуть на нас. Давайте вже дотиснемо все це до кінця.

— Кінці підберемо тоді, як дістанемо Фернандеса, — похмуро буркнув Бріджес.

— Дістанемо, Джо. Просто спочатку візьмемо всіх інших. Майкл, ну що? Вони готові?

— Готові, — відгукнувся Козінський. — Залишилися ці двоє. Схоже, що вони вже все знають і просто чекають на нас. Навіть тікати не намагаються. Знають, що марно.

— Головне — Фернандес, — докинув Бріджес. Він не міг думати більше ні про кого.

Після того як Стейсі розгадала шифр, а Фернандесового спільника агенти з *DEA* упізнали як Пітера Кудінова, з камер спостереження «Кварти» було вилучено все відео. Слідчі аналітики безперервно працювали кілька діб і визначили дні, в які Фернандес і Кудінов зустрічались у ресторані. Кудінов представляв постачальника, а Фернандес — доволі широку мережу дилерів, яка доносила наркотики безпосередньо до клієнтів. Було проаналізовано, хто з офіціантів їх обслуговував, і вивчено всю історію їхніх розрахунків. У більшості випадків фігуранти платили готівкою, але пів року тому Кудінов використав банківську картку. Так було встановлене його нове ім'я. Детективи передивилися всі вуличні камери спостереження. Виявляється, Кудінов просто залишав машину за два квартали від «Кварти» і йшов на зустріч зі своїм партнером пішки. Слідчі швидко його знайшли і пов'язали раніше, ніж Голомозий устиг будь-що запідозрити. Коли його взяли, він зрозумів, що йому світить довічне, тому в надії на пом'якшення вироку підписав зі слідством угоду і швиденько здав усю верхівку наркокартелю. Їх затримували одного за одним без зайвого шуму й метушні. Залишився тільки скарбник і безпосередній ватажок. Ним, на превеликий подив, виявився колишній лікар-невропатолог, виходець із СРСР, з емігрантської хвилі вісімдесятих. Свого часу він починав з того, що виписував фальшиві рецепти на ліки з наркотичними речовинами, а закінчив масштабним наркотрафіком. Таким чином найбільший наркокартель східного узбережжя США було розгромлено. Уник арешту тільки Фернандес, який одразу після демаршу Стейсі викинув телефон та банківські картки і розчинився. Копи були впевнені, що він з'явиться, і стежили за його матір'ю. Отож слідча група справедливо вирішила, що арешт Фернандеса — тільки справа часу, і зосередилась на більшій рибі. Попереду чекала довга і копітка робота: допити, з'ясування ролі кожного фігуранта, зачистка пушерів нижчої ланки, конфіскація товару і багато що іще. Здавалося, найтяжче позаду, однак лише два детективи відчували — поки Фернандес на волі, до кінця далеко. Його матір звільнили з лап людей «Брайтонського наркобарона», які тримали її заручницею, і вернули додому. У неї ж удома і влаштували засідку, розраховуючи, що Фернандес рано чи пізно до неї прийде.

Тим часом Бріджес і Козінський намагалися проштовхнути Стейсі в програму захисту свідків, але справа ця була дуже марудна й непроста. Щоб залучити *WITSEC**, треба було переконати Міністерство юстиції і офіс Генерального прокурора, що Стейсі саме та персона, яка потребує захисту, бо вона — цінний свідок на суді. На лихо, дівчина хоч і була хорошим інформатором і дуже допомогла слідству, але її цінність як свідка впала якраз тоді, коли Кудінов та його спільники наввипередки почали давати свідчення один проти одного, надіючись виторгувати м'якше покарання. Крім того, участь Стейсі у суді могла привернути увагу *ICE,* а цього якнайменше хотіли і детективи, й сама дівчина. Та все ж *NYPD* подав запит у Міністерство юстиції, хоч майже без надії на позитивне рішення — в поліції служать реалісти.

Бріджес вийшов у коридор і набрав номер Стейсі.

— Постарайся цими днями не залишатися сама, — попросив її. — Ми ще не взяли Фернандеса.

---

* *WITSEC (Witness Security Program)* — федеральна програма захисту свідків, яким загрожує небезпека до, під час, та після судового процесу.

— А лисого?

— Уже сидить.

— Мені загрожує небезпека?

— Ну, я б не панікував, бо ми думаємо, що Фернандес скоріше навідається до матері. А там його вже чекають.

— Але?

— Але будь обережна. Ми переживаємо... Я... Переживаю.

— Я веду тихе й нудне життя, детектив. Робота — дім, дім — робота. Я нікуди не ходжу — ні в клуби, ні в сумнівні притони. Якщо мене ще й при такому розкладі чекає небезпека, то або надайте мені охорону, або дайте мені спокій. Я свою роботу зробила. Якщо можу бути корисною під час слідства — прошу дуже, я до ваших послуг. Але, будь ласка, не вдавайте, що вас це турбує. Дякую.

— Але, Сте... — проте Стейсі вже натисла «відбій».

У Бріджеса на душі завис тягар. Він мав дочку, трохи молодшу за Стейсі. З дружиною розлучився, коли дівчинці було всього сім років. І відтоді жив з відчуттям, що дочка не пробачила йому ставлення до сім'ї, бо виходило, що він фактично був одружений не з її мамою, а зі своєю роботою. Що його днями й тижнями не бувало вдома, що він не знав, який зуб випав у малої, чи яка саме лялька з серії *Bratz* їй подобається, і що саме вона хотіла на Різдво. «Ти не можеш собі уявити, Майк, як це, — жалівся він напарникові. — Ти маєш поліційний значок і зброю, але почуваєшся, наче мізерне лайно, бо рідна дитина в тобі розчарована». Точно так само почувався Джо Бріджес і після розмови зі Стейсі.

— Стасю, ти чимось стурбована. Усе добре? — спитав Гонтар, побачивши, як подруга змінилася на лиці після розмови з Бріджесом.

— Усе добре, Павле. Де Вольф?

— З журналістами, як завжди, — усміхнувся Павло. — Він прямо селебріті став, їй-бо.

— Йому подобається, — усміхнулась у відповідь Стейсі. — Аж цвіте. Каже, що любить увагу, бо відчуває, що потрібен.

— Він відчуває, що зірка. Хоча, слід визнати, увага до нього заслужена. Стати перед публікою в Карнеґі-холі у футболці з нецензурним написом — це не абищо.

— Мені здається, що ніхто й не побачив під враженням від цього *Benedictus.*

— Це точно. Треба було бачити обличчя оркестрантів. Вольфова манера диригування дуже незвичайна, тепер так ніхто не робить. Але, знаєш, вони все зрозуміли.

— А ось і Вольф! — перша побачила композитора Стейсі. — Ну що, про що тебе питали? Що хотіли?

— Ви не повірите! Дали мені аркуш паперу й попросили написати початок моєї останньої симфонії*.

— І ти написав?

— Авжеж! Мені навіть аплодували, хоч я й не сідав за інструмент. Дивні люди ці журналісти.

— Ну, все, — Стейсі підійшла й обняла Павла. — Дякую, мій любий друже, за цей подарунок. Не знаю, як Вольфу, а мені дуже сподобалося. Ти знаєш, це абсолютно незнайомий для мене світ, і я дуже вдячна, що ти мене з ним познайомив.

— Дякую, Пауль, ти не уявляєш, що для мене означає почути свою симфонію у сі-бемоль мажорі у виконанні такого неймовірного оркестру і диригувати виконанням *Benedictus.*

---

* Симфонія №41 до мажор *(Symphony No.41 in C major, K551)* — остання написана Моцартом симфонія, завершена 10 жовтня 1788 року; пізніше стала відома як «Юпітер».

— От цього я не планував, чесне слово. Це все Марджі Бредшоу. Ну і якби ти не вдерся тоді на похорон її чоловіка, то нічого б цього не було. Інколи все в житті стається завдяки збігам.

— Я хочу тут грати.

— Це не так просто, Вольф.

— Я розумію. У мій час потрібно було бути наближеним до двору. У цей час, як я зрозумів, усе працює інакше.

— Так. Потрібно, щоб тобою зацікавилися великі музичні агенції. *Columbia artists*, наприклад... Музика — це бізнес. Агенція, перш ніж вирішити, чи співпрацювати з тобою, чи ні, має бути впевнена, що збере під твоє ім'я зал. Хоча, що я таке кажу... Твоє ім'я і так кожен знає... Але, бачиш...

— Вони вважають, що я самозванець?

— Я такого не казав, — Павло поклав Моцартові руку на плече. — Я щось придумаю. От побачиш.

— Нам уже пора, — Стейсі ще раз обняла Павла і тихенько промовила йому українською: — Не проводжай нас, біжи краще до своїх. А ми, як і обіцяли, завтра до вас прийдемо.

Коли вони розпрощалися біля головного входу і розійшлися по своїх станціях метро, дівчина взяла Моцарта під руку й спитала:

— Вольф?

— Що?

— Стилет з тобою?

— Він завжди зі мною, *mein kleiner Engel*.

— От і добре.

Антракт

Як багато ви можете зробити задля сім'ї чи близької людини? Задля друга? Подруги? Близькі люди багато значать у нашому житті, тому для більшості відповідь очевидна. Але було б занадто просто, якби всі так думали. Насправді все набагато складніше і залежить од пріоритетів, обставин і решти якихось важливих і невідкладних штук.

Вольфганг дуже любив свою Констанцію. Попри все. Попри свій нестерпний характер, попри те, що ніколи не міг відмовити собі в задоволеннях, був невиправним розпусником, зловживав спиртним і мав талант спустити гроші за один день, чим доводив її до відчаю. Попри все це він її любив. Просто у Моцарта в житті були геть інші пріоритети. І це були не коханки, не спиртне й не гульки з друзями. Це була музика.

Саме музика поглинала його всього без останку. Він бачив лише одне призначення у своєму житті, одну місію — творити музику. Музику, яку не можна було просто слухати, ні. Її треба було їсти. Пити. Нею треба було дихати, кохатися з нею, сплітаючись з нею в одне ціле. Усе інше мало другорядне значення. Музика була Богом. «Одразу після Бога йде батько». А після нього — усі інші. Саме завдяки цьому світ одержав Моцарта у першій версії — назвемо його «Моцарт 1.0».

«Моцарт 2.0» опинився в цілком іншому світі і в геть інший час. Там, де не було ні батька, ні дружини й дітей, ні друзів. Натомість була музика. Було багато різної музики. Вона була всюди: звучала в навушниках, від яких Вольфганг був у захваті; з маленьких дощечок, що їх тут звали «смартфони»; з великих дощок, які звались «телевізори»; а могла звучати й просто нізвідки. Була і його музика. І вона також була різна! Раз Вольф почув десь початок своєї Сорокової симфонії*. Але це був дуже дивний початок — рваний, повільний ритм і дивний звук, а далі почалося взагалі щось малозрозуміле — до рваного ритму додались ударні й різні інші незрозумілі звуки, походження яких Моцартові було невідоме. Проте ритмічний малюнок його твору було збережено.

— Що це? — спантеличився Вольф.

— Здається, це ремікс, — ледве стримуючи усмішку, відповіла Стейсі.

— Ре... що?

— Ремікс. Просто діджей узяв за основу твою музику і створив з неї нову. Молодь таке любить.

— Мені також подобається, хай йому біс! — захоплено сказав Моцарт — він любив різного роду експерименти з музикою. — Це створив якийсь ваш відомий виконавець і композитор?

— Та ні... — Стейсі активно клацала по клавіатурі, з'ясовуючи авторство реміксу. — Ні, це звичайна дівчина з Данії.

---

* Симфонія № 40 соль мінор, *(Symphony No. 40 in G minor, K 550)* — один із найвідоміших творів Моцарта. Разом із Симфонією № 25 — це друга мінорна симфонія Вольфганга. Він завершив її влітку 1788 року, в період, коли Моцарти потерпали від тяжкої фінансової кризи.

— «Звичайна дівчина»... — не міг повірити Моцарт. — Це надзвичайно!

І цілий вечір вони сиділи за комп'ютером, вишукуючи ремікси.

Іншого разу він почув свою *Rondo Alla Turca* у жорсткому панк-роковому виконанні колективу з канадського Квебеку. Деякі експерименти були вдалі, деякі — не дуже.

— Тобі не прикро, коли чуєш, як твою музику беруть і роблять з нею отаке? — спитала Стейсі, коли вони слухали чергову варіацію.

— Та вже ж ні! — сказав Вольфганг. — У цьому ж і полягає сама суть пошуку. Шукати, брати за основу те, що вже існує, пробувати і створювати щось нове. Це чудово!

Але крім музики в цьому новому світі була ще й Стейсі. — ПЕРШИЙ ДЗВІНОК — Дівчина, завдяки якій Вольфганг почав нове життя. Вона визволила його з поліції, напоїла кавою і дала йому дах над головою. Вона повела його в цей світ за собою, хоч і сама до пуття не знала, чи в правильному напрямку рухається.

Моцарт на початку її навіть трохи побоювався. Згодом зрозумів, що в одних ситуаціях вона ніжна і вразлива, і сама подеколи потребує допомоги. А за інших обставин — сувора й має залізну волю та колючий характер. Вона не була схожа на жодну з жінок, яких Вольф знав раніше. «Цінуйте тих, хто опинився з вами поряд», — ці слова Шанель глибоко врізались у Вольфову пам'ять. «Моцарт 1.0», якщо чесно, не дуже тим переймався, але у «Моцарта 2.0», що — ДРУГИЙ ДЗВІНОК — потрапив у новий для себе світ, просто не було іншого вибору.

«Можливо, у твоєму минулому житті є те, чого ти не хотів би повторювати в цьому. Подумай про це, будь ласка, — мадемуазель Ґабріель погрозила Вольфу пальчиком, відпила кави з філіжанки і раптом перетворилася на батька: — Подумай, як ти житимеш далі, бо ти вирішив стати самостійним і відрікся від усіх авторитетів! — ТРЕТІЙ ДЗВІНОК — Тепер ні я, ні монсеньйор Сиґізмунд фон Штраттенбах тобі не указ. Подумай, що ти робиш зі своїм життям, Вольфганг».

«Я подумаю, мадемуазель Ґабріель, я подумаю, тату... Щасливого Різдва!» — Моцарт позіхнув, просунув ліву руку під подушку, підтяг праву ногу й заснув.

FINALE

Vivace — жваво

Частина перша

Різдво промайнуло, як швидкий потяг повз маленьку, загублену в степах і лісах далеко від великих міст станцію. Ранок почався з розгортання подарунків. Моцарт отримав у подарунок смартфон і модні бездротові навушники.

— Ти збожеволіла, *meine Kleine*... Я... я бачив, скільки він коштує! Це як двадцять разів розкішно пообідати у «Кварті»! Таке марнотратство!

— Вольфі, ну от чого ти рахуєш гроші в моїй кишені? Захотіла й купила. А про марнотратство краще мовчи. Хто хотів на перший заробіток напоїти всіх у «Кварті»? «Усім випивка за мій рахунок!» Добре, що тебе чули тільки Пол, Томмі, Марта, я та мадемуазель Ґабріель. Ти розтринькав би все, що тобі заплатили — як робив уже не раз, до речі.

— Я тобі одне слово кажу, а ти мені десять. Розгортай свій подарунок.

— Зараз, зараз... — зашаруділа папером Стейсі, вийнявши крихітну чорну коробочку. — Що це?

— Відкрий.

— Вольф... Я тебе вб'ю.

— Тобі нудно буде самій їздити на роботу.

— Це, звісно, правда.

Стейсі відкрила коробочку й ахнула. У коробці була підвіска — срібний ангелик. Підняті вгору крила, голова — круглий білий діамант, в основі тіла — трикутний димчастий камінчик.

— Який гарний... Але, Вольф, де ти це взяв?

— Мені його наділа мама, як я ще був малий. Скільки себе пам'ятаю, цей ангелик завжди був у мене.

— Але... Це дуже дорога річ... Але чому мені?

— Ти мій Ангелик, — усміхнувся Моцарт. — Хіба ні? Ти з'явилась, мов янгол, заговорила до мене німецькою, визволила з полону, нагодувала, взяла мене з собою, дала мені цей дім, роботу — все! Я інколи думаю, що Господь закинув мене в майбутнє за мої гріхи... — Вольф зробив паузу. — Але за музику, яку я написав, дав мені тебе, щоб я тут геть не пропав.

Стейсі мовчки обняла друга.

— Хтозна... Може, ти врятував мене від більшого лиха...

— Подивись, там ще щось для тебе є.

Стейсі зняла обгортку з іще однієї коробочки.

— Ой! Це ж «*Chanel no.5*»! У мене ніколи в житті не було таких дорогих парфумів! Ти знав, що мені подарувати, дякую!

— «Шанель»? *Oh mein Gott!!!* Мабуть, я переплутав коробочки! «*Chanel no.5*» мали бути для фрау Біркін!

— Моцарт! Ти гівнюк!

— Оце твоя коробочка.

— От сам її і розкривай!

— Ну пробач-пробач! Подивімося ж, що там усередині. О! «*Chanel no.5*»! Чи ж не геніально?

І Моцарт зареготав. Деякі його жарти були нестерпні, як і він сам.

Потім був обід у Гонтарів. Павло познайомив Моцарта з родиною — дружиною Рейчел і маленькою донечкою Галею.

— Рада познайомитись! — сказала дружина. — Колись я робила про вашу творчість шкільний проєкт і розповідала про вас іншим дітям.

— От як? — галантно всміхнувся Вольфганг.

— Минуло вже багато років, а я й досі пам'ятаю цю доповідь. Ніби знала, що одного дня потисну вам руку.

— Велика честь для мене. І що ж ви розповідали про мене дітям?

— Для всіх нас ви тоді були геніальним дядьком у перуці, який писав геніальну музику, від якої більшість мого класу заснула б на десятій хвилині.

— Ну що ж. Це краще, ніж на п'ятій, як заснув один юний джентльмен, якого ми з Павлом зустріли в *Kunstkammer*.

— У Музеї Метрополітен, — пояснив Павло. — Задрімав він від Реквієму.

— Згода, там *Introitus* не вельми бадьорий, ось послухайте.

— О, ні, — закотила очі Стейсі.

Але Моцарт уже затяг гугнявим голосом:

Requiem aeternam dona eis, Domine,
*Et lux perpetua luceat eis.**

У заупокійній месі веселого мало, проте виконання було таке кумедне, що всі засміялися.

— Прошу уваги! — Гонтар раптом увімкнув телевізор, що висів на стіні.

У студії за спиною худорлявого сивого ведучого на великому моніторі було два зображення: на одному — відомий

---

* *Спокій вічний даруй їм, Господи,*
І світло вічне хай світить їм! (лат.)
— Початок *Introitus* — вступної частини меси.

портрет Моцарта роботи Барбари Краффт, а на другому — стоп-кадр з Вольфгангом під час учорашнього інтерв'ю в Карнеґі-холі. Пози й обличчя в них були однаковісінькі. Тільки на другому стоп-кадрі не було перуки, а замість червоного камзола був червоний светр, що, втім, додавало схожості. Ішло відоме шоу на одному з національних телеканалів.

— ...щоб з'ясувати, хто ж цей загадковий музикант, котрий взявся нізвідки, ми провели власне розслідування, і його висновки нас, м'яко кажучи, шокували. Зараз Ендрю Ґріфін розповість, чому саме. Привіт, Ендрю!

Зображення Моцартів зникли, й на моніторі з'явився кореспондент, що стояв на П'ятдесят сьомій вулиці. За кореспондентом блищав вогнями Карнеґі-хол.

— Привіт, Ендрю! Я бачу, Різдво принесло нам дива?

— Пол, «диво» — це не те слово. Але давайте по порядку.

Далі йшов сюжет, що починався словами: «Він з'явився нізвідки, і ніхто в музичному професійному середовищі Нью-Йорка не знає, хто він». Були кадри зі знаменитого концерту в зимовому Юніон-сквері, шматок виступу з Кейко і...

— Павле! Коли ти встиг дати їм інтерв'ю? Ти тут такий серйозний! — засміялася Стейсі.

На екрані Гонтар сидів за столиком у «Кварті». За ним виднілася Шанель, що демонстративно тримала в зубах мундштук із сигарилою, хоч у ресторані курити заборонено.

— Він грає легко й невимушено, ніколи не готується і не переглядає нот. Так, ніби музика у нього в голові. Звісно, він деколи відступає від нотного тексту, але треба бути професіоналом найвищого ґатунку, щоб так майстерно імпровізувати, — сказала телевізійна версія Гонтаря.

Але його ніхто не слухав, бо увага всіх була прикута до заднього плану: наприкінці кожної Павлової фрази мадемуазель Ґабріель закочувала очі й складала губи в курячу дупцю — вона чула кожне слово й банально його перекривляла. Оператор, який мав слідкувати за фоном, профукав кривляку Шанель. А може, навмисно не робив їй зауваження.

— От бешкетниця! — пирхнув Павло. — Це було в той день, Стейсі, коли ти хворіла.

— Жаль, що я пропустила такий спектакль.

Далі знову ввімкнули студію.

— Вау, вони запросили цвіт музичної професури! — Гонтар почав перелічувати імена та регалії гостей студії.

— Авжеж, поява виконавця такого рівня збурила всю нашу музичну спільноту, — сказав один відомий музикознавець. — Ми з колегами були на кількох концертах, і можу сказати, що ні я, ні мої колеги ще не чули такого унікального виконання творів Моцарта.

— Я підтримаю колегу й зауважу, що вперше зустрічаю таку досконалу, оригінальну й переконливу інтерпретацію, — додав другий.

— Його гра феноменальна, і для мене очевидно, що він має грати не в ресторанах, а в найпрестижніших залах світу.

— Це дуже голосна заява, шановний пане професор Заслав, — сказав сивий ведучий. — Чим ви ще можете аргументувати свою позицію?

— Бачите, в чому річ. Цей загадковий піаніст володіє автентичним стилем виконання музики Моцарта, але це ще не все... — професор поправив окуляри. — Крім цього, він володіє історичними інструментами Моцартових часів. Так віртуозно на них грати може тільки той, хто багато років постійно цим займався. Фахівців такого рівня можна перелічити на пальцях однієї руки. Це, наприклад, всесвітньо відомий клавесиніст та органіст Донґсок Шин, але я з ним спілкувався — і він ніколи не чув про цього виконавця.

— Є ще одна цікава деталь, — узяв слово перший музикознавець. — Він знає такі делікатні деталі про творчість та життя Моцарта, які невідомі найвидатнішим теоретикам та історикам і які міг би розповісти хіба що сам Моцарт...

— Усе це й справді важко пояснити, — сказав ведучий. — А що думають психологи?

— Є багато прикладів того, як люди починали ототожнювати себе зі своїм кумиром: вивчали про нього все, що тільки можна знайти, починали одягатись так, як він, називати себе його ім'ям. Цей музикант робить саме так — заявляє, що він Моцарт, — пояснив фахівець з психології.

— Але тут є ще одне, — перебив психолога професор. — Ми з колегами кілька годин слухали його в ресторані: він грав як відомі твори Моцарта, так і ті, що не були відомі нікому з нас. Ці композиції в стилі Моцарта за якістю не поступалися відомим творам композитора. Ми їх записали, проте нічого подібного ні в бібліотеках, ні в архівах та музеях, ні серед творів відомих та маловідомих сучасників Моцарта не-ма-є! І ми не знаємо, як це пояснити.

Знов у кадрі з'явився кореспондент на вулиці Нью-Йорка.

— Цікава картина складається з розповідей наших експертів, чи не так, Ендрю? — звернувся до нього ведучий. — Ти нам щось доповниш?

— Так, Пол. Страшенно цікавий поворот сюжету, — сказав кореспондент. — Одна з наших знімальних груп цілком випадково зловила загадкового музиканта в об'єктив, коли той начебто випадково диригував філармонічним оркестром у Карнеґі-холі. Не знаю, як там усе склалось, але керівник оркестру розповів нам, що це й для нього була цілковита несподіванка.

Далі в кадрі був фрагмент *Benedictus* і уклін Моцарта зі знаменитим написом на футболці. Усі вже стогнали з реготу.

— От Томмі, догодив! Це ж його футболка! — крізь сльози вичавила Стейсі.

— ...ми підійшли до нього й попросили написати першу сторінку його симфонії «Юпітер», — продовжував кореспондент. — Він спершу не міг зрозуміти, про що йдеться, але я підказав йому кілька перших нот з оригіналу, що був у мене на смартфоні, і він легко впізнав твір. І ось, ми маємо зразок.

На екрані з'явилися два примірники нотного аркуша.

— Ліворуч оригінал, а праворуч... Теж оригінал!

— Тобто? — не зрозумів ведучий.

— Свіжий зразок першого аркуша «Юпітера» проаналізував відомий графолог, який співпрацює з ФБР. І його висновок — обидва примірники написано однією рукою!

— Я не маю сумнівів, що це почерк однієї й тієї самої людини, — підсумував фахівець-графолог у інтерв'ю.

— Отже, що ми маємо? — спитав збентежений ведучий у кореспондента.

— Я хотів би, щоб висновки зробили наші фахівці в студії.

— Я візьму на себе сміливість заявити, — обережно оглядаючись на колег, сказав професор-моцартознавець, — що ця особа, яка називає себе Моцартом, скоріше за все...

Він зробив ефектну паузу.

— Ним і є!

У ведучого випала з рук течка зі сценарієм.

— Оце вам моє слово. Пояснювати, як це можливо, мені бракує компетентності.

— Вольф, вітаю! — Павло потис Моцартові руку. — Ти наробив галасу й довів, що ти — це ти! Те, чого в нашому світі більшості не вдається досягти за все життя, ти зробив за кілька тижнів. Це свідчить тільки про одне: ти — визнаний геній.

Частина друга

Моцарт прокинувся, сів на ліжку і чхнув.

— Бувай здоровий! — відгукнулася Стейсі і ввімкнула кавоварку.

Вона завжди готувала зранку каву. Моцарт недовірливо ставився до еспресо-машинки, і якщо варив каву він, то це був довгий процес з джезвою, підловлюванням кави і веселими співами, якщо вдалося зловити її вчасно. Якщо кава умудрялася втекти, перш ніж Вольф устигав її вловити, то замість співів лунала добірна німецька лайка. Стейсі і слів тих не знала, що він уживав. Тому вона завжди намагалася прокинутись раніше за Моцарта, щоб без мороки приготувати каву в кавоварці.

Після посиденьок у Павла і доленосного шоу на телебаченні телефони у Гонтаря і Стейсі просто вибухнули — Павлові дзвонили журналісти й музиканти, а Стейсі — колеги з ресторану, бо «Кварту» також почали штурмувати журналісти й музиканти.

— І взагалі, він тепер має свій номер телефону! — не витримала Стейсі після чергового дзвінка з ресторану.

Таким щасливим Моцарта досі ще не бачили. Потім була вечеря у місіс Біркін. Пізно вночі, обважнілі від наїдків і випитого, Вольф і Стася насилу допленталися до квартири й позасинали ще в польоті до подушок.

— *Guten Morgen, mein Schatz!**

— Ну як воно — прокидатися відомим і знаменитим?

Моцарт розсміявся.

— Знаєш, що я зрозумів?

— Що?

— Відомий я чи невідомий, але хочу, щоб мої ранки були саме такі.

— Тобто?

— Тобто, що ця вранішня кава з твоїх рук для мене найдорожча за будь-яку пляшку ігристого в празькому борделі, коли мене після прем'єри «Фіґаро» носили на руках.

Стейсі ледь чашку на підлогу не впустила.

— Ну в тебе й порівняння.

— Гарний контраст, правда? — загиготів Моцарт.

— Не знаю чому, але мені подобаються твої огидні жарти. Хоч у нас навіть хлопці в університеті так не жартували.

— Усе діло в контрасті, *mein Schatz.* Що огидніші будуть мої жарти, то чарівніша буде музика.

— Сумнівний якийсь контраст, як на мене. Одне скажу — добре, що більшість твоїх слухачів не знає, як ти жартуєш.

Уже на підході до «Кварти» вони побачили величенький натовп перед входом. Сьогодні ресторан відкривався після реконструкції.

— Дивись, Вольф, це все по твою душу, — сказала Стейсі, впізнавши в натовпі кількох відомих журналістів. — Готуйся, зараз тебе рватимуть на дрібні клаптики.

— Нічого. Кілька моїх огидних жартів, і вони сахатимуться від мене, як від чуми, — хихикнув Моцарт.

---

* Доброго ранку, моя дорога! *(нім.)*

— Та ти що! І не думай таке утнути! Ти тепер публічна особа! — прошипіла Стейсі. — За твоєю спиною Гонтар і «Кварта»!

— І ти?

— І я!

— Моцарт! — хтось у натовпі впізнав Вольфа.

— Містер Моцарт! Містер Моцарт!

— Як ви прокоментуєте слова фахівців у шоу Андерсона?

— Це правда?

— Як ви опинились у Нью-Йорку?

— Звідки ви?

— Хто ви?

— Яке ваше справжнє ім'я?

Моцарт зупинився перед журналістами, вишукано вклонився і сказав фразу, з якої почалося їхнє зі Стейсі знайомство:

— Я Йоган Хризостом Вольфганг Амадеус Моцарт, син Леопольда і Анни Марії Моцарт, уродженої Пертл, із Зальцбурґа. Народився через місяць після Різдва 1756 року.

Ресторанний зал неабияк змінився. Замість ледь помітного подіуму, де раніше стояв рояль, тепер височіла справжня сцена. Було видно, що містер Манчіні не пошкодував грошей (а це було на нього геть не схоже) і облаштуванням сцени займалися професіонали: дизайнери, акустики та освітлювачі. М'яке світло, шість мікрофонів, виведених на режисерський пульт, встановлений тут же, біля бару. Бар теж дуже змінився — він став частиною сценічної декорації і отримав своє особливе освітлення. Задник сцени творила абсолютно чорна стіна, на якій тонкими фіолетовими лініями світилися літери *Mozart Hall*. У центрі сцени, яскраво освітлений, виблискував *Steinway*.

— *Oh. Mein. Gott,* — Вольфганг не був такий шокований з часів приголомшливого успіху «Весілля Фіґаро» у Празі.

— Подобається? — поряд матеріалізувався власник казкового залу містер Манчіні. — Коли я років десять тому купував цей інструмент, то мені казали: «Джузеппе, навіщо ти купуєш інструмент, що коштує як половина ресторанної кухні? Ти хочеш робити ресторан чи Карнеґі-хол?» Цей *Steinway* ніби чекав на вас, Вольф. Хто на ньому тільки не грав! Та лише з вашою появою він розцвів. Ви створені один для одного!

І емоційний, як усі сицилійці, містер Манчіні видушив скупу сльозу.

— Дякую вам, синьйор Манчіні. Я вражений вашою щедрістю і вашим добрим серцем. На небесах вам зарахується ваша шляхетна справа, бо ж через музику ми доносимо глас Господній!

— Та перестань, перестань, Моцарт! — замахав руками старий сицилієць, що означало «говори, продовжуй». — Джузеппе Манчіні ще рано на небеса.

— Це так сміливо з вашого боку, — зауважив Моцарт. — Я у вас граю зовсім недавно і не заслуговую, щоб моїм скромним іменем називали цілий зал.

— У Нью-Йорку немає такого поняття «зовсім недавно», дорогий Моцарт! Хто не встиг, той запізнився. А бізнес не пробачає запізнень! — тут хитрий сицилієць прикусив язика, бо зрозумів, що бовкнув дурницю про гроші, і скоренько виправився: — А також немає такого поняття, як «скромне ім'я». На Мангеттені кожне ім'я має звучати голосно! А ваше ім'я, мій дорогий Вольфганг, таке голосне, що привабить багато народу. І я дам змогу грати на цій сцені молодим талантам, які потребують уваги і підтримки. Може, навіть засную стипендію Моцарт-холу для молодих талантів, га? Як вам ідея, гер Моцарт?

— Ви свята людина, синьйор Манчіні.

— Та ну вас, Моцарт, таке говорите! — попросив продовжувати містер Манчіні. — Я скромна людина, я всього-навсього хочу увійти в історію. Щоб бідного Джузеппе, який приїхав в Америку з двома доларами в кишені, пам'ятали вдячні нащадки.

Примовляючи ще щось, власник закладу, цілком задоволений, пішов на ресторанну кухню.

— Містер Манчіні такий кумедний! — засміялася Стейсі, визираючи з-за Вольфового плеча. — Ну що, Маестро, готовий до роботи? Виступатимеш на сцені імені себе.

— Завдяки тобі, *mein Schatz*. Не забуваймо про це!

— Моцарт? Стейсі?

— Добрий день, мадемуазель Ґабріель! — розкланявся Вольф. — Напрочуд радий вас бачити.

— Доброго дня, мадемуазель Ґабріель! — привіталася Стейсі.

— Оце дивлюсь і бачу, як ти мені нагадуєш мене саму, — Шанель лагідно подивилася на дівчину. — Я у твоєму юному віці вже співала в «Ротонді». Була така ж наївна й дурненька!

Дівчина пхикнула.

— Мадемуазель Ґабріель, ви вмієте так сказати, що я не завжди розумію, комплімент це чи хамство, — не лишилася в боргу Стейсі.

Шанель розсміялася.

— Ти мені подобаєшся, моя маленька Стейсі, а мені не часто подобаються жіночі фігурки — якщо тільки це не манекени, — і Шанель погладила Стейсі по голівці, наче маленьку дівчинку. — Вольф, чи не могли б ви пройти зі мною? Я для вас дещо маю.

І Шанель попливла в кабінет до містера Манчіні — єдине вціліле після «невеличкої реконструкції» окреме приміщення. Заінтригований Вольф покрокував за дамою.

У кабінеті містера Манчіні приємно пахло випічкою — прямо за стіною була ресторанна пекарня. Шанель увімкнула світло.

— Містер Манчіні деколи поступається мені приміщенням для роботи, і я йому дуже вдячна.

«Боже, він справді святий!» — подумав Моцарт.

Посеред кімнати стояв манекен, накритий чохлом.

— Оскільки ви сьогодні приступаєте до роботи в оновленому залі, то я приготувала вам невеличкий сюрприз!

Шанель загадково всміхнулася й зняла з манекена чохол. Вольфганг ахнув — сюрпризи сипалися на нього сьогодні, мов горох з дірявого мішка. На манекені був чорний довгополий піджак, віддалено схожий на творіння придворного майстра Гофберга, але водночас і докорінно інакший. Короткі лацкани, п'ять ґудзиків на широких манжетах і довгі поли трохи нагадували камзол, але загалом це було цілком сучасне вбрання, геніальна інтерпретація верхнього одягу часів Моцарта. На піджаку красувалися срібні ґудзики. Вольфганг упізнав їх одразу — це були розкішні ґудзики з його камзола.

— Це... Неймовірно!

— Я розібрала ваш камзол на частинки — мені просто було цікаво. Деякі ідеї я використала, але загалом у цьому піджаку я втілила своє бачення. Ану, приміряйте! Мав би бути якраз на вас.

Моцарт надів піджак і застібнув його на всі ґудзики.

— Я не рекомендую вам застібати три останні ґудзики, — скривилася Шанель. — По-перше, це некрасиво, а по-друге, буде незручно за інструментом. І під нього потрібна сорочка з довшим рукавом та французькими манжетами на запонках.

— Він дуже зручний! І ґудзики! Ці ґудзики! Ви зберегли їх!

— Вони забавні. Я спочатку хотіла зберегти більше елементів, але потім подумала й просто їх відкинула. Що простіше, то краще. Одяг має бути природний, стильний і не дуже впадати в очі — особливо чоловічий одяг. Якщо ви справили на людину враження, але вона не пам'ятає, у що саме ви були вбрані, то це означає, що ви були вдягнені ідеально.

— Цей камзол спонукає сісти за інструмент негайно.

— Це буде історична річ, месьє Моцарт.

— Чому? Тому що йогоноситиму я?

Мадемуазель Ґабріель обурено пхикнула.

— Тому що це перша чоловіча річ, створена руками Шанель. А ще я не люблю на чоловіках довгих піджаків.

— А це чому?

— Бо я не бачу, як чоловік до мене ставиться. Чи він байдужий, чи він радий мене бачити! — реготнула Шанель. — Стривайте... А стилет при вас?

Стейсі зайшла на кухню. Вусатий бармен Боб якраз приймав з вулиці балон з вуглекислим газом, потрібний, щоб робити газовану воду.

— Привіт, Стейсі! — ставлячи балон, прокректав Боб. — Можу зробити тобі ґроґу.

— На початку робочого дня? — засміялася дівчина. — Тоді він для мене одразу й завершиться!

— Та ну! Зате будеш весела й рум'яна!

— І п'яна! — Стейсі помітила біля входу пакети зі сміттям. — Я винесу.

У ресторані було неписане правило — хто збирає сміття, ставить його біля входу, на цьому його частина обов'язків завершується. А хто перший його побачить і не зайнятий —

той виносить. Так містер Манчіні економив на прибиральниках. Туалети мили по черзі всі, включаючи містера Манчіні і старшого менеджера Джейсона. Від цього обов'язку звільнялися тільки працівники кухні, бариста Джакомо та бармен Боб. Стейсі підхопила пакети і через вузький коридор вийшла на задній двір.

Задній двір, потрапити в який можна було тільки з П'ятдесят першої вулиці, «Кварта» ділила з кількома сусідніми будинками. У дворі завжди стояли величезні баки для сміття та різного непотребу. Тендітна дівчина витягла мішки надвір, відкрила кришку бака й закинула мішки всередину. Раптом сильний удар у голову звалив її з ніг. Падаючи, вона вдарилась об смітник, і ліве око залило щось гаряче й липке.

— Пам'ятаєш мене, сучко?! — чиїсь залізні руки вхопили її за шию і почали щосили стискати. Вона захрипіла і спробувала відбитися руками, але земля тікала з-під ніг і руки слабшали. Стрімко втрачаючи сили, Стейсі застогнала. Було враження, що вона пливла в океані, і тепла хвиля накривала її з головою. Ось тільки піна на хвилях була криваво-червона. «Я так хотіла побачити Вольфа на цій новій сцені, — у свою останню мить чомусь подумала бідолашна. — Ось і все».

Світло згасло.

Останнє, що почула Стейсі, це тихий свист і звук падаючого тіла.

Частина третя

Біла стеля. Біла, як зимове поле на околиці Івано-Франківська, де маленька Стася гуляла з татом. Сонце світило згори і, відбиваючись від сліпучо-білого снігу, потрапляло в очі маленькими крижинками, від яких хотілося часто кліпати і мружитись.

Біла стеля зовсім не давила, а, здавалось, навпаки, віддалялася вгору, аж до хмар. І ліжко, біле простирадло і білі прилади біля ліжка, що видавали ритмічне «*Beep. Beep. Beep*», також піднімалися вгору, вслід за білою стелею.

Стейсі заплющила очі — їх сліпило точно так само, як тоді на полі, і теж хотілося часто кліпати й мружитись. Тато міцно тримав її, маленьку, за руку, і дівчинці було нітрохи не страшно й не холодно — татова рука була тепла й сильна.

— *Steffi, mein kleines Mädchen, geht es dir gut?* — заговорив тато чомусь німецькою. — *Wie fühlst du dich?**

Стейсі розплющила очі. Біля ліжка на стільці сидів стривожений Моцарт і тримав її за руку.

— Слава Господу, вона отямилась! Покличте лікаря, лікаря!

— Во... льф?

---

* Штеффі, моя маленька дівчинко, з тобою все гаразд? Як ти почуваєшся? *(нім.)*

— Тихіше, тихіше, тихіше. Тобі не можна говорити, лежи спокійно, тобі взагалі нічого не можна! — заторохкотів Моцарт.

Позад нього матеріалізувався Гонтар.

— Гей, подружко! — тихенько покликав Павло. — З поверненням!

У палату зайшли лікарі, і друзів одразу розділили шторкою, а згодом узагалі вивели з палати. У холі на поверсі вже було повно полісменів у формі та людей у цивільному, серед яких виднівся і детектив Бріджес.

— Як вона? — спитав Бріджес — Я щойно приїхав.

— Не знаю, — знизав плечима Моцарт. — Вона прийшла до тями, а потім нас виставили за двері.

— Кошмар, який кошмар. Бідолашна дівчинка, — детектив був пригнічений. — А я говорив, я попереджав. Ех!

— І що тепер? — спитав Павло. — Як тепер бути?

— Це був той самий тип, що кричав на неї тиждень тому. Я його пику добре запам'ятав, — тихо сказав Моцарт. — Мені тоді довелося втрутитись.

— Так, це був Матео Фернандес, — підтвердив детектив. — Посередник між постачальником і розгалуженою наркомережею, що обплутувала половину Мангеттену.

— Половину?

— Так, містер Гонтар. Одну половину ми накрили років півтора тому, тож цей покидьок зі своїми зв'язками й контактами перетік у другу. Ми накрили й другу. Але ж це як гідра — обрубав одну голову — з'являються дві нові.

— Вам потрібен свій Іолай, який запалив би вогонь припікати гідрі шиї, щоб вона не змогла відрощувати нові голови*, — порадив Вольф.

---

* Моцарт мав на увазі другий подвиг Геракла — знищення Лернейської гідри.

— Надіюся, Стейсі й була нашим Іолаєм, — скрушно зітхнув Бріджес.

— Як так сталося, що цей Фернандес добрався до Стейсі?

— Містер Гонтар, я казав, що їй потрібна охорона! — обурено засопів Бріджес. — Але дехто вирішив, що Фернандес заліг на дно й скоріше явиться до своєї матері, ніж мститиметься дівчині, що якось розгадала їхній код. Навіть якщо уявити, що ця дів...

— Тобто ви його банально профукали, — скептично пирхнув Гонтар.

— Зізнаюся — так. І мені дуже прикро й дуже соромно.

— Вона могла загинути. Якби не Вольф.

— Так. Він устиг в останню секунду.

— Її врятував сір Ґійом Дане, найкращий майстер фехтування при дворі Людовіка XV. Я лиш скористався тим, чому він мене навчив, коли я був іще дитиною.

— Ніколи б не подумав, що музикант може так влучно метати стилет.

— Річ не в тому, що я музикант, гер Бріджес. Річ у тому, що кожну справу потрібно робити досконало.

Саме власна недосконалість і підвела Фернандеса. Він прагнув помститися, та так, щоб жертва обов'язково усвідомлювала, що згасає в його руках. Жага помсти виявилася сильнішою, ніж кінцева мета. Якби не його пристрасть до дешевих театральних ефектів, єдине, що знайшов би Моцарт, вийшовши у двір, щоб допомогти подрузі, — її тіло з перерізаним горлом.

Бріджес слушно зауважив — якби він запізнився бодай на секунду або промахнувся, то Стейсі була б мертва. Її мозок уже відключився через нестачу кисню, і Фернандес уже приставив лезо свого ножа до її горла. Ще секунда, і... Моцарт не встиг би навіть добігти ці десять ярдів, що розділяли його й Фернандеса. Стилет, що вилетів зі спеціальної кишеньки, дбайливо вшитої мадемуазель Ґабріель у рукав новенького піджака, подолав цю відстань за частки секунди й мов у масло ввійшов Фернандесу прямо в шию. Гостре тонке лезо роздробило четвертий шийний хребець і пробило гортань, не зачепивши сонну артерію та яремну вену. Фернандес дивом вижив, але, скоріше за все, решту життя проведе ув'язнений у власному тілі, прикутий до ліжка.

Стейсі вижила ще й завдяки барменові Бобу, якому вона колись хотіла повищипувати вуса. Боб вчасно й ефективно провів реанімацію і робив дівчині масаж серця та штучне дихання до приїзду швидкої. Так, як його вчили в корпусі морської піхоти США.

Те, що Стейсі лишилася жива, — збіг випадковостей, як, зрештою, і все, що стається в нашому житті. Найцікавіше, що ми не знаємо, до чого призведе та чи та комбінація подій.

Коли лікарі нарешті вийшли з палати, Вольфганг з Павлом кинулися до Стейсі, але з посту навпроти палати пролунало:

— Даруйте, а ви куди?

— Ми в палату...

Медсестра подивилась у свої папери.

— Станіслава Незгода?

— Так.

— Дозволено тільки близьким родичам. Ви близькі родичі?

— Ем-м-м, ні...

— Вам не можна.

— Тобто як не можна?! — обурився Моцарт. — Ми живемо разом!

— Ви її чоловік?

— Ні.

— Партнер?

— Ні. Ми мешкаємо разом! Я її, е, як це... ру... руммейт!

— Вибачте сер, вам туди не можна.

— Що за маячня?!

— Сер, відійдіть від дверей, або я викличу охорону!

— Вольф, ходімо звідси.

— Я її товариш!

— Вибачте, сер, такі правила.

— Але ж мене вже пускали! Я був коло неї!

— Вольф, ти пройшов з бригадою швидкої, і тебе пустили. Зараз вона під наглядом. Ходімо отуди, сядемо.

— Пауль, що це за бісові правила?! Я її друг, чому я не можу бути поряд з нею?

— Вольф, можна тільки близьким родичам.

— Я близький!

— Ти не родич.

— Я близький! Крім неї я тут більше нікого не маю!

— Мені прикро, Вольф... але такі правила.

— Ну що ж це за правила такі, Пауль?! Як тут відрізняють близьких від неблизьких?

— На підставі документів.

— Щоб лікарі пустили тебе до близької людини, потрібні папери?! Це що, в'язниця?! Тобто пекаря Беккера спокійно б пустили до власної дружини, незважаючи на те, що той покидьок щодня жорстоко її бив? А мене не пускають до Стейсі, бо за вашими документами я їй ніхто?

— Вольф!

— Що?!

— *Pianissimo.** Слухай. Пам'ятаєш, Стейсі нам розповідала про якогось адвоката? Ну, з яким треба сконтактувати, якщо раптом виникнуть проблеми?

---

* Дуже м'яко, тихіше, аніж *piano (італ.)*.

— У мене була його *Visitenkarte*, візитка. Ось.

— Гм... Давай. «Дж. Медісон-молодший».

— Йому треба сказати, що від Бріджеса, інакше й розмовляти не стане.

Павло вже набирав номер.

— Тільки Бріджес іще казав... — продовжив Вольф.

Та було вже пізно. Щойно Гонтар промовив: «Вас нам порекомендував детектив Бріджес», — як смартфон вибухнув такою голосною й добірною лайкою, що її було чути й без гучномовця. Павло відняв телефон від вуха й поморщився.

— ...копита йому в горлянку, падлюці такій, щоб його чума взяла, викидень він псячий, стерво свиняче! Кхе-кхе!..

Павло скористався паузою і спитав:

— То ми можемо розраховувати на вашу увагу?

— Що у вас сталося?

Гонтар не полінувався і розповів усе спочатку, наголосивши на тому, що дівчина не має ні легальних документів, ні страховки — тобто відкрите питання оплати послуг на додачу до складності з відвідуванням.

— Ваша адреса? Я буду через годину.

Рівно через годину в хол лікарні зайшов невисокий, сивий як молоко старий у довгополому пальті. Блакитні глибоко посаджені очі, кошлаті білі брови і тонкий ніс справляли враження сварливої і прискіпливої особи.

— Вітаю вас, джентльмени! — прокаркав старий. — Мене звати Джеймс Медісон-молодший. Давайте одразу до суті. Як я зрозумів, юна леді не має страховки. Перше, що ви повинні засвоїти — її доставили екстрено, тому транспортування й першу допомогу покриє *Emergency Medicaid.* За все лікування, яке вона отримає після цього, вам виставлять рахунок...

— Ми його оплатимо! — поспішно сказав Павло.

— Не поспішайте так, добродію. Ви, як я бачу, молоді, гарячі й без міри шляхетні — саме на таких наживаються сучасні нувориші від медицини та влади! — проскрипів адвокат.

Він дістав щось з кишені, закинув у рота й почав жувати. Гостро запахло тютюном. Гонтар мовчав.

— Ми придумаємо потім, що робити з цим рахунком. Головне — запам'ятайте одну важливу річ: усі рахунки потрібно збирати, від них не слід відмовлятися і їх треба оплачувати.

— Ви ж самі сказали, містер Медісон... — почав було спантеличений Павло.

— А що я сказав? Я хіба сказав, що не потрібно платити? Я сказав, що не варто спішити. Так, оплачувати рахунки потрібно, але скільки саме доведеться платити — це вже геть інше питання.

Старий, не соромлячись, сплюнув прямо на підлогу. Гонтар вражено подивився собі під ноги. На підлозі з'явилася невеличка коричнева плямка, яку адвокат просто розтер ногою.

— І потрібно негайно оформити їй *IDNYC**.

— Мене до неї не пускають, — пожалівся Моцарт. — Кажуть, що пускають лише близьких. А я близький. Я її друг!

— Як вас звати, юначе?

— Вольфганг.

— А прізвище? Повне ім'я?

— Ви точно хочете його знати? — підозріло примружився Моцарт.

* *New York City municipal identification card* — Посвідчення особи мешканця Нью-Йорка, видається фактичним мешканцям міста, без огляду на імміграційний статус. Дає доступ до ряду муніципальних послуг і сервісів, включаючи відкриття офіційних рахунків у банках. Почала діяти з 12 січня 2015 року.

— Ну, якщо я питаю, то напевно!

— Йоган Хризостом Вольфганг Амадеус Моцарт.

— Я так і думав, — анітрохи не здивувавшись, сказав адвокат. — Зачекайте трохи. В якій вона палаті?

Старий підійшов до медсестри, заклав руки за спину і щось їй сказав. Та відірвала погляд від паперів, очі її раптом сталі круглі, мов м'ячики для гольфу, і вона закивала головою так енергійно, що, здавалося, зараз витрусить собі мозок. Потім висунула шухляду, дістала два бейджі й простягла старому. Адвокат обережно їх узяв, уклонився й покрокував назад. Медсестра проводжала його ледь чи не закоханим поглядом.

— Усе гаразд, ви можете заходити в будь-який час, — повідомив Медісон. — Маєте перепустки.

— Але як? — не міг повірити Моцарт. — Вона відмовлялася мене пускати, бо в мене немає документів! Що ви їй сказали?

— Що я придумав Конституцію, знаю і поважаю закони.

— Що?!

— До речі, гер Моцарт, щодо вас. Містер Гонтар, ви дозволите?

Медісон запросив Вольфа у інший кінець коридору. Вони відійшли, і адвокат щось тихо, майже на вухо, почав йому говорити. Це тривало доволі довго, тому Павло не став їх чекати, почепив на себе бейдж і пішов до Стейсі.

— Стасю, ти як? — спитав, зайшовши.

— Нічого, жива. Шия болить. І голова, — кволо всміхнулася Стася.

— Та сука тобі брову розсікла!

— Павле, ти доктор філософії, а лаєшся, як босяк.

— Я просто називаю речі своїми іменами.

— А де Вольф?

— Говорить з адвокатом... Бачила б ти цього адвоката.

— Це той... якого мені Бріджес порадив?

— Так, Медісон. Ексцентричний тип. Але робить дива — нас до тебе не пускали — мовляв, тільки близьким родичам можна, а він прийшов і навів тут порядок.

— Клас. Тільки як йому платити... І за лікарню також...

— За це зараз не переживай, добре? Ми тебе тут не покинемо. Цей Медісон сказав, щоб ми не переживали.

— Від цього я ще більше переживаю.

Стейсі з Павлом за розмовою і не помітили, як у палату зайшли адвокат і Моцарт.

— *Mein kleines Fräulein!*

— Вольф!

Моцарт підійшов і лагідно погладив Стейсі по голівці.

— Та сука тобі брову розсікла!

Гонтар і Стейсі розсміялися.

— Що? Що я такого сказав? Що не так? Я неправильно вжив слово «сука»? Треба було «шмара»?

— «Псячий обгризок», «свиняча відрижка», «слиз підкальсонний», — втрутився з порадами Медісон.

— Не смішіть! — попросила Стейсі. — Мені сміятись боляче!

— Вітаю вас, юна леді. Я адвокат Джеймс Медісон-молодший. З вашими юними друзями я вже встиг познайомитися.

— Дякую, що прийшли, містер Медісон.

— Мене просто так не викликають, — сказав адвокат і закинув у рот чергову порцію своєї дивної жуйки, що так різко відгонила тютюном. — Якщо мою візитку вам дав той кабан Бріджес, значить, ви таки потребуєте моєї допомоги. До того ж, як ми встигли з'ясувати, деякі мої клієнти — ваші друзі.

— Мадемуазель Ґабріель і Лоренцо, — підказав Моцарт.

— Так, світ тісний. Словом, тепер задача номер один — це навіть не рахунки з лікарні. Це ваші документи. Ваші, юна леді, і його, — Медісон кивнув на Моцарта.

— Думаєте, щось можна придумати з моїм статусом? — кволо спитала Стейсі.

— Це буде дуже складно, — секунду подумавши, відповів Медісон. — Але можливо. Усе залежить од ваших істинних намірів щодо перебування в цій країні.

— Тобто?

— Тобто ви повинні знати, що ви хочете у своєму майбутньому.

— З цим складніше.

— У будь-якому разі це питання перспективи. Бачите, в поняття «країна» я вкладаю трохи більше, ніж лише уряд, парламент і закони. Це насамперед люди, з якими ви живете. Ваші близькі та друзі. Ваші сусіди. Ті, з ким ви щодня бачитесь на роботі, в магазині чи у церкві. І, перш ніж вимагати бодай щось від цієї країни, ви повинні поставити собі дуже просте запитання: чи готові ви утримувати цю країну, як власне помешкання? Дбати про її красу, тримати в чистоті й порядку — так, як тримаєте власний сад? Розвивати її, виділяючи кошти у вигляді податків? Захищати її зі зброєю в руках і виконувати громадські роботи в разі необхідності? Поважати її закони та правила точно так, як ви поважаєте правила, яких дотримуєтеся в себе вдома і у своєму житті? От коли ви дасте собі відповідь на ці запитання, то все буде просто. Але хай як, а будь-яка людина на території цієї країни перебуває під захистом Конституції.

І Медісон сплюнув.

Стейсі подивилася на підлогу й побачила коричневу плямку. *«Ні, на жуйку не схоже за кольором»*, — раптом сплило в пам'яті. Точно такі самі плямки вона бачила в кабінеті детективів саме в ту ніч, коли вони з Вольфом вдруге опинились у відділку. «Це тютюн. Жувальний тютюн».

— Я перепрошую, а все ж, хто ви насправді? — Стейсі повільно підняла очі на адвоката. — Я маю на увазі повне ім'я.

— Джеймс Медісон-молодший*. Четвертий президент Сполучених Штатів Америки.

---

* Джеймс Медісон-молодший *(James Madison Jr.*, 1751–1836*)* — четвертий Президент США з 1809 по 1817 роки. Вважається «Батьком Конституції США», автор перших десяти поправок до Конституції, котрі називають «Білль про права» *(Bill of Rights)*. Через популярну в ті часи звичку жувати тютюн підлога в тодішньому Конгресі була запльована вщент. Народився Медісон у маєтку Монпельє, що у Вірджинії, на тютюновій плантації Порт-Конвей, якою володіла сім'я його матері. Тютюновим плантатором був також і його батько, Джеймс Медісон-старший. Звідси і звичка постійно жувати тютюн. Правила пристойності того часу цілком дозволяли при цьому спльовувати прямо на підлогу

Частина четверта

Лікар наполегливо рекомендував Стейсі перележати в лікарні всі три дні, що лишалися до Нового року. Після такого сильного удару по голові лікарі хотіли перестрахуватися, хоч дівчина й запевняла, що почувається добре. Стараннями Медісона рахунок за швидку допомогу було спрямовано у фонд *Emergency Medicaid*, а рахунки за наступні дні Медісон з багатозначним виразом обличчя вручив містеру Манчіні. Хитрий сицилієць, не глянувши в папірчик, вихопив його з адвокатових рук і залементував:

— Боже, авжеж, аякже, ми все оплатимо! А також вимушений лікарняний, компенсацію, і все в повному обсязі! Не переживайте, все буде якнайкраще!

— З вами приємно мати справу, містер Манчіні. Тільки той бізнес має успіх, де персонал вважають не просто ресурсом, а основним капіталом.

Містер Манчіні виструнчився й тихо, з гідністю сказав:

— Я завжди дбав про Стейсі, знаючи її становище. Батьки моїх батьків приїхали сюди нелегалами. Їм платили удвоє менше, а моїй бабусі, яка перепирала гори білизни, збиваючи руки до крові, взагалі могли нічого не заплатити. Таких, як вони, зневажливо називали *WOP*, що означає «*without papers*». Тож я знаю, як це, коли розраховуєш тільки на себе, містер Медісон.

Старий поплескав містера Манчіні по плечу.

— Моїй клієнтці пощастило з босом.

Лікарня була за кілька кварталів од ресторану, тому Вольфганг усі перерви між концертами проводив у Стейсі, розважаючи її розмовами. Додому й на роботу Моцарт добирався «на фіакрі» — так він називав *Uber* і *Lyft*.

— Уявляєш, *mein Schatz,* ще на початку місяця я, смертельно хворий, лежав у ліжку і спішив дописати Реквієм, побоюючись, що мені просто не вистачить часу і я віддам Богові душу, а тепер я замовляю фіакр, просто тицяючи пальцем у цю дощечку!

Називати смартфон смартфоном він ще не навчився. Та й умів він поки що тільки фотографувати, відповідати на дзвінки, телефонувати Стейсі й Павлові, а також викликати собі машину. «Якщо адаптація піде й далі такими темпами, то незабаром Моцарт писатиме електронну музику й крутитиме вертушки», — гмикнув Гонтар.

За день до Нового року Гонтар зранку прийшов у «Кварту». Моцарт щойно закінчив розігрів, тож біля сцени вже зібрався величенький натовп. Містер Манчіні перетворив ресторан на музичний клуб і щосили розкручував назву *Mozart Hall.* Бізнес у місті Великого Яблука жив у ногу з часом, реагуючи на найдрібніші зміни — тільки так можна було втриматись на плаву й примножити капітал. До того ж ризик — справа шляхетна, і цей ризик лише за пару тижнів функціонування в режимі «музичного хабу з кухнею» дозволив зібрати досить коштів на нову сцену, освітлення та звук, а це, погодьтеся, сума чималенька. Моцарт залишався головним стрижнем музичної програми «академій», як любив говорити Вольфганг, але поступово у Моцарт-хол потяглися відомі й не дуже виконавці та колективи — виступати на одній сцені з Моцартом стало престижно, і за це готові були платити гроші.

— Вольф, прогуляєшся зі мною? — попросив Гонтар.

— Я хотів до Стейсі...

— У неї процедури, ми заберемо її пізніше, гаразд?

— Гаразд, — без особливого ентузіазму відгукнувся Моцарт.

Поки Стейсі була в лікарні, він дуже переживав. Замах на подругу вразив його до глибини душі. Цей сучасний світ, який він вважав набагато безпечнішим за той час, коли жив він, виявився не таким і безпечним. До того ж тільки тепер Моцарт почав усвідомлювати, що означає жити без документів у бюрократичній країні, і це ледь не ввігнало його в депресію. Усвідомлення того, що ти лиш подорожній, що невідомо яким чином загубився в часі, перевернуло Вольфів світогляд догори дриґом. Він ніби потрапив у старі часи, коли, усвідомлюючи власну геніальність, усе ж приречений був виживати у великому Відні, лавіруючи між можновладцями та багатіями і творчістю. От і тепер світ, у якому люди літали в залізних птахах, їздили в самохідних фіакрах, світ, напханий різними чудесами — як ті навушники, в яких можна почути будь-який оркестр світу, чи дощечки, які показують батьків твоєї подруги за океаном — світ, що здавався таким затишним і безпечним, раптом показав зуби.

— Ну що, ти готовий? — білозубо всміхаючись, спитав Павло.

Моцарт, заглиблений у свої думки, розгублено жував круасан.

— А, так! Аякже, ходімо.

Гонтар одразу дістав смартфон і почав щось швидко набирати.

Друзі вийшли на Другу авеню й пішли в напрямку хмарочоса, де міститься штаб-квартира ООН.

— Пам'ятаєш, ти мене розпитував, як потрапити в Карнеґі-хол?

— У Карнеґі? Туди, куди мріють потрапити всі музиканти? Авжеж пам'ятаю.

— Скажи, а навіщо тобі в Карнеґі? — спитав Павло. — Я розумію, це не потребує пояснень, просто хотів би для себе уяснити, навіщо це тобі потрібно?

Моцарт задумався.

— Ну, раніше я думав, що потрапити в Карнеґі необхідно, щоб бути найкращим, і навпаки — бути найкращим, щоб грати на найважливішій сцені світу. Але я зрозумів ще одну штуку, Пауль.

— Це ж яку? Яка ще може бути причина?

— Стати відомим.

— Ну, це ж очевидно.

— А знаєш, для чого треба бути відомим?

— Господи, Моцарт, я думав, це я тебе розпитую! — засміявся Павло. — Ясно для чого — для визнання.

Вони повернули на Сорок сьому вулицю й пішли в напрямку Іст-Сайду.

— Мені потрібні документи, — сказав Моцарт. — І гроші.

У Павла від цієї прямолінійної відповіді ледь настрій не зіпсувався. Вольфганг відчув, що засмутив друга.

— Пауль... Ти думаєш, я забув про творчість і став думати тільки про гроші? Ні, це не так. Я ж музикант передусім. Просто, знаєш, я дуже хочу, щоб у нас зі Стейсі були документи. І гроші. Я бачу, як вона працює. Слухай, вона ноги у кров збиває! Вона засинає ще до того, як доповзає до ліжка! Знаєш, це жахливо. Вона така маленька й така тендітна...

— Але ж ми всі так працюємо...

— Я міг писати три доби поспіль, лежачи на більярдному столі у себе у віденській квартирі. Але я робив це не заради грошей. Розумієш?

— Але в Карнеґі хочеш заради грошей?

— Ти мене не почув, Пауль. Я хочу стати відомим.

— Моцарт, ти й так відомий!

— Відомий той Моцарт, що помер 5 грудня 1791 року у Відні. А Моцарт, який живе зараз у Нью-Йорку, — ще ні, — заперечив Вольф.

— «Моцарт 2.0», — кивнув головою Павло.

— Що?

— Друга версія Моцарта. «Моцарт 2.0».

— Хай буде так! — засміялася друга версія.

Що ближче підходили друзі до Таймс-сквер, то частіше Павло зупинявся й щось строчив у смартфоні. Було помітно, що він чимось стривожений чи схвильований.

— Пауль, *alles in Ordnung**? Ти маєш такий вигляд, ніби в сонаті для скрипки і фортепіано намагаєшся відшукати партію кларнета!

Задоволений своїм жартом, Моцарт зареготав. Його, до речі, ніколи не цікавила реакція навколишніх на свої жарти. Він жартував так, як йому на душу спадало, і сам же зі своїх жартів сміявся. Однак слід віддати належне — якщо вже він сміявся, то сміялися всі, хто був поблизу. От тільки сміялися не від його жартів, а від його сміху.

Тим часом вони нарешті з Сорок сьомої вулиці вийшли на Сьому авеню, прямо в серце Таймс-сквер. Там напроти червоних сходів-трибун піаномувери — працівники компанії, що спеціалізується на перевозці музичних інструментів, —

* Все у порядку? *(нім.)*

вивантажували з білого фургона сліпучо-білий рояль. Поряд снували оператори з телекамерами на плечах.

— Слухай, Вольф, — сказав раптом Гонтар якимось фальшиво-спокійним голосом. — Ти пам'ятаєш свій концерт для фортепіано у ре мінор*?

— Авжеж пам'ятаю! — Моцарт постукав себе пальцем по лобі. — Він тут.

— То діставай його звідти й покажи людям.

— Кому? — приголомшено спитав Моцарт.

— Людям! — сказав Павло і обвів площу руками. — Це найвелелюдніше місце в цілому світі.

— Але... Як?

— Бачиш інструмент?

— Боже, це чудовий рояль, кольору моєї тещі, фрау Вебер, коли я оголосив, що хочу одружитися з її дочкою Констанцією! Але як я можу на ньому грати? Це ж не наш інструмент!

— Інструмент створений для того, щоб на ньому грали, хіба не так? Тож не думай, а йди і мовчки грай!

— Що саме? Концерт у ре мінор?

— Саме його! Перше соло з концерту!

Моцарт обережно підійшов до білого *Steinway D*. На Таймс-сквер, посеред тисяч людей, яскравої реклами на хмарочосах великого міста з мільйонами вогнів і звуків він стояв, наче білий казковий єдиноріг. Вантажники діловито снували навколо рояля, обережно знімаючи з нього захисну плівку, і не звертали на Моцарта ані найменшої уваги. Вольф, наче зачарований, дивився на рояль — такого дивного інструмен-

---

* Концерт для фортепіано з оркестром №20 ре мінор *(Piano Concerto no.20 in D minor, K466)* — написаний Моцартом 1785 року.

та він іще не бачив. Обережно відкрив кришку, погладив його по клавішах. Вони були ще теплі — певно, рояль ще недавно стояв десь у приміщенні. Моцарт швидко скинув пальто — Павло ледве встиг його підхопити. Один піаномувер ніби чекав на цей жест і одразу підставив білий, у тон роялю, стілець. Моцарт сів, опустив голову, зітхнув.

Він завжди грав так, як відчував. Завжди настроювався. Якщо річ була жартівлива й легка, то перед тим, як сісти грати, він багато сміявся і жартував. Якщо навпаки, сумна — був задуманий і серйозний. Нині причин для того, щоб бути серйозним, було достатньо.

Вольф повільно підняв руки і заграв ліричну й сумну тему зі свого Концерту. І тут... Несподівано для себе почув флейту! Справжню, живу флейту, що тоненько заплакала разом із роялем. «Господи, я таки з'їжджаю з глузду», — встиг подумати Вольф, як у наступну секунду до флейти приєдналися два гобої і фаготи. Моцарт підняв голову й прямо перед собою побачив флейтистку — дівчину в картатому пальті й круглих окулярах. До неї підійшли два хлопці з фаготами й стали поруч. З другого боку вулиці, ніби по команді невидимого диригента, прямо з натовпу простих перехожих, дістаючи гобої з-під пальта й куртки, підійшли ще два музиканти. Моцарт продовжував грати свою тему, не розуміючи, що коїться. І коли він уже догравав її, з лівої сторони вступили скрипки й альти, а праворуч кілька людей синхронно поставили стільці з вуличного кафе і на них одразу сіли віолончелісти й підхопили свої партії. Усього за кілька секунд навколо рояля зібрався цілий гурт людей, і Вольф з подивом почув свою ж гру ніби згори і з усіх сторін одночасно. І він відчув оркестр, оркестр відчув соліста, і всі разом вони вже становили колективний інтелект — щось подібне до того, що можна спостерігати у мурашок.

TIMES SQUARE
Mozart
2.0

Якби Вольф підняв погляд угору, то побачив би себе й музикантів на всіх рекламних екранах Таймс-сквер, бо поряд з ним стояло двоє людей з довгими «вудочками», на кінцях яких волохатилися величезні сигари мікрофонів, а серед натовпу стояли оператори популярного телевізійного шоу «Доброго ранку, Америко!», студія якого розташована саме на Таймс-сквер, буквально через дорогу. Камера на операторському крані злетіла вище, й стало видно строкатий натовп, який щільним кільцем оточив музикантів. Прямо посередині цього кільця білою плямою сяяв інструмент.

Досить швидко оркестр на Таймс-сквер зібрався в повному складі, і Моцарт просто неба грав свій Концерт у ре мінорі. Поряд з музикантами стояв вже знайомий Моцарту диригент Яап, за одним сигналом котрого оркестр ставав єдиним організмом.

Ніжна і водночас сумна мелодія наповнювала велелюдний Таймс-сквер, і перехожі мимоволі зупинялися її послухати, бо вона невловимо нагадувала їм те, що, напевно, почував кожен у велетенському мегаполісі. Сам цей Концерт — це діалог фортепіано з оркестром. Але не підігрування одне одному, як то було, наприклад, у дуеті з Кейко (до речі, ось вона, стоїть разом зі скрипками й грає), а це «змагання» соліста з оркестром. Суперечка й протиставлення індивіда та об'єктивної реальності. Спроба маленької людини не загубитися з її талантами і прагненнями у великому місті, де до тебе нікому немає діла. Її маленька особиста війна з викликами, що їх кидає суспільство, в якому ти не можеш спокійно жити за його правилами через відсутність легальних документів, а мусиш щодня боротися за існування, за те, щоб через відсутність документів тебе не вважали людиною «другого сорту», «нелегалом», який підлягає депортації; за те, щоб бачили тебе справжнього, а не твої документи і твій гаманець.

Дедалі ясніше Моцарт розумів, що Відень XVIII століття мало чим відрізняється від Нью-Йорка століття XXI. І ще одну річ зрозумів Вольфганг. Він зрозумів, що бувають моменти, коли ти цілком залежиш од когось або від чогось — від обставин чи від близької людини. Що бувають моменти, коли ти не можеш дбати тільки про себе і свій талант, що необхідно піклуватися про тих, хто поряд з тобою. Що інколи їхня доля стає для тебе набагато важливішою, ніж твоя власна. Особливо тоді, коли навколо велике місто, де на тебе чигає безліч негараздів і проблем.

Цей пронизливий, ніжний і ліричний Концерт водночас і дуже драматичний, бо в ньому доходить до конфлікту між особистим, інтимним з одного боку, і суспільством з його правилами та мораллю — з другого. Концерт, написаний Вольфгангом у далекому 1785 році, коли він перебував на піку своєї творчості, був актуальний для нього саме зараз, саме в цю мить, через 233 роки, коли до нього вдруге прийшла нарешті слава, а за нею обов'язково прийдуть гроші. Здавалось би, що може турбувати його тепер, коли життя налагоджується й попереду чекає світле майбутнє?

— Хто це так божественно грає?

— Моцарт, це грає справжній Моцарт!

Люди зупинялися, ті, що були ближче, дивилися на Вольфганга, а ті, що далі, — на екрани Таймс-сквер. Його знімали на телефони, робили селфі, слухали, пороззявлявши роти й забувши про власні плани та справи. У ефірній апаратній національної мережі *ABC* випусковий редактор денного ток-шоу *GMA Day*, побачивши картинку, яку транслювала вулична студія «Доброго ранку, Америко», набрав номер випускового щоденних новин.

— Кейла, ти бачила, що у вас там на Таймс-сквер?

— Джім, у нас зараз випуск. Щось термінове?

— Який, у біса, випуск?! П'ятий технічний канал увімкни — той, що зараз дає ранкова команда *GMA*.

— Зараз... Господи... Джім, що це?

— Це Моцарт. Тут і зараз. Вони його пишуть з самого початку!

— Студія, Майкл, Сара! Подивіться на це! Зараз дам вам картинку в монітор програми!

— Кейла, це ж прямо зараз, на вулиці! Хто в нас там поряд з репортерів?

— Джордан і Джес уже туди побігли! Наступного сюжету не буде, я заводжу картинку і звук з Таймс-сквер, у вас є тридцять секунд, щоб зробити підводку до включення. Коли він закінчить грати, я дам Джордана в пряме! Поїхали! Третя камера, візьміть скрипальку в синій куртці великим планом, вона плаче!

Це була Кейко. Вона заплющила очі й самозабутньо грала свою партію, крупні гарячі сльози падали на деку. Краплинки без сліду скочувалися з блискучої лакованої поверхні й падали дівчині на замшевий черевичок. Вона щось передчувала, щось муляло її зсередини, тільки вона не знала, що саме, і в розпачі плакала, переживаючи це почуття, як уміла.

Розплакалася, лежачи у себе в палаті, і Станіслава, бо несподівано почула по телевізору фортепіано й оркестр — ABC перервала свої денні новини трансляцією з Таймс-сквер. Стася ніколи не розбиралася в класичній музиці і тонкощах звучання, але одразу впізнала характерну гру. Не впізнати її було неможливо, вона б вирізнила цю гру з-поміж тисячі інших виконавців. «Це відбувається прямо тут і зараз, і я розповідатиму про це своїм дітям!» — сказала ведуча в студії.

— У них усе вийшло! Павлові все вдалося, Вольф грає!

Станіслава знала про Павлову ідею і понад усе хотіла зараз бути там, на Таймс-сквер, але обов'язкові аналізи та процедури зобов'язували її бути тут, у лікарні. Е, та ну його! Вона встала й швидко перевдяглася. Стася розуміла, що не встигне, але все одно хотіла зараз бути поряд з друзями, поряд з Вольфом.

Моцарт грав там, де щодня проходить 300 тисяч і працює 170 тисяч людей. Зараз до нього була прикута увага не тільки тих тисяч, що стояли на Таймс-сквер, а й багатомільйонної аудиторії телеканалу та користувачів соцмереж, що дивилися стріми тих, хто в цю секунду стояв поряд із Вольфом і знімав його на телефон. Але найуважніше слухали імпресаріо великих музичних агенцій, які працюють з найвідомішими майданчиками, такими, як Карнеґі-хол, та з великими лейблами. Усі вони напередодні одержали запрошення від імені Павла та Яапа, диригента Нью-йоркського філармонічного, музиканти якого підтримали цю ідею з флешмобом. Слід зауважити, що задум, коли Вольфганг починав би грати, а оркестр поступово б долучався, виявився дуже видовищним і вдався на всі сто. Усе відбулося саме так, як і задумали Павло з Яапом. Вони підключили зв'язки, знайшли інструмент, найняли піаномуверів, залучили студію ABC, яка із задоволенням хотіла подивитися, що з того вийде.

Tutti оркестру зупинилося голосним довгим акордом, і Моцарт заграв каденцію — імпровізоване соло, від якого,

здавалося, зупинилися й затихли навіть автівки на сусідніх вулицях. Пронизливе й ліричне, але водночас віртуозне й емоційне, воно стало кульмінацією всього твору. Оператори брали великим планом то обличчя, то пальці Вольфганга, що перебігали по клавішах так швидко, ніби їх у нього було не десять, а мінімум удвоє більше. Після каденції оркестр, немов хор у давньогрецькій трагедії, підвів підсумок тієї дивовижної драми, яка щойно розігралася на головній площі великого міста. Камера повільно перейшла від Моцарта, що сидів за роялем, схиливши голову, на обличчя слухачів.

Тут, як і тоді, під час спонтанного концерту в Юніон-сквер, стояла абсолютно різна публіка, нічим, на перший погляд, не пов'язана — просто люди, що випадково опинилися в певний час в одному місці. Але зараз кожен думав про своє, і всі мовчали, переставши розмовляти і між собою, і по телефону, переставши переписуватися в месенджерах, пити каву й позіхати. Тисячі пар очей уважно дивилися на виконавця. Дехто плакав.

Коли оркестр замовк і музиканти опустили інструменти та смички, запанувала мертва тиша, що в Мангеттені неможливо в принципі. І в ту ж секунду, як тоді в Юніон-сквер, і тоді в Карнеґі-холі, оплески прогриміли такі, що тільки артилерійська канонада могла б їх заглушити. Глядачі не шкодували долонь, щоб показати свою вдячність музикантам. Моцарт, який лиш на початку місяця опинився в Нью-Йорку, легко скорив його наприкінці.

— Ви Станіслава Незгода?

Щойно Стейсі вийшла з будівлі лікарні, її наздогнало троє людей у цивільному.

— Я... — відчувши недобре, розгубилася дівчина.

— Імміграційна поліція. У нас ордер на ваш арешт від Міністерства національної безпеки Сполучених Штатів Америки за порушення візового режиму і нелегальне перебування на території США.

Частина п'ята

Павло міг придумати початок флешмобу і його перебіг, але не міг передбачити його завершення. Точніше, навіть не уявляв, чим це може закінчитися. Після виконання просто неба Концерту ре мінор почалося цілковите божевілля. Рояль щільним кільцем оточили журналісти, імпресаріо й агенти. Усі наввипередки щось кричали, журналісти намагались підступитися до Вольфганга з мікрофонами, Яап намагався захистити своїх музикантів від натовпу. Слухачі фотографувалися з музикантами, плескали їх по плечах і тиснули руки. Кейко намагалася пробитися до Павла та Вольфа, але це було неможливо.

Раптом Павло відчув вібрацію смартфона в кишені. Відповідати зараз було просто незручно, але якесь шосте чуття змусило його подивитись на екран. На екрані було три пропущені виклики від адвоката Медісона і повідомлення від нього. Тремтячими руками Гонтар відкрив повідомлення. «Імміграційна поліція намагається заарештувати Стейсі. Терміново всі в лікарню, постав до відома Бріджеса». Павло закляк — сталося те, чого ніяк не повинно було статися. Особливо тепер, коли все, здавалось, було позаду.

— Стейсі затримує *ICE!* — гукнув Павло в телефон.

— Де?! — крикнув Бріджес.

— У лікарні, більше подробиць не зна...

Але детектив уже вимкнувся.

— Майк, Стейсі зараз затримують у лікарні!

Козінський, що якраз допитував затриманого, ні слова не кажучи, встав і вибіг у коридор.

— Терміново туди!

Детективи стрибнули в автомобіль, увімкнули блимавки й сирену. Мотор заревів, машина присіла, шини завищали, й екіпаж помчав по П'ятдесят першій вулиці до Лексінґтон авеню.

— Це було чудово! Ми не могли навіть уявити...

— Маємо до вас пропозицію!

— Це моя візитка, пропоную провести зустріч якнайскоріше!

— Ми готові обговорити все негайно!

— Гер Моцарт, я особистий представник посла Австрії в Сполучених Штатах, я уповноважений вести з вами переговори щодо громадянства.

— Може, містера Моцарта більш цікавить американське громадянство?

— А ви, власне, хто? — спитав здивований особистий представник.

— Я спецпредставник мера Нью-Йорка!

Моцарт розгублено всміхався і просто стояв, неспроможний збагнути, що діється. Тиснув комусь руки, брав візитки, з ним робили селфі, фотографували його, щось говорили. Вольф шукав очима Павла, щоб спитати, як бути далі, бо він вийшов з «Кварти» тільки прогулятись, а потрапив у бозна-що, і не знав, як поводитись.

— Вольф!

Гонтар виринув ніби нізвідки і потяг його за руку вбік. Та це нічого не дало, бо хоч би куди Павло з Моцартом ішли, юрба сунула за ними. Через це Павло почав кричати Вольфу прямо у вухо.

— Що я маю робити?! — Моцарт зблід. — Їду туди негайно!

— Навіть не думай! — Гонтар смикнув його за піджак. — Бігом у «Кварту» й чекай вказівок!

Моцарт зник так швидко, що ніхто не збагнув, що, власне, сталось. Уся увага агентів перекинулася тепер на Гонтаря.

— Я попрошу вас зберігати спокій! Містер Моцарт розгляне всі ваші пропозиції! — крикнув Павло. — Я вас запевняю!

— А ви хто? Ви представник? Ви імпресаріо? Можна говорити з вами про ваш процент? Скільки ви хочете за концерт Моцарта? Які ваші умови як посередника? Хто ви?

Гонтар підняв очі, дуже довго дивився на агентів, що підстрибували з нетерплячки, і тихо сказав:

— Я друг. Я просто його друг.

— Я її адвокат. І вона перебуває в моєму автомобілі. Ви не маєте ніякого права чіпати мій автомобіль. Відійдіть, будь ласка, ви заважаєте мені проїхати! — прогарчав Медісон і крутонув кермо. — От бичаче лайно, копита тобі в горлянку! — пробурмотів він собі під ніс.

Медісон, виявляється, чатував на Стейсі, бо помітив підозрілих типів, що крутилися біля лікарні, і вирішив тихенько, задля підстраховки, поспостерігати за ними і прослідкувати, щоб дівчина не виходила з території лікарні. Щойно Стейсі вийшла за двері, до неї підійшли офіцери *ICE* в цивільному й заговорили. У ту ж саму секунду під'їхав Медісон, схопив її і силоміць заштовхав у свою автівку.

— Що ви робите? — обурився імміграційний офіцер. — Ми представники поліції!

— Я її адвокат. Як я можу знати, що ви представники поліції? Ви не представились, значка не показали. Може, ви злочинці й викрадачі людей?

— У мене ордер від Міністерства національної безпеки, сер! — продовжував обурюватись офіцер у цивільному. — Вийдіть з автомобіля!

— А де ваш значок? А ордер? Ваш ордер не підписаний суддею. Де підпис судді? Арештувати людину, яка не порушує громадського порядку, можна лише за санкцією судді.

— Я маю ордер від Міністерства національної безпеки!

— Ким підписаний?

— Я маю повноваження згідно із Законом про імміграцію та громадянство! Це ордер на її арешт!

— Ні, це лише ордер Міністерства національної безпеки, сер. І він суперечить Конституції США. Це мій автомобіль, я перебуваю на своїй приватній території, і ви не маєте права проникати всередину, не маєте права затримувати мою клієнтку, або заарештовувати будь-кого без санкції, виданої суддею чи прокурором.

— Я знаю свої повноваження і знаю Конституцію! — наполягав офіцер.

— Конституцію?! — заволав Медісон так, що аж перехожі на тротуарах пообертались. — Ти мені, Джеймсу Медісону-молодшому, розказуватимеш про Конституцію?!

— Спокійно, містер Медісон! — почувся ще один голос.

До машини підійшов агент *DEA* Петерсон, який вів справу наркотрафіку. За його спиною з похмурим виглядом стояли Бріджес і Козінський.

— Я федеральний агент Петерсон, — він продемонстрував спантеличеним імміграційним офіцерам значок. —

Ці люди перебувають під моєю юрисдикцією — хіба що ви, хлопці, маєте ордер на арешт, підписаний суддею або прокурором. Маєте?

Імміграційні офіцери мовчали й розгублено роздивлялися свої папери.

— Я так і думав. На все добре. Містер Медісон, прошу їхати за моєю машиною.

Петерсон розвернувся й пішов.

— Я вам дуже вдячний, сер! — пробурмотів Бріджес, заглядаючи у вікно до Медісона.

— На тому світі віддячиш! — прокаркав адвокат і підняв шибку.

— Стейсі, дорогенька, що сталося? Ти в біді? Хто ці люди?

Місіс Біркін неабияк злякалася, коли побачила на порозі бліду квартирантку, детективів, агента Петерсона і моторошного старого, що дивився на неї з-під насуплених білих брів.

— Усе гаразд, місіс Біркін, це друзі. Мене щойно намагалася заарештувати імміграційна поліція, а вони мене врятували.

— Я знаю хорошу адвокатесу. Це моя подруга. Ти не бійся, ми все...

— Я її адвокат! — прохрипів старий. — Джеймс Медісон-молодший до ваших послуг, мем!

— Пане Президент, вітаю вас! Це така честь для мене! — анітрохи не здивувавшись, сказала місіс Біркін.

Петерсон здивовано витріщився на них обох.

— Я вам потім поясню, — пошепотів Бріджес.

— Місіс Біркін. Кларенс. Я вас дуже люблю. Але мій адвокат, агент і детективи наполягають, що мені потрібно на деякий час зникнути. Часу в мене мало, тому я візьму тільки найнеобхідніше. У вас залишається Вольфганг, потурбуйтеся про нього, будь ласка!

— Господи, Стейсі! Авжеж, я про нього потурбуюсь! Я все розумію. Коли тебе чекати назад?

— Я не знаю, місіс Біркін... — заплакала Стейсі. — Я справді не знаю!..

Квартирна хазяйка, більше схожа на старшу подругу, обняла заплакану дівчину й тихо промовила:

— Не бійся, моя хороша. Усе буде добре. Я допомагатиму Вольфгангу, він же тут новенький.

Стейсі набрала на смартфоні номер.

— Вольф...

— Штеффі!!! Стейсі! Стасю! З тобою все в порядку?!

— Так, Вольфі, все гаразд! Не переживай.

— Що значить «не переживай»?! Та я тут так переживаю, що ні сидіти, ні стояти, ні лежати не можу!

— Він тут висить! — почула Стейсі в телефоні знайомий голос.

— Мадемуазель Ґабріель!

— Так, дорогенька, це я. І уяви собі, цей Томмі нарешті приніс мої улюблені підпалені грінки на вершковому маслі. Це ти його навчила?

— Так, мадемуазель Ґабріель, тепер вас обслуговуватиме Томмі.

Мадемуазель Ґабріель кілька секунд мовчала.

— Мені не до вподоби, дівчино, те, що ти оце щойно сказала, — нарешті процідила Шанель. — Чому Томмі? А ти? Що з тобою?

— Стейсі?! *Himmeldonnerwetter!** Що сталося? — Вольфгангу, видно, теж було не до жартів.

---

* Щось на кшталт «побий мене грім!» *(нім.)*

— Вольф... Я дзвоню, щоб попрощатися.

— Що?!

— На мене полює імміграційна служба — ти ж пам'ятаєш, я без документів...

— Я знаю одного адвоката — він мені зробив документи. Адвокат Медісон... — втрутилася Шанель.

— Він тут, поруч зі мною, — тихо сказала Стейсі. — І саме він наполягає, щоб я зникла.

— Зникла?! Куди? Стасю! — занервувався Моцарт, що аж назвав її українським іменем. — Негайно вертайся!

— Ні, Вольфі, дорогий мій Вольфі, я не можу... — знов заплакала дівчина. — Ти не турбуйся, тобі буде де жити — я залишаю тобі свою кімнату, місіс Біркін усе знає. У шухляді лежать гроші — це твій заробіток. Вистачить на пів року платити за квартиру. Побережи мої речі, добре? Їх небагато, спакуй у валізу — звільниш собі шафу...

— Стасю. Де ти зараз?

— Їду в аеропорт.

— У який?

— У Ньюарк. Вольф? Алло? Алло? Вольф?

— Зв'язок тут хріновий... — буркнув Бріджес, не відриваючи очей від дороги. — Не переживай, дитино, все буде добре з Вольфом. Ми простежимо.

Стейсі мовчки витирала сльози.

В аеропорт Ньюарк-Ліберті вони заїхали не у звичайний термінал, а в маленький під'їзд, поряд з терміналом «B». Зазвичай звідси відходили лімузини та чорні автобуси, що відвозили пасажирів на віддалену стоянку для приватних літаків.

— Давай усе уточнимо, — сказав Петерсон. — Пункт прибуття — Гренада, аеропорт Моріса Бішопа, правильно?

— Так... — прошелестіла Стейсі. — Там живе моя подруга Інна.

— Вона тебе зустріне і влаштує?

— Так... Я з нею говорила... Вона потім надіслала мені відеоповідомлення. Усе буде гаразд, я не залишуся на вулиці.

— Чудово! — проскрипів адвокат Медісон. — Мені потрібні твої координати. Телефон, електронна пошта, месенджер. Яка, до речі, ця Інна з себе? Вона ж українка? Ох же ж вас, українців, по цілому світу розкидано...

Стейсі мовчки передала Медісону свій смартфон з відкритою Інниною сторінкою у фейсбуці. Зі знімка на адвоката й детектива дивилась усміхнена красива кучерява азіатка.

— Це українка? — перепитав Медісон.

Агент Петерсон з докором подивився на адвоката.

— Світ і глобаліза...

— Вона українка, — перебила його Стейсі. — Така сама, як і я. Мій тато поляк, а мама росіянка. Але вони українці. І я українка. Інна — кореянка. Але вона українка. Так само, як ви, містер Медісон, та детективи Бріджес і Козінський — американці.

— Що ж, тоді ми владнаємо деякі формальності з кордоном, і ти будеш готова до вильоту. Доведеться трохи зачекати.

— Гаразд.

Бріджес і Козінський стояли перед дівчиною й переминалися з ноги на ногу.

— Стейсі, дитино... — почав нарешті Бріджес. — Пробач нам. Це ми у всьому винні. Не вберегли. Не догледіли.

— Чого ти її вже хорониш?! — незадоволено поморщився Козінський. — Не «ми» не догледіли, а я. Ти, Джо, якраз мене попереджав. Це я проігнорував усі твої застереження. Адвокат Медісон правильно говорить. Зараз потрібно вивезти її з країни. Щоб не створювати прецеденту для арешту. А як усе буде готово для натуралізації — ввезти назад. Добре, що агент Петерсон узяв цю операцію під свій контроль... Якби не він...

— Ти нам дуже допомогла, Стейсі. Ми спробуємо повпливати на кого тільки можна, щоб тебе відстояти. Бо ти допомагала слідству, ти ж не рецидивістка якась там...

Стейсі мовчки підійшла й обняла спочатку Бріджеса, потім Козінського.

— Слухай... — Козінський дістав з внутрішньої кишені піджака конверт і тицьнув його Стейсі в руки. — Тут чек. Я давно приготував, просто не знав, як тобі вручити... Це чек на пред'явника. Покладеш собі на рахунок, як відкриєш. Або забереш готівкою. На перший час тобі вистачить.

Стейсі розкрила конверт і прочитала суму на чеку.

— Детектив Козінський... Тут п'ятдесят тисяч!

— Я розумію, що мало...

— Я не візьму цих грошей.

— Майкл, то он ти куди переводив гроші з чотириста першого плану! Ти хакнув свій пенсійний!

— Не твоє діло, Джо, куди й що я переводив. Стейсі. Ти візьмеш ці гроші. Це я, Майкл Козінський, шантажував тебе тоді, коли ти ще на Вест-сайді працювала, і змусив співпрацювати з нами. Це я втягнув тебе в нашу операцію. Через мене ти постраждала й опинилася в лікарні. Через лікарню на тебе вийшло *ICE*. Я офіцер поліції, і я відчуваю за все це свою відповідальність. За мене не турбуйся. У мене немає ні дружини, ні дітей. Я не весь пенсійний рахунок випатрав. Маю ще гроші. Врешті он Бріджесу на хвіст упаду, він мене за тебе простить і на старості годуватиме й поїтиме віскі!

Козінський штовхнув Бріджеса ліктем у бік. Це була правда — у напарників останнім часом погіршилися стосунки через Стейсі. Бріджес ніяк не міг пробачити другові, що той втягнув «невинну дитину в це лайно».

— Господи, Майк, ти дурний був, дурним і вмреш! Авжеж я тебе годуватиму, скунса паршивого! Хіба ж я тебе покину?

І обійняв однією рукою напарника, другою — Стейсі.

Станіслава сиділа й дивилась у вікно терміналу, як злітають і сідають літаки. На колінах тримала невеличкий рюкзачок з найнеобхіднішим. Білизна, шкарпетки, документи, зубна щітка та ноутбук. Вона вже не плакала. Тільки стискала в долоні підвіску, яку кілька днів тому подарував їй Вольфганг. Срібний ангелик — підняті крила, голова — круглий білий діамант, в основі тіла — трикутний димчастий камінчик. Стася ні про що не думала. Вона банально втомилася. Ще саднила розсічена брова. Події останніх днів її виснажили. Хотілося просто заснути й спати довго-довго. І прокинутись у себе вдома, і щоб було чути запах випічки місіс Біркін, і щоб Вольфганг хропів уві сні, як бульдог. І щоб він прокинувся й сказав:

— Штеффі, Стейсі, Стасю, ти далеко зібралася? Хотіла мене покинути тут самого? Га?

— Що? Вольф?! — Стейсі прокинулась.

Прямо перед нею стояв Моцарт.

— Ти тут звідки взявся?!

— З Відня 1791 року! А сюди мене провели детективи. Я їм подзвонив, вони мене зустріли й провели. Хіба я міг допустити, щоб ти просто так полетіла?

— Ти вирішив мене провести? Дякую, я хотіла ще раз тебе побачити...

— Провести? Ні, *mein kleines Fräulein*, не провести. Я полечу з тобою у череві цього химерного залізного птаха!

— Ну що ти таке говориш! А твої контракти? А Карнеґіхол? Тобі не можна зараз їхати, Вольф! Ти потрібен тут!

— Я колись йому казала: «Подумай, Вольф!»

Стейсі рвучко повернулась і побачила мадемуазель Ґабріель.

— «Можливо, у твоєму минулому житті є те, чого ти не хотів би повторювати в цьому». От він і подумав.

— Я, Стейсі, у своєму житті часто прагнув того, чого не хотів, а хотів того, чого не прагнув, — тихо сказав Моцарт. — Хотів спокійного життя з Констанцією, яку кохав і з якою був щасливий, а прагнув слави і визнання. Тепер, коли з'явилася змога подивитися на своє минуле життя збоку, я це розумію. І знаєш, ні про що не шкодую. Тільки про одне — що був часто несправедливий до тих, хто мене по-справжньому любив. І я не хочу повторювати своєї помилки ще раз.

Стейсі відчувала, що зараз знов заплаче.

— От що, мадемуазель Стасі, — сказала раптом Шанель. — Будьте такі люб'язні, принесіть мені кави!

Дівчина аж заклякла.

— Пробачте, що, мадемуазель Ґабріель?

— Кави, — вередливо надула губи Шанель. — Я хочу кави!

І тут вона розсміялася й обняла дівчину.

— Обслужи мене востаннє, будь ласка!

— Секунду, мадемуазель Ґабріель! — зрозуміла жарт Стейсі, встала, сходила до кавового автомата й принесла Шанель паперовий стаканчик з чорною кавою. — Вибачте, кава тут поганенька, але це краще, аніж нічого, еге ж?

Шанель відпила зі стаканчика.

— Я ще не пила кращої кави, мадемуазель Стасі. Дуже вам вдячна за вашу роботу! — і Шанель простягла дівчині пачку грошей, що були перев'язані банківською стрічкою. — Це вам на чай. Не люблю давати гроші просто так. Мені самій вони просто так ніколи в руки не падали.

— Дякую, мадемуазель Ґабріель! Ви справжня подруга!

— У мене ніколи не було подруг, дитино, — Шанель знову обняла Стейсі. — Тепер є.

Коли вони вже сиділи в літаку, прийшло повідомлення від Павла: «Я все знаю, летіть спокійно. Я подбаю про Моцарт-хол, місіс Біркін та ваші речі. Бережіть там себе. Ви нам потрібні. Павло».

— Якщо на цьому острові є хоч один інструмент, на котрому можна грати, — сказав Моцарт, — то ми не пропадемо!

P.S.

Курсор відкрив течку «*Mozart*», відкрив файл «*personal*», перебіг у полі «*place*», і під назвами:

Відень, Ерцгерцогство Австрія — 1791
Нью-Йорк, США — 2018

З'явилася нова назва:

Сент-Джорджес, Гренада — 2019

Документ закрито й покладено в течку «*Mozart*». Поряд з течками: «*Da Ponte*», «*Chanel*», «*Madison*», «*Da Vinci*», «*Washington*», «*Skovoroda*», «*Einstein*» та іншими гучними іменами в директорії «*USA*».

Комп'ютер переведено в «сплячий режим». Екран погас.

Нью-Йорк — Гартфорд, 2019 рік

ЗМІСТ

Літературно-художнє видання

Дорж Бату

МОЦАРТ 2.0

Художнє оформлення *Юлії Самелюк*

Головний редактор *Мар'яна Савка*
Відповідальний редактор *Оля Ренн*
Літературний редактор *Олекса Негребецький*
Художній редактор *Назар Гайдучик*
Макетування *Таня Омельченко*
Коректор *Ольга Горба*

Підписано до друку 19.01.2022. Формат 60×84/16
Гарнітура *Rolleston Text, Rolleston Title*. Друк офсетний.
Умовн. друк. арк. 17,67. Наклад 2000 прим. Зам. № 22-63.

видавництво СТАРОГО ЛЕВА

Свідоцтво про внесення до Державного
реєстру видавців ДК № 4708 від 09.04.2014 р.

Адреса для листування:
а/с 879, м. Львів, 79008

Львівський офіс:
вул. Старознесенська, 24–26

Київський офіс:
Ⓜ Контрактова площа
вул. Григорія Сковороди, 6

Книжки «Видавництва Старого Лева»
Ви можете замовити на сайті starylev.com.ua
0(800) 501 508 spilnota@starlev.com.ua

Партнер видавництва

!FEST холдинг емоцій

Віддруковано на ПрАТ "Білоцерківська книжкова фабрика"
Свідоцтво серія ДК № 5454 від 14.08.2017 р.
09117, м. Біла Церква, вул. Леся Курбаса, 4.
Тел./Факс (0456) 39-17-40
E-mail: bc-book@ukr.net; сайт: http://www.bc-book.com.ua